KNAUR

Von Teresa Driscoll ist bereits folgender Titel erschienen:
Das Glück der hellen Tage

Über die Autorin:
Teresa Driscoll arbeitete 15 Jahre als Moderatorin für die BBC, außerdem als Journalistin und Kolumnistin für verschiedene Zeitungen. Ihre Kurzgeschichten erschienen in verschiedenen Zeitschriften, unter anderem der *Women's Weekly*.

TERESA DRISCOLL

Für alle Tage, die noch kommen

Roman

Aus dem Englischen
von Carola Fischer

KNAUR

Die englische Originalausgabe erschien 2015
unter dem Titel »Recipes for Melissa«
bei Bookouture, an imprint of StoryFire Ltd., Ickenham.

Besuchen Sie uns im Internet:
www.knaur.de

Wenn Ihnen dieser Roman gefallen hat und Sie auf der Suche sind nach ähnlichen Büchern, schreiben Sie uns unter Angabe des Titels »Für alle Tage, die noch kommen« an: frauen@droemer-knaur.de

FSC
www.fsc.org
MIX
Papier aus verantwortungsvollen Quellen
FSC® C083411

Vollständige Taschenbuchausgabe Februar 2017
Knaur Taschenbuch

Redaktion: Uta Rupprecht
Covergestaltung: ZERO Werbeagentur, München
Coverabbildung: FinePic®, München / shutterstock
Illustration im Innenteil: Sinna Nyan / shutterstock.com
Satz: Adobe InDesign im Verlag
Druck und Bindung: CPI books GmbH, Leck
ISBN 978-3-426-51849-6

2 4 5 3 1

Für meine Mutter

1

Melissa Dance hatte zwei Tics.

»Geht es Ihnen gut, Miss Dance?«

Immer wenn sie extrem angespannt war, zuckte ihr rechtes Augenlid. Dieser Reflex löste dann den zweiten Tic aus, eine unwillkürliche Kopfbewegung – und ihr Kinn begann zu zucken, was ihre Umgebung an guten Tagen von dem Unsinn ablenkte, den ihr Augenlid veranstaltete.

»Möchten Sie ein Glas Wasser?«

Heute war kein guter Tag.

Es war die Handschrift. Sie wirkte auf ihre Muskeln wie ein Betäubungsmittel, nur Augenlid und Kinn bewegten sich weiter, eigenwillig und nervtötend. Ihr Mund hingegen blieb starr.

Nicht ein Wort kam ihr über die Lippen.

Melissa nahm ein Haargummi aus ihrer Hosentasche und band sich einen Pferdeschwanz. Der große Mann ihr gegenüber, der sich als James Hall vorgestellt hatte, goss ihr Wasser ein und schob das Glas zusammen mit dem Buch auf ihre Seite des imposanten Mahagonitisches. Zweifellos fühlte er sich unbehaglich.

Er schien die ganze Zeit auf ihr Auge zu starren. Oder bildete sie sich das nur ein? Dann legte er plötzlich los und redete, viel zu schnell, über die Anweisungen seiner

Klientin. Wie genau die seien. *Seine Klientin habe ihm erklärt, er müsse mit großer Betroffenheit rechnen, dennoch habe er, im Rahmen der Vereinbarung natürlich, die Pflicht, sie – Melissa Dance – davon zu überzeugen, das Buch an sich zu nehmen. Und sich für diese Entscheidung bitte so viel Zeit zu lassen, wie sie brauche.*
Genau so lauteten seine Anweisungen.
Immer noch zuckte ihr rechtes Augenlid, und sie brachte immer noch kein Wort heraus.
Mr. Hall räusperte sich. Er setzte hinzu, *seine Klientin habe ihn gedrängt, Melissa bei diesem ersten Zusammentreffen zu versichern, dass dieses Buch ihr Trost spenden, ihr ein Ratgeber sein solle. Das Buch enthalte nicht so viele Rezepte im eigentlichen Sinne, sondern eher Rezepte fürs Leben. Es seien auch Briefe und Fotos darin. Ob sie ihm folgen könne?*
Melissa starrte wieder auf den Buchdeckel. Sie schaute so angestrengt, dass sich beide Augen, das zuckende und das nicht zuckende, jetzt mit Tränen füllten.
Die Handschrift. Die schwarze Tinte.
Der Haupttitel **REZEPTE** war fett vorgedruckt, doch ihr Name war mit der Hand hinzugefügt worden, und Melissa hatte die Handschrift sofort erkannt. Sie blickte in eine Ecke von Mr. Halls Büro und konnte sie dort sitzen sehen, an dem alten Schreibtisch in der Ecke ihres Schlafzimmers. Den Füller in der Hand, schrieb sie in ihrer schönen, schrägen Schrift mit glänzender schwarzer Tinte.
… für Melissa.
Mr. Hall rutschte auf seinem Stuhl herum und fragte, ob er das Buch wieder in den Umschlag stecken solle. Im

Kopf antwortete Melissa, das sei ihr egal, doch sie hatte keine Ahnung, ob sie die Worte auch aussprach. Wie auch immer, Mr. Hall verstaute das Buch wieder in dem wattierten Briefumschlag und reichte es ihr.

Ohne Zweifel wusste er, von wem das Buch war. Und Melissa wusste es auch.

Es war die schräge, unvergessliche Handschrift ihrer Mutter.

Ihrer Mutter, die sie seit siebzehn Jahren nicht mehr gesehen hatte …

Grannys Cupcakes

1/4 Pfund Mehl und die entsprechende Menge Backpulver
1/4 Pfund Butter
1/4 Pfund Puderzucker
2 aufgeschlagene Eier
abgeriebene Schale einer Orange (sehr wichtig! … Erinnerst du dich?)

Den Ofen auf 180 Grad vorheizen. Butter und Zucker cremig rühren. Langsam die Eier hinzufügen (sie müssen Zimmertemperatur haben, sonst verbinden sie sich nicht). Nach und nach das Mehl hinzugeben und die Orangenschale unterrühren. Den Teig in Förmchen füllen. 15 bis 20 Minuten im Ofen backen.

Ein großartiges Rezept von Granny … entschuldige bitte die altertümlichen Mengenangaben!

(Die Cupcakes schmecken auch wunderbar mit einer Frischkäsecreme + ein paar Erdbeeren oder noch mehr

Orangenschale. Für die Creme Frischkäse und weiche Butter zu gleichen Teilen mischen, dann Puderzucker hinzufügen, bis die Masse die richtige Konsistenz hat und angenehm süß ist. Entschuldige, dass ich so vage bin.)

Ach, mein liebes Mädchen. Du wirst schockiert sein. Stimmt's? Schon während ich dieses erste Rezept und ein Foto in das Buch klebe, kann ich deine Bestürzung spüren.
Ich bin pausenlos auf und ab gelaufen, der Papierkorb ist bis oben hin voll mit zusammengeknüllten Blättern. Immer wieder habe ich von vorn angefangen. Ich habe Angst, es nicht richtig zu machen. Ich will unbedingt das Richtige schreiben.
Ehrlich gesagt bin ich jetzt so nervös geworden, dass ich befürchte, heute ist nicht der rechte Tag, um das Buch anzufangen. Aber was soll ich sonst tun? Es auf morgen verschieben? Oder auf übermorgen?
Immer wenn ich so aufgedreht bin, habe ich diesen wirklich nervigen Tic. Mein Augenlid zuckt. Das ist sehr peinlich und völlig lächerlich. Jetzt zuckt es gerade. So was Dummes. Ich nehme mir ständig vor, das mal vom Augenarzt anschauen zu lassen. Dein Vater behauptet steif und fest, dass er es nicht sehen kann, dass es niemand außer mir bemerkt, doch ich kann das kaum glauben. Ich komme mir deswegen schon wie eine Irre vor. Verstehst du, das sind genau die Dinge, über die ich mit dir, auf dem Bett liegend, reden würde, ein Gespräch unter Erwachsenen, hätte ich nur die Gelegenheit dazu bekommen. Und genau darum tue ich das hier, ich schreibe dir.
Wie auch immer.

Ich habe aufgehört, Blätter in den Papierkorb zu werfen. Keine Überarbeitungen mehr. Ich werde einfach nur … weitermachen. Meine Gedanken aufschreiben, wie sie mir durch den Kopf schießen. Während ich hier sitze und darüber grübele, ob ich das Buch vielleicht an einem falschen Tag begonnen habe, kann ich dich nur inbrünstig bitten, Melissa, doch erst einmal tief durchzuatmen. Verzeih mir, dass ich dich so erschreckt habe, und lass dich – möglichst unvoreingenommen – auf das Buch ein. Und versuch zu verstehen, warum ich so lange gewartet habe, um mit dir auf diese Weise zu sprechen.

Ich weiß schlicht und einfach nicht, was ich sagen kann, um dich zu trösten. Außer dass es sich, zumindest für mich, richtig anfühlt, was ich getan habe.

Dass ich gewartet habe, meine ich.

Ich beginne dieses Buch am 17. August 1994. Du wirst besser als ich wissen, was das bedeutet. Fairerweise muss ich dir gestehen, dass dein Vater und ich uns in dieser Sache überhaupt nicht einig sind. Damit meine ich jetzt nicht das Buch, denn davon weiß er nichts. Ich meine alles andere.

Du musst mir nicht sagen, was für ein fabelhafter Mann er ist. Ich habe keine Angst, dich in seinen liebevollen Händen zu lassen. Doch auch er steht unter Schock, und noch weiß er nicht, dass er ganz wunderbar ohne mich zurechtkommen wird.

Er will, dass wir eine »Erinnerungskiste« machen und zur Familienberaterin gehen. Irgendeine Beratungsstelle, wo es Bärchen und Ballons gibt. Ich weiß, das sind alles Experten, sie haben studiert, sie sind alle sehr, sehr klug und sie meinen es furchtbar gut, aber das ist einfach nicht mein

Weg. Wenn du das Buch gelesen hast, wirst du wissen, wie furchtbar starrsinnig ich sein kann.

Ich habe beschlossen, dass du nicht das Geringste über den ganzen Mist erfahren sollst, der zurzeit mein Leben bestimmt. Du bist acht Jahre alt – du schläfst in deinem Prinzessinnenschlafanzug im Nebenzimmer, das Feenkostüm achtlos auf den Boden geworfen. Ich kann dir das einfach nicht antun.

Ich möchte noch etwas Zeit mit meiner süßen Tochter haben, mir in meinem und deinem Leben etwas Schönes bewahren, einen Ort, wo ich so tun kann, als würde alles wieder gut werden, ganz und gar.

Ist das egoistisch? Womöglich. Wahrscheinlich ist es das. Ich weiß nicht, wie du später darüber denken wirst. Aber wäre es wirklich weniger schmerzhaft gewesen, wenn du es gewusst hättest? Wenn du vorgewarnt gewesen wärst?

Max ist davon überzeugt. Vielleicht wirst du das auch so sehen.

Falls es so ist, wird ein »Tut mir leid« nicht reichen.

Aber mein Gefühl sagt mir, dies ist mein Weg, die für mich beste Art und Weise. Ich kann nicht für andere sprechen, und ich möchte die Beratungsstellen und die Menschen, die etwas anderes empfehlen, nicht kritisieren. Vielleicht haben sie recht. Vielleicht auch nicht.

Aber auch wenn ich alles falsch gemacht habe und du total böse auf mich bist, dann bitte wandere doch wenigstens – im Zweifel für die Angeklagte – mit mir zusammen durch diese Erinnerungsbilder und diese Gedanken. Und wenn nicht jetzt, dann sehr bald.

Bitte tu das für mich.

Ich habe darüber nachgedacht, ob ich es dir sagen, dich ein klein wenig darauf vorbereiten soll. Doch gestern Abend sah ich dich an, als du schliefst – so wunderschön und friedlich –, und ich dachte: wozu? Du wirst bestürzt sein und traurig und wütend, egal, ob du es vorher wusstest oder nicht. Wenn ich es dir jetzt schon sage, wirst du nur früher traurig sein.

Egal. Es ist zu spät. Ich kann es nicht mehr ändern.

Deshalb mache ich dieses Buch für dich. Eigentlich wollte ich nur Rezepte von meiner Mutter und meiner Großmutter aufnehmen, die ich an dich weitergeben möchte. Sie sind nicht besonders ausgefallen oder aufwendig. Es sind einfache, solide Speisen, die ich früher mit meiner Mutter zubereitet habe und sie wiederum mit ihrer – und die du, so hoffe ich, eines Tages mit deinen Kindern kochen und backen wirst. Die Mengen wirst du umrechnen müssen. Ich fand es ganz schön, sie in den alten Maßeinheiten zu belassen. Dann kam mir die Idee, neben jedes Rezept ein Foto von dir und mir beim Kochen einzukleben – und noch etwas dazuzuschreiben. Ein paar Gedanken, die dir vielleicht helfen können, nun, da du ganz erwachsen bist.

Jetzt muss ich erst einmal tief durchatmen.

Du bist inzwischen fünfundzwanzig. Und du wirst dich fragen, warum gerade jetzt? Warum habe ich so lange gewartet? Ach, Melissa, natürlich habe ich an die üblichen Meilensteine im Leben gedacht. Achtzehn? Oder einundzwanzig? Aber dann erinnerte ich mich, wie furchtbar durcheinander ich mit achtzehn war und dass ich mich auch mit einundzwanzig noch überhaupt nicht erwachsen fühlte.

Und der Sinn dieses Buchs, das, worauf es mir wirklich ankommt, ist vollkommene Offenheit. Ich möchte ein Gespräch von Frau zu Frau mit dir führen. Deshalb habe ich mich für das Alter entschieden, in dem ich selbst richtig erwachsen wurde. Fünfundzwanzig. Als ich dich zur Welt brachte, Melissa.
Ich wünsche mir so sehr, ich könnte dich sehen. Wünsche mir, ich wäre auch nur ein kleines bisschen gläubig, würde an den Himmel glauben oder überhaupt an irgendetwas.
Wie auch immer. Was auch immer. Ich habe mir das alles sehr genau überlegt, falls du dich das fragst. Das Buch wird in der Obhut eines sehr guten Anwalts bleiben, der den Auftrag hat, zu prüfen, ob es euch beiden, dir und Dad, gutgeht, bevor er es dir aushändigt. Auf diese Weise kann ich sicher sein, dass du das, was ich schreibe, nur liest, wenn du damit auch umgehen kannst.
Vor meinem geistigen Auge sehe ich dich mit kürzeren Haaren. Hast du sie dir abgeschnitten? Insgeheim hoffe ich, nein, doch ich denke, dir steht jede Frisur. Es ist egal, wie du die Haare trägst, du hast so ein Gesicht …
Oje, jetzt schweife ich schon ab.
Also, ich habe mich für fünfundzwanzig entschieden, mein Alter, als unsere gemeinsame Geschichte begann. Und das Alter, in dem du, so hoffe ich, bereit bist für die Dinge, die ich dir sagen muss.
Die Ehrlichkeit der Erwachsenen.
Ist das nicht seltsam? Ein Gespräch von Frau zu Frau, während du nebenan schläfst. Du bist jetzt acht Jahre alt. Dein linkes Bein hängt aus dem Bett, dein rechter Arm umklammert Elizabeth. Hast du sie noch? Das wäre

schön. So eine hübsche Puppe, und du liebst sie von ganzem Herzen.
Schon wieder schweife ich ab. Entschuldige.
Konzentrier dich, Eleanor. Also, was ist der erste, wirklich wichtige Rat, den ich dir geben möchte? Jetzt klingt es nach einer Predigt, und das soll es nicht sein. O Melissa. Es gibt einfach noch so viel, was ich dir sagen will! Einfach noch so viel!
Was du daraus machst, ist deine Sache. Ich werde auf mein Bauchgefühl hören und mit dem einfachsten, aber wichtigsten Rat beginnen, meine liebe Tochter.
Der da wäre: Jeden, wirklich jeden einzelnen Tag meines Lebens wünsche ich mir mehr als alles andere auf der Welt …

2

Eleanor 1994

Eleanor hörte Max die Treppe heraufkommen und verstaute das Buch eilig in der obersten Schublade ihres Schreibtischs.

»Du bist schon zu Hause?« Etwas außer Atem küsste er sie auf die Stirn und setzte sich dann neben dem Schreibtisch aufs Bett. Der Schreibtisch diente zugleich als Frisierkommode – ein gemütliches Durcheinander aus Papier und Umschlägen und den alten Tintenfässern, die sie auf Flohmärkten und in Trödelläden erstanden hatte. Unzählige Farben und verschieden geformtes dickes Glas, das in den Sommermonaten die Strahlen der Morgensonne einfing und in funkelnden Mustern an die Wand warf, was Eleanor sehr mochte.

»Wie ist es gelaufen?« Er ließ seinen rechten Fuß sehr schnell hin und her baumeln, unentwegt. Er hatte sie heute unbedingt begleiten wollen, doch das hatte sie rundheraus abgelehnt.

»Was ist denn?«

Eleanor verzog den Mund, und während sie die Kappe wieder behutsam auf den Füller schob, wandte sie ihm den Kopf zu.

Ihr Ehemann sah immer noch aus wie ein Junge, und das lag an seinen Haaren. Unbändige Locken, die nie gelernt hatten, sich zu benehmen. Sie betrachtete ihn in letzter Zeit häufig und versuchte, diese Eindrücke in ihr Gedächtnis zu brennen, damit sie die Bilder aufs Geratewohl hervorkramen konnte, wenn er bei der Arbeit war. Die verrückten Haare. Wie er mit seinen Händen herumspielte, wenn er nervös war.

»Die Beraterin, Eleanor. Der Medikamententest. Haben sie dich genommen?«

Er spielte mit seinem Ehering, schob ihn am Finger rauf und runter.

Erst in diesem Augenblick ging ihr auf, dass sie einen schrecklichen Fehler begangen hatte. Sie hatte die Angelegenheit so wichtig werden lassen. Dabei war es nur ein winziger Hoffnungsschimmer. Sie hatte sich die größte Mühe gegeben, das Mantra der »Aussichtslosigkeit« zu singen, die »Außenseiterchance« zu betonen. Ständig hatte sie sich selbst daran erinnert, wie unwahrscheinlich es war, dass ihr Fall für den Medikamententest in Frage kam.

Und so war es ja tatsächlich auch gekommen.

Sie schüttelte schnell den Kopf, kämpfte gegen den stechenden Schmerz in den Augen an, und schloss die Lider, weil sie seinem Blick nicht begegnen wollte.

»Mist!« Er atmete lange aus, stand auf und begann, hin und her zu laufen. Immer quer durch den Raum, von links nach rechts. »Dann gehen wir dagegen vor. Ja? Irgendeinen Weg muss es doch geben. Eine zweite Meinung vielleicht? Sie können doch bei so etwas auf keinen Fall eine einzelne Person Gott spielen lassen?«

Es war die letzte Möglichkeit gewesen, ein Fünkchen Hoffnung. Nun war es vorbei. Die Antwort lautete nein.

Allen tut es so leid, Mrs. Dance, aber Sie kommen als Probandin für diesen Test nicht in Frage …

Sie hatte gewusst, dass Max die Entscheidung nicht akzeptieren würde.

Als sie die Augen schließlich wieder öffnete, saß er auf der Fensterbank und knetete mit Daumen und Zeigefinger unablässig seine Unterlippe. Dort, wo kein Blut zirkulierte, wurden seine Lippen ganz weiß.

»Mach das nicht. Es tut dir nur weh. Keine Chance auf Widerspruch.«

Er knetete weiter die Lippe. Plötzlich sprang er auf und ging in das angrenzende Badezimmer, wo er sich Wasser ins Gesicht spritzte.

In Windeseile war er wieder zurück, lief abermals unruhig durchs Zimmer.

»Amerika. Ich habe irgendwo gelesen, dass es in Amerika neue Medikamente gibt. Lass uns dorthin fahren. Ich kann mir freinehmen …«

»Hör auf, Max. Bitte. Ich nehme Melissa nicht mit nach Amerika. Setz dich hin.«

Sie klopfte mit der Hand auf den Platz neben sich.

Er hielt inne und fummelte an seiner Gürtelschnalle herum, bevor er sich auf einem breiten hölzernen Hocker vor dem Schreib- alias Frisiertisch niederließ und den Kopf auf ihre Schulter legte, so dass sie sich im Spiegel ansahen. Peinlich berührt von seinem Anblick, versuchte er, seine Haare glatt zu streichen.

»Du weißt, wie ich entschieden habe. Bitte, Max.«

Nun war es an ihm, die Augen zu schließen.

»Nein, Eleanor. Wenn du mit allem aufhörst … Wenn du die Chemo abbrichst und auch alles andere …«

»Der ganze Blödsinn, das ändert doch nichts mehr.«
»Aber wenn du mit allem aufhörst ...«
»Du weißt, was sie gesagt haben. Ein Monat mehr, höchstens zwei. Was bringt das?«
Wieder knetete er seine Lippe.
Sie nahm seine Hand, um ihn zur Ruhe zu bringen, und verschränkte ihre Finger in seinen.
»Ich bin müde, Max. Ich will einfach noch ein bisschen Normalität. Für Melissa.«
Er schaute zum Fenster, dann wieder zu ihr.
»Sie bekommt keine Normalität ... Eleanor. Das weißt du. Sie kriegt nur einen Riesenhaufen Mist.«
»Dann lass den Misthaufen noch warten. Irgendwann kommt er sowieso.« Sie küsste ihn auf die Stirn und neigte dann den Kopf zur Seite, so dass sie seine Wange leicht berührte.
»Es ist das Einzige, was ich ihr noch geben kann. Ein bisschen Normalität. Bitte tu das für mich. Und für Melissa.« Ein leeres Blatt Papier kam ihr in den Sinn. Keine Briefe mehr, keine weiteren Anträge. Keine Geheimnisse mehr vor Melissa – sie würde keine Übernachtungsbesuche mehr arrangieren müssen, damit Melissa sie nicht gleich nach den Behandlungen sah. »Ich will nicht mehr, Max.«
Er blickte sie nicht an. Er starrte auf die Wand, ließ sein Bein immer schneller und schneller hin und her baumeln, bis sie die Hand nach seinem Kinn ausstreckte und sein Gesicht wieder zu sich drehte. In seinen Augen las sie, dass er sich irgendwo auf einem anderen Planeten befand, Flugtickets nach Amerika kaufte, Briefe an Berater und Gesundheitsbehörden schrieb und brillant formulierte

Anträge auf Teilnahme an undurchsichtigen Medikamententests …

»Bitte, Max.«

Langsam kehrte er zu ihr zurück. Sein Blick erfüllte sie und brach ihr im selben Moment das Herz. Letztendlich konnte er ihr diesen Wunsch nicht abschlagen.

Würde ihn ihr nicht abschlagen.

3

Melissa 2011

»Du willst doch nicht im Ernst diesen Koffer nehmen?«
»Wieso? Was ist denn falsch an diesem Koffer?«
»Muss ich dir das wirklich sagen?«
Sie runzelte die Stirn.
»Sieh ihn dir doch mal an! Er ist zu groß, Melissa. Viel zu groß.«
Melissa sah erst den Koffer an, dann Sam und zog den Kopf zwischen die Schultern.
»Und mach das bitte nicht.« Er lächelte. »Du siehst aus wie eine Schildkröte.«
Normalerweise würde sie sich sofort rächen, ihm die Zunge rausstrecken. Aber heute tat sie nichts dergleichen.
»Er passt nicht ins Auto, Mel.«
»Red keinen Unsinn. Natürlich passt er ins Auto. Wie, glaubst du, habe ich ihn nach Hause bekommen?« Melissa fuhr fort, ordentliche Kleiderstapel auf das Doppelbett zu legen – ein Stapel T-Shirts, ein Stapel Jeans und ein dritter mit sorgfältig zusammengelegten Kleidern. Jetzt breitete sie die Kleider auf dem Bett aus und legte sie erneut zusammen. Sie wusste nicht, warum sie das tat.

»Ich meine nicht unser Auto. Auch nicht das von deinem Vater. Ich meine den Mietwagen dort unten.«
Melissa wandte den Kopf, um den grau glänzenden Koffer noch einmal in Augenschein zu nehmen. An den Mietwagen hatte sie nicht gedacht. Wie ärgerlich. Sie versuchte, sich den Kofferraum eines Clio vorzustellen. Oder war es ein Fiesta?
»Das wird schon gehen. Immerhin bringen wir in dem Koffer alle unsere Sachen unter, deine und meine.«
Sam sah sie unschlüssig an. »Warum können wir nicht einfach zwei Reisetaschen nehmen, so wie immer?«
Melissa unterbrach das Zusammenlegen der Kleider. Sie errötete und zog das Gummi ihres Pferdeschwanzes nach. Es entstand eine unangenehme Pause, beide wandten den Blick ab. Sie musste schon wieder an das Buch denken.
»Ah, jetzt verstehe ich.« Sams Gesichtsausdruck veränderte sich, jetzt war der Groschen gefallen. »Du willst mich damit beruhigen?«
»Wie bitte? Ich weiß nicht, was du meinst.« Sie wusste es genau.
Und dann schauten sie beide wieder auf den Koffer.
»Du musst das nicht machen, Melissa.«
»Was denn?«
»Solche Gesten. Wir haben das doch neulich Abend alles besprochen. Wir sind damit durch. Ich dachte, uns geht's gut.«
»Uns geht's auch gut.«
»Genau. Gut. Du bist nicht sauer, dass ich dir einen Heiratsantrag gemacht habe. Und ich bin nicht sauer, dass du eine Panikattacke bekommen hast.«

Melissa presste die Lippen zusammen.

»Du weißt, dass ich das nicht jetzt gleich meinte. Dass ich nicht sofort heiraten wollte. Mir ist vollkommen klar, dass du noch zu jung bist. Ich wollte mich nur mit dir verloben, für die Zukunft planen. Ganz ehrlich, ich wollte dir keinen Druck machen. Nicht …«

Keiner von beiden löste den Blick vom Koffer.

»Hör zu, Sam, ich habe ihn mir von Lou ausgeliehen. Wenn du ihn wirklich nicht mitnehmen willst, bringe ich ihn zurück. Ich dachte nur, so wäre es bequemer. Du weißt schon – ein Koffer für uns beide. Es ist wirklich kein Problem. Wenn du lieber für dich allein packst, so wie immer, dann machen wir das.«

Beide schwiegen, nur ihr Atmen war noch zu vernehmen. So lief es schon seit zwei Tagen. Seit dem katastrophalen Geburtstagsessen.

Die Schachtel mit dem Ring.

Melissa hatte sehr, sehr schlecht reagiert, und es tat ihr unendlich leid. Seit sie ins Restaurant gekommen war, völlig außer Atem wie schon am Morgen im Büro von James Hall, hatte alles, was sie sagte, falsch geklungen. Damit hatte sie nicht gerechnet. Überhaupt nicht, und das war, wie sie jetzt feststellte, sehr naiv gewesen. In Ordnung – nun wusste sie also, dass er sie liebte. Er hatte sich damals sofort in sie verliebt. Aber inzwischen war sie doch auch in ihn verliebt. Schon während des ganzen Studiums und jetzt auch noch.

Sie sah Sam an und erinnerte sich, wie er früher ausgesehen hatte. Längere Haare, ein bisschen ausgeblichen von der Sonne. Abgeschnittene Shorts. Das schiefe Lächeln eines Teenagers, aber perfekte Zähne. Sie spürte dieses

Kribbeln im Bauch – das merkwürdige Gefühl, das sie jedes Mal empfunden hatte, wenn sie um eine Ecke bog und ihn überraschend vor sich sah.
Na gut – sie hatte länger gebraucht als er, bis sie es begriffen hatte und an ihre Beziehung glaubte. Es war wie bei unzähligen anderen Paaren, die zusammen aufgewachsen waren; all die Jahre lang hatte er sie immer auf dieselbe Art angelächelt. Doch inzwischen liebte Melissa Sam aufrichtig, und diese Tatsache war paradox und machte ihr unerklärlicherweise Angst. War es wirklich so schlimm, dass sie nicht heiraten wollte? Ihn nicht und auch niemand anderen. Sie hatte sich so bemüht, ihm das an dem Abend im Restaurant klarzumachen. Warum konnten sie einander nicht einfach lieben? Wozu brauchten sie einen Trauschein? Es hatte nichts mit ihm persönlich zu tun.
»Nicht mit mir persönlich, Melissa? Du willst mich nicht heiraten – nicht jetzt und auch nicht später – und du glaubst, das wäre nichts Persönliches?« Er war am Boden zerstört gewesen.
Sie fand nicht die richtigen Worte, um ihre Haltung zu erklären, denn sie konnte es ja selbst nicht verstehen.
Und jetzt vermochte Melissa sich nicht mehr dagegen zu wehren. Sie sah den wattierten Umschlag vor sich. Ihre Mutter am Schreibtisch.
Schwarze Tinte …
»Was wollte denn der Anwalt von dir?« Sam gab sich alle Mühe, fröhlicher zu klingen. Sie sah ihn an, als er bewusst das Thema wechselte und eine gelassene Miene aufsetzte, und da fühlte sie es. Dieses heftige Ziehen im Unterleib.

»Bitte?« Sie wandte sich jetzt ab, um ein T-Shirt glatt zu streichen und noch einmal zusammenzulegen und hoffte, er würde nicht bemerken, dass ihre Hand dabei etwas zitterte.
»Du hast gesagt, der Termin beim Anwalt wäre heute. Der geheimnisvolle Brief, was war damit? Ging es um eine Nachlassermittlung, so, wie du dachtest?«
»Ja, es war ein Nachlassermittler. Aber ich bin es nicht, wir sind die falsche Familie. Ganz schön schwierig, ein bestimmtes Mitglied einer bestimmten Familie in Amerika zu finden.«
Melissa hatte keine Ahnung, warum sie Sam nichts von dem Buch erzählen wollte. Sie hatte bisher nur zwei Seiten gelesen. Und war von ihren Gefühlen völlig überwältigt. Zumindest eines hatte ihre Mutter ganz richtig vorhergesehen. Melissa stand völlig unter Schock, sie musste jetzt unbedingt die Pause-Taste drücken.
Sie wollte in diesem Urlaub eine schöne Stelle finden, einen Ort, wo sie darüber nachdenken konnte, wie es mit Sam weitergehen konnte – und über all den anderen Mist. Wie sie diesem wunderbaren und herzensguten Mann klarmachen konnte, dass sie ihn dennoch liebte, auch wenn sie vom Heiraten nichts wissen wollte – jetzt nicht und auch in Zukunft nicht. Wenn sie ehrlich war, war das der Grund, warum sie diesen Koffer vom Ausmaß eines Kleinstaats ausgeliehen hatte. Es war dumm von ihr gewesen, ein hilfloser, panischer Versuch der Wiedergutmachung.
»Wenn du willst, bringe ich den Ring zurück.«
»Ach, Sam.« Im Restaurant hatte sie um Bedenkzeit gebeten und ihn angefleht, deswegen nicht gekränkt zu sein.

»Das ist schon in Ordnung. Mir geht's gut damit, Melissa.«
»Ehrlich?« Als sie sich aufs Bett setzte, schlug eine neue Welle der Schuld über ihr zusammen.
»Ja, ganz ehrlich.« Er drehte sich um und sah ihr in die Augen. Es ging ihm gar nicht gut. »Ich bin übers Ziel hinausgeschossen. Tut mir leid.«
»Sam, du weißt, dass mir sehr viel an dir liegt?«
Er nickte schnell – auf eine Art, die auf keinen Fall ja bedeutete.
Melissa stand wieder auf und war für einen Moment sehr, sehr still – ihr Herz zog sich zusammen, ein vertrautes Gefühl. Verzweifelt suchte sie nach Worten, die in ihm dasselbe Glücksgefühl auslösen konnten, wie er es so mühelos in ihr hervorrief. Doch wenn sie zögerte, so wie jetzt, wenn sie erst überlegte, was sie, um alles wieder in Ordnung zu bringen, fühlen oder sagen sollte, wurde es nur noch schlimmer. Sie fühlte sich so unzulänglich, so schuldig. Es kam ihr vor, als würde tief in ihr etwas festklemmen. Genau, das war es.
Etwas in ihr klemmte.
Sie wandte sich wieder den Kleidern zu, die sie mitnehmen wollte, und stapelte sie ordentlich aufeinander.
Melissa hatte sich schon immer sicherer und wohler gefühlt, wenn um sie herum perfekte Ordnung herrschte. Ihre gesamte Kleidung befand sich nach Farbe und Länge sortiert in den verschiedenen Fächern des Kleiderschranks.
Dunkle Sachen auf der rechten Seite, helle und bunte Sachen auf der linken.
»Also, dann fahren wir beide jetzt wie geplant in den Ur-

laub, okay? Wir feiern unseren Geburtstag in der Sonne. Wir werden braun. Und wir haben ganz viel Sex? Ja?« Sie sprach viel zu schnell, das tat sie immer, wenn sie angespannt war. »Das ist nämlich der wahre Grund, warum ich denke, die Ehe wird überbewertet«, alberte sie weiter. »Weil es statistisch bewiesen ist, dass Verheiratete nicht mehr miteinander schlafen.«
Er sagte nichts.
»Riesige Schlüpfer, Streit darüber, wer die Spülmaschine ein- oder ausräumt, und überhaupt kein Sex mehr. Bist du sicher, dass du dir das für uns wünschst?« Sie wandte sich zu ihm und zog ihre Trainingshose so weit über die Hüfte, bis sie aussah wie ein Liebestöter.
»Mach das nicht, Melissa.«
»Was?«
»Hör auf damit.«
»Womit denn?«
»Mach keinen Witz daraus. Das tust du immer, wenn du nicht richtig mit mir reden willst.«
»Ich weiß nicht, was du meinst.«
»Doch, du weißt es. Es ist noch zu früh. Ich bin verletzt. Das klappt einfach nicht.«
»Doch, tut es.« Sie schnitt eine Grimasse und drückte den Hosenbund noch weiter von ihren Hüften weg, bis er sich ein Lächeln nicht mehr verkneifen konnte. Dann wandte sie sich von ihm ab und atmete tief durch. Mit aller Kraft versuchte sie, nicht an die Ringschachtel zu denken und auch nicht an die Entscheidung über ihre berufliche Zukunft, die sie in diesem Urlaub treffen sollte.
Und vor allem nicht an das Buch.

An den wunderschönen Füller. Das klickende Geräusch seiner Kappe. Und die Erinnerung an einen seltsamen chemischen Geruch, den sie bis heute Morgen vollkommen vergessen hatte.
Den Geruch von Tinte.

4

Eleanor 1994

Haben wir sie zu sehr verwöhnt?«

»Natürlich haben wir sie verwöhnt! Warum auch nicht?«

»Du weißt, was ich meine. Zu sehr. Übertreibe ich? Ist das alles zu viel für sie?«

»Eleanor, wir sind in Disneyland Paris. Das ist kaum der richtige Ort, um sich Sorgen zu machen, ob man seine Kinder verzieht.«

Weihnachten war es auch schon so gewesen. Sie hatte zu viel gekauft und dann in einem Anfall von Panik einen Teil der Geschenke auf dem Dachboden versteckt.

»Du hast recht. Du hast absolut recht.« Eleanor betrachtete Melissa in ihrem Schneewittchenkostüm.

Natürlich war es zu viel. Das Hotel sah aus wie ein rosa Märchenschloss, und morgen würden sie mit einer Maus im Frack Croissants frühstücken.

»Mummy, ich dachte, man kann Micky Maus nur an seinem Geburtstag treffen! In der Schule hat Sophie gesagt …«

»Nein, man muss nicht immer Geburtstag haben.«

»Du siehst müde aus, Eleanor.«

»Mir geht es gut.« Das war eine Lüge. »Obwohl, ehrlich gesagt, ich könnte eine Pause brauchen. Ich habe Melissa gesagt, ich muss zur Toilette. Könntest du bitte noch ein wenig mit ihr hierbleiben, und wir treffen uns mittags im Restaurant? Ich leg mich etwas hin.«

»Bist du sicher, dass wir nicht mitkommen sollen?« Er beugte sich vor und sah sie prüfend an. »Deine Augen sind leicht gerötet.«

»Nein, nein, bleibt ihr nur. Melissa ist gerade so begeistert. Sie möchte den Drachen im Märchenschloss sehen. Ich bin nur müde, und ihr könnt mich jederzeit anrufen. Keine Sorge, Melissa macht das bestimmt nichts aus. Wenn ich etwas brauche, rufe ich die Rezeption an.«

»Versprichst du mir das?«

»Ja. Hast du das Blatt mit den Attraktionen – die für ihr Alter geeignet sind, meine ich?«

Er klopfte auf seine Brusttasche, und das Papier raschelte bestätigend.

In ihrem Hotelzimmer legte Eleanor sich aufs Bett und fiel erstaunlicherweise sofort in einen tiefen Schlaf. Vierzig Minuten später erwachte sie mit einem heftigen, ziehenden Schmerz im Unterleib. Sie warf einen Blick auf die Uhr. Auf dem Nachttisch lagen noch die starken Schmerztabletten. Sie schob zwei davon in den Mund, trank einen Schluck Wasser und schloss die Augen. Krampfhaft versuchte sie, die Tabletten hinunterzuschlucken. Seit zwei Tagen war das schon so, es fiel ihr schwer, die Tabletten hinunterzubekommen. Langsam machte sie sich Sorgen, dass ihr nicht mehr genügend Zeit blieb, das Buch zu beenden.

Sie hatte es mitgebracht – es lag gut verborgen in einer weichen Reißverschlusstasche, die sonst nur Krimskrams

für Melissas Haare enthielt, Haarbänder und Gummis für ihren Pferdeschwanz.
Eleanor schlug das Buch auf der Seite mit dem ersten Foto auf. Sie hatte es vor zwei Tagen aufgenommen, als sie mit Melissa die Cupcakes nach dem Rezept ihrer Mutter gebacken hatte. Die eine Hälfte der Törtchen hatten sie mit Frischkäsecreme und Erdbeeren verziert, die andere mit einem Zuckerguss, der genauso rosa war wie das Hotel hier.
Eleanor fragte sich, ob Melissa sich an die Bedeutung der Orangenschale erinnern würde und woran sie denken würde, wenn sie dieses Foto sah. Oder das ganze Buch. Blieb ihr noch genügend Zeit? War es richtig, was sie tat? Sie nahm ihren Füller aus der Handtasche und atmete tief durch, bevor sie sich wieder an die Arbeit machte.
… Jeden, wirklich jeden einzelnen Tag meines Lebens wünsche ich mir mehr als alles andere auf der Welt …
… dass ich etwas mehr wie dein Vater wäre. Verständnisvoll und nachsichtig. Vermutlich weißt auch du inzwischen, was ich schon wenige Wochen nach unserer ersten Begegnung erkannt habe: Max ist wahrscheinlich der großherzigste Mann, der dir je über den Weg laufen wird. Nein, vergiss das. Denn ich hoffe, das stimmt nicht. Ich hoffe, du wirst dein Leben mit jemandem teilen können, der genauso großherzig ist wie dein Vater. Da ich aber natürlich voreingenommen bin, denke ich, das wird eine schwere Entscheidung.
Ich möchte dir etwas anvertrauen, worauf ich nicht gerade furchtbar stolz bin – ich habe sehr lange gebraucht, um von ihm zu lernen. Bevor ich deinen Vater traf, Melissa, habe ich so oft das Falsche getan, das Falsche gedacht und

das Falsche gesagt. Niemals habe ich jemandem absichtlich weh getan, und ich glaube nicht, dass ich ein schlechter Mensch bin. Jedenfalls hoffe ich das. Doch ich habe mich häufig einfach aus allem rausgehalten. Ich habe es versäumt, meinen Beitrag zu leisten. Die Zeit mit Max hat mich verändert … ich habe gelernt, innezuhalten und nachzudenken. Max hat mir die Augen geöffnet.

Und nun, in der schrecklichsten Zeit meines Lebens, fallen mir oft Situationen ein, in denen ich mich hätte anders verhalten sollen. Dinge, die passiert sind, lange bevor etwas von deinem Dad auf mich abfärbte. Ich muss immer an dieses Mädchen in der Schule denken. Sie hieß Monica und war außergewöhnlich intelligent, aber auch furchtbar dünn und sehr schüchtern. Versteh mich bitte nicht falsch, ich war niemals unfreundlich zu ihr. Ich lächelte ihr zu und versuchte, ein Gespräch mit ihr anzufangen. Doch sie blieb immer eine Außenseiterin, und ich wusste nicht, wie ich mit ihr umgehen sollte. Mit dreizehn oder vierzehn begriff ich dann, dass es mehr als nur Schüchternheit war. Ihre Haare wurden dünn, und sie fing an, sie zu färben, als wollte sie sich hinter dem dramatischen Rot, dem kühlen Blond verstecken. Aber ich sprach sie nicht darauf an. Irgendwann bemühte ich mich dann auch nicht mehr, mit ihr zu reden, hielt mich raus. Einige Jahre später sah ich sie als Gast in einer Fernsehtalkshow. Sie litt an Magersucht, schon ihr ganzes Leben lang. Sie erzählte, wie sie einmal fast gestorben wäre und wie furchtbar einsam sie immer gewesen war. Kurz danach war das Thema Essstörung in allen Zeitungen. Wie schrecklich musste es für Monica all die Jahre in der Schule gewesen sein, als sie jeden Tag mit dieser tiefen Traurigkeit lebte, über die man damals so wenig wusste. Und ich wünschte, Melissa, ich bekäme die Chance, doch noch mit ihr zu reden, die Möglichkeit, ein klein wenig verständnisvoller zu sein. Max hätte das besser gemacht. Du weißt das, und ich weiß es auch.

Du kommst vermutlich mehr nach ihm als nach mir – das hoffe ich jedenfalls. Doch dieses Buch soll von Ehrlichkeit handeln, und deshalb werde ich ganz offen sein.

Sei freundlich, meine liebe Tochter. Bemühe dich immer, ein guter Mensch zu sein. Das klingt so abgedroschen, und ich weiß, du würdest niemals absichtlich etwas Böses tun, doch manchmal muss man einfach etwas tun, anstatt die Hände in den Schoß zu legen. Klinge ich verrückt? Oder wie eine schreckliche Betschwester? Oder verstehst du, was ich dir sagen will?

Eleanor überflog die letzten Zeilen. Predigte sie zu viel? Würde Melissa das als Kritik empfinden? Sie blies sacht über die Tinte und biss sich auf die Unterlippe. So schwierig hatte sie es sich nicht vorgestellt, als sie beschloss, nichts mehr zu überarbeiten, sondern direkt in das Buch zu schreiben. Eine kurze Panik durchfuhr sie.

Dann erschrak sie, weil das Telefon klingelte.

»Hallo, Liebling. Ich bin gerade aufgewacht. Das Telefon hat mich aus dem Schlaf gerissen.«

»Das tut mir leid. Wie geht es dir?«

»Gut, ich fühle mich besser. Von wo aus rufst du an?«

»Wir sind in der Eisdiele.«

»O schön. Wie war es bei dem Drachen?«

»Frag lieber nicht. Das war leider zu realistisch für ein achtjähriges Mädchen.«

»Oje!«

»Danach braucht man eine ganze Menge Himbeereis.«
Eleanor lachte. »Soso, sie wickelt dich also wieder um den kleinen Finger?«
»Mich?«
»Dann müssen wir das Mittagessen also verschieben?«
»Nein, nein. Halb eins passt. Du kennst doch Melissa, sie hat immer Hunger.«
Eleanor sah auf ihre Armbanduhr – es war kurz nach zwölf. »Ich treffe euch im Restaurant. Ich hoffe, es ist so beeindruckend, wie die Kritiken behaupten. Überall Lampions und Boote, die auf einem richtigen Fluss mitten durch das Restaurant fahren. Auf dem Foto sah es gigantisch aus.«
»Wir wollen sie ja nicht zu sehr verwöhnen.«
»Sei still und sag ihr, dass ich gleich komme.«
»Sag es ihr selbst. Melissa, komm ans Telefon. Mummy ist dran.«
Der Telefonhörer wurde weitergegeben, und ein unverständliches, verärgertes Tuscheln drang an ihr Ohr. *Los, mach schon. Mummy ist dran.*
»Ich habe keine Angst gehabt.«
»Wie bitte?«
»Der Drachen. Ich habe keine Angst vor dem Drachen gehabt. Keine Ahnung, warum Daddy so was sagt. Das stimmt nicht.«
Eleanor zog die Schultern hoch und schloss die Augen.
»Dummer Daddy. Natürlich hattest du keine Angst. Du bist doch mein tapferes Mädchen.«

5

Melissa 2011

Sie konnte es nicht fassen, dass das Schnarchen eines einzelnen Mannes solchen Lärm verursachte. Zum Teil war das ihre Schuld, sie hatten viel zu viel Rotwein getrunken.

Melissa warf einen Blick auf den Wecker – kurz nach vier –, dann schaute sie Sam an. Sie wusste, es tat ihr nicht gut, ihn so oft zu betrachten, während er schlief. Zu grübeln und ihm in Gedanken etwas zuzuflüstern, was sie nicht laut auszusprechen wagte.

Sie schloss die Augen, legte den Kopf zurück aufs Kissen und bemühte sich, sehr ruhig zu atmen. Wenn sie nicht einschlafen konnte, schlich sie normalerweise auf Zehenspitzen in die Küche und machte sich einen Tee, aber die Tür quietschte und musste erst geölt werden, und sie wollte Sam nicht aufwecken. Deswegen nahm sie jetzt ihre Handtasche vom Stuhl neben dem Bett und ging leise durch das Zimmer in das angrenzende Bad. Sie betätigte den Schalter und zuckte kurz zusammen, als das grelle Licht anging. Dann schaute sie nach, ob sich etwas im Bett bewegte. Nichts. Nur das Schnarchen war zu hören. Sie musste lächeln.

Ich schnarche nicht, Melissa.

Sie klappte die Klobrille und den Deckel zu und setzte

sich. Während sie vorsichtig das Buch ihrer Mutter aus der Handtasche hervorholte, schob sie die Tür zu, ließ sie aber angelehnt. Sie las den Buchtitel noch einmal genau, und wieder machte sich dieses dumpfe Gefühl in ihrem Bauch breit. In der vertrauten schrägen Handschrift stand dort ihr Name.

Melissa holte langsam tief Luft. Dann blätterte sie die Titelseite um und betrachtete das Foto neben dem ersten Rezept. Sie trug ein grün gestreiftes Oberteil. Seltsamerweise konnte sie sich sehr gut an den Pullover erinnern, doch überhaupt nicht an den Moment, als das Foto gemacht worden war. Beinahe konnte sie die weiche, grün-beige geringelte Wolle fühlen. Auf dem Foto hielt sie ein Backblech mit Cupcakes in den Händen, zur Hälfte waren sie mit einer Frischkäsecreme bestrichen und mit Erdbeeren belegt, und die übrigen Törtchen waren mit leuchtend rosa Zuckerguss und kleinen Silberperlen verziert. In diesem Augenblick änderte sich das Gefühl in ihrem Bauch, ihre Finger zuckten …

Verteil die Perlen ganz vorsichtig, Liebling. Nimm so viele du willst …

Melissa wandte den Blick ab und kniff die Augen zusammen. Der Holzlöffel fiel ihr wieder ein. Sie erinnerte sich, wie kühl die kleinen Silberperlen gewesen waren, als sie sie aus dem Behälter nahm. Und den Löffel hatte sie ablecken dürfen. Melissa spürte, wie sich ihr Herz zusammenzog, und ein Lufthauch streifte ihre Wange. Sie hatte ihre Mutter angestrahlt, als das Foto aufgenommen wurde, und doch war der Moment aus ihrer Erinnerung verschwunden. Warum? Sie hatte weder den Holzlöffel noch die Silberperlen vergessen, warum dann diesen Augen-

blick, als ihre Mutter sie fotografierte? Plötzlich war sie unsicher, ob das echte Erinnerungen waren – der Löffel und die Verzierungen – oder ob sie sich nur wegen des Fotos daran zu erinnern glaubte. Weil sie sich das wünschte.
Warum war ihr die Szene nicht schon früher eingefallen? Sie überflog die Seite. An einer Stelle blieb sie hängen und las die Worte ihrer Mutter noch einmal genau …

Aber auch wenn ich alles falsch gemacht habe und du total böse auf mich bist, dann bitte wandere doch wenigstens … mit mir zusammen durch diese Erinnerungsbilder und diese Gedanken. Und wenn nicht jetzt, dann sehr bald.
Bitte tu das für mich.

Melissa brauchte ein Weile, um zu begreifen, dass sie sich so unwohl fühlte, weil sie die ganze Zeit die Luft anhielt. Sie atmete aus und noch einmal ganz langsam ein und aus. Dann schloss sie die Augen und lehnte sich gegen die Badezimmerwand.

Sams Schnarchen war leiser geworden, um sie herum war es still. Melissa stand auf und betrachtete einen Moment lang ihr Gesicht im Spiegel. Als sie die großen, dunklen Ringe bemerkte, kniff sie die Augen zusammen. Sie setzte sich wieder auf den Toilettendeckel. Neue Erinnerungen stiegen in ihr auf, und sie versuchte, sie zurückzudrängen.
Die Rektorin der Schule.
Mir geht es gut. Wirklich, Mrs. Pritchard. Ich möchte nur nicht darüber reden, bitte.

Pluto, der Hund von Micky Maus, mit seiner langen Zunge in Disneyland. Frische *scones* mit *clotted cream* und Marmelade, die es in Cornwall zum Tee gab. Eine Diskussion darüber, ob man zuerst die Marmelade oder die *clotted cream* auf das Gebäck strich. Auch da wusste sie auf einmal nicht mehr, ob das wirklich so geschehen war oder ob sie sich diese Erinnerungsbilder anhand der Fotos im Album ihres Vaters zurechtgebastelt hatte. Waren sie wirklich echt?

Sie fühlte, wie eine tiefe Traurigkeit den Raum durchdrang und Panik in ihr hochstieg. Diese geballte Wut war ihr wohlvertraut. Erneut schloss sie die Augen, aber die Wut war immer noch da. Plötzlich stieg etwas in ihr auf, die Erinnerung, wie sie um sich trat und schrie. Etwas fiel zu Boden. Eine Puppe?

Ihr wurde ein wenig schwindelig, und sie beschloss, jetzt doch in der Küche etwas zu trinken. Süßen Tee vielleicht. *Zucker, Melissa, wenn …*

»Aaaahhhh!«

»Was zum Teufel …«

»Meine Güte, Sam!« Ihr Herz raste von dem Adrenalinstoß – sie konnte gerade noch verhindern, dass ihr das Buch von den Knien rutschte. Die Tür stand jetzt halb offen. »Du hast mich zu Tode erschreckt.«

»Entschuldige, tut mir leid. Was tust du hier, Melissa? Es ist vier Uhr morgens. Ist dir das klar? Und was ist das?« Er starrte durch den Türspalt auf das Buch. Sie schlug es eilig zu und steckte es zurück in ihre Handtasche.

»Nichts Wichtiges. Nur ein paar Notizen aus der Arbeit. Ich hatte da was vergessen, das hat mich die ganze Zeit beschäftigt.«

»Arbeit? Um diese Zeit?«

»Ja, entschuldige. Ist schon erledigt. Du kennst mich ja, ständig zerbreche ich mir über irgendwas den Kopf. Ich konnte nicht schlafen.«

Sam fuhr sich mit der Zunge über den Mund und schaute zurück zum Bett, neben dem ein Wasserglas stand. Er sah besorgt und müde aus.

»Geht es dir wirklich gut, Melissa? Du kommst mir irgendwie komisch vor.«

»Ich bin nur müde, hatte wohl zu viel Wein. Entschuldige. Ich wollte dich nicht aufwecken.«

»Hör mal, ich brauche jetzt etwas zu trinken. Willst du auch ein Glas Wasser?«

»Ich mach mir lieber einen Tee.« Melissa stand auf. Sie hielt ihre Tasche fest umklammert und ging eilig durchs Schlafzimmer in die Küche. Die Tür quietschte, als sie Sam über die Schulter hinweg zurief: »Wir trinken schnell einen Tee, dann sollten wir unbedingt noch ein bisschen schlafen.«

6

Max 2011

Max Dance lief um sein Leben. Er lief für seine Gesundheit und seinen Kollegen zuliebe. In der Arbeit war es ein Insider-Witz: Wenn er einen Tag nicht lief, stand er vollkommen neben sich.

»Heute waren Sie nicht laufen, oder, Professor?«

Max wusste, dass das nichts mit Endorphinen zu tun hatte, aber sehr viel mit der blödsinnigen Zwangsneurose, die auch seine erwachsene Tochter dazu brachte, die Becher nach Farben geordnet auf dem Küchenregal aufzureihen.

»Wir sind zwei echte Freaks, ist dir das klar?«, sagte er öfter, wenn er sie dabei beobachtete, wie sie während eines gemeinsamen Abendessens so lange mit dem Besteck hantierte, bis es vollkommen gerade lag. Bis alle Winkel und Abstände exakt ihrer Vorstellung entsprachen.

»Ja, ich weiß, Dad – aber es funktioniert. Du läufst, ich räume auf. So ist das eben. Warum sollten wir etwas ändern, wenn alles in Ordnung ist?«

Alles in Ordnung?

Max hatte nie daran gezweifelt, dass sie beide sich nahestanden. Er sah Melissa sehr viel häufiger, als das bei vielen seiner Freunde und ihren erwachsenen Kindern

der Fall war. Nur das eine Tabuthema bereitete ihm Sorgen.
Deine Mutter hätte das hier geliebt.
Einmal im Monat trafen sie sich in einem italienischen Restaurant, das beide mochten, und bei jedem Essen sprach Max immer wieder davon, ließ hier und da eine Bemerkung fallen.
Deine Mutter liebte Meeresfrüchte.
Melissa leistete Widerstand. Sie versuchte, ihn abzulenken, indem sie witzige Bemerkungen machte.
Nur ein einziges Mal hatte er sie bedrängt: *»Warum kann ich in deinem Beisein nicht einmal ihren Namen erwähnen, ohne dass du vehement abwehrst? Warum muss sich immer so eine unangenehme Stimmung ausbreiten?«*
»Glaubst du wirklich, es hilft, wenn wir ständig in der Vergangenheit kramen?«
»Findest du, ich lebe in der Vergangenheit?«, hatte er Sophie neulich gefragt. »Tue ich das? Schwelge ich in Erinnerungen an Eleanor?«
Nicht nur sein zwanghaftes Laufen bereitete Max Sorgen, sondern auch seine Beziehung zu Sophie.
Sophie war Künstlerin, sie besaß ein außergewöhnliches Auge für Farben und eine höchst ungewöhnliche Sicht auf die Welt. Seit fünf Jahren traf Max sich einmal im Monat mit ihr zum Abendessen, und anschließend schliefen sie miteinander – eine unverbindliche Liaison (das war Sophies Bedingung), die in den von ihr gesteckten Grenzen gleichzeitig perfekt und absolut verheerend war.
Max hatte den Wecker auf sechs Uhr dreißig gestellt, um noch laufen zu können, bevor er Melissa und Sam an die-

sem Morgen zum Flughafen brachte. Er hatte Melissa erst überreden müssen, sein Angebot anzunehmen. Doch wozu hatte er sich zum Dekan seiner Fakultät hochgearbeitet, wenn er sich nicht einmal um eine Vorlesung drücken konnte?

In Wahrheit fand Max es schrecklich, dass seine Tochter ihren Geburtstag nicht mehr mit ihm feierte. Schon eigenartig, dass Melissa und Sam am selben Tag Geburtstag hatten. Doch so war es nun mal.

Nach dem Laufen überprüfte er seine Zeit – er war schneller gewesen als sonst. Dann duschte er. Im Auto klebte ihm das feuchte Hemd bereits wieder am Rücken, während er die neuesten Nachrichten über die Eurokrise hörte. Mit Griechenlands Bitte um ein zweites Rettungspaket ging immer noch nichts voran. Als Nächstes könnte durchaus Zypern an der Reihe sein, dachte Max. Vielleicht sollte er Melissa raten, ein paar Dollar mitzunehmen? Oder Pfund? Nur für den Fall, dass … Nein! Jetzt mach doch nicht so eine Panik.

Max wechselte zu einem Musiksender, sah auf die Uhr und hoffte inständig, dass ihn südlich der Themse kein stockender Verkehr mehr aufhielt. Er schickte eine SMS, dass er sich etwa eine Viertelstunde verspäten würde. Melissa und Sam standen nervös am Fenster, als er vor dem Haus anhielt und sofort aus dem Auto sprang.

»Was zum Teufel ist das denn?« Er küsste seine Tochter, während Sam sich hinter ihr mit dem unglaublichsten Gepäckstück abmühte, das Max je gesehen hatte.

»Nun fang du nicht auch noch an!«, erwiderte sie. »Ich hatte deswegen schon genug Ärger mit Sam.«

»Das überrascht mich nicht. Also, was machen wir damit?« Max trat einen Schritt zurück, um den Koffer besser in Augenschein nehmen zu können. »Wollt ihr darin wohnen?«

»Hör doch auf.« Sie knuffte ihn in den Arm, während Sam das Monster zum Kofferraum rollte.

»Alles Gute nachträglich zum Geburtstag. Euch beiden.«

»Danke dir.«

Erst jetzt fiel Max auf, wie erschöpft Melissa und Sam aussahen.

»Na, Leute, ihr habt ganz schön gebechert letzte Nacht, oder?«

Melissa schnitt eine Grimasse.

Zum Flughafen kamen sie gut durch – es war nur wenig Verkehr –, und Max spürte eine vertraute Besorgnis, als er vor der Abflughalle anhielt. »Du schickst mir eine SMS, wenn ihr gelandet seid?«

»Klar, mach ich.«

Sie würde es nicht tun.

»Und wir gehen zusammen essen, wenn du zurück bist, so wie immer?« Er würde die FluganPkunft im Internet checken.

»Natürlich, Dad. Ich hab's mir schon eingetragen.«

»Dann können wir reden. Du weißt schon – über den Vertrag als freie Mitarbeiterin. Hast du dich schon entschieden?«

Melissa hatte gerade erst ihr Volontariat bei einer Regionalzeitung beendet und unerwartet ein Angebot als Journalistin auf Probe von einer überregionalen Zeitung erhalten. Nun stand sie vor einer großen Entscheidung: Festanstellung mit Rentenanspruch oder freiberufliche Mitarbeit.

»Ich schiebe es auf bis nach dem Urlaub. Dann kümmere ich mich um alles.«
Max stieg kurz aus dem Wagen, wischte sich etwas eingebildeten Staub von der Hose und reichte Sam schließlich die Hand. »Du passt auf sie auf.«
»Dad!«
»Tut mir leid, Liebling.«
Melissa küsste ihn flüchtig auf die Wange und sah auf die Uhr. »Entschuldige, aber wir müssen uns ranhalten.«
Max blickte noch einmal auf den riesigen grauen Koffer und schüttelte den Kopf. »Lasst es euch gutgehen.«
»Machen wir.«

Später in der Universität gönnte Max sich eine große Kanne Kaffee und versuchte, sich auf den Termin mit Anna vorzubereiten. Die neue Dozentin hatte im Sommersemester angefangen und bewältigte inzwischen einen ganzen Haufen Anfängerkurse mit bewundernswerter Souveränität. Mehrmals pro Woche berichtete sie Max von ihrem Unterricht und besprach mit ihm den Stoff der kommenden Woche. Max hatte mit ihrer Einstellung die richtige Entscheidung getroffen. Anna liebte ihren Job, sie war klug und ehrgeizig, doch es gab ein Problem, mit dem er nicht gerechnet hatte.
Er sog mit geschlossenen Augen langsam den Kaffeeduft ein und konzentrierte sich auf die Begegnung mit ihr. Pünktlich um zehn vor zwölf vernahm Max das Klackern ihrer Absätze auf dem Flur, dann klopfte es an der Tür, die einen Spalt offen stand.
»Komm rein.«
Und dann – da war es wieder.

»Guten Morgen, Max.«
Das Kribbeln im Bauch.
»Entschuldige bitte, natürlich muss es längst guten Tag heißen. An dieser Uni vergeht die Zeit immer wie im Flug.« Sie blickte auf ein Blatt Papier in ihrer Hand.
Max versuchte, sich einzureden, dass alles nur Einbildung war. Das Kribbeln im Bauch. Doch das stimmte nicht, schon bei den letzten drei Treffen war es ihm so gegangen. Sobald er sie sah, überfiel es ihn.
Heute trug Anna eine cremefarbene Leinenhose und ein burgunderrotes Wickelshirt. Ein seidiger rosa BH-Träger blitzte an ihrer linken Schulter auf, als sie ihre Haare mit einer großen Schildplattspange zusammennahm.
Max fühlte sich unbehaglich und schaute weg. Nie wieder würde er sich mit einer Frau einlassen, mit der er zusammenarbeitete.
»Hast du kurz Zeit, das hier mit mir durchzugehen, Max?«, fragte sie, während sie die Unterlagen in einer schwarzen Aktentasche durchblätterte. Max nahm an, dass sie Material zu einer Vorlesungsreihe zusammengestellt hatte, die sie im nächsten Jahr halten wollte. Er befürwortete diesen Ehrgeiz – genau deshalb hatte sie den Job bekommen. Ihre Vorlesungsreihe würde ihr akademische Lorbeeren bringen und darüber hinaus bei ausländischen Studenten gewiss sehr gut ankommen. Letzteres war heutzutage unabdingbar und machte die Finanzmenschen glücklich. Doch daran dachte Max jetzt gar nicht. Ihn beherrschte nur ein Gedanke: Anna Merrivale roch nach Puder. Schon letzte Woche war ihm das aufgefallen. Sie trug kein Parfüm für Erwachsene, sondern roch nach Babypuder.

»Es dauert nicht mehr als fünf Minuten, versprochen.«
Max trank einen großen Schluck Kaffee und schaute zum Fenster, um nicht den rosa BH-Träger im Blick zu haben. Bald ging Melissas Flug, und er rechnete im Kopf aus, wann er sich entspannen konnte. Wie lange es noch dauerte, bis er im Internet checken konnte, ob sie gut gelandet war.
»Entschuldige, Max, das ist kein guter Zeitpunkt, oder?«

Käsestangen

1/4 Pfund Mehl
1/8 Pfund Butter
1/8 Pfund gereifter Käse (der beste, den du dir leisten kannst)
1 Eigelb
Salz und Cayennepfeffer nach Geschmack
kaltes Wasser

Den Ofen auf 200 Grad vorheizen. Das Mehl mit Salz und Cayennepfeffer würzen und die Butter hinzufügen. Die Masse mit Käse, Eigelb und Wasser zu einem festen Teig kneten. Den Teig dünn ausrollen und in schmale Streifen schneiden. Die Streifen auf ein gefettetes Backblech legen und 10 bis 15 Minuten backen, bis sie goldgelb sind. Die Stangen nach dem Backen zunächst kurz auf dem Blech und dann vollständig auf einem Kuchengitter auskühlen lassen.

Während ich das zweite Rezept niederschreibe, spüre ich, wie meine Angst ein wenig nachlässt, Melissa. Hoffent-

lich bist auch du inzwischen etwas ruhiger geworden und verstehst besser, was ich dir hier zu sagen versuche.
Gefällt dir das Foto? Es ist schon etwas älter – damals haben wir diese Stangen zum ersten Mal miteinander gebacken. Die Käsestangen kommen an zweiter Stelle, weil ich hoffe, dass du dich an die Geschichte mit den »Weißer-Hai-Stangen« erinnerst.
Hier für alle Fälle eine kurze Zusammenfassung: Diese Käsestangen mochte dein Dad besonders gern. Er schätzte es, wenn sie ihn beim Hineinbeißen »zurückbissen«, also tat ich immer viel Cayennepfeffer in den Teig. Als ich die Stangen zum ersten Mal mit dir backte, kam mir die Idee, ihm einen kleinen Streich zu spielen. Die »Weißer-Hai-Stangen« würden ihn etwas fester zurückbeißen, als er es erwartete.
(Du weißt vielleicht noch, dass es dein Vater war, der dich »aus Versehen« den Film »Der weiße Hai« sehen ließ, als du noch viel zu klein dafür warst. Genug davon.)
Fällt es dir jetzt wieder ein?
Wir machten wie immer ein Dutzend Stangen, und dann gab ich in drei davon eine riesige Menge wirklich scharfen Cayennepfeffers – genau in die Mitte.
Oh, mein Gott.
Ich dachte, er bekäme einen Herzinfarkt. Obwohl es das wert war. Melissa, ich bin unfassbar glücklich, wenn ich jetzt daran denke, wie wir uns beinahe kaputtgelacht haben. Und ich hoffe inständig, dass dein Leben, und auch Dads Leben, immer noch voller Lachen ist.
Das ist ein schwieriges Thema für mich, denn während ich das hier schreibe, gehe ich davon aus, dass er mit einer anderen Frau zusammen sein wird. Du musst wissen,

dass ich damit vollkommen einverstanden bin. Mehr als einverstanden. Ich habe es schon versucht, aber mit mir redet er darüber nicht. Wenn er also allzu wählerisch ist, bitte sprich mit ihm. Wirst du das tun?
Da wir schon bei Prinzen (und Fröschen) sind – ich frage mich natürlich, ob du deinen schon gefunden hast. Falls nicht, bist du jedenfalls noch viel zu jung, um dir deswegen Gedanken zu machen. Aber ich kann dir versichern: Wir müssen alle ein paar Frösche küssen, bis wir unseren Prinzen finden. Igitt! Ich hab's jedenfalls getan.

Eleanor lehnte sich in ihrem Stuhl zurück, um die Seite noch einmal durchzulesen. Dann – das tat sie immer – blies sie sacht über die Tinte, damit die letzten Zeilen trockneten. Sie verzog den Mund, plötzlich bekam sie ein schlechtes Gewissen. Sie hatte versprochen, ehrlich zu sein. Doch in Wahrheit konnte sie die Vorstellung kaum ertragen: Max mit einer anderen Frau.
Eleanor ging hinüber zum Fenster und sah, dass Max gerade um die Ecke joggte. Kurz vor der Haustür blieb er stehen und beugte sich vor, die Hände auf den Knien abgestützt. Das tat er immer. Sie lächelte und prägte sich diesen Moment fest ins Gedächtnis ein: die abstehenden Haare, die leicht abgewetzten Shorts, das Schnaufen und das Keuchen.
Max bemerkte nicht, dass sie ihm vom Fenster aus zusah, wie er nach Luft rang. Sobald er mit den regelmäßigen Atemzügen auch seinen Stolz wiedererlangt hatte, betrat er das Haus. Er hatte mit dem Laufen begonnen, kurz nachdem ihr die Diagnose gestellt worden war. Nun lief er jeden Tag, und während der Wochen, in denen die

Chemo eine körperliche Annäherung zwischen ihnen beiden verhinderte, brach er früher auf und absolvierte längere Strecken.

Die Gründe dafür lagen auf der Hand.

Eleanor fehlte es genauso, wenn sie nicht miteinander schlafen konnten. Während sie ihn ansah, spürte sie, wie sehr sie es vermisste, und wünschte, sie könnte ebenso wie er dagegen anlaufen. Und ihr wurde klar, dass nur eines schlimmer war, als sich Max mit einer anderen Frau vorzustellen.

Die Vorstellung, er würde allein bleiben.

7

Melissa 2011

Sam und Melissa hatten sich als Kinder kennengelernt, und diese Tatsache rief bei ihren Freunden ganz unterschiedliche Reaktionen hervor. Auf diesem langen Flug, während Sam neben ihr schlief, tat Melissa, was sie nie verhindern konnte: Sie verfiel ins Grübeln.

Inzwischen wusste sie, dass Sam vom ersten Moment an von ihr fasziniert gewesen war. Er hatte sie beobachtet, ihre Freundschaft gesucht und sich während der ganzen Schulzeit hindurch stillschweigend um sie bemüht – Melissa hatte erst sehr viel später begriffen, dass zwischen ihnen mehr war als nur Freundschaft.

Die eine Hälfte ihrer Freunde fand diese Geschichte sehr romantisch. Die anderen nicht so sehr: »Wie lange hat es denn dann gedauert, bis ihr wirklich so richtig zusammen wart?«

Eine von Melissas Journalistenkolleginnen hatte vor einem Monat laut ausgesprochen, was alle dachten. »Bist du dir sicher, dass du dich mit Sam nicht einfach nur abfindest?«

Melissa war niedergeschmettert gewesen, aber nicht so sehr deshalb, weil sie viel auf die Meinung anderer Leute gab. Sie hatte plötzlich Angst bekommen, dass Sam genau das von ihr denken könnte. In den vergangenen Wochen hatte sie ihm öfter als sonst gesagt, wie viel er ihr bedeutete.

Du weißt, dass ich dich liebe, Sam.

Kein Wunder, dass er ihr auf einmal einen Antrag gemacht hatte.

Melissa schlug die Beine übereinander und brachte den Klapptisch vor sich für das Essenstablett in die waagerechte Position. Dann beugte sie sich zur Seite und klappte Sams Tisch herunter. Sie hatte ihn beruhigen wollen und letztlich genau das Gegenteil erreicht. Aus der Sitztasche vor ihr nahm sie das Bordmagazin, aber es gelang ihr nicht, sich auf den Inhalt zu konzentrieren.

Sie versuchte, nicht mehr an die furchtbare Aufregung am Check-in-Schalter zu denken. Melissa schloss die Augen. Es war wieder einmal ihr Fehler gewesen – der riesige Koffer konnte nicht befördert werden, weil er das maximale Gewicht für ein einzelnes Gepäckstück überstieg. Sie war verzweifelt und glaubte schon, ihr Urlaub mit Sam würde nun ins Wasser fallen. Sam verdrehte erst die Augen, doch dann fand er schnell eine Lösung für das Problem. In einem nahe gelegenen Geschäft besorgten sie eine Reisetasche, in die sie die schwersten Teile aus dem Koffer umpackten. Zu Melissas Schrecken landete darin auch die graue Reißverschlusstasche mit dem Buch ihrer Mutter. Beinahe hätte sie in ihrer Panik Sam auf der Stelle von dem Tagebuch erzählt, denn sie wollte auf gar keinen Fall, dass das Buch in der weichen rosafarbenen Tasche zerdrückt wurde. Doch dann riss sie sich zusammen. Sie musste das Buch erst allein lesen und sich überlegen, wie sie ihrem Vater davon erzählen konnte …

Die Buchstaben des Bordmagazins verschwammen vor

ihren Augen. Ein blechernes Klirren ertönte, und Melissas Blick wanderte zum Gangende, wo die Flugbegleiter die Getränkewagen bestückten.

Viereinhalb Stunden …

Auch das war ein Schock gewesen. Sie hatte keine Ahnung gehabt, dass ein Flug nach Zypern so lange dauerte. Als sie wieder nach dem Bordmagazin griff, um auf der Weltkarte nachzusehen, bestätigte der Kapitän die Reisezeit über die Sprechanlage. Sam hatte sich über ihre Unwissenheit amüsiert.

Hast du nicht auf der Karte nachgesehen, als wir den Flug gebucht haben, Melissa?

Natürlich habe ich nachgesehen …

Melissa sah wieder zu Sam hinüber, der so fest schlief, dass ihn der Lärm des Getränkewagens nicht aufweckte.

Und die Wahrheit?

Ihre Reaktion auf den Heiratsantrag war irrational, verwirrend und völlig chaotisch. Melissa wusste selbst nicht, warum sie so unsicher war, ob sie heiraten sollte, und konnte deshalb ihre Gefühle auch niemandem erklären. An dem Abend im Restaurant hatte sie argumentiert, es spiele gar keine Rolle, ob sie beide verheiratet seien oder nicht. *Nur ein Stück Papier.* Nun erkannte sie, dass die Heiratsfrage an alte Zweifel über ihre gemeinsame Geschichte rührte.

Soweit es sie selbst betraf, hatte sie gar keine Zweifel, zumindest nicht in Bezug auf Sam. Es ging um etwas anderes. Etwas, das sie nicht recht zu fassen bekam und worüber sie auch eigentlich nicht nachdenken wollte.

Melissa hatte Sam kennengelernt, als sie viereinhalb Jahre alt war. Damals besuchte sie die Sacré-Cœur-Grundschule. Ihre Mutter, die Max gelegentlich eine »abtrünnige Katholikin« nannte, hatte gegen ihre eigenen Prinzipien verstoßen, als sie diese katholische Schule für Melissa ausgewählt hatte. Eleanor war keine überzeugte Atheistin, aber doch auf dem Weg dorthin. Vermutlich wollte sie ihr schlechtes Gewissen der katholischen Kirche gegenüber beruhigen, indem sie Melissa auf diese Schule schickte, die als die beste der ganzen Gegend galt. Was machte schon ein bisschen Scheinheiligkeit, wenn es um die Zukunft ihrer Tochter ging? Eleanor und Max waren der Meinung, Melissa sollte, wenn sie selbst erwachsen war, ihre eigene Entscheidung über Gott und die Kirche treffen. Bis dahin würde sie im katholischen Glauben unterrichtet werden. Mit Max und Eleanor an ihrer Seite würde sich auch der leiseste Anflug von Katholizismus ohnehin bald wieder verflüchtigen.

Der Plan schlug auf grandiose Weise fehl. Melissa beschloss, Nonne zu werden – sie war von der Idee besessen und blieb beängstigenderweise bis zur dritten Klasse dabei. Dann fand sie Michael, den neuen hübschen Messdiener, plötzlich weitaus interessanter. Um diese Zeit der ersten großen Verliebtheit begann überraschenderweise ein älterer Junge, Samuel Winters, sie auf dem Schulweg zu begleiten. Fast immer bot Samuel ihr an, den Ranzen zu tragen.

»Du musst meinen Ranzen nicht tragen. Er ist nicht schwer.« Melissa mochte Samuel sehr gern, aber sie hatte nicht die leiseste Ahnung, woher sein plötzliches Interesse an ihrem Ranzen kam. Immerhin war er lustig und konnte alle Lehrer nachmachen. Er war nett und beliebt, aber vier Jahre älter als sie – und er war oft mit einer gan-

zen Clique unterwegs, was sie ziemlich einschüchternd fand.
Nachdem Melissa die Sacré-Cœur-Grundschule beendet hatte, wechselte sie auf die nächstgelegene höhere Mädchenschule, die vierzig Minuten mit dem Bus von ihrem Zuhause entfernt lag.
Michael, der Messdiener, ging auf eine andere katholische Schule für Jungen und Mädchen, was vorübergehend zu Konflikten zwischen Melissa und ihrem Vater führte. Samuel, der Ranzenträger, wie sie ihn nannte, war da schon lange auf der höheren Schule für Jungen, und Melissa sah ihn nur noch ab und zu, wenn sie zufällig denselben Bus nahmen. Bei diesen seltenen Gelegenheiten setzte sich Sam neben Melissa. Manchmal wurde er deswegen von seinen Freunden ausgepfiffen, dann wagte er sich nicht mehr in ihre Nähe.
»Ich habe keine Ahnung, warum sie das machen«, beschwerte sich Melissa. »Schließlich mögen wir uns ja nicht auf diese Weise, oder?«
Melissa begegnete Sam erst wieder häufiger, als sie sich auf die Abschlussprüfungen vorbereitete. Sam hatte ein Architekturstudium begonnen und kam nur in den Semesterferien nach Hause, weil er im Plattenladen ihres Heimatorts jobbte. Melissa und ihre Freundinnen gingen oft dorthin und hörten CDs an. Es überraschte Melissa, dass mehrere ihrer Freundinnen Sam ganz toll fanden.
»Warum hast du nicht erzählt, dass du ihn kennst?«, flüsterte Emily, eine gute Freundin, ihr an einem Samstag ins Ohr.
»Wen kenne?«
»Na, ihn!«

Melissa warf einen Blick zu Sam, der sie offen anlächelte.
»Ich glaube, er mag dich, Melissa.«
»Ach, mach dich nicht lächerlich. Wir sind schon seit der Grundschule befreundet. Da ist nichts.«
»Bist du sicher?«
»Ganz sicher.«
»Super. Ich will ihn nämlich kennenlernen und hoffe, du hilfst mir dabei.«
»Soll das heißen, du stehst auf ihn?«
»Mann, Melissa, natürlich steh ich auf ihn. Alle stehen auf ihn.«
Dieser Augenblick prägte sich Melissa für immer ein. Sie schob die CD, die sie in der Hand hielt, zurück ins Regal und sah noch einmal zu Sam hinüber. Er bediente gerade eine ältere Frau, die ihn in eine lebhafte Diskussion über den Soundtrack eines Musicals verwickelt hatte. Melissa erkannte amüsiert, dass auch diese Dame mit Sam flirtete.
Der Gedanke, jemand könnte Sam auf diese Art attraktiv finden, war ihr bisher nie gekommen, sie wusste selbst nicht, warum. Sie betrachtete seine hübsche Mundpartie und merkte, wie sie unwillkürlich den Kopf einzog.
Du siehst aus wie eine Schildkröte, wenn du das machst.
Melissa vernahm im Kopf das Echo seiner Stimme, während er bereits einen anderen Kunden bediente.
Er sah wirklich super aus. Das war ihr auch schon früher aufgefallen, aber sie hatte nicht begriffen, was das für sie bedeutete.
»Also, Melissa, du stehst nicht auf ihn?«
Sie wusste nicht, was sie sagen sollte. Sam war einfach Sam. Der ältere Junge, der sie auf dem Schulweg begleite-

te. Der Junge, der ihr im nahe gelegenen Park manchmal beim Anziehen der Rollerblades half. Der Junge, der die Lehrer so wahnsinnig gut nachmachen konnte. Was sollte sie auf diese Frage antworten?

Sam war Sam.

Aber dann, als auch Melissa zu studieren anfing, änderte sich auf einmal alles. Sie hatte sich für Englische Literaturwissenschaft entschieden, was ihr Vater, im Gegensatz zu anderen in ihrem Umfeld, eifrig unterstützte. *Und was soll sie mit einem Abschluss in Literaturwissenschaft anfangen? Sich ihren Lebensunterhalt mit Lesen verdienen?*

Als es um die Wahl der Universität ging, wurde Max aber fürchterlich anstrengend. Es kam zum Streit, und Melissa verhielt sich wie alle Jugendlichen ihres Alters. Sie lehnte jegliche Unterstützung ab und entschied sich für Nottingham. Die Seminare schienen interessant zu sein und die Geschäfte in der Stadt auch. Außerdem war Nottingham eine der wenigen Universitäten, die Max ihr nicht wärmstens ans Herz gelegt hatte.

»Warum willst du ausgerechnet in Nottingham studieren? Hat das etwas mit einem Jungen zu tun?«

»Natürlich hat das nichts mit einem Jungen zu tun. Mir gefallen einfach die Seminare, sie sind sehr klassisch.«

Max kannte keinen der Professoren und Dozenten an der Universität von Nottingham.

Das gab den Ausschlag. Melissa ging nach Nottingham.

Zwei Wochen nach Unibeginn fand Melissa heraus, dass Sam, der Ranzenträger, dort Architektur studierte und gerade mitten in den ersten wichtigen Prüfungen steckte.

»Du studierst hier? Meine Güte. Ich hatte ja keine Ahnung!«
Sie trafen sich zufällig auf dem Weg in die Bibliothek. Melissa war vollkommen erkältet, hatte dunkle Ringe unter den Augen und trug ihr Laptop in einer großen Umhängetasche vor dem Bauch.
»Wenn du jetzt fragst, ob du meine Tasche tragen kannst, muss ich dich wohl hauen.«
Sie umarmte ihn und war überrascht, wie schön es war, seine Nähe zu spüren. Plötzlich war sie verlegen. Peinlich berührt und außerdem erstaunt, weil er so gut roch.
»Ist das ein besonderer Trick der höheren Semester, so gut zu riechen? Ist das etwa ein Aftershave?« Sie trat einen Schritt zurück und spielte in ihren Haaren herum.
»Ein Geschenk meiner Mutter.«
»Das ist wirklich mal was anderes. Die Jungs in meinem Wohnheim stinken alle.« Sie wünschte, sie hätte sich an diesem Morgen geschminkt und die Haare gewaschen. Oder zumindest etwas Wimperntusche aufgetragen.
»Das war aber nicht sexistisch gemeint, oder?«
»Also, Sam, wie geht es dir? Mein Gott, es tut richtig gut, dich zu sehen.«
»Dich auch. Ein sehr angenehmer Schock. Lebst du dich gut ein?«
»Es ist toll hier. Ich bin nur todmüde. Diese vielen Stunden machen mich fertig.«
»Lust auf einen Kaffee?«
»Ja, habe ich. Große Lust sogar.«
Und so fing es schließlich richtig an.
Melissa trank ihren Kaffee und beobachtete Sam, der ihr alles über sein Studium erzählte, über die Universität, die

besten Plätze zum Lernen und um Leute zu treffen, wie sie im nächsten Studienjahr am besten an eine Unterkunft kam, welche Bars die billigsten Drinks anboten und wo er sein praktisches Jahr verbringen wollte, bevor das Hauptstudium begann. Sie hörte ihm zu und war doch wie benommen. In gewisser Weise befand sie sich wieder in dem Plattenladen von damals und sah ihn an, die feinen Gesichtszüge, die ungewöhnliche Farbe seiner Augen, die Wärme und Offenheit ausdrückten. Grün. Sie merkte, wie sehr sich ihr Blick verändert hatte.

»Ich hatte wirklich keine Ahnung, dass du hier bist. An dieser Uni. Hast du mir das jemals erzählt? Dass du hier in Nottingham studierst?«

»Ich glaube nicht. Warum fragst du?«

»Weiß ich nicht. Es ist nur irgendwie unheimlich.«

»Schön unheimlich oder schrecklich unheimlich?«

»Schön unheimlich.«

»Super. Das heißt also, ich kann dich endlich fragen, ob du mit mir ausgehst, ohne dass du diese Schildkröten-Nummer machst?«

Plötzlich war ein sehr lautes Räuspern zu hören. »Entschuldigen Sie bitte, Madam. Möchten Sie vielleicht etwas trinken?« Die erhobene Stimme des Flugbegleiters verriet, dass er nicht zum ersten Mal fragte. Melissa fuhr erschrocken hoch. Einige Passagiere drehten sich erstaunt um, als ihr Fuß gegen die Rückenlehne des Vordersitzes schlug.

»Entschuldigen Sie bitte. Tut mir sehr leid, ich war ganz woanders. Zwei Wasser, bitte. Und ein paar Chips. Irgendwelche, egal welche Sorte.« Sie wandte sich wieder

zu Sam, der sich bei den lauten Geräuschen kurz bewegt hatte, sich nun aber auf die andere Seite drehte und den Kopf ungeschickt gegen den Sitz lehnte. Dabei schlief er mit offenem Mund weiter.
Melissa fühlte das Blut in den Ohren rauschen. Der Getränkewagen ratterte an ihr vorüber. Ein Mann stand auf, um einen kleinen Koffer aus dem Handgepäckfach zu nehmen, und Melissa musste wieder an ihr Gepäck im Frachtraum denken. Die rosafarbene Reisetasche, die sie am Flughafen gekauft hatten. Sie starrte auf die kleinen Chipstüten und dann hinüber zu den Passagieren auf der anderen Seite des Ganges, die eine warme Mahlzeit bestellt hatten. Eine ältere Dame stocherte unentschlossen mit einer Plastikgabel in etwas herum, das wie ein Schmorbraten aussah. Aber es hätte auch Moussaka oder Lasagne sein können. Es roch fürchterlich.
Plötzlich fragte sich Melissa, warum ihre Mutter über Essen geschrieben hatte. Warum hatte sie ein ganzes Buch mit Rezepten gefüllt? Melissa kochte ganz gut, aber nicht mit Begeisterung. Eigentlich verstand sie nicht, wie man so viel Aufhebens darum machen konnte. Sie hatte nicht die Geduld, lange in der Küche zu stehen, und sie wusste auch nicht, warum man dem Kochen so viel Zeit opfern sollte, es gab doch so viele hervorragende Restaurants, Take-aways und tolle Supermärkte. Warum hatte ihre Mutter ihr nicht einfach Briefe geschrieben? Ein Tagebuch? Wenn sie doch so viel zu sagen hatte.
Sie schraubte den Deckel von der Wasserflasche und nahm einen Schluck.
Warum Rezepte?

Osterkekse

1/2 Pfund Mehl und die entsprechende Menge Backpulver
150 Gramm Butter in Flöckchen
1/4 Pfund Puderzucker oder gesiebter Streuzucker
1 mittelgroßes Ei
ein paar Tropfen Vanilleextrakt … eine Prise Zimt ist auch lecker.

Den Ofen auf 180 Grad vorheizen und die Backbleche einfetten. Mehl und Backpulver sieben, eine Prise Salz und den Zucker zugeben. Mit den Butterflocken und allem, was du an Aroma möchtest, verrühren und genügend Eischnee unterheben, damit der Teig eher fest wird. Den Teig auf einer mit Mehl bestäubten Arbeitsfläche glatt kneten. In Aluminiumfolie wickeln und 30 Minuten ruhen lassen. Dann den Teig ausrollen und runde Kekse ausstechen. Die Kekse auf den Backblechen verteilen (etwas Abstand lassen, da sie noch aufgehen) und mit einer Gabel einstechen. 12 bis 15 Minuten backen, bis die Kekse goldgelb sind.

Das sind tolle Kekse, Melissa, die musst du unbedingt backen. Ich habe nicht den leisesten Schimmer, warum sie Osterkekse heißen. Vielleicht im Gegensatz zu Weihnachtskeksen. Aber Granny nannte sie Osterkekse, also sind sie das wohl (obwohl man sie wunderbar das ganze Jahr hindurch essen kann).
Ich habe eine besondere Erinnerung an diese Kekse, und ich hoffe, dir wird es ebenso gehen. Die Osterkekse be-

schwören für mich das Bild einer roten, viereckigen Keksdose herauf, die meine Mutter auf dem mittleren Regalbrett in der Speisekammer aufbewahrte (niemals auf dem oberen oder unteren Brett, immer auf dem mittleren – merk dir das). Ich glaube, darum geht es für mich in diesem Buch, ich möchte Familientraditionen und Familienerinnerungen mit dir teilen. Damit sie nicht in Vergessenheit geraten. Die Entsprechung zu Geschichten am Kamin, wenn du so willst, die von Generation zu Generation weitererzählt werden.

Meine Mutter war eine sehr gute Köchin, und sie sprach empört und womöglich auch ein wenig verächtlich über Fertiggerichte und Tiefkühlkost und alles, was »schnell und einfach« zu sein versprach. Sie gehörte einer Generation an, die noch Zeit zum Kochen hatte und nicht Beruf und Familie unter einen Hut bringen musste. Das Chaos, das meine Generation dazu brachte, den Kampf um Gleichberechtigung noch einmal neu zu überdenken, war ihr fremd. (Das ist ein Kapitel für sich. Ich habe einen großen Abschnitt über moderne Mutterschaft begonnen, der am Ende des Buchs stehen soll. Vermutlich interessiert er dich jetzt noch nicht, aber ich mag die Vorstellung, dass du meine Gedanken und Ratschläge nachlesen kannst, wenn es so weit ist). Meine liebe Mutter jedenfalls hatte den Willen und die Zeit zum Kochen, und sie hat viel gekocht.

Diese Kekse hat es bei uns meine ganze Kindheit hindurch gegeben – aber eine strenge Regel besagte, dass wir fragen mussten, bevor wir die rote Blechdose auf dem mittleren Regalbrett öffnen durften.

Bei uns, daran wirst du dich sehr gut erinnern, gab es

nur in den Ferien Kekse, und sie waren stets im Nu aufgegessen.
Dem Rezept habe ich ein Foto aus einem unserer Urlaube in Cornwall beigefügt, denn dort backten wir immer diese Kekse. Dein Vater fand es stets unsinnig, Kekse selbst zu backen, wenn es doch eine hervorragende Konditorei an der Seepromenade gab. Er sagte, auch ich solle mal eine Pause machen. Doch ich zog es vor, zu backen, und der Grund dafür war das Jonglieren mit Beruf und Familie. Ich gab mir alle Mühe, dir trotz meines Berufs eine halbwegs anständige Mutter zu sein, und hatte ständig Schuldgefühle, Melissa, denn es war nicht so leicht, wie ich es mir vorgestellt hatte. Und sicherlich haben wir nicht so oft Kekse gebacken, wie ich mir gewünscht hätte.
Doch auf dem Foto kannst du sehen, dass du schon als kleines Mädchen gern geholfen hast, und deshalb war es auch genau die richtige Ferienbeschäftigung. Es machte uns beide so glücklich, dich und mich. Und deinen Vater mussten wir niemals überreden, uns beim Verputzen der ganzen Köstlichkeiten zu helfen.
Da gibt es noch etwas anderes, weniger Schönes, was ich dir sagen muss. Ich will dich nicht beunruhigen, und ich hoffe, du kannst das gut von den Rezepten und Erinnerungen trennen. Ich mag es überhaupt nicht, die beiden Themen zu vermischen. Die Freude am Kochen … und diese andere Sache. Aber ich habe mir vorgenommen, ehrlich zu sein in diesem Buch. Einer meiner Beweggründe ist Offenheit und auch der Versuch, dich zu schützen.
Damals in diesem Urlaub in Cornwall habe ich den Knoten entdeckt. Willst du wissen, wie? Ich fegte gerade et-

was Mehl von meinem Pullover, und als ich mehrmals fest über den Stoff strich, fühlte ich diese feste Stelle oberhalb der linken Brust, nahe der Achselhöhle. Zuerst dachte ich, es wäre der BH, und wollte mir nicht anmerken lassen, wie beunruhigt ich war. Während der Keksteig ruhte, ging ich ins Badezimmer, um gründlich nachzusehen, und es gab keinen Zweifel.
Ich verstehe wirklich nicht, wieso ich ihn nicht schon zuvor unter der Dusche bemerkt hatte. Oberflächlich betrachtet war es nur ein kleiner Knoten unter der Haut, doch als ich ihn genau abtastete, merkte ich, dass er tief nach innen ging.
Auf jeden Fall war ich sehr dumm, Melissa. Ich machte mir den ganzen restlichen Tag Sorgen, und dann schob ich den Gedanken einfach beiseite – blendete die Sache aus, wenn du so willst – und genoss weiter meine Ferien. Das Dümmste aber war, dass ich, nachdem wir wieder zu Hause waren, nicht gleich zum Arzt ging, sondern beschloss, das, was ich für eine Zyste hielt, weiterhin selbst zu beobachten. Ich redete mir ein, dass der Knoten wieder verschwinden würde, wenn ich nur lang genug wartete – wie eine Entzündung.
Ich »kontrollierte« den Knoten einige Wochen lang, bevor ich mir endlich doch eingestand, dass ich zum Arzt gehen musste.
Natürlich frage ich mich bis heute, ob es einen Unterschied gemacht hätte, wenn ich früher hingegangen wäre. Vermutlich nicht. Hoffentlich nicht. Doch weil ich sichergehen will, dass du niemals etwas so Dummes tust, Melissa, erzähle ich dir jetzt die Wahrheit, von Frau zu Frau.

Dein Vater wird dir wahrscheinlich schon erklärt haben, dass meine Krankheit für jemanden meines Alters sehr selten war, und zwar die Art des Krebses und auch das Tempo, mit dem er streute. Ich will dich nicht unnötig beunruhigen, doch du musst wirklich auf dich aufpassen, Melissa. Du musst dich oft und gründlich selbst untersuchen. Soweit ich weiß, ist meine Krankheit nicht erblich, und ich will auf keinen Fall Hysterie verbreiten. Ich weiß von keinem anderen Fall von Brustkrebs in der nahen Verwandtschaft, daher glaube ich nicht, dass bei dir ein erhöhtes Risiko besteht.
Trotz allem habe ich Max darum gebeten, dich daran zu erinnern, verantwortungsbewusst damit umzugehen. Alle Frauen sollten das tun! Es wird ihm bestimmt nicht leichtfallen, mit dir darüber zu sprechen. Deshalb scheint mir jetzt, da du fünfundzwanzig Jahre alt bist, der richtige Zeitpunkt zu sein, dich liebevoll zu ermahnen.

Wie immer las Eleanor das Geschriebene noch einmal durch, während die Tinte trocknete, und sie fragte sich, ob sie Melissa nicht zu viel zumutete.
Sie versuchte sich vorzustellen, wie Melissa sich wohl fühlte, wenn sie diese Zeilen las, und plötzlich hatte sie den Wunsch, die Seite zu berühren. Sie ließ ihre Hand einige Minuten lang auf dem Papier liegen, wollte sie gar nicht mehr wegnehmen.
Nur einmal hatte Eleanor sich erlaubt zu weinen. Das war während des Arzttermins gewesen, als sie erstmals das gefürchtete Wort »Metastasen« hörte. Als das »K«-Wort zum ersten Mal fiel, war sie zunächst völlig schockiert, dann aber fast demonstrativ optimistisch gewesen.

Nach einer kurzen Zeit der Verunsicherung war ihr Kampfgeist erwacht. Sie war doch noch so jung! Während der Fahrt zum Krankenhaus und als sie zusammen auf neue Testergebnisse und Röntgenbilder warteten, redete sie unablässig auf Max ein. *Bestimmt war es eine frühzeitige Diagnose, und die Krankheit würde noch gut behandelbar sein. Heutzutage konnten die Ärzte doch wahre Wunder vollbringen. Ein Wiederaufbau der Brust, und man würde kaum mehr etwas sehen. Sie hatte diese Sendung gesehen, wo eine Frau sich nach der Brust-OP tatsächlich besser gefühlt hatte als zuvor. Das hatte sie ernsthaft gesagt.*

Sie würde Melissa nichts davon schreiben, wie groß der Schock gewesen war, als der Arzt ihr etwas über Streuung und über die verschiedenen Stadien erklärt hatte. Gewöhnlich nahmen Patienten nach der Diagnose »Krebs« nichts mehr auf, aber auf Eleanor traf das nicht zu. Als sie das Wort »Krebs« hörte und die Diagnose zum ersten Mal bestätigt wurde, dachte sie nur noch darüber nach, ob und wie sie gegen die Krankheit ankämpfen konnte.
Erst bei dem späteren Arztbesuch, nachdem man ihr einen Schlauch in die Brust eingeführt und Gewebe entnommen hatte, das im Labor untersucht wurde, war Eleanor so weit, dass sie nichts mehr hören wollte. Als sie die Worte »Stadium 4« und »Metastasen« vernahm, als der Arzt auf die Röntgenbilder schaute und Unverständliches über ihr Leben und ihre Lungen sagte, schaltete sie ab.
Der Arzt hatte sie davor gewarnt, in dem damals noch neuen Internet nach Informationen zu suchen. Er wusste,

dass sie dank Max an der Universität Zugang dazu hatte. »Wenn Sie irgendeine Frage haben, stellen Sie sie mir und nicht diesem neuen ›World Wide Web‹, ja?« Doch Eleanor hatte längst alles gelesen, was sie finden konnte. Broschüren, Artikel, Forschungsarbeiten. Und während Max aufmerksam dem Arzt zuhörte und mit ihm über Behandlungsmethoden und Zeitfenster zu sprechen begann, war Eleanor innerlich schon wieder zu Hause. Sie saß inmitten von Stickerheften und Zauberstäben, Ausstechförmchen und Puderzuckerwolken und sah ihre wunderschöne Tochter an.

8

Melissa 2011

Schweigend legte Sam die Formulare der Autovermietung ins Handschuhfach. Keiner von ihnen verlor auch nur ein Wort über den Koffer, den sie mühevoll auf die Rückbank des Clio gehievt hatten. Der Kofferraum war zu klein gewesen. Melissa holte einen Reiseführer und eine Karte hervor.

»Wenn du mit einem neuen Navi einverstanden gewesen wärst, Melissa, hätten wir uns eine Karte von Zypern draufladen können.«

»Ich kann Karten lesen. Navis hasse ich.«

Sam grinste nur. Seit dem Schläfchen im Flugzeug leuchteten seine Augen wieder.

»Wie bitte?«

»Ach, nichts. Du bist eine großartige Kartenleserin. Du wirst den Weg schon finden.«

Melissa war froh, dass sich seine Stimmung wieder gebessert hatte und er nun so gut gelaunt war. Seit die rosafarbene Reisetasche mit dem Buch ihrer Mutter sicher im Kofferraum verstaut war, konnte auch sie sich wieder auf die Urlaubstage freuen, die vor ihnen lagen. Sie würde Zeit haben, sich in das Buch zu vertiefen. Sam und sie würden wieder zueinanderfinden. Mit diesem Gedanken lehnte sie sich zurück.

Dann wandte sie sich Sam zu, der plötzlich mit finsterem Blick auf das Armaturenbrett starrte.
»Weißt du schon, wann du ins Troodosgebirge fahren möchtest, Sam?« Die gemeinsame Unternehmung würde ihnen guttun.
»Darüber habe ich noch gar nicht richtig nachgedacht. Ist mir eigentlich egal.«
Sam klappte die Sonnenblende herunter und spielte an den Anzeigen herum. Dann fuhr er los.
Wenn sie sich beide an ihre Verabredung hielten, würden es schöne Tage auf Zypern werden. Nach dem Abend im Restaurant hatten sie ausgemacht, sich im Urlaub nicht fortwährend in dramatische Aussprachen über ihre Beziehung zu verstricken. Sam war einverstanden gewesen, Melissa nach dem verunglückten Heiratsantrag etwas Bedenkzeit zu geben. Nun hoffte sie, dass der geplante Ausflug ins Troodosgebirge sie einander wieder näherbringen würde. Etwas Ablenkung konnten sie beide gut gebrauchen.
Sie mussten immer nur der Straße folgen, um zu der im Norden der Insel gelegenen Ferienanlage zu gelangen. Der Weg war gut ausgeschildert, und da Sam hier wie zu Hause links fahren konnte, gewöhnte er sich schnell an das neue Auto.
Melissa streckte ihren Arm aus, um ihm den Nacken zu streicheln. »Was hältst du davon, wenn wir erst einmal ein paar Tage vor Ort bleiben und einfach ausspannen? Dann machen wir die Fahrt in die Berge – sagen wir, am Montag?«
Sam wandte kurz den Kopf, um ihren Blick aufzufangen. Seine Gesichtszüge entspannten sich.

Die Reise nach Zypern war seine Idee gewesen. In den letzten Monaten hatten sie beide viel gearbeitet, sie sehnten sich nach Sonne, um neue Energie zu tanken. Auf Zypern konnte Sam darüber hinaus seinem Großvater Edmund, der vor acht Monaten gestorben war, eine letzte Ehre erweisen. Wenige Wochen vor seinem Tod hatte Edmund Sam und Melissa in seinen ehrgeizigen Plan, eine Autobiographie zu schreiben, eingeweiht.

Obwohl Melissa noch am Anfang ihrer journalistischen Karriere stand, hatte sie sich schon daran gewöhnt, dass sich jeder in ihrem Umfeld plötzlich fürs Schreiben begeisterte. Nur weil sie nun endlich mit dem Schreiben Geld verdiente, dachten alle anderen, sie könnten das auch.

Du schreibst? Oh, wie interessant. Ich schreibe vielleicht auch ein Buch, wenn ich pensioniert bin …

Melissa hatte Sams Großvater sehr gern, und doch hatte sie sich ein Lächeln verkneifen müssen, als er sie fragte, wie er einen Literaturagenten finden könnte. *Ob sie glaube, dass seine Autobiographie sich gut verkaufen würde?*

Aber im Laufe der zahlreichen Gespräche mit Edmund stellte Melissa fest, dass sein Projekt wirklich interessant war. Ende der fünfziger Jahre war Edmund als Soldat auf Zypern stationiert gewesen, und er beabsichtigte, über die Erlebnisse aus dieser Zeit zu berichten. Doch Edmund starb, ohne die Autobiographie fertiggeschrieben zu haben. Nach seinem Tod erhielt Sam, der ein enges Verhältnis zu seinem Großvater gehabt hatte, Zugang zu all seinen Computerdateien. Die Geschichte, die sein Großvater hatte erzählen wollen, bewegte Sam tief. Aufgewühlt zeigte er Melissa Edmunds Material und seine

Notizen, und zusammen stießen Sam und Melissa auf ein Erlebnis, das sie beide nicht mehr losließ.

Während der politischen Unruhen auf Zypern in jener Zeit hatte die britische Armee die Aufgabe, die anti-britischen Rebellen, die aus den Troodosbergen heraus operierten, niederzuschlagen. Edmunds Erzählung konzentrierte sich auf einen Frühsommertag, als mehrere britische Bataillone gleichzeitig in derselben Berggegend kämpften. Es kam, wie es kommen musste: Die Kampfgebiete der einzelnen Bataillone überlagerten sich, und in der Folge schossen die britischen Soldaten versehentlich aufeinander. An diesem Tag wurde Edmund Zeuge, wie ein junger Soldat im Feuer der eigenen Kameraden starb.

»Ich hielt ihn in meinen Armen«, stand dort, »er war noch ein Junge. Bis zu jenem Moment war mir nicht aufgefallen, wie jung wir alle damals waren.«

Aus Edmunds Aufzeichnungen ging hervor, dass er noch in der Schule ein Buch über den Ersten Weltkrieg gelesen hatte, in dem stand, dass Soldaten im Sterben oft nach ihrer Mutter rufen. Er hatte nicht an diese Beobachtung geglaubt und sie als sentimental abgetan. Für ihn war das pazifistische Propaganda, die die Rekrutierung von Soldaten verhindern sollte. Eine Beleidigung ihrer Tapferkeit. Doch nach dem Erlebnis auf Zypern änderte Edmund seine Meinung grundlegend.

In den Notizen zu seiner Autobiographie schrieb er: »Ich will hier die Wahrheit sagen: Er war noch ein Junge, dieser Kamerad im Troodosgebirge, höchstens neunzehn Jahre alt. Ihn während seiner letzten Minuten zu sehen brach mir fast das Herz, denn er hatte furchtbare Angst. Und ich schäme mich nicht, offen zu sagen, dass er im Moment des Sterbens nur eines wollte: seine Mutter.«

Melissa hatte die ganze Zeit aus dem Fenster gestarrt, während sie unentwegt über diese Zeilen von Edmund nachdachte. Nun merkte sie, dass ihr die Augen weh taten. Sie blinzelte mehrmals in die staubige Landschaft – ein verschwommenes Bild, das am Seitenfenster vorbeihuschte.

»Natürlich weiß ich nicht, wo mein Großvater stationiert war und wo genau das eigentlich passiert ist«, Sam drückte Knöpfe und bewegte Schalter, um die Scheibenwaschanlage zu finden, »aber ich glaube, das ist auch nicht entscheidend.«

Edmund hatte auch von seiner Absicht geschrieben, nach Zypern zu reisen, sobald das Buch fertig war, und in den Troodosbergen für den verstorbenen Kameraden und dessen Familie Blumen niederzulegen. Doch dazu war es nicht mehr gekommen.

Sam hatte beschlossen, anstelle seines Großvaters ins Troodosgebirge zu fahren. Nun berichtete er Melissa, was er über die Gegend herausgefunden hatte. Auf den britischen Friedhof zu gelangen war schwierig; die toten Soldaten waren damals im »Niemandsland« begraben worden, das zwischen Zypern im Süden und dem türkischen Nordteil der Insel lag und von der UNO kontrolliert wurde.

»Heutzutage ist das alles recht heikel. Ich will keinen Staub aufwirbeln oder irgendwie Ärger machen. Es soll ja keine große Aktion werden. Ich würde einfach gern eine Kapelle finden, dort eine Kerze anzünden und dem Soldaten auf diese Weise Respekt zollen. Was meinst du, Melissa?«

»Du hast recht, das habe ich dir ja schon gesagt. Ich finde, das ist wirklich eine schöne Idee.«

»Dann also am Montag.«

Während der Fahrt hatte Melissa sich noch sehr müde gefühlt, doch als sie den kleinen, fast unberührten Ferienort Polis erreichten, war sie wieder voller frischer Energie. Die Ferienwohnung war noch schöner als im Internet beschrieben, geräumig und mit neuen Möbeln ausgestattet, die Melissa auf den Fotos im Netz nicht gesehen hatte. Das gemütliche Wohnzimmer war in lebhaften Farbtönen gehalten. Außerdem verfügte die Wohnung über ein großes, modernes, voll gefliestes Badezimmer. Zu der Ferienanlage gehörte auch ein kleiner Swimmingpool mit Café, und den Strand konnte man bequem zu Fuß erreichen.

Es gab nur ein klitzekleines Problem, und das dämmerte Melissa, während sie das Appartment erkundete. Alle Räume waren vollkommen offen. Zwischen dem Schlafzimmer und dem Wohnbereich mit dem Schlafsofa gab es keine Tür. Als sie das Appartment gebucht hatte, war ihr das nicht aufgefallen, aber nun fragte sie sich, wohin sie sich zurückziehen konnte, um ungestört das Buch ihrer Mutter zu lesen.

Melissa fühlte sich nicht wohl dabei, das Buch vor Sam zu verheimlichen. Doch sie musste allein sein, um in Ruhe darüber nachzudenken, ob sie erst Sam oder erst ihrem Vater davon erzählen sollte.

Sam schlief gern viel und lang, doch er konnte sie jederzeit überraschen, so wie letzte Nacht. Außerdem würde

ihn jeder Lichtstrahl, auch von einer schwachen Tischlampe, sofort aufwecken.
Melissa runzelte die Stirn und schaute durch die Terrassentür nach draußen. Sie würde das Buch auf keinen Fall mit an den Pool nehmen, denn dort könnte es nass werden. Außerdem war der Bade- und Sonnenbereich von ihrem Balkon aus gut einzusehen, und Sam könnte sie dort entdecken. Plötzlich wurde sie nervös, wenn sie nur an das Buch dachte. Sie stellte sich vor, wie ihre Mutter beim Schreiben ausgesehen hatte.
»Macht es dir wirklich nichts aus, wenn ich einen Spaziergang in den Ort mache, Melissa? Ich könnte schon mal schauen, wo wir später essen gehen können.« Sams Stimme hinter ihr klang verlegen. Er konnte nicht ahnen, dass ihr gewohntes Ritual, wenn sie irgendwo neu ankamen, für sie jetzt ein Geschenk war. Melissa schwamm am liebsten, bevor sie auspackte, wohingegen Sam gern sofort die Gegend erkundete. Bevor er sich an einem neuen Ort nicht mühelos orientieren konnte, gab er sich nicht zufrieden.
»Wie bitte?«
»Hast du etwas dagegen, wenn ich eine kleine Entdeckungstour mache? Schon mal ein Restaurant auswähle.«
»Nein, natürlich habe ich nichts dagegen. Geh nur.« Melissa lächelte ihn an und beobachtete dann vom Balkon aus, wie er um die Ecke kam und dann einen Moment innehielt, um sich mit der Hand durchs Haar zu fahren – diese kleine Geste der Befangenheit. Wie immer war sein Blick fest nach oben gerichtet. Schon als Kind war Sam, der geborene Architekt, stets mit hochgerecktem Kinn durch die Straßen gelaufen, hatte eingehend Gebäude,

Balkone und Dächer betrachtet. In diesem Augenblick bemerkte er das Schild zum Ortszentrum, bog ab und war aus ihrem Blickfeld verschwunden. Melissa nahm das Buch ihrer Mutter aus der Reißverschlusstasche, die in der rosafarbenen Reisetasche gelegen hatte. Ihr Herz raste, als sie es prüfend betrachtete, doch nein, das Buch war nicht zerdrückt worden.

Käsestangen …

… dann gab ich in drei davon eine riesige Menge wirklich scharfen Cayennepfeffers …
Oh, mein Gott. Ich dachte, er bekäme einen Herzinfarkt … Obwohl, so wie wir gelacht haben, war es das wert. Ich kann dir nicht sagen, Melissa, wie glücklich mich der Gedanke an diese Momente macht.
Ich hoffe inständig, du wirst dich erinnern, wie sehr wir gelacht haben …

Melissa hatte zehn, höchstens fünfzehn Minuten lang gelesen, und als sie nun das Buch zuklappte, das vor ihr auf dem glänzenden Pinienholztisch neben der Kochnische lag, hatte sie das merkwürdige Gefühl, aus weiter Ferne in diesen unvertrauten Raum zurückzukehren. Sie starrte auf den Holztisch vor sich – das Holz war von einem intensiven Orange, und heiße Becher hatten in der dicken Lackschicht kreisrunde Flecken hinterlassen – und bemühte sich, die Szene, die ihre Mutter beschrieben hatte, in ihrem Inneren wiederzufinden. An das Bodyboard mit dem Hai darauf konnte sie sich erinnern – zumindest glaubte sie das. Im Haus ihres Vaters gab es ein gerahmtes

Foto, das sie mit dem Board unter dem Arm zeigte. Erinnerte sie sich nur deshalb daran? Aber nein. Doch sosehr sie es auch versuchte, den Spaß mit den Käsestangen konnte sie sich beim besten Willen nicht mehr ins Gedächtnis rufen.

Melissa stand auf und lief unruhig durchs Zimmer. Sie ging zum Fenster und schaute dem Treiben am Pool zu. Ein Vater brachte seinem Sohn den Kopfsprung bei. Er hielt ihn um den Bauch gefasst, während er ihm den Rücken zum rechten Winkel beugte, die Arme langstreckte und die Handflächen zusammendrückte.

Melissa lief erneut hin und her, auf der Suche nach der Erinnerung. Doch nein. Sie drehte sich wieder um und beobachtete, wie der Junge seinen Sprung erfolgreich absolvierte und der Vater beim Auftauchen Beifall klatschte. Also – wo war es? Das Bild in ihrer Erinnerung?

Ihr fiel ein, wie oft Sam von gemeinsamen Streichen und Lachanfällen mit seinem älteren Bruder Marcus erzählte. Sie hatte einmal gelesen, dass die meisten Menschen sich ab dem Alter von drei Jahren an konkrete Ereignisse erinnern konnten. Demnach verfügte sie also über fünf Jahre Erinnerung mit ihrer Mutter. Wo nur hatte sie diese Zeit in ihrem Gedächtnis vergraben?

Rasch schob Melissa das Buch wieder in die Reißverschlusstasche zurück und versteckte diese zwischen einigen T-Shirts, die sie aus dem Monsterkoffer in die Regalfächer des Kleiderschranks im Schlafzimmer geräumt hatte. Dann suchte sie ihre Schwimmsachen zusammen und machte sich auf zum Swimmingpool. Fünf Längen Brustschwimmen, fünf Längen Kraulen, fünf im Schmetterlingsstil.

Sam kehrte erst zurück, als sie nach dem Schwimmen im Appartment schon all ihre Sachen ausgepackt hatte – er freute sich auf ein Nickerchen, bevor sie am Abend ausgingen.
Später aßen sie in einer hervorragenden Taverne direkt am Hauptplatz des Ortes. In der Nähe spielten Kinder an einem Brunnen, Melissa beobachtete sie fasziniert und lächelte. Erst als sie sich eines unbehaglichen Gefühls in ihrem Inneren bewusst wurde, änderte sich ihr Gesichtsausdruck.
Auch Sam sah den Kindern zu, machte aber keine Bemerkung. Beim Essen sprachen sie nur über unverfängliche Dinge – wie gut das Essen war und der Wein und wie schön es war, dass Polis trotz des Tourismus noch so authentisch geblieben war. Nirgendwo sah man hier Hochhäuser. Keiner von beiden sprach das Tabuthema an.
Ihre gemeinsame Zukunft.
Die spielenden Kinder am Brunnen.
»Ist es nicht wunderschön hier, Sam?«

Den nächsten Tag verbrachten sie mit Faulenzen und Lesen. Am Montagmorgen standen sie früh auf, um ins Troodosgebirge zu fahren. Da sie nicht herausfinden konnten, wo genau Edmund auf Patrouille gewesen war, entschieden sie sich für eine Kirche, die sie auf der Karte entdeckt hatten und die tief in einem Waldgebiet lag, eine Autofahrt von circa vierzig Minuten. Sie brauchten länger als geplant, denn sie hielten öfters an, um am Rande der kurvigen Bergstraße Fotos von der atemberaubenden Aussicht zu schießen. Auf dem Weg zu der Kirche kamen sie durch ein hübsches Dorf, wo einige Frauen häkelnd

auf dem gepflegten Dorfplatz saßen und schwatzten. Die Atmosphäre nahm Melissa sofort gefangen.
In einem kleinen Café tranken sie Kaffee und aßen Kuchen, dann gingen sie durch einen Steinbogen, hinter dem sich eine stille, kühle byzantinische Kirche befand. Sam entschied, dass sie nicht weiterfahren mussten, denn dieser Ort schien ihm perfekt. Er zündete zwei Kerzen an – eine für seinen Großvater und eine für den Mann, den dieser vor so vielen Jahren in den Armen gehalten hatte. Während Sam vollkommen unbeweglich dastand, die Hände auf die Hüften gestützt, bemerkte Melissa seine Verlegenheit. Er war seinem Großvater, der ihm das Angeln beigebracht und ihm auch seine gesamte Ausrüstung vererbt hatte, immer sehr nah gewesen. Das Angelzeug lag in der Garage, und Melissa hatte Sam schon mehrmals dabei überrascht, wie er es einfach nur ansah. Dabei hatte er ebenfalls einen Moment lang vollkommen reglos dagestanden, die Hände auf die Hüften gestützt. So wie jetzt. Ohne ein Wort zu sagen, wartete sie, bis er vor ihr die Kirche verließ. Dann machte sie als Erinnerung für Sam ein Foto von den zwei Kerzen vor dem Hintergrund der Buntglasfenster und zündete schließlich eine dritte Kerze an, für all die jungen zyprischen Männer, die damals gestorben waren.
Sie hatten den Mietwagen auf einer steilen Straße am Rande des Dorfes abgestellt. In dem Moment, als sie um eine große Kurve zum Wagen zurückgingen, geschah es.
Nach der Ruhe und Stille in der Kirche war plötzlich ein laut dröhnendes Geheul zu hören. Melissa ging einige Schritte hinter Sam, der mit einem jungen Einheimischen ins Gespräch gekommen war, als der Lärm ertönte. Sie

drehte sich um und blickte in eine große Staubwolke: Ein Motorrad hatte in der Kurve die Kontrolle verloren. Mit ohrenbetäubendem Quietschen rutschte die Maschine in einem tiefen Winkel direkt auf Sam zu.
Dann geschah alles blitzschnell.
Und zugleich wie in Zeitlupe.

9

Eleanor 1994

Eleanor klappte die Sonnenblende herunter und überprüfte ihr Gesicht in dem kleinen Spiegel. Als sie sich nach vorn neigte, erhaschte sie einen flüchtigen Blick von Melissa auf der Rückbank – das neue Bodyboard lag noch immer auf ihrem Schoß.

»Du kannst es runtertun, mein Schatz.«

»Ich werde es weißer Hai nennen.«

»Du hast doch ›Der weiße Hai‹ gar nicht gesehen.« Eleanor warf Max, der gerade den Blinker zum Überholen gesetzt hatte, einen wütenden Blick zu. »Zumindest hoffe ich das!«

»Daddy hat mich die nicht so gruseligen Szenen sehen lassen. Wie der Junge seinen Vater nachmacht. Und wie sie alle zusammen am Strand sind und …«

»Ich dachte, das wäre unser kleines Geheimnis, Liebling.«

»Sag mir die Wahrheit – du hast sie doch nicht etwa ›Der weiße Hai‹ sehen lassen?«

»Wirklich nur einen kleinen Teil, rein zufällig. Keine blutigen Szenen.«

»Darum wollte sie also das Bodyboard mit dem Hai darauf?«

Max zuckte die Achseln.

»Ich bin überrascht, dass sie überhaupt noch ans Meer will. Also, Max. Wirklich.«

»Haie gibt es doch bloß in Amerika und in Australien, Mummy. Nicht in Cornwall. Und im Film haben sie ihn getötet. Daddy hat den Film geschaut, und ich habe gemalt.«

»Ich habe auch sofort umgeschaltet, Eleanor. Es war wirklich nicht der Rede wert. Ich habe nicht einmal mitbekommen, dass sie zugeschaut hat. Und als ich es gemerkt habe, habe ich umgeschaltet. Es waren zehn Minuten. Höchstens.«

»Das ist wirklich unglaublich.«

»Bei dir darf sie ›Doctor Who‹-Videos sehen.«

»Ja, aber nicht die Kämpfe zwischen Doctor Who und den Cybermännern.«

»Wie bitte?«

»Nun komm schon, Max. ›Der weiße Hai‹! Sie ist sieben.«

»Ich bin schon fast acht.«

Max und Eleanor tauschten einen versöhnlichen Blick aus.

»Es tut mir leid, Eleanor. In Zukunft werde ich besser aufpassen. Sie hat nichts Brutales gesehen, das schwöre ich dir.«

»Wann sind wir da, Mummy?«

»Noch eine Kaffeepause, und dann sind wir eine Stunde später da.«

Zweimal im Jahr unternahmen sie diese Reise nach Cornwall. Ursprünglich war es Max' Idee gewesen, denn als Kind hatte er mit seinen Eltern oft dort Ferien gemacht und hegte glückliche Erinnerungen an Tage, die er mit Eimer und Schaufel spielend am Sandstrand verbracht hatte. Auch Melissa sollte richtige Ferien am Meer erleben dürfen. Sie sollte erfahren, wie schwierig das Schließen des langen Reißverschlusses ihres Neoprenanzugs im kalten Wind war, wie gut Tee aus der Thermosflasche tat, wie der Sand zwischen den Sandwichscheiben beim Kauen knirschte. Eleanor hatte in ihrer Kindheit jeden Sommer in Frankreich verbracht – meist hatten ihre Eltern, beide Lehrer, dort ein Haus gemietet. Sie war daher nicht sofort begeistert gewesen von der Idee eines Urlaubs in Cornwall, doch als Max ihr die schönsten Buchten und die besten Strände rund um die Halbinsel Lizard zeigte, ließ sie sich rasch überzeugen.

Als Melissa drei Jahre alt war, nahm Max eine neue Stelle an der Universität an, die ihn zeitlich unabhängiger machte. Von da an fuhren sie nicht nur jedes Jahr jeweils eine Woche an Ostern und im Sommer, sondern auch noch für ein langes Wochenende ans Meer. Bald schon waren Eleanor und Melissa von diesem Urlaubsziel genauso begeistert wie Max. Sie liebten die Wanderungen entlang der Küste, die steilen Straßen mit den windschiefen Cottages bis hinunter zum Meer und die Momente am frühen Abend, wenn sie Kinder am Strand dabei beobachteten, wie sie Krabben gegeneinander antreten ließen.

Melissa schaute dem Treiben mit offenem Mund zu – sie war etwas zu schüchtern, um selbst mitzumachen –, doch sie kreischte vor Freude, wenn ein paar der Tiere in die vollkommen falsche Richtung davonrannten.

Mit der Zeit lernte sie auch alle Meeresfrüchte kennen und lieben, genau wie ihre Mutter. Max wusste genau, wo die beste frische Ware direkt vom Boot aus verkauft wurde. Fast immer mieteten sie dasselbe Cottage in Porthleven, von dem aus man einen traumhaften Blick auf den Strand und das Meer genoss. Porthleven war ein noch ursprüngliches kleines Fischerdorf mit Kunstgalerien und einigen guten Restaurants, Cafés und kleinen Geschenkeläden, wo Melissa Muschelschalen und polierte Steine als Kettenanhänger kaufte, während Max zusah, wie die Fischerboote mit ihrem Fang in den Hafen zurückkehrten.

Manchmal fragte sich Eleanor, ob sie nicht einmal woandershin fahren und etwas Neues kennenlernen sollten, doch am Ende des Semesters war sie jedes Mal so erschöpft, dass sie der Vertrautheit des Cottages in Porthleven nicht widerstehen konnte. Das kleine Haus mit Strandblick gehörte einem Ehepaar in den Fünfzigern, das selbst im Dorf wohnte und durch die Vermietung seine Rente aufbesserte. Die Besitzer waren sehr freundlich und aufmerksam – bei der Ankunft stand stets ein Tablett mit Scones und selbstgemachter Marmelade in der Küche bereit und *clotted cream* im Kühlschrank.

»Super! *Cream tea!*«, rief Melissa jedes Mal, wenn sie die schwere Holztür zur Küche öffnete und den leckeren Willkommensgruß auf dem Esstisch entdeckte. Inzwischen liebte Eleanor die Regelmäßigkeit und den Nachhall all dieser Erlebnisse. Das Gefühl einer Erinnerung, die sich mit jedem Mal tiefer und tiefer ins Gedächtnis einbrannte.

Heimlich hegte Eleanor die Hoffnung, die Huberts würden das Cottage niemals verkaufen, sondern es ihren Kindern zum Vermieten vererben. Irgendwann in ferner Zukunft würden Max und Eleanor dann mit Melissa, ihrem Mann und einem Enkelkind herkommen und ihnen die Geschichte erzählen, wie sie diesen Ort gefunden hatten. Wie Melissa als kleines Mädchen hier im Meer Wellenreiten gelernt hatte – Anekdoten, wie sie Max' Eltern erzählten, wenn sie ihren Sohn und seine Familie in Cornwall besuchten und Geschichten über Max als kleinen Jungen am Strand zum Besten gaben.

»Alles in Ordnung bei dir?«

»Ja, ich träume nur so vor mich hin.« Eleanor lächelte, als Max die Taschen im Flur abstellte, während Melissa schnurstracks zum Kühlschrank lief, um nach der *clotted cream* zu schauen.

Später, als sie Melissas kleine Tasche auspackte, ertappte Eleanor sich dabei, dass sie den Blick auf das zweite Bett im Zimmer ihrer Tochter vermied. Max und sie hatten vereinbart, sich mit dem Wunsch nach einem zweiten Kind nicht unter Druck zu setzen. Sie wollten es entspannt angehen lassen, und daher versuchten sie es – theoretisch zumindest – immer noch, schon seit drei Jahren. Max sah dennoch keinen Grund, sich irgendwelchen Fruchtbarkeitsbehandlungen zu unterziehen. Nicht, solange sie noch so jung waren. Und Eleanor gab sich allergrößte Mühe, nicht in Panik zu geraten.

Zumindest theoretisch.

»Also morgen gehen wir Lebensmittel einkaufen. Wir könnten auch gleich alles fürs Keksebacken besorgen. Dann haben wir etwas Schönes vor, wenn es mal regnet, nicht wahr, Melissa?«

In der Küche beobachtete Eleanor, wie Melissa eine

alarmierend große Menge Marmelade auf einen halben Scone strich, während Max in einer Schublade nach zusätzlichem Besteck suchte.

»Wusstest du, dass man in Devon die *clotted cream* zuerst draufstreicht?«, versuchte Max zwischen Mutter und Tochter zu vermitteln.

»Können wir rosa Zuckerguss besorgen?«

»Für die *scones?*«

»Nein, dummer Daddy. Für die Kekse.«

»Die *clotted cream* zuerst draufzutun ist wirklich absurd!« Eleanor blickte Max an und verzog heimlich das Gesicht, als Melissa mit einem Messer versuchte, die *clotted cream* vom Löffel auf den großzügigen Marmeladenklecks zu streichen. »Rosa Zuckerguss? Das ist eine schöne Idee, Liebling.«

»Ihr wisst, dass es an der Promenade eine Konditorei gibt? Wenn ihr Kekse oder Kuchen wollt …«

»Du begreifst das nicht, oder?«

»Was denn?«

»Vier Tage, ohne dass der Schuldezernent Zustände bekommt, weil die Schulaufsicht auftauchen könnte. Vier Tage ohne eine aufwendige Untersuchung, wie Zwölfjährige ihren Lehrer in einem Schrank einschließen konnten.«

»Das ist wirklich passiert?«

»Das ist wirklich passiert.«

»Und du denkst an – Kekse backen?«

»Ja, daran denke ich. Ich finde, wir haben verfluchtes Glück.«

»Mummy hat verflucht gesagt!«

»Ja, Melissa. Mummy ist sehr ungezogen.«

Max' Gesichtsausdruck verfinsterte sich. »Ich werde Frauen nie verstehen.«
»Das liegt am Penis. Er ist im Weg.«
»Mummy hat Penis gesagt.«
»Nein, hat sie nicht. Sie hat gesagt, es ist ein abscheuliches Verbrechen, Frauen nicht zu verstehen. Wie wäre es, wenn wir jetzt aufessen, dann die Strandsachen zusammensuchen und den weißen Hai ausprobieren?«

Die Keksdosen kamen erst am Mittwoch zum Einsatz – das Wetter war viel freundlicher gewesen, als es sonst an Ostern der Fall war. Nachdem die Sonne zwei Tage lang vom Himmel gestrahlt hatte, gab es einen heftigen Wolkenbruch. Max angelte draußen unter einem großen Regenschirm, was Eleanor auf den Gedanken brachte, dass sie die Männer ebenso wenig verstand wie Max die Frauen. Melissa und sie hatten Keksteig gemacht und ihn zum Ruhen im Kühlschrank deponiert.
Eleanor streute Mehl über den Küchentisch, und Melissa sortierte Ausstechförmchen aus einer Plastikdose, die sie von zu Hause mitgebracht hatten.
»Ich mag den Schneemann. Können wir den Schneemann nehmen?«
»Na ja, jetzt ist nicht gerade die Jahreszeit der Schneemänner, oder, Süße? Warum suchst du nicht den Hasen? Wir haben auch ein paar Herzförmchen, die müssten in der Dose sein. Schau doch mal.«
Eleanor merkte, dass sie aus Versehen mehr Mehl auf ihren Pullover als auf den Tisch gestreut hatte, und begann, das Mehl mit schnellen, energischen Bewegungen von der Brust abzubürsten. Sie hätte eine Küchen-

schürze umbinden sollen. Dann hielt sie unvermittelt inne.

Noch einmal strich sie langsam von oben nach unten über die linke Brust. Sie runzelte die Stirn. Ihre Finger hatten vermutlich über eine unebene Stelle in ihrem BH gestrichen. Mit drei Fingern versuchte sie, den Stoff glattzudrücken. Doch die Unebenheit blieb.

»Kann ich dich kurz allein lassen? Ich muss mir nur die Hände waschen.«

Im Badezimmer fühlte sich ihr Körper so eisig an, als stünde sie plötzlich draußen im Freien. Ein kalter Schauer durchfuhr sie von Kopf bis Fuß. Sie wollte nachsehen, gleichzeitig hatte sie Angst.

Eleanor stellte sich vor den großen Spiegel über der Handtuchstange, streifte sich rasch den Pullover über den Kopf und zog die linke BH-Hälfte nach unten. Zuerst tastete sie sanft, dann fester. Wieder spürte sie diesen kalten Schauer.

Eleanor setzte sich auf den Badewannenrand.

»Ich habe den Hasen gefunden, Mummy!« Melissas Stimme ertönte unmittelbar vor der Badezimmertür.

Das Blut rauschte Eleanor in den Ohren und pochte in ihren Fingern, als sie die linke Achselhöhle abtastete. Noch eine Schwellung.

»Prima, Liebling. Ich bin gleich fertig.«

Sie wusch sich die Hände, zog den Pullover wieder an und spritzte sich kaltes Wasser ins Gesicht.

»Du siehst lustig aus, Mummy. Deine Haare sind ganz nass.«

»Mir war nur ein bisschen heiß.«

Nervös griff Eleanor in die Dose mit den Ausstechförm-

chen, nahm schließlich einen Stern, ein Herz und einen Lebkuchenmann heraus. Ihre Hände zitterten leicht, als sie weiteres Mehl auf die Tischplatte streute.
»Was ist mit deinem Auge?«
»Gar nichts. Alles in Ordnung.«
Eleanor konnte es deutlich spüren. Das heftige, nervtötende Zucken ihres Augenlids, eine Art Tic.
»Also, dann machen wir jetzt mal diese Kekse, ja?«

10

Melissa 2011

Vor ihrem geistigen Auge sah Melissa, wie das Motorrad Sam mit voller Wucht erfasste. In Zeitlupe schlitterte der dröhnende, heulende Haufen aus Metall und Staub direkt auf Sam zu und explodierte. Noch Wochen und Monate später würde sich diese Szene in ihren Träumen wiederholen.

In dieser verlangsamten Version endete alles in diesem Moment, genau dort an dem Berg. Aber diese Bilder spiegelten nur ihre Angst und das schiere Entsetzen wider, die Wirklichkeit sah anders aus. Was tatsächlich geschah, war im Grunde vollkommen unwahrscheinlich. Das Motorrad schlitterte noch durch den Staub auf der Schotterstraße, als der junge Zyprer, mit dem Sam plaudernd den Berg hinabschlenderte, plötzlich sehr schnell losrannte. Dieses rasante Tempo passte überhaupt nicht zu dem, was Melissa gerade noch vor sich gesehen hatte, es war, als hätte jemand die Szene zurückgespult und viel schneller noch einmal abgespielt.

Der junge Mann sprang hoch und warf sich mit dem ganzen Körper auf Sam, mit aller Kraft stieß er ihn auf die gegenüberliegende Straßenseite. Nachdem beide auf dem Boden aufgeschlagen waren, lag nun das rechte Bein des jungen Mannes genau im Weg des schlitternden Motorrads.

Auch Melissa musste so schnell wie möglich in den Schatten einiger Bäume auf ihrer Straßenseite zurücktreten, um dem umgestürzten Motorrad und seinem Fahrer auszuweichen. Schließlich kam das Motorrad sehr viel weiter unten am Berg zum Halten. Melissa lief hinauf zu Sam und seinem dunkelhaarigen Retter, die beide auf der Straße lagen.

»Ach du lieber Himmel, Sam!« Sie kniete neben ihm, bemerkte das Blut und die hässlichen tiefen Schnittwunden auf der Beinunterseite des Fremden, doch sie erkannte auch erleichtert, dass die beiden sich noch regten. Sie waren offensichtlich bei Bewusstsein, spürten ihre Schmerzen. Und das war ein gutes Zeichen. Schmerz. Bewusstsein.

In dem Moment nahm sie weitere Geräusche wahr. Von oben kamen drei Menschen auf sie zu – ein älterer Mann, eine Frau und ein jüngerer, sehr großer, dünner Mann – die alle auf Griechisch gegen ein zweites, laut dröhnendes Motorrad anschrien.

Die beiden Männer liefen schnell und immer noch hektisch rufend den Berg hinunter, während das zweite Motorrad ein Stück weiter unten bei dem gestürzten Fahrer anhielt.

»Halt still. Gleich kommt Hilfe.«

Melissa hatte ihren Arm auf Sams Schulter gelegt. Er und sein verletzter Retter standen unter Schock, kämpften aber auch schon mit den Schmerzen. Die Einheimischen näherten sich, winkten aufgeregt und riefen den beiden Motorradfahrern lauthals etwas auf Griechisch zu. Der zweite Motorradfahrer half dem ersten wieder auf die Maschine.

Und dann musste Melissa ungläubig zusehen, wie die beiden Motorradfahrer einfach abdüsten. Wenige Sekunden später wirbelten neue Staubwolken auf, und die Motorräder waren verschwunden.

»Mistkerle!« Sie konnte es nicht fassen. »He, was soll das? Kommt zurück!«, rief sie immer wieder. »Komm zurück, du Idiot!« Es war zwecklos.

Jetzt übernahmen die Einheimischen das Kommando. Der Jüngere zog ein Mobiltelefon aus seiner Tasche, und die Frau kam langsam auf sie zu. »Ich rufen Arzt. Okay?«

»Nein, keinen Notarzt.« Der junge Zyprer, der mit seinem mutigen Hechtsprung Sam zur Seite gestoßen hatte, biss sich auf die Lippe. »Ist nur eine Schnittwunde.«

»Um Himmels willen, Sam! Sieh mal, wie tief die Wunde ist. Wir müssen euch beide ins Krankenhaus bringen.«

Der mutige Fremde hatte eine lange, tiefe Schnittwunde, die fast bis zum Knochen zu reichen schien. Auch Sam hatte schlimme Verletzungen: Der Schotter hatte seine Haut aufgerissen und eine üble Schürfwunde hinterlassen – einige Steinchen waren sogar ins Fleisch eingedrungen. Eine oberflächliche, aber doch hässliche Verletzung. Beide Wunden mussten unbedingt versorgt werden.

»Du könntest dir etwas gebrochen haben. Wir brauchen einen Krankenwagen.« Melissa holte ebenfalls ihr Handy hervor.

Nachdem die beiden einheimischen Männer mit dem anderen Verletzten in schnellem Griechisch ein paar Worte gewechselt hatten, sagten sie zu Sam und Melissa: »Er möchte seine Wunden im nächsten Ärztezentrum nähen lassen, weil das im Krankenhaus mehrere Stunden dauern

würde. Was meint ihr? Braucht ihr einen Krankenwagen?«
»Ich kann das genauso gut in Polis behandeln lassen, Melissa. Sie haben recht. Das geht sicher viel schneller. In der Nähe von unserem Appartment gibt es ein Ärztezentrum.«
»Ich weiß nicht. Irgendwie gefällt mir das nicht. Und ich glaube, du solltest dich nicht aufsetzen. Wir müssen deine Halswirbelsäule untersuchen lassen, vielleicht hast du ein Schleudertrauma. Oder etwas gebrochen. Mein Gott …«
»Melissa, bitte beruhige dich. Es wird alles wieder gut. Niemand ist schwer verletzt. Wir wurden nur auf den Boden geworfen und sind hart aufgekommen.« Sam streckte die Hand nach dem jungen Mann aus, der deutlich schlechter davongekommen war als er selbst. »Geht es dir gut? Ich bin dir so dankbar. Sehr, sehr dankbar.«
»Aber es könnte etwas gebrochen sein! Du könntest eine innere Verletzung haben.« Melissa legte entgeistert die Hände an den Kopf.
»Sie holen jetzt meinen Bruder Alexandros. Er kann dir helfen.« Der jüngere Mann sprach schon wieder kurz in sein Handy. Dann steckte er es weg und berichtete dem älteren Mann etwas auf Griechisch, was dieser mit einem Kopfnicken kommentierte. »Mein Bruder arbeitet hier in den Ferien im Café. Du darfst dich nicht bewegen. In ein paar Minuten ist er hier.«
Melissa war verzweifelt, weil sie den Telefongesprächen nicht folgen konnte, und immer noch voller Panik. Und sie fragte sich, wie ein Kellner …
»Mein Bruder studiert Medizin.«
»Ach, wirklich.« Melissa wurde rot. Zwar hätte sie immer

noch lieber auf einen Krankenwagen gewartet, doch sie hatte keine Ahnung, wie lange das dauern würde.
Sie sah den verletzten Sam an.
»Das ist schon in Ordnung, Melissa. Die Jungs haben recht. Notarzt und Krankenhaus würden uns viel Zeit kosten. Es wird alles wieder gut. Ich lasse die Verletzungen in unserem Ferienort anschauen und säubern. Wir haben nur einen Schreck bekommen. Halb so schlimm.«
»Wollt ihr die Polizei rufen?« Der jüngere Helfer sah auf seine Armbanduhr.
Der verletzte Zyprer schüttelte den Kopf und wandte sich an Sam, der achselzuckend sein Einverständnis erklärte.
»In Ordnung. Keine Polizei.«
»Aber es war Fahrerflucht, Sam. Der Typ hätte anhalten müssen.« Melissa konnte es nicht fassen. »Wir können ihn doch nicht einfach so davonkommen lassen.«
»Es war ein Unfall.«
»Er hat die Kontrolle verloren, weil er viel zu schnell gefahren ist.«
»Melissa, versteh doch. Keiner von uns braucht das: die Polizei, den Papierkram«, Sam hatte die Augen weit aufgerissen, »diesen ganzen Zirkus. Die Leute hier sind hart im Nehmen. Und sie haben recht. Die Polizei wird uns stundenlang festhalten. Bitte, gib nach. Uns geht's gut.«
In diesem Moment erschien Alexandros. Er strahlte eine große Ruhe aus und scheuchte alle Anwesenden aus dem Weg, während er Sam und seinen Retter sehr systematisch untersuchte. Erst die Augen, dann sämtliche Glie-

der. »Tut das weh? Und das hier?« Er bog Arme und Beine und tastete sehr vorsichtig Gelenke, Brustkorb und Rippen ab.
»Ihr habt beide großes Glück gehabt. Es ist nichts gebrochen. Die Wunden können wir erst mal hier verarzten. Wir werden euch etwas sauber machen, aber später müssen die Wunden bei euch beiden genäht werden.«
»Ja, das ist mir klar. In Polis gibt es ein Ärztehaus nicht weit von unserem Appartment, dort kann ich meine Wunden nähen lassen. Aber was ist mit ihm hier?«
»Es gibt ein Zentrum nicht weit von hier. Ich kümmere mich darum.« Alexandros stand auf und redete auf Griechisch mit den beiden Einheimischen, die auch Sam und seinem Retter wieder auf die Füße halfen.
»Wir bringen euch beide jetzt ins Café und säubern die Wunden, so gut es geht. Dann sehen wir weiter.« Alexandros klang weiterhin ruhig und freundlich, und nun fiel Melissa ein, wo sie ihn schon einmal gesehen hatte. Er hatte ihnen vor nicht einmal einer Stunde Kaffee und Kuchen serviert.
»Das ist wirklich sehr nett von dir, Alexandros. Vielen Dank.«
»Keine Ursache. Aber ich warne dich. Ich studiere noch«, er grinste breit, »also kannst du mich nicht verklagen.«
Sam gelang ein Lächeln, während er mit Hilfe der Männer die Straße hinunter zum Mietwagen humpelte. Sie hatten beschlossen, die zwei Verletzten im Auto den Berg hinaufzutransportieren. Nachdem sie ein paar Strandtücher aus dem Kofferraum auf den Sitzen ausgebreitet hatten, um die Polster vor Blutflecken zu schützen, hievten sie den jungen Zyprer quer auf die Rück-

bank und Sam auf den Vordersitz. Dann fuhr Melissa sehr langsam hinter Alexandros her, der zu Fuß voranlief. Vor dem Café halfen etliche Gäste, die beiden Patienten langsam nach drinnen zu geleiten. Alexandros hatte bereits einen Tisch in einer Nische vorbereitet und eine übel riechende Flüssigkeit in eine Schüssel heißes Wasser gegossen. Auf dem Tisch lagen auch Bandagen und sterile Kompressen, die er einem großen Erste-Hilfe-Koffer entnommen hatte.

Eine ältere Frau, die Alexandros als seine Mutter vorstellte, bereitete inzwischen kleine Tassen starken Kaffees zu.

»Zucker«, sagte sie und deutete auf die Tassen. »Zucker.«

»Der Kaffee ist süß. Bitte trinkt ihn. Meine Mutter hat recht. Zucker ist gut gegen den Schock.« Alexandros lächelte, als er das verletzte Bein des jungen Zyprers auf einen Stuhl legte und sich die Schnittwunde mit zusammengekniffenen Augen genau ansah. »Die Wunde ist ziemlich tief und braucht sicherlich mehrere Stiche. Doch du wirst es überleben. Ich lege einen Klebeverband an und sorge dafür, dass du zum Arzt kommst. Und ihr beiden wollt das in Polis ordentlich verarzten lassen, richtig?«

»Ja«, sagte Sam schnell, bevor Melissa sich wieder aufregen konnte.

»In Ordnung, aber das muss heute noch gemacht werden. Ihr müsst also vor sechzehn Uhr wieder in Polis sein. Soll ich dort anrufen und Bescheid geben, dass ihr kommt?«

»Würdest du das tun? Das wäre super. Danke, Alexandros.« Melissa, die einen Tisch weiter saß, bekam gera-

de von seiner Mutter lächelnd eine Tasse Kaffee und ein paar Kekse gebracht.
Dann erkundigte sich Alexandros, was sie und Sam hier in der Gegend machten und wie lange sie auf Zypern bleiben würden.
»Wir wollten uns hier oben nur umsehen«, antwortete Melissa schließlich, da sie ihre wahren Motive nicht gleich preisgeben wollte. »Man hat uns erzählt, wie schön es hier ist.«
»Ja, aber hat euch denn niemand vor den Motorradfahrern gewarnt? Die sind ein echtes Problem.« Alexandros schüttelte den Kopf. »Nachts fahren sie querfeldein durch den Wald. Totaler Irrsinn.«
Er erzählte ihnen, dass er Medizin an der Universität von Nikosia studierte, die eng mit einer Universität in London zusammenarbeitete. Den ersten Teil des Studiums absolvierte er auf Zypern, dann ging es ins Ausland. Alexandros wusste noch nicht, wo er weiterstudieren würde.
»Alexandros wird einmal Arzt in London«, sagte seine Mutter strahlend, und ihr Sohn seufzte.
»Vielleicht. Wir werden sehen.« Für Melissa und seine beiden Patienten senkte er die Stimme. »Meine Familie hat große Opfer gebracht, damit ich studieren kann. Hoffentlich schaffe ich den Abschluss.«
»Von uns jedenfalls bekommst du Bestnoten«, sagte Melissa und bedankte sich freudestrahlend bei der Familie und deren Freunden, die nun, da sich das Drama herumgesprochen hatte, das Café füllten.
Nachdem die Wunden sorgfältig gesäubert und versorgt worden waren, fühlte Melissa sich um einiges ruhiger und dank dem Zuckergebäck auch wieder fit.

»Bist du sicher, dass du fahren kannst, Melissa?« Sam sah sie aufmerksam an. »Ich weiß, wie wenig du Bergstraßen magst.«
»Ganz bestimmt. Wenn Alexandros deine Verletzungen gut versorgt hat, sollten wir gleich fahren. So schnell wie möglich.«
Sie dankte noch einmal dem jungen Zyprer, der Sam so mutig aus der Falllinie des Motorrads gebracht hatte, und gab ihm ihre Visitenkarte für den Fall, dass er nach England käme. Gern hätte Melissa für die Getränke bezahlt und dem Café auf diese Weise gedankt, doch Alexandros und seine Mutter schüttelten nur den Kopf. Darum nahm sie die Visitenkarte des Cafés vom Tresen und beschloss, zumindest eine Restaurantkritik online zu stellen. Unterdessen halfen ein paar Einheimische Sam zurück zum Auto.
Alexandros hatte die Wunde lokal betäubt und mit ein paar Schmetterlingsstichen genäht. Obwohl Sam auch Schmerztabletten bekommen hatte, war er sehr blass und fühlte sich sichtlich unwohl.
Melissa fuhr sehr langsam – Sam saß still mit geschlossenen Augen da.
»Halte durch. In nicht mal einer Stunde sind wir da.«
Zurück auf der Hauptstraße, bemerkte sie peinlich berührt, wie schwer es ihr fiel, die Tränen zurückzuhalten. Das war der verspätete Schock, den die Erleichterung nicht verhindern konnte. Sie wühlte nach einem Taschentuch. Jetzt fühlte sie ihn wieder mit jeder Faser ihres Körpers – den Bruchteil jener Sekunde, als sie geglaubt hatte, der Unfall würde anders ausgehen.
Melissa musste stoßweise ausatmen, was sehr seltsam

klang. Ihre Atmung schien vollkommen außer Kontrolle geraten zu sein. Schließlich hielt sie in einer Parkbucht an.

»Entschuldige bitte, Sam. Ich brauche nur einen Moment Pause.«

11

Max 2001

Das Kribbeln im Bauch.

Max vermied jeden Blick zu Anna, die nichts zu bemerken schien. Äußerst professionell, die Brille wie im Sommer in die Haare geschoben, sortierte sie einige Papiere. Er sah auf das Handy in seiner Hand und steckte es dann schnell in die Tasche. Melissa hatte ihm immer noch nicht geantwortet. *Warum konnte sie ihm nicht einmal eine kurze SMS schicken? Das dauerte doch nur ein paar Sekunden …*

Nun schaute er wieder auf. Er verstand sich selbst nicht mehr und vor allem nicht diese absurde Reaktion seines Körpers, sobald Anna den Raum betrat. Sie gehörte nicht zu den Frauen, die mit ihrem Kleidungsstil Aufmerksamkeit erregen wollten, und Max war gewöhnlich nicht der Mann, der bei der Arbeit flirtete – insbesondere nicht mehr seit dem Desaster mit Deborah, seiner einzigen Beziehung an der Universität.

Warum kämpfte er dann in diesem Augenblick gegen den Wunsch an, die kleine Vertiefung in Annas Halsbeuge zu berühren? Sah diese Stelle bei anderen Frauen nicht genauso aus? Warum sie? Warum jetzt?

Nein, Max.

Vergiss es!

Es war ihm peinlich, dass sein Blick nun an ihrer Hand hängenblieb. Sie trug keinen Ehering.
Hör auf damit.
»Ist das jetzt schon wieder ein schlechter Zeitpunkt?«
»Nein, nein. Überhaupt nicht. Schieß los, Anna.« Er schwenkte einladend seinen Kaffeebecher und suchte hektisch nach der Milch. Als er sich mit einem zweiten Becher in der Hand ruckartig zu ihr umdrehte, sah sie ihn für einen Moment erstaunt an. Bisher hatte Max bei ihren wöchentlichen Treffen stets darauf verzichtet, Anna Kaffee anzubieten.
Kein Ehering.
Als er ihr Kaffee einschenkte, lächelten sie auf einmal beide. Zum ersten Mal saßen sie entspannt beieinander und lächelten breit, strahlend und aufrichtig erleichtert.
»Hast du heute Mittag schon etwas vor, Anna?«
»Wie bitte?«
Halt den Mund, Max.
»Eigentlich wollte ich gerade ein schnelles Sandwich im Café Panier essen, und wenn du Lust hast mitzukommen, könnten wir das hier später fertigmachen. Dann hätte ich auch mehr Zeit.«
Meine Güte, Max. Hast du überhaupt irgendetwas dazugelernt? Er musste daran denken, wie Melissa ihn angesehen hatte, als er ihr von dem Desaster mit Deborah erzählte.
Anna warf einen Blick auf ihre Armbanduhr. »Also, eigentlich wollte ich heute Mittag laufen gehen.«
»Ach so. Du läufst, Anna?«
»Nun, zurzeit ist es mehr ein energisches Walking, aber ich trainiere mit meinem Sohn für einen Halbmarathon.

Obwohl die Gefahr besteht, dass ich mich bis auf die Knochen blamiere, wenn ich als eine der Letzten ins Ziel komme.«

»Ach so. Schön. Das ist gut für dich – ich meine, dass du diese Chance nutzt. Das ist hervorragend. Wirklich, echt prima.«

Ihr Sohn? Natürlich ist sie in festen Händen. Nur weil sie keinen Ehering trägt, Max, muss sie ja nicht …

»Allerdings … das Sandwich war ein nettes Angebot. Danke.«

»Keine Ursache. Dann lass uns das hier fertig machen.«

»In Ordnung.«

»Gut. Wunderbar.«

An diesem Abend legte Max einen zusätzlichen Drei-Kilometer-Lauf ein. Er powerte sich voll aus, stand länger als üblich vornübergebeugt, um wieder Luft zu bekommen, bevor er die Treppenstufen hinauf zu seiner Haustür in Angriff nahm.

Sobald er im Haus war, konnte er sich nicht mehr zurückhalten und wählte, verschwitzt und außer Atem, eine Nummer.

»Hallo, ich bin's.«

»Max?«

»Ja, Max. Geht es dir gut?«

»Ja, mir geht es gut. Ich mache gerade ein neues Aquarell für die Galerie fertig. In letzter Zeit war ich etwas faul, und sie haben ein bisschen gemeckert. Egal. Jedenfalls finde ich, dass mir das Bild ziemlich gut gelungen ist, daher belohne ich mich gerade mit dem zweiten Glas eines exzellenten Sancerre.«

Max sah erst zum Sofa, dann an seinen verschwitzten Shorts hinunter und ging schließlich zum Fenster. Das letzte Tageslicht verschwand gerade, und er konnte den ersten warmen Schimmer eines Sonnenuntergangs über den drei Eichen im Park beobachten. Plötzlich wurde ihm heiß, und er wünschte, er könnte dort draußen unter den Eichen die leichte Abendbrise genießen.

»Der Himmel hier sieht schön aus. Wie ist es bei dir?«

»Nicht so toll. Wolkenbedeckt.«

»Das ist eine Schande.«

»Du hattest also recht, was Griechenland anbelangt. Es gibt immer mehr Schwierigkeiten.«

»Ja, es ist ein ständiges Tauziehen. Doch bald wird eine Seite nachgeben.«

Sie war einen Moment lang still.

»In Ordnung, Max. Kannst du mir jetzt bitte sagen, was los ist, oder muss ich raten?«

»Ich habe gedacht … genau genommen habe ich mich gefragt, ob wir uns nicht morgen schon treffen könnten.«

»Okay, ich verstehe.« Die Veränderung in ihrer Stimme war deutlich zu hören. Im gleichen Moment wünschte sich Max, er könnte seine Worte wieder zurücknehmen. Oder dass er sich dieser Situation schon viel früher gestellt hätte.

Er brach gerade die Regeln.

Max und Sophie trafen sich an jedem ersten Wochenende des Monats. Das war ihr Vorschlag und ihre Bedingung gewesen. Sie gingen zusammen essen, ins Theater oder manchmal auch in eine Kunstausstellung. Danach schliefen sie miteinander, was beide sehr genossen. Zwischen diesen Treffen telefonierten sie nicht, und Max versuchte

inzwischen auch nicht mehr, etwas über ihr sonstiges Leben zu erfahren.
Sophie war intelligent, schön und mit keiner Frau vergleichbar, der er je begegnet war. Sie hatte kein Interesse an einer festen Partnerschaft, wollte sich nicht binden und ging daher jeglicher Konvention, wie eine Beziehung sich gewöhnlich entwickelte, aus dem Weg.
Max hatte ihre »Verbindung«, wie Sophie es nannte, schon einmal beendet, als er sich auf Deborah an der Universität eingelassen hatte. Deborah hatte er damals auch Melissa vorgestellt, und Melissa hatte sie gemocht. Doch über Sophie sprach Max mit niemandem …
»Ist es das, was ich denke, Max?«
»Ich weiß es nicht.«
»Du weißt es nicht?«
»Um ehrlich zu sein, ich weiß nicht mehr, was ich weiß. Darum muss ich dich ja sehen.«
»Ich dachte, wir hätten das alles schon besprochen, Max. Beim letzten Mal. Ich dachte, uns beiden ginge es gut damit?«
»Ja, ich weiß. Das dachte ich auch. Aber ich bin mir nicht sicher, ob es mir damit wirklich gutgeht.«
»Ich verstehe.« Eine Pause entstand. »In Ordnung, Max. Wenn du reden musst, dann tun wir das. Morgen Abend um neunzehn Uhr? Ich koche uns etwas Leckeres.«
»Nein, du musst nicht kochen. Bitte mach dir keine Umstände. Ich reserviere irgendwo einen Tisch. Vielleicht im Hartleys?«
»Jetzt mache ich mir wirklich Sorgen.«
»Ich schreibe dir eine SMS und hole dich gegen neunzehn Uhr ab.«

Max legte auf und starrte aufs Telefon.
Er wusste nicht, ob er das Richtige tat, aber Sophie war zu einem unauflöslichen Widerspruch in seinem Leben geworden. Sie machte ihn sehr glücklich und gleichzeitig furchtbar unglücklich, und genau aus diesem Grund hatte er Melissa nie von ihr erzählt.

Zum ersten Mal waren sie sich in der Galerie Tate St Ives in Cornwall begegnet, wo sie beide eine Ausstellung mit Werken lokaler Künstler bewunderten. Anschließend besuchten sie zusammen das Barbara-Hepworth-Museum, gingen am Strand spazieren, tranken einen Kaffee. Später aßen sie auch noch gemeinsam zu Mittag. Erst nachdem sie sich mehrere Stunden ausgezeichnet unterhalten hatten und höchst ungern voneinander verabschiedeten, gestand ihm Sophie, dass sie selbst Künstlerin war.
Sophie war eine hervorragende Künstlerin. Ihre Werke, meist Aquarelle und Kohlezeichnungen, verkauften sich gut, besonders seit sie ihnen einen düsteren Ton gab. Sie arbeitete dunkle Schatten in die kräftigen und leuchtenden Farben der Himmels- und Wasserflächen und erzielte damit eine Wirkung, die Max gleichzeitig furchtbar traurig und ziemlich brillant fand.
Ihre Persönlichkeit spiegelte die sprühende Lebhaftigkeit ihrer Kunst wider – wo immer sie hinkam, war sie der strahlende Mittelpunkt. Stets hatte sie etwas Aufregendes oder Interessantes zu berichten, was sie im Radio gehört oder in der Sonntagszeitung entdeckt hatte, die sie offenbar jede Woche von der ersten bis zur letzten Seite durchlas.
Anfangs hatte Max geglaubt, dass die Beziehung mit So-

phie ihn überraschen würde. Doch das war nicht der Fall gewesen. Später hatte er begriffen, dass das Problem genau diese Rätselhaftigkeit war, die er anfangs so anziehend gefunden hatte. Sophie konnte mühelos umschalten. Sie war sehr glücklich über ihre »Verbindung«, genoss es, mit ihm essen zu gehen oder ab und zu ein gemeinsames Wochenende zu verbringen, doch sie wollte keine feste Beziehung.

Die dunklen Schatten auf ihren Bildern.

Max hatte sich gefragt, ob er ihr helfen könnte, mit sich selbst besser zurechtzukommen. Ob sie einander gegenseitig helfen könnten. Doch Sophie fand nicht, dass sie Probleme hatte, die einer Lösung bedurften, und so fügte sich Max ihren Regeln. Sie genossen es, Zeit miteinander zu verbringen. Sie genossen es, miteinander zu schlafen. Sophie war freundlich und lustig, und sie machte die beste Fischsuppe, die Max außerhalb Frankreichs je probiert hatte. Doch sie rief ihn nie an und hatte außerhalb ihrer monatlichen Treffen auch kein Bedürfnis, mit ihm zu reden. Sehr bald wurde Max klar, dass ihn genau diese Unverbindlichkeit anzog und er sich deshalb weiter mit ihr traf.

Ihre Verbindung war gleichzeitig perfekt und vollkommen katastrophal.

12

Melissa 2011

Melissa schreckte aus dem Schlaf hoch. Erst wusste sie nicht, wo sie sich befand, dann nahm sie allmählich die neue Umgebung wahr. Das Summen des Klimageräts. Die Fensterläden statt der Vorhänge zu Hause. Der lächerlich große Koffer, der in einer Ecke des Appartments einen langen Schatten warf.

Ihre Gedanken wanderten, schlichen sich nur für eine Sekunde zurück in den Traum, so dass sie die Augen fest schließen und den Kopf zur Wand drehen musste. Sie spürte, wie ihre rechte Hand zuckte, stellte sich den feuchten Sand zwischen ihren Zehen vor. Das Rauschen des Meeres.

Melissa öffnete die Augen und setzte sich schnell auf, um wach zu werden. Sie versuchte zu verstehen, was in ihr vorging.

Mein Gott. Seit Jahren hatte sie diesen Traum nicht mehr gehabt. Ihr Herz klopfte, und erleichtert stellte sie fest, dass sie für die Nacht auf das Sofabett ausgewichen war. Sam hatte ein schlechtes Gewissen gehabt, weil er sich fortwährend hin und her wälzte und sie beide wach hielt.

Ich schlafe auf dem Sofa, Melissa.

Nein, Sam. Wir schlafen beide besser, wenn du hier im

Zimmer bleibst. Du brauchst Platz für dein Bein. Es ist ja nur für eine Nacht.
Melissa verhielt sich sehr still und lauschte. Aus dem Nebenzimmer drang kein Geräusch. Er musste endlich eingeschlafen sein.
Melissa hob ihr Handy auf, das neben dem Schlafsofa auf dem Boden lag, und schaute nach der Uhrzeit: Es war drei Uhr morgens. Als sie die zwei unbeantworteten Nachrichten ihres Vaters wieder sah, kniff sie die Lippen zusammen. Langsam gewöhnten sich ihre Augen an das Dämmerlicht, und mit dem Rücken gegen die Wand gelehnt wartete sie, bis sich ihre Atmung beruhigte und ihr Herz wieder normal schlug.
Sie wollte Sam nicht aufwecken, doch sie brauchte dringend etwas zu trinken, deshalb schwang sie ihre Beine ein paar Minuten später so vorsichtig wie möglich von dem Sofa. Auf Zehenspitzen lief sie zur Kochnische und goss sich Wasser aus einer großen Flasche ein. Es war lauwarm, aber sie wagte nicht, den Kühlschrank zu öffnen, da sie nicht wusste, wie viel Lärm das machte.
Wenn Sam aufwachte, würde er aufbleiben und mit ihr reden wollen. Er kannte ihren Gesichtsausdruck besser als irgendjemand sonst, und er würde sehr schnell an der Bewegung ihrer Hände, an ihrem gesamten Verhalten erkennen, dass sie noch etwas anderes in Unruhe versetzte, nicht nur der Unfall.
Melissa sah hinüber zu ihrer fest verschlossenen Handtasche in der Ecke. Nachdem sie das Buch ihrer Mutter zuerst im Kleiderschrank versteckt hatte, war es nun sorgsam in ihrer Tasche verwahrt.
Es war erst vier Tage her, seit sie das Buch im Büro des

Anwalts zum ersten Mal gesehen hatte, doch eigentlich konnte sie das kaum glauben. Waren es wirklich nur vier Tage?

Sie hatte in dieser kurzen Zeit noch nicht sehr viel lesen können, doch warum sie jetzt, obwohl Sam fest schlief, nicht den Impuls verspürte, sofort weiterzulesen, wusste sie selbst nicht. Schuldgefühle stiegen in ihr auf.

Sollte sie nicht den Wunsch haben, das Buch sofort und in einem Rutsch zu verschlingen? Seite für Seite? Es zu Ende lesen, um Sam davon zu berichten; um gemeinsam mit ihm zu beratschlagen, was sie als Nächstes tun sollte, wann sie ihrem Vater davon erzählen sollte?

War es normal, dass sie zögerte, weiterzulesen, dass sie nicht weiterlesen konnte?

Melissa schloss die Augen und spürte wieder das vertraute Kribbeln unter den Lidern. In der Schule hatte sie versucht, sich mit Kopfrechnen abzulenken.

Acht mal acht ist vierundsechzig. Neun mal neun ist einundachtzig.

Damals hatte sie diesen Traum oft gehabt. Einmal hatte sie ihre Freundin Laura gefragt, ob sie auch immer wieder dasselbe träume, und Laura hatte eifrig genickt: Ja, sie träumte immer wieder, dass sie eine Schulprobe schreiben musste und nichts konnte, weil alles in einer fremden Sprache war. Ernsthaft, hatte sie gesagt, wie Russisch oder so. Später an der Universität erzählten einige Freunde, sie hätten wiederkehrende Träume, in denen sie nackt auf die Straße gingen. Oder dass sie die Abschlussprüfungen nachholen mussten, ohne noch einmal gelernt zu haben.

Melissa erzählte niemals von ihrem Traum. Vor allem

nicht der Frau, die sie damals in ihrer Schulzeit einmal in der Woche traf, um ein »besonderes Gespräch« zu führen.

Sie hätte es nicht verstanden. Niemand würde es verstehen. Ihre Mitmenschen würden es für einen schönen Traum halten, der Trost spendete, doch ihre Verwirrung würde keiner nachvollziehen können. Niemand würde verstehen, warum Melissa den Traum nicht träumen wollte.

Denn in diesem Traum ging Melissa mit ihrer Mutter am Strand spazieren. Sie hielt ihre Hand, und Melissa war sich ganz sicher, dass es ihre Mutter war – nicht nur, weil sie den Ehering an der rechten Hand fühlen konnte, sondern weil sie sich tief in ihrem Innern vollkommen glücklich, geliebt und geborgen fühlte.

Zunächst gingen sie am Strand entlang, dann liefen sie und lachten, und Melissa spürte den Wind in den Haaren, hörte das Tosen der Wellen und schmeckte das Salz auf den Lippen.

Sie war dabei so glücklich, und das war das Problem, das keiner verstand. Die Menschen in ihrer Umgebung würden ihre Reaktion bestimmt merkwürdig finden, sie für verrückt halten, weil sie dieses Glück nicht fühlen wollte.

Tatsächlich wollte Melissa sich nicht daran erinnern müssen, wie wunderbar sich mit ihrer Mutter alles angefühlt hatte. Je öfter sie diesen Traum hatte, desto mehr bemühte sie sich, Eleanor dabei nicht ins Gesicht zu blicken. Denn wenn sie sich nachts im Traum erlaubte, in das schöne Gesicht ihrer Mutter zu schauen, die sie liebevoll anlächelte, dann, das wusste Melissa, würde sie nicht

mehr in der Lage sein, den nächsten Morgen, den nächsten Tag, die ganze nächste Woche zu bewältigen.
Deshalb rannte sie im Traum immer wieder den Strand entlang. *Sieh ihr nicht ins Gesicht, Melissa. Sieh zu Boden. Acht mal acht ist vierundsechzig. Neun mal neun ist einundachtzig … Elf mal zwölf …*
Melissa wischte sich über die Wangen. Wieder blickte sie zu der Tasche, in der sich das Buch befand.
Warum nur hatte sie solche Angst, etwas zu lesen, das doch so wertvoll für sie war?

13

Max 2011

Max machte es sich auf dem Fahrersitz bequem und griff in die Jackentasche nach seiner Brille. Dann vollendete er das übliche Ritual, indem er das Auto so gründlich wie möglich nach Fluginsekten absuchte.
In Wirklichkeit gab es kaum je etwas zu fangen. Nur im Sommer verirrte sich gelegentlich eine kleine Fliege ins Auto und hockte sich an die Windschutzscheibe – aber Max wollte kein Risiko eingehen. Er seufzte, als er daran dachte, dass dieses Ritual beim ersten Mal wirklich noch ein Spaß gewesen war. Als mit den Flügeltierchen noch nicht diese Angst in ihm aufloderte.
Eleanor hatte ihn stets damit aufgezogen. »Um Himmels willen, Max, es ist nur eine Fliege. Sie wird dir nichts tun.« Auch Melissa hatte schnell gelernt, Max damit zu necken. Als ihr Vater einmal in einem Cornwall-Urlaub panisch eine Fliege mit einem Eis zu vertreiben versuchte und die Rumrosinenkugel prompt auf den Boden fiel, hatte sie laut aufgelacht. Max hatte nicht einmal an dem Eis geleckt.
Es war eine Fliege gewesen, die ihm damals alles wieder in Erinnerung gerufen hatte.
Er war seit acht Wochen Witwer und immer noch vollkommen erstarrt vor Trauer, und eine einzelne kleine

Fliege hatte ihm klargemacht, an welch seidenem Faden Melissas Wohlergehen hing.
Es war Juni, zahllose Fliegen waren unterwegs und gingen Max gehörig auf die Nerven; ständig scheuchte er sie mit der Hand von seinem Teller und der Küchenarbeitsfläche fort. Max konnte es nicht ändern, er war unfähig, sich zu entspannen und die Fliegen einfach zu ignorieren, so, wie es seine kleine Tochter und andere Menschen taten. Der Gedanke, dass eine Fliege auf seinem Gesicht, seinem Arm landete und seine Haut berührte, war ihm unerträglich.
Als Kind hatte Max eine Sendung über die Frage gesehen, ob Fliegen wirklich spien und pupsten, sobald sie sich auf einem Menschen niederließen. Die Untersuchung hatte ergeben, dass sie genau das taten. Fliegen konnten ihre Nahrung nicht zerkauen, daher erbrachen sie Enzyme auf alles, was sie zerkleinern wollten, bevor sie es hinunterschlürften. Verglichen mit anderen Insekten tranken Fliegen auch sehr viel, was der Grund für die vermehrten Ausscheidungen war.
Damals fing Max an, Fliegen zu hassen. An jenem verhängnisvollen Morgen, zwei Monate nach Eleanors Beerdigung, war er in großer Eile. Er hatte Melissa gerade an der Schule abgesetzt, nun würde er wohl zu spät in die Universität kommen. Max hatte zwar flexible Arbeitszeiten vereinbart, doch er konnte sich immer noch nicht an seinen neuen Alltag gewöhnen. Heute musste er früher als sonst in der Universität sein, um eine Präsentation vorzubereiten, und er fühlte sich gestresst. Er kam mit der neuen Situation, mit Beruf und Kind, nicht gut zurecht.

Die Autobahn war vollkommen frei, und er drückte aufs Gas, während er im Kopf die Präsentation noch einmal durchging. Wie aus dem Nichts tauchte plötzlich eine kleine Fliege auf und schwirrte vor seinem Gesicht herum. Max war so verärgert, dass er beide Hände vom Lenkrad nahm, um die Fliege zu verscheuchen. In diesem Bruchteil einer Sekunde geriet der Wagen vollkommen außer Kontrolle. Eben noch war Max mit hohem Tempo stur geradeaus auf der Innenspur gefahren, und jetzt, nur eine Sekunde später, raste er quer über die Fahrbahn auf die Leitplanken zu.

Er verfehlte die Leitplanke knapp, aber der Wagen schlitterte gefährlich, als er mit aller Kraft versuchte, ihn wieder unter Kontrolle zu bekommen. Und mitten im schlimmsten Schrecken fragte er sich, wo die Fliege war. Der Wagen machte eine schwungvolle 360-Grad-Drehung, dann wurde Max der Situation langsam wieder Herr. Er konnte sich zwar noch nicht richtig orientieren, fuhr aber dennoch weiter. Im nächsten Moment stellte er bestürzt fest, dass er sich auf der Gegenfahrbahn befand.

Glücklicherweise kam kein Fahrzeug.

Das Herz sprang Max beinahe aus der Brust, als er die schnellste Wende seines Lebens vollbrachte und auf den Seitenstreifen fuhr. Er hatte einmal gelesen, dass man auf dem Seitenstreifen nicht aussteigen sollte, doch ihm blieb keine andere Wahl. Er stieg aus, ging einmal vorn um das Auto herum, kletterte über die Leitplanke und setzte sich ins Gras. Dann passierte es.

Nur Melissas wegen hatte Max diese Gefühle so lange unterdrückt.

Er explodierte.
Er explodierte, weil er zu Eleanor als Letztes gesagt hatte: *»Bitte geh nicht … Ich bin noch nicht bereit«*, und sie trotzdem gestorben war. Und weil Melissa ihm nun zu Hause wie ein verängstigter Welpe überallhin folgte.
Er explodierte, weil er die Vanilleduftseife, die letzte Seife, die Eleanor benutzt hatte, nicht wegwerfen würde. Er explodierte wegen all der Backformen und Rezeptbücher, die er in eine große Kiste gepackt hatte, weil er ihren Anblick nicht ertragen konnte.
Er schrie seine ganze Wut hinaus. Er trampelte auf dem Farnkraut herum, trat heftig gegen Äste und gegen die Leitplanke. Er hob Steine und eine leere Coladose vom Boden auf und schleuderte sie, immer noch brüllend, ins Dickicht. Alles wegen einer verdammten Fliege. Ein dummes, speiendes Insekt hatte ihn dermaßen geärgert, dass seine Tochter beinahe mit all ihrer Trauer ganz allein auf Erden zurückgeblieben wäre.
Seit jenem Tag suchte Max jedes Mal das Auto minutiös nach Insekten ab, sobald er einstieg. Ehe er nicht absolut sicher war, dass sich keine geflügelten Ablenkungen im Innenraum aufhielten, fuhr er nicht los.
Die Fahrt zu Sophie dauerte knapp eineinhalb Stunden. Er hatte eine Viertelstunde länger eingeplant, daher lag er gut in der Zeit.
Das Hartleys war Sophies Lieblingsrestaurant – ein kleiner Raum mit einem imposanten Kamin und einem schiefen alten Steinfliesenboden. Sie liebten beide die entspannte und intime Atmosphäre des Restaurants, das nur über sechs Tische verfügte. Sophie war selbst eine hervor-

ragende Köchin und daher als Gast nur sehr schwer zufriedenzustellen. Die Küche im Hartleys entsprach ihrem Geschmack, und Max wollte, dass zumindest das Essen an diesem Abend ausgezeichnet war.
Seit ihrem Telefonat hatten sie nicht mehr miteinander gesprochen, doch Max hatte schon eine Vermutung, wie der Abend verlaufen würde. Sie würden beide traurig sein und nervös. Er würde sich zudem noch schuldig fühlen und zugleich hoffen, dass sie dieses Mal nicht wieder versuchte, seine Meinung zu ändern.
Max hatte sich schon einmal von Sophie getrennt, nachdem er Deborah kennengelernt hatte. Während der achtzehn Monate, die er mit seiner Kollegin zusammen war, hatte Max sich nicht mit Sophie getroffen. Er war einfach nicht so offen wie sie.
Als die Beziehung mit Deborah den Bach runterging – bei dem Gedanken daran zuckte er zusammen und umklammerte fest das Lenkrad –, war es ihm nicht in den Sinn gekommen, wieder den Kontakt zu Sophie zu suchen. Wie hätte das denn ausgesehen?
Doch Sophie fand bald heraus, dass er wieder Single war. Sie rief ihn an, tröstete ihn und coachte ihn ins Leben zurück. Er war schwach gewesen, deshalb hatte er die Beziehung wieder aufgenommen: keine Verpflichtungen, kein Stress, keine Zukunft.
An diesem Abend trug Sophie ein türkisfarbenes Kleid im chinesischen Stil, verziert mit einem dunkelblauen Drachenmotiv und zarten Perlmuttknöpfen, sowie einen dunkelblauen Schal. Sie sah zauberhaft aus. Auf der Fahrt von ihrer Wohnung zum Restaurant war sie ungewöhnlich still. Als sie sich an den für sie reservierten

Tisch setzten, bestellte Max für sich nur Mineralwasser. Sophie neigte den Kopf vor. »Du willst also heute nicht bleiben, Max? Du willst wirklich wieder nach Hause fahren?«
Er hätte gern ihre Hand gefasst und sich in Erinnerung gerufen, was er sich vorgenommen hatte zu sagen, doch sein Kopf war leer.
»Weißt du, was dein Problem ist, Maximillan Dance?«
»Nein.«
»Du bist viel zu nett.«
»Hör auf, Sophie.«
»Nein, es ist die Wahrheit. Jemand, der weniger nett wäre, würde sich alle Optionen offen halten.«
»Du glaubst doch nicht wirklich, dass ich dich so sehe, oder? Eine Option? Ich wollte wirklich nie …«
»Nein, du wunderbarer Mann, ich weiß, dass du mich nicht so siehst.« Sie schenkte sich Wein nach und fuhr dann mit dem Finger auf dem Glasrand entlang. »Du weißt, Max, dass ich mich auch noch mit anderen Männern treffe. Hin und wieder. Und ich habe überhaupt kein Problem damit, wenn du dasselbe tust.«
Sie hatten schon früher darüber gesprochen, und Max hatte nie gewusst, was er davon halten sollte.
»Ich habe wirklich gedacht, dass ich mich nicht noch einmal verlieben werde, Sophie.«
»Ach, das ist ein alter Hut.«
»Ja, das ist ein alter Hut. Nachdem mit Deborah alles so schrecklich schiefgegangen war, war ich sicher, dass ich der Wahrheit ins Auge blicken müsste. Eleanor war meine große Liebe. Und ich sollte nicht weiter nach einer anderen suchen.«

»Und nun kommt das Aber?«
Max senkte den Blick auf die Teller. Er hatte sein Wolfsbarschfilet mit Ingwer und Frühlingszwiebeln schon aufgegessen, es war leicht und gut gewesen. Sophie hatte gebratenes Rebhuhn mit Wacholder und Thymian gewählt und spielte nun mit den letzten Bissen auf ihrem Teller herum. Plötzlich gab sein Handy einen Piepton von sich.
»Entschuldige bitte. Das ist sehr unhöflich, aber macht es dir etwas aus, wenn ich kurz nachschaue? Ich warte dringend auf eine Nachricht von Melissa.«
»Überhaupt nicht, mach nur.«
Endlich war eine Nachricht von ihr gekommen. »Alles gut. Mach dir keine Sorgen – XX«. Er schüttelte den Kopf.
»Ist alles in Ordnung?«
»Ja, alles okay. Es geht ihr gut.« Er steckte das Handy in seine Tasche zurück.
»Max, sieh doch mal. Ich habe das schon mal gesagt, aber es gibt so viele Formen der Zuneigung, und was wir haben, ist nicht falsch.«
»Das weiß ich, Sophie. Und ich habe es immer unendlich geschätzt. Ich habe mir das tausendmal durch den Kopf gehen lassen. Doch wenn wir uns jetzt sehen … irgendetwas fühlt sich nicht mehr richtig an.«
Er wollte noch sagen, dass da diese Leere war; dieses riesige Loch tief in ihm, das er nicht füllen konnte, egal wie viele Steine er warf und wie weit er lief.
Sophie legte ihr Besteck auf den Teller und tupfte sich den Mund mit der steifen Damastserviette ab. Kurz blickte sie in das knisternde Kaminfeuer und dann wieder zu Max.

»Gibt es eine andere Frau? Eine neue Deborah?«
»Nein, eigentlich nicht. Noch nicht. Ich habe mich nur selbst bei dem Gedanken ertappt, es könnte wieder jemanden geben. Oder eigentlich, wenn ich ehrlich zu mir selbst bin, dann wünsche ich mir, dass da jemand ist. Kannst du das irgendwie verstehen?«
»Ich habe schon lange aufgegeben, dich zu verstehen, Max.«
Er lächelte. »Nun hörst du dich an wie Melissa.«
»Bist du sicher, dass du nicht weiter mit mir befreundet bleiben willst, Max? Du könntest etwas abwarten und schauen, wie sich die Dinge entwickeln.«
Als er langsam den Kopf schüttelte, atmete sie tief durch und zog dann eine Karte aus ihrer bestickten Handtasche. »Meine nächste Ausstellung. Es gibt da ein Bild, von dem ich möchte, dass du es bekommst. Ein kleines Abschiedsgeschenk, wenn du so willst.«
»Nein, Sophie, das kann ich nicht annehmen. Vollkommen unmöglich. Es ist schon so schwer genug …«
»Es wird dir gefallen. Wenn dir irgendetwas an mir liegt, Max, dann hör mir zu. Ich war sehr glücklich mit dir. Wir sind sehr verschieden, das habe ich immer gewusst. Doch ich werde dich vermissen, und ich würde mich besser fühlen, wenn du das Bild annimmst. Ich lasse es für dich in der Galerie, dann kannst du es am Freitag abholen, wenn ich nicht dort bin. Aber ich möchte, dass du die Ausstellung besuchst. Würdest du das für mich tun?«
Er blickte auf die Karte. Die Ausstellung fand in einigen Wochen in einer nahe gelegenen Galerie statt.
»Und schau nicht so sorgenvoll. Das ist keine Falle. Ich

versuche nicht, dich zurückzugewinnen. Ich möchte mich nur anständig von dir verabschieden, Max.« Sie stieß sanft mit ihrem Weinglas an sein Wasserglas und neigte sich zu ihm. »Und ich möchte mich bei dir bedanken.«

14

Melissa 2011

Auch die folgende Nacht verbrachte Melissa auf dem Schlafsofa und war froh, in Ruhe nachdenken zu können. Sam tat das verletzte Bein noch immer sehr weh, doch dank der starken Schmerzmittel konnte er es aushalten. Aber es machte ihn unglücklich, dass sie getrennt schliefen und auch, dass Melissa ständig Ausreden vorbrachte. Melissa wusste nicht, was sie dagegen tun sollte, aber sie wollte in Ruhe und allein das Buch ihrer Mutter lesen können.

Tagsüber saß Sam nun meist im Schatten neben dem Swimmingpool. Melissa versteckte sich hinter einem Roman und versuchte Sam dazu zu bewegen, das Gleiche zu tun. Er sollte sich einfach entspannen, um den Unfall zu vergessen. Tatsächlich brauchte sie selbst dringend Zeit für sich, um den Unfall, den Traum, das Buch, einfach alles, was geschehen war, zu verarbeiten. Die Hitze tat Sam nicht gut, er wurde unruhig, fühlte sich unwohl, und mehr als einmal ertappte sie ihn dabei, wie er sie stirnrunzelnd ansah. Melissa begann sich Sorgen zu machen, dass er durchdrehen würde, wenn sie wegen des verletzten Beins weiter in Polis blieben, und schlug deshalb einige Ausflüge in die Umgebung vor. Doch ihre Ideen fanden keine große Zustimmung.

Ganz offensichtlich wollte Sam mit ihr reden. Und sie wollte das nicht.
Vor ein paar Tagen war Melissa eine Kiste eingefallen, die zu Hause in der Garage stand, und der Gedanke daran ließ sie nicht mehr los. Es war eine von den drei Kisten, die Max ihr gebracht hatte, als sie mit Sam zusammenzog. Zwei der Kartons hatten nützliche Dinge enthalten – Lampen und Bettzeug, alte Schulbücher und andere Erinnerungsstücke, die sie schon vor langem ausgepackt hatte. Mit Erstaunen hatte sie festgestellt, dass in der dritten Kiste die Koch- und Backutensilien ihrer Mutter verwahrt waren. Nach Eleanors Tod hatte Max unter dem Vorwand, die Schränke seien viel zu voll, die Sachen weggeräumt. Selbst als Kind hatte Melissa begriffen, dass Eleanors Koch- und Backutensilien ihn traurig machten. Später hatte er Melissa freigestellt, die Sachen einer Wohltätigkeitsorganisation zu spenden. Schon lange ehe sie von dem Buch erfuhr, hatte der Anblick der Koch- und Backutensilien ihrer Mutter sie beunruhigt und verunsichert. Die alten Backformen und Dosen und das vertraute Handrührgerät, das zum Schutz in ein Geschirrtuch gewickelt war. Damals wollte sie den Karton nicht in der Wohnung haben. Doch sie konnte die Sachen auch nicht weggeben.
Während Melissa nun auf dem Schlafsofa mit der Hand über die Bettdecke strich, versuchte sie sich ins Gedächtnis zu rufen, was sich alles in der Kiste befand. Sie wandte den Kopf, und für einen flüchtigen Augenblick sah sie klar und deutlich ihre Mutter mit ihr reden, während sie mit einem feuchten Tuch Teigspritzer von den Rührstäben wischte. Das tat sie jedes Mal, wenn sie das Rührgerät

benutzt hatte. Sie polierte die weiße Oberfläche mit dem blauen Zierstreifen, bis sie glänzte, faltete dann sorgfältig das Küchenhandtuch und wischte damit über die Verbindungsstellen und um den Schalterrand herum, um es von jedem Mehl- oder Zuckerrest zu säubern.

Melissa fühlte wieder den altvertrauten Widerspruch. Sie spürte den Knoten tief in ihrem Inneren und wusste nicht, ob sie darüber nachdenken wollte oder nicht. Sie wartete, bis sie Sams leises Schnarchen vernahm, und schlich dann langsam und vorsichtig mit dem Buch ihrer Mutter auf den Balkon hinaus. Sie stellte die graue Tasche neben den Rattansessel auf den Boden, so dass sie das Buch schnell verstecken konnte, falls Sam sie hier entdeckte. Eine Weile saß sie nur da, sie war noch nicht so weit, das Buch aufzuschlagen. Sie blickte auf den Umschlag und fragte sich wieder einmal, warum sie sich zu Hause nicht einfach bei der Arbeit krankgemeldet und das Buch in einem Rutsch durchgelesen hatte, von der ersten bis zur letzten Seite. Wahrscheinlich hätte sie es dann auch nicht getan. Das Buch rief viele verwirrende Gefühle in ihr hervor, die sie immer noch nicht ganz auseinandersortiert hatte.

Den ganzen Tag hatte sie über den Traum nachgedacht. Würde sie ihn wieder träumen, wenn sie das Buch weiterlas? Wieder war sie unsicher, ob sie das alles wirklich wissen wollte.

Melissa blieb sehr still sitzen und lauschte. Es war nichts zu hören. Sollte Sam aufstehen und aus dem Schlafzimmer zu ihr kommen, würde sie es in jedem Fall am Aufschieben der Terrassentür bemerken.

Sie blickte über das vertrocknete Land auf das Meer in

der Ferne. Der Halbmond stand tief am Himmel. Gewöhnlich liebte sie solche Nächte fern der Heimat, die warme Luft, den leicht salzigen Geruch des Meeres und das Zirpen der Grillen. Doch heute fand sie keine Ruhe.
Melissa war nicht religiös. Sie glaubte nicht an das Schicksal oder die Macht einer höheren Instanz. Doch jetzt grübelte sie über Zeitpunkte und Zufälle nach. Sie dachte daran, dass sie und Sam genau in jenem gefährlichen Moment dort auf der Bergstraße gewesen waren. Dass der Fremde, mit dem Sam eine Unterhaltung begonnen hatte, rein zufällig der Mensch war, der ihn retten konnte. Ein mutiger, kurzentschlossener Mann mit dem Herz am rechten Fleck.
Sie stellte sich vor, sie hätten nur noch einen Kaffee mehr getrunken, bevor sie Polis verließen. Wären ein paar Minuten länger in der Kirche geblieben.
Melissa schloss die Augen und sah wieder die andere Fassung des Unfalls vor sich – bei der kein Fremder Sam mit einem Hechtsprung zu Hilfe kam. Sie zog ihr Wickelshirt so fest um die Taille, dass ihre Fingerknöchel ganz weiß wurden. Dann sah sie zu Boden, atmete tief durch, nahm das Buch in die Hand, schlug es bei der Postkarte, die sie als Lesezeichen benutzte, auf und blätterte um.

Erdbeermarmelade

2 Pfund Erdbeeren (nicht zu reif)
1 1/2 Pfund Kristallzucker (Gelierzucker ist nicht nötig)
Saft einer Zitrone
drei Untertassen im Tiefkühlfach
Zuversicht!!!

Die Erdbeeren halbieren und einige Stunden oder über Nacht in Zucker gewendet ruhen lassen (so bleiben sie fest). Für das Kochen der Marmelade einen großen, stabilen Topf verwenden. Die Früchte und den Zucker langsam bei schwacher Hitze erwärmen, bis der gesamte Zucker geschmolzen ist. Dann den Zitronensaft hinzufügen und alles bei hoher Temperatur schnell zum Kochen bringen. Acht Minuten kochen lassen, dann den Topf vom Herd nehmen. Jetzt einen Löffel Marmelade auf eine der gekühlten Untertassen geben und eine Minute warten. Mit dem Finger anstupsen … wenn sich eine weiche, faltige Haut gebildet hat, ist die Marmelade fertig. Und wenn nicht? Noch einmal drei Minuten aufkochen und es von neuem probieren. Und noch einmal, falls nötig. Wenn die Masse fest ist, zehn Minuten abkühlen lassen und dann in saubere Marmeladengläser füllen, die im heißen Ofen sterilisiert wurden. Na bitte!

Mein liebes Mädchen. Ich weiß genau, was du jetzt denkst. Marmelade? Ist sie verrückt geworden? Wir sind doch nicht mehr im Krieg. Ich bin fünfundzwanzig Jahre alt. Auf gar keinen Fall werde ich Marmelade kochen.
Ich bitte dich, tu es, für mich. Ich fing an, Marmelade zu kochen, nachdem wir einige wunderbare Ferien in Porthleven verbracht hatten. Erinnerst du dich? Die Besitzer des Cottages stellten immer einen *cream tea* auf einem Tablett bereit, und ihre hausgemachte Marmelade schmeckte besser als jede andere. Ich bat die Besitzerin um das Rezept, das, wie man sieht, das klassische Marmeladekochen leicht variiert. Sie bereitet viele kleine Portionen zu, weil sie die Marmelade so gern mag. Du siehst, ich

habe ein wenig gemogelt … das hier ist kein Familiengeheimnis, sondern etwas Besonderes aus unserer gemeinsamen Vergangenheit.
Als ich die Marmelade das erste Mal kochte, dauerte es 8 Minuten + 3 Minuten + 3 Minuten. Die zweite Ladung ging schneller: nur 8 Minuten + 3 Minuten. Es ist keine exakte Wissenschaft, und das ist das Reizvolle daran. Und es ist ein wunderbares Gefühl, wenn die Marmelade gelingt, das kann ich gar nicht genug betonen. Ich schreibe das Rezept für dich auf, weil ich hoffe, dass es dich an viele glückliche Stunden erinnert.
Ich habe beschlossen, dass ich in diesem Eintrag nur Fröhliches berichten werde; alles Traurige bleibt außen vor. Ich will nur deinem Gedächtnis ein wenig auf die Sprünge helfen, dich an Dinge erinnern, die wir beide so liebten.
Ach, Melissa, weißt du noch, wie wir am Strand von Cornwall Kricket spielten? Weißt du noch, wie furchtbar ernst Daddy alles nahm und wie er sich aufregte, weil wir beide diesen kleinen Ball nicht richtig abschlagen konnten?
»Ihr müsst euch nur mal konzentrieren, alle beide!« Und dann war er furchtbar beleidigt. »Warum lacht ihr mich aus? Ich versuche, euch etwas Wichtiges beizubringen. Glaubt ihr, das ist komisch?«
Erinnerst du dich noch an die riesigen Quichestücke aus der Konditorei an der Strandpromenade? Mit Steckrüben und Kartoffeln und wahnsinnig viel Pfeffer? Daddy kaufte immer drei dieser Monsterteile, und ich sagte jedes Mal: »Sollen wir nicht für Melissa etwas Kleineres nehmen?«, woraufhin er antwortete: »Nein, sie ist bestimmt

hungriger, als du ahnst.« Nur um eine Ausrede zu haben, den Rest von deinem Stück auch noch aufzuessen.
Und erinnerst du dich an das Schneewittchenkostüm, das ich dir für den Kostümwettbewerb in der Schule genäht hatte? Mein Gott – ich war so stolz auf dieses Kostüm. Du sahst zauberhaft darin aus, Melissa, aber die Juroren dachten, das Kostüm wäre gekauft, und daher bekamst du keinen Preis. Es tat mir so leid für dich, du hättest genauso gut das Kostüm tragen können, das wir aus Disneyland mitgebracht hatten. Wenn ich nur an all die Stunden denke, die ich dafür an der Nähmaschine gesessen habe!
Und ich hoffe sehr, du erinnerst dich noch an das Kegelspiel. Das Stichwort für die Kinderpsychologin, aber dieser Punkt hier ist wirklich interessant. Als du noch klein warst, habe ich gelesen, dass berufstätige Mutter sehr vorsichtig sein müssen, um nicht ständig zu ihrem Kind »Später, Liebling« zu sagen, weil sie so furchtbar beschäftigt sind und immer tausend Dinge zu tun haben. Ich habe ja schon erwähnt, dass ich am Ende des Buchs noch einen gesonderten Abschnitt über moderne Mutterschaft (die ungeschminkte Wahrheit) schreibe. Doch das Kegeln gehört hierher.
Ich wollte dir immer ein gutes Vorbild sein, indem ich meinen Beruf mit Leidenschaft ausübte. Meine Leidenschaft ist das Unterrichten. Nach deiner Geburt wollte ich weiterhin als Lehrerin arbeiten. Die Ferienbetreuung stellte für mich kein großes Problem dar, und doch war es viel schwieriger und anstrengender, Mutter zu sein und zu arbeiten, als ich angenommen hatte.
Zurück zu dem »Später, Liebling«-Tipp. Es ist sehr wich-

tig, regelmäßig so lange mit dem Kind zu spielen, bis es absolut keine Lust mehr hat. Das Kind wird nicht jedes Mal (weil man nicht immer genügend Zeit hat), aber doch oft genug begreifen, dass es an erster Stelle steht (was bei dir immer der Fall war!).
Ich entschied mich fürs Kegeln. Dein Vater hatte dir diese wunderschönen buntbemalten Holzkegel geschenkt. Einmal pro Woche stellten wir die Kegel in unserem langen Flur auf, und ich spielte so lange mit dir, bis du aufhören wolltest. Das war der ganze Trick.
Und eine echte Offenbarung.
In vielen anderen Momenten musste ich bestimmen, wo es langging. Ich räumte Spiele beiseite, um das Abendessen vorzubereiten, schlug das Buch zu, damit du endlich einschliefst, schaltete den Fernseher ab, um dir bei den Hausaufgaben zu helfen, ließ dich einen Film sehen, während ich Hefte korrigierte.
Doch beim Kegeln warst du der Boss. *Noch mal?* Natürlich. *Und noch einmal?* Na klar!

Melissa schlug das Buch zu. Sie spürte ihren Pulsschlag in den Ohren pochen. Für einen Moment war sie verwirrt, erkannte nicht gleich die Veranda des Ferienappartments wieder. Es hatte etwas abgekühlt, und sie nahm die Meeresbrise wahr. Das Kegeln mit ihrer Mutter hatte sie vollkommen vergessen gehabt, so, wie es ihr schon mit dem Erinnerungsfoto für das Cupcakes-Rezept ergangen war. Nun erinnerte sie sich, wie die Knie ihrer Mutter manchmal geknackt hatten, wenn sie aufstand, um die Kegel ein ums andere Mal neu aufzustellen. Die Erkenntnis, dass sie noch nie zuvor an dieses Spiel zurückgedacht hatte,

15

Max 2011

Max brach sehr früh auf, um noch eine Extrarunde zu laufen. Es kam ihm vor, als wäre eine schwere Last von seinen Schultern genommen worden. Endlich hatte er das Richtige getan, und alles würde wieder ins Lot kommen. Vielleicht würde er sich eine Zeitlang einsam fühlen und den Sex vermissen. Das war schließlich normal, er war ein Mann. Doch er hatte lange nachgedacht über das, was er nun getan hatte, und er fühlte sich definitiv besser. Es war auf jeden Fall das Richtige gewesen.

Eine Stunde später starrte Max am Küchentisch fassungslos auf seine Stoppuhr. Er konnte unmöglich so lange für nur fünf Kilometer gebraucht haben. Wenn das wirklich der Fall war, ließ seine Form entschieden nach.

Max schloss die Augen und spürte, wie ihm der Schweiß den Rücken hinabrann. So wird das nichts mehr. Du bist zu alt. Es entgleitet dir. Nicht nur deine körperliche Fitness, sondern das große Ganze. Du hast dich auf Nimmerwiedersehen verabschiedet von der einzigen anständigen Frau, die Interesse an dir hatte, geschweige denn mit dir ins Bett ging. Deine Haare werden grau, dein Körper baut ab, deine Tochter beantwortet keine deiner Nachrichten mehr, und am Ende wirst du einsam sein, vollkommen einsam.

Von seinen Gefühlen überwältigt, saß er zehn Minuten lang da und blickte ausdruckslos auf die Aststrukturen im Eichenholzboden. Er fragte sich, ob das eine Depression war – diese Fähigkeit, so lange stillzusitzen, ohne das geringste Bedürfnis, sich zu regen. Oder war das nur ein weiteres Anzeichen der Midlife-Crisis, die er so fürchtete?

In einem Anflug von Panik überlegte er, ob er Sophie anrufen und ihr sagen sollte, er habe den schrecklichsten Fehler seines Lebens begangen. Doch dann erkannte er, dass ihm das nicht helfen würde.

Die Wahrheit war nicht besonders kompliziert, denn Max war nicht besonders kompliziert. Er schaute zu dem großen Rahmen mit einer Fotocollage seines früheren Lebens hinüber. Max an seinem Hochzeitstag, Max mit Melissa als schlafendes Baby an seiner Brust. Max beim Kricketspielen am Strand in Cornwall. Mit Unbehagen erinnerte er sich daran, wie er sich in diesem hektischen Leben manchmal danach gesehnt hatte, Zeit für sich selbst zu haben, und wie er diese seltenen Momente genossen hatte. Wenn er lief, wenn er im Auto zur Universität fuhr. Wenn die eigene Tochter den Kinderschuhen entwuchs und solche Momente der Einsamkeit mehr und mehr wurden, sollte man dann nicht jemanden an seiner Seite haben?

Verdammtes Schicksal.

Verdammt.

Unter der Dusche drehte er das heiße Wasser auf, bis seine Haut gefährlich rot aussah. Im selben Moment ging ihm auf, dass er nun zu allem Übel auch noch zu spät zu seiner ersten Vorlesung kommen würde.

Als er endlich in seinem Büro in der Universität war, stellte er fest, dass er keine Zeit mehr für einen Kaffee hatte. Schlimmer konnte es nicht mehr kommen.

»Also würdest du mir jetzt bitte sagen, was genau dein Problem mit mir ist?«

Sie hatte nicht geklopft, er war nicht vorgewarnt gewesen. Anna stand ganz plötzlich wutschäumend in seinem Büro.

»Wie bitte?«

Max war für einen Moment sprachlos.

»Nein?« Sie riss die Augen auf, auf ihrer Stirn bildeten sich tiefe Falten, als sie die Brauen hochzog. Ganz offensichtlich war sie sehr wütend.

Ach ja, richtig. Die E-Mail.

»Hör zu, Anna. Wenn du über die E-Mail unglücklich bist, können wir gern später darüber sprechen. Ich bin nur schon so spät dran …«

»Echt komisch, dass du immer spät dran bist. Jeden Mittwoch, solange ich denken kann, jedes Mal, wenn ich wieder von neuem versucht habe, hier einen guten Eindruck zu machen. Ich habe ich weiß nicht wie viele Überstunden investiert, damit meine Arbeit gut läuft. Habe meinen angeblichen Mentor um Feedback gebeten, um ein wenig Ermutigung. Und nicht nur, dass ich keine Unterstützung bekommen habe, nein, heute Morgen kriege ich auch noch eine einzeilige E-Mail und werde mir nichts, dir nichts zu einem anderen Mentor abgeschoben. Und dann auch noch zu Frederick Montague. Wir wissen beide, was das bedeutet.«

»Frederick ist ein guter Professor. Und ein respektierter Kollege …«

»Und er steht kurz vor der Pensionierung. Er hat keinen Einfluss, keinen Ehrgeiz, kein Interesse an der Politik in dieser Universität, was, das wissen wir beide, heutzutage das einzig Entscheidende ist – er hat null Komma null Interesse an meiner Zukunft. Zumindest das habt ihr gemeinsam.«
»Ich denke, das reicht, Anna.«
»Nur zur Information, ich habe gerade erst angefangen. Denn ich werde mich jetzt direkt an die Personalabteilung wenden, Professor Dance. Damit kommen Sie nicht durch.«
Max spürte, wie ihm das Blut aus dem Gesicht wich. Die Personalabteilung, auch das noch.
»Anna, gerade weil mir an deiner Zukunft hier viel liegt, habe ich dich an Professor Montagues Team verwiesen. Ich denke, er wird deinen enormen Einsatz und deine Begeisterung für die neue Aufgabe am meisten schätzen. Wegen meiner vielen Verpflichtungen ist es für mich gerade schwierig, dir die Zeit zu widmen, die du selbstverständlich willst und brauchst. Ich bin nicht der richtige Mentor für dich. Professor Montague hat mehr Zeit als ich.«
»Und warum hast du das nicht wenigstens vorher mit mir besprochen?«
Max atmete tief durch. Er sah Anna an, und für den Bruchteil einer Sekunde überlegte er, ob er es laut aussprechen sollte.
»Anna, könntest du mir noch etwas Zeit geben, bevor du zur Personalabteilung gehst? Und mir erlauben, dir das alles zu erklären?«
Sie sah ihn aufmerksam an – ihre Miene verriet, dass sich ihre Erregung keineswegs gelegt hatte.

»Können wir uns um eins wieder hier treffen?«
Sie blickte aus dem Fenster und dann wieder zu ihm – weiterhin wutschäumend.
»Ich lasse mich nicht einfach so abspeisen. Vielleicht war ich früher nur an einer Fachhochschule, aber ich bin eine gute Dozentin.«
Auch das noch. Sie glaubte also, es läge an ihrer Kompetenz.
»Ich werde nicht dulden, dass all meine Anstrengungen hier zunichtegemacht werden von einem sexistischen, klüngelnden, erzkonservativen …«
»Ich denke, das reicht, Anna.«
Endlich wurde sie ein wenig rot.
»Um eins, ja? Ich komme zu spät zu meiner Vorlesung.« Er stand auf und nahm seine Jacke vom Ständer neben dem Bücherschrank, wobei er bewusst jeglichen Blickkontakt mit ihr vermied. »Um eins bin ich wieder hier.«
Beim Hinausgehen schlug sie die Tür mit einem lauten Knall zu.
Max hielt an diesem Tag die wahrscheinlich schlechteste Vorlesung seines ganzen Berufslebens. Es ging um den Vergleich von Kartellgesetzgebungen, den Umgang verschiedener Länder mit Handel und Monopolen. Sein Vortrag war so unzusammenhängend, dass sogar seine besten Studenten ihn verständnislos ansahen. Einmal verlor Max tatsächlich vollständig den Faden und musste Erkältungssymptome vortäuschen, um sein wirres Gerede zu erklären.
In diesem Moment war ihm die Frage, ob die Gesetzgeber das Wachstum von Google kontrollieren sollten oder nicht, vollkommen gleichgültig. Er fragte sich einzig und

allein, wie er sein Verhalten der Personalchefin erklären konnte.

Entschuldigen Sie bitte, Mrs. Bramble, aber ich habe mich in sie verliebt. Der Träger ihres BHs hat mich immerzu abgelenkt, also fand ich es klüger, mich aus der Rolle des direkten Vorgesetzten und Mentors zurückzuziehen.

Meine Güte, Max.

Um halb zwölf schloss er sich in seinem Büro ein und vertiefte sich noch einmal in die E-Mails, die sie in letzter Zeit gewechselt hatten. Dabei stieß er auf nicht weniger als zehn ausführliche und wirklich imponierende Nachrichten, die Anna kürzlich geschickt hatte und in denen sie die von ihr vorgeschlagenen Änderungen zur Verbesserung der Kurse erläuterte. Auf jede ihrer E-Mails hatte er mit einer sehr kurzen, desinteressierten Antwort reagiert.

Ihm war nicht einmal aufgefallen, dass er sie auf diese Weise ignoriert hatte.

Er stellte sich Giselle Bramble beim Lesen dieser E-Mails vor und suchte nach einer Möglichkeit, mit Anna ins Reine zu kommen. Nein, dann würde alles nur noch schlimmer werden.

Es wurde viel zu schnell ein Uhr, und als er das Klopfen an seiner Tür hörte, stellte Max beschämt fest, dass er immer noch nicht wusste, wie er vorgehen sollte. Zu seiner Überraschung hatte sich ihr Gesichtsausdruck vollkommen gewandelt, als sie nun den Raum betrat. Sie schien nicht nur ruhiger, sondern geradezu eingeschüchtert, hatte den Kopf eingezogen und errötete.

»Wegen vorhin?« Sie setzte sich ihm gegenüber auf den Besucherstuhl. Max hielt die Luft an. Vielleicht war sie schon in der Personalabteilung gewesen? Vielleicht wirkte sie nur so eingeschüchtert, weil er suspendiert wurde und seine Karriere und seine Pension längst im Eimer waren?

»Ich war wohl etwas direkt vorhin«, begann sie. »Das war so nicht beabsichtigt.«

Max war sprachlos. Annas Entschuldigung kam für ihn vollkommen unerwartet. Was sie sagte, klang gut, war aber auch verwirrend. Er atmete tief durch und entschied sich zu schweigen, während er in seinem Innersten das eine Mantra wiederholte: *Vermassle es nicht.*

»Mir ist klargeworden, dass es total unprofessionell von mir war, mein Privatleben mit in die Arbeit zu bringen. Das ist unverzeihlich. So bin ich eigentlich nicht. Ich möchte wirklich nicht, dass du denkst …«

»Dein Privatleben?«

»Ich hatte ein mieses Wochenende, und nach deiner letzten E-Mail hatte ich das Gefühl, dass du meine sämtlichen Überlegungen für diesen Kurs ablehnst. Es war der Tropfen, der das Fass zum Überlaufen brachte. Das soll nicht heißen, dass ich nicht enttäuscht bin. Ich bin furchtbar enttäuscht, und du musst verstehen, dass ich meine Ideen nicht so einfach aufgeben kann. Aber normalerweise rede ich nicht so, wie ich das vorhin mit dir getan habe. Ich möchte hier nicht den Ruf einer Hysterikerin weghaben.«

»Ich verstehe.« Max verstand rein gar nichts.

Dann geschah etwas Schreckliches, etwas, womit Max noch nie hatte umgehen können. Weder bei Eleanor noch bei Melissa.

Anna fing an zu weinen.

Oh, bitte nicht.

Sie kämpfte gegen die Tränen an und schämte sich sichtlich dafür, hob den Arm vors Gesicht und war bereits auf dem Weg zur Tür.

»Bitte geh nicht, Anna. Setz dich doch wieder, wenigstens einen Moment. Bitte.«

Merkwürdigerweise nahm sie nun auf einem Stuhl in der Ecke nahe der Tür Platz, wandte sich von ihm ab und wühlte in ihrer Tasche nach einem Taschentuch. Max grübelte, was er nun tun sollte. Wenn er versuchte, sie zu trösten, könnte er seine eigenen Gefühle verraten. Schlimmer noch, er würde wegen unangemessenen Verhaltens bei der Personalchefin landen. Gelang es ihm nicht, sie zu beruhigen, blieb er der kalte, hartherzige Heuchler, für den sie ihn bereits hielt.

»Es tut mir wirklich leid. Das war sehr unprofessionell von mir«, wiederholte Anna.

»Sei nicht albern. Wir haben alle unsere Momente.«

Momente. Was für ein lächerliches Wort, Max. Überleg dir was.

Sie putzte sich die Nase und verzog dann nachdenklich den Mund.

»Es ist nur …«

Max kamen nun dumme Gedanken über Anna und einen Krach mit ihrem Ehemann oder Lebenspartner oder wem auch immer, dem Mann jedenfalls, dessen Ring sie nicht trug.

Anna wagte sich noch einen Schritt vor. »Mein Sohn. Der Halbmarathon.«

»O ja. Du hattest das erwähnt.«

»Er macht nicht mehr mit.«

Max konnte ihr immer noch nicht folgen.

»Ach, so ist das.«
»Er wird stattdessen in Zukunft bei seinem Vater wohnen. Im Ausland.«
Diesmal bewegte sich wirklich etwas in seinem Bauch, als würde sich ein Muskel unwillkürlich zusammenziehen, während Anna kopfschüttelnd aufstand.
»Darum geht es hier natürlich nicht. Ich meine, so etwas darf keinen Einfluss auf meine Arbeit haben. Ich hätte es gar nicht erzählen sollen. Doch so ist es. Es bringt mich um den Verstand, und ich war unprofessionell und habe überreagiert. Dafür möchte ich mich jetzt entschuldigen.«

16

Eleanor war das einzige, lang ersehnte Kind von Michael und Susan. Beide waren Lehrer, und so war es wenig überraschend, dass Eleanor später selbst Lehrerin wurde. Es kam ihr nie in den Sinn, einen Beruf, der nicht die Möglichkeit bot, den ganzen Sommer in Frankreich zu verbringen, überhaupt in Erwägung zu ziehen. Mit der Zeit bekam sie zwar auch die gelegentlichen abfälligen Bemerkungen von Verwandten und Bekannten mit – *Ja, wer sich das leisten kann …* –, doch ihre beiden Eltern waren stolz auf diesen Beruf. Eleanor beobachtete, wie sie die Stirn runzelten oder strahlten, während sie die Berge von Heften korrigierten, die sich auf dem Esstisch stapelten, und lauschte den Diskussionen über Politiker, die sich ständig einmischten, und Bildungsminister, die von Bildung und Erziehung keine Ahnung hatten.

Michael war Biologielehrer an einer hochgelobten Gesamtschule, Susan unterrichtete Französisch an einer höheren Schule für Mädchen. Eleanor entschied sich für Englisch, weil sie die Aussicht, den ganzen Tag zu lesen, äußerst reizvoll fand. Während der Jahre an der Universität fragte sie sich ständig, wann man ihr wohl auf die Schliche kommen würde.

Ihre erste Stelle stellte genau die Herausforderung dar, vor der ihre Eltern sie gewarnt hatten – sie kam an eine große, leistungsschwache Gesamtschule, wo die Lehrer es als Erfolg ansahen, wenn die Mädchen im Abschlussjahr noch kein Baby im Schlepptau hatten.

Eleanor erlebte viele Tiefpunkte. Einmal verblüfften vier Schüler sie, als sie während des Unterrichts durch das Erdgeschossfenster nach draußen verschwanden, und Eleanor verblüffte den Rest der Klasse, weil sie einfach aus dem Fenster hechtete und den vieren nachrannte. Da sie flink war, hatte sie die Schüler bald eingeholt und sie zum Direktor geschleppt, wo ihnen mit einem Schulverweis gedroht wurde. Im Grunde hatte sie damit gerechnet, dass die Schüler sie mit unverschämten Worten davonschicken und einfach weiterlaufen würden, doch sie waren über Eleanors schnelle Reaktion so erschrocken, dass sie sofort aufgaben.

Nach diesem Vorfall beschloss Eleanor, mehr Strenge zu üben. Für ihren Unterricht wandte sie einen alten Trick an. Mit Songtexten und Fernsehserien führte sie die Schüler an Gedichte und andere Erzählformen heran, bevor sie behutsam zu den Klassikern auf dem Lehrplan überging. Natürlich konnte sie einige Schüler niemals für Literatur begeistern, ganz egal, wie sehr sie sich bemühte. Doch alle Schüler blieben von da an die Stunde über im Klassenraum, und auch die Prüfungsergebnisse verbesserten sich unter ihrer Leitung, so dass sie drei Jahre später an eine kleinere Mittelschule mit herausragenden Abschlussprüfungsergebnissen wechseln konnte.

Die Schule lag in Oxfordshire, und sie schloss diese Gegend bald ins Herz. Gen Süden war die Landschaft flach, doch die Schule lag nicht weit von den herrlichen sanften Hügeln der Cotswolds entfernt. Eines Tages wurde sie gebeten, einen plötzlich erkrankten Mathematiklehrer bei einem beruflichen Termin zu vertreten und sich um einen Wirtschaftsprofessor der nahe gelegenen Universität zu kümmern.

»Akuter Durchfall?« Max hatte laut über ihre Ehrlichkeit gelacht und ihr fest die Hand geschüttelt.

»Ja, das ist eine schöne Vorstellung, nicht wahr? Ich finde auch, seine Frau hätte am Telefon ruhig etwas weniger anschaulich sein können, doch ich musste ihm diesen Gefallen tun. Ich warne Sie, ich habe nicht die geringste Ahnung von Wirtschaftsfragen und kann Ihnen wahrscheinlich überhaupt nicht gerecht werden.«

In diesem Augenblick bemerkte sie, dass er nicht blinzelte. Professor Maximillan Dance, Dozent für Wirschaftswissenschaften – wen kümmerte es schon, dass er nicht in Oxford unterrichtete –, sah sie ungeniert an, ohne auch nur mit der Wimper zu zucken. Als sie ihn später dabei beobachtete, wie er auf dem Podium die anwesenden Eltern mit seiner formvollendeten und locker vorgetragenen Präsentation über den unschätzbaren Wert der Wirtschaftswissenschaften zum Verständnis unserer Welt überzeugte, war sie dem Kollegen für seinen akuten Durchfall immens dankbar. Beim Abschied fragte Max sie dann, ob sie mit ihm essen gehen würde. Und in diesem Moment veränderte sich auch in ihrem Inneren etwas für immer.

Eleanor beschloss, sich kühl zu geben, und musste über sich selbst lachen, als sie innerhalb eines Monats bei ihm einzog. Es gab nichts, was sie nicht an ihm liebte.

Die Energie und Begeisterung, die Max ausstrahlte, war ansteckend und erfrischend. Niemals ließ er sich unterkriegen. Er liebte Sport, Kochen, Spaziergänge und Wirtschaftswissenschaften. Und er liebte Eleanor.
Max hatte eine glückliche Kindheit verbracht, was wahrscheinlich der Ursprung seiner Lebensfreude war, und er war einer der wenigen Männer, die gern heiraten und eine Familie gründen wollten. Die bindungsscheuen Typen, die Eleanor so oft das Herz gebrochen hatten, waren umgehend vergessen, denn Max war von Anfang an voll dabei.
Sie verliebten sich schnell und bedingungslos ineinander. Und sie waren die ganze Zeit über glücklich. Nur ein einziges Mal bekamen sie heftigen Streit.
Es ging um Geld.
Aus unerklärlichem Grund war Max plötzlich der Meinung, dass er an der Universität nicht genug verdienen konnte, um eine Familie zu ernähren. Eleanor war ganz anderer Meinung. Geld war ihr noch nie sonderlich wichtig gewesen, und sie erwartete keine Reichtümer. Zwischen Max und ihr entbrannte ein erbitterter Streit, den Eleanor als so schmerzlich empfand, dass sie später jeden Gedanken an diese Zeit sofort verdrängte.
Schließlich gelang es ihnen, den Streit beizulegen und sich miteinander zu versöhnen – und das allein zählte.

An einem klaren Frühlingstag stand Eleanor in derselben Kirche, in der auch schon ihre Eltern geheiratet hatten, blickte auf den schönen, guten Mann an ihrer Seite und konnte ihr Glück kaum fassen.
Sie war glücklich bis zu dem Vormittag, an dem sie mit

ihrer Tochter in Cornwall Kekse backte und das Mehl von ihrem Pullover bürstete.

Natürlich wusste Eleanor, dass es verrückt und unvernünftig von ihr war, Max nicht unverzüglich von dem Knoten zu erzählen und zum Arzt zu gehen. Ihr Verhalten war unklug, und sie war eine kluge Frau. Doch bis zu diesem Moment war alles in ihrem Leben von Glück gesegnet gewesen, und nun hegte sie tief in ihrem Inneren die entsetzliche Vorstellung, all dies könnte nur ein Vorspiel gewesen sein, um sie an diesen einzigen Punkt zu führen. Sie wollte die Wahrheit einfach nicht wissen. Sie sammelte einige Informationen und versuchte, sich davon zu überzeugen, dass es sich bei dem Knoten um ein Fibroadenom handelte, einen gutartigen Tumor, der recht häufig bei Frauen zwischen 20 und 40 auftrat. Die Diagnose passte. Doch wenn sie allein im Badezimmer den Knoten gründlich abtastete, spürte sie, dass er tief in die Brust und bis unter die Achsel reichte. Außerdem hatte sich die Brusthaut schon vor längerer Zeit verfärbt. Es war ein leichter Ausschlag, an den sie sich bereits gewöhnt hatte und den sie für eine allergische Reaktion oder ein Ekzem gehalten hatte. Das Eigenartigste aber war, dass sie abgenommen hatte, ohne eine Diät zu machen.

Viele Wochen und Monate später versuchte Eleanor Max, der sich verzweifelt den Kopf zerbrach, warum sie die Untersuchung dieser Symptome nicht nur eine Woche, sondern gleich monatelang aufgeschoben hatte, eine sinnvolle Antwort zu geben, doch ihr fehlten die Worte. Sie konnte nicht erklären, warum sie es nicht hatte wissen wollen.

Als sie auf dem Weg zur Klinik im Auto saßen, um die

ersten Testergebnisse abzuholen, wiederholte sie fortwährend, wie unwahrscheinlich eine ernsthafte Erkrankung sei. Doch in ihrem Kopf lief ein anderer Film ab – einer, in dem sie bereits wusste, wie die Geschichte ausging. Es war mehr als bloßer Pessimismus, sie fühlte und wusste es bereits. Das war keine übersinnliche Erfahrung, sondern eher eine körperliche Empfindung, die mehr, als ihr selbst bewusst war, mit dem Krebs zu tun hatte, der schon in ihrem Körper gestreut hatte. Sie brauchte keine Bestätigung ihrer Vermutung mehr.

Nur Max zuliebe trug sie während der Untersuchungen diesen falschen Optimismus zur Schau. Bis zu dem Moment, als sie beide dem Arzt gegenübersaßen und sein Gesichtsausdruck alles verriet, noch ehe er den Mund aufmachte.

Es war Stadium vier. Die Tumorzellen hatten sich bereits in der Leber und den Lungen ausgebreitet. Aus diesem Grund hatte sie an Gewicht verloren, und deshalb war sie ständig so müde gewesen. Die Ärzte bedauerten es unendlich, doch ihr Fall war äußerst selten. Die Krebserkrankung konnte nicht mehr geheilt werden, aber sie konnten noch viel für die Verbesserung von Eleanors Lebensqualität tun.

Max saß dem Arzt gegenüber und machte sich mit leichenblassem Gesicht Notizen. Während er kritzelte, drückte er den Stift so fest auf, dass das Papier riss. Da hörte Eleanor schon nicht mehr hin.

In Gedanken stand sie wieder vor der Kirche, in der sie geheiratet hatte. Sie war wieder auf der Entbindungsstation, und die Hebamme sagte ihr, sie habe ein Mädchen zur Welt gebracht. Sie lag auf dem Fußboden und stellte die

Kegel im Flur auf. Sie spielte Kricket am Strand. Und sie suchte die Zutaten für die Osterkekse zusammen.
Beim Schreiben dieses Buches für Melissa verfiel sie manchmal für einen Moment in Panik, weil sie etwas durcheinanderbrachte. Sie machte sich Sorgen, wie viel sie ihrer Tochter anvertrauen sollte. Die ganze Wahrheit? Oder nur einen Teil davon?
Einmal beschrieb sie auf drei Seiten, wie sie sich an ihrem Hochzeitstag gefühlt hatte. Der Duft von Orangenblüten, der in das Kircheninnere zog, sobald jemand die Tür öffnete. Und der Tag, an dem Melissa geboren wurde. Der wunderbare Geruch dieses Neugeborenen, für den sie keine Worte fand. Die Geschichte mit der Orangenschale und den Cupcakes. Wie sie zum ersten Mal auf die Idee gekommen waren, Orangenschale zu verwenden. Ob Melissa sich daran erinnerte? Sollte sie diese Geschichte für sie aufschreiben? Als sie an Orangen dachte, geriet sie plötzlich in helle Aufregung und verbrachte zwei ganze Stunden damit, ein bestimmtes Foto zu suchen, das ihre Mutter am Tag von Melissas Geburt beim Besuch im Krankenhaus zeigte.
Sie erinnerte sich an das Foto, weil ihre Mutter einen Pullover trug, dessen leuchtendes Orange sich auf ihren Gesichtern widerspiegelte und ihre Haut verfärbte, als die Bilder entwickelt wurden. »Wir sehen aus wie die Oompa Loompas aus ›Charlie und die Schokoladenfabrik‹, Mutter. Die sind auch so orange.«
»Sei nicht albern. Das Baby sieht wunderschön aus. Absolut perfekt.«
»Für ein Oompa-Loompa-Baby schon. Neben deinem Pullover.«

Obwohl Eleanor überall suchte, konnte sie das Foto nicht finden. In ihrem Buch hatte sie die Geschichte von dem reflektierenden orangefarbenen Pullover bereits erwähnt, nun wusste sie nicht, was sie tun sollte. Sollte sie die Seite herausreißen, wenn sich das Foto wirklich nicht mehr fand?

Die ganze Zeit über war Max zutiefst bekümmert, weil er ihren Kummer mit ansehen musste.

»Ich verstehe nicht, warum du das Foto unbedingt heute brauchst, Eleanor. Können wir es nicht ein andermal suchen? Bitte reg dich nicht so auf. Ich kann das nicht ertragen.«

17

Melissa 2011

Weißt du, Melissa, ich habe zwar gesagt, dass es in Ordnung ist, die ganze Sache mit dem Heiraten zu vergessen, aber so einfach geht das nicht. Nicht für mich.«
Sam war schließlich doch einverstanden gewesen, einen Ausflug zu machen. Nach einem katastrophalen Besuch der Königsgräber bei Paphos waren sie jetzt auf dem Rückweg nach Polis.
Melissa hatte darauf bestanden, dass sie früh aufbrachen. Das war ein Fehler gewesen, denn sie waren beide übermüdet. Melissa fehlte der Morgenkaffee, um wach zu werden. Zudem lösten die Worte ihrer Mutter heftige Gefühlswogen bei ihr aus. Sam hatte während der zwei Tage am Pool noch schlechtere Laune bekommen, und sein verletztes Bein juckte in der Hitze unerträglich.
Melissa hatte gehofft, dass der Ausflug sie beide aufmuntern würde. Im Internet hatten die Ruinen von Paphos beeindruckend ausgesehen, sie gehörten auch zum Weltkulturerbe. Melissa hatte sich ein gut klimatisiertes Besucherzentrum vorgestellt, wo Sam sein Bein hochlegen konnte, wenn der Rundgang ihn ermüdete. Doch es gab kein Zentrum und keinen Kaffee, sondern überall nur verbrannte Erde und Ruinen – und Moskitoschwärme, die in den Gräbern lauerten.

Es gab nicht einmal Könige.
»Warum nennt man das Königsgräber, wenn es gar keine Könige gibt?« Sam, der in der sengenden Hitze über die staubigen Wege humpelte, war am Ende seiner Kräfte. An jedem anderen Tag und unter anderen Umständen hätte er diesen Ausflug genossen und jedes Wort im Reiseführer förmlich verschlungen.
Doch heute gaben sie nach kaum einer Stunde auf. In einem nahe gelegenen Café aßen sie noch schnell zu Mittag, dann machten sie sich auf den Rückweg.
»Das alles geht mir furchtbar auf die Nerven, Melissa. Du bist plötzlich so distanziert. Du schläfst auf dem Sofa, suchst ständig nach Ausreden, um allein zu sein. Wird das jetzt immer so sein? Du sagst die ganze Zeit, es ist alles in Ordnung mit uns, aber deinem Verhalten nach zu urteilen willst du nicht einmal mehr mit mir in einem Zimmer schlafen. Und alles nur, weil ich dich gefragt habe, ob du mich heiraten willst.«
»Das stimmt nicht, Sam, so ist es nicht. Ich weiß nicht, was ich sagen soll.«
»Irgendetwas, Melissa. Einfach irgendwas. Erzähl mir, was du denkst und was du fühlst. Warum du nicht nur unsicher bist, ob du mich heiraten willst, sondern dich auf einmal vollkommen zurückgezogen hast …«
»Weißt du, es ist so, wie ich im Restaurant gesagt habe. Ich verstehe einfach nicht, was ein Stück Papier damit zu tun haben soll. Ich dachte, wir hätten uns darauf geeinigt, es dabei zu belassen. Und abzuwarten, wie es dann läuft. Du hast gerade einen Unfall gehabt, Sam. Ich glaube, es ist nicht der richtige Zeitpunkt …«
»Aber es geht nicht nur um ein Stück Papier, es geht dar-

um, jemandem zu sagen, dass man wirklich mit ihm zusammen sein will.«

»Ich will wirklich mit dir zusammen sein, Sam. Das weißt du. Das habe ich dir schon gesagt.«

»Aber du willst mich nicht heiraten? Und, wie es aussieht, nicht einmal mit mir reden.«

Melissas Herzschlag beschleunigte sich. Sie schaltete einen Gang zurück, aber der Motor heulte laut auf und sie schaltete wieder hinauf in den fünften Gang. Sam blickte aus dem Seitenfenster.

Eine Zeitlang fuhren sie schweigend weiter. Melissa kämpfte gegen ein ungutes Gefühl in der Magengegend an, während Sam sie nicht einmal mehr ansah. Schließlich drehte sie die Klimaanlage auf.

Für einen Moment spielte sie das Am-Rand-der-Klippe-Spiel. Das düstere Spiel ihrer Kindheit, bei dem sie sich vorstellte, dass sie tatsächlich sprang. Es war zu spät. Sie hatte es getan. Der Bruchteil einer Sekunde, und es gab kein Zurück. Sie würde es niemals wirklich tun. Die Klippe hinunterspringen und sich selbst etwas antun. Doch es erschreckte sie, dass sie so düstere Gedanken und Ängste hatte. Dass das Leben, zumindest theoretisch, sich aufgrund von blitzschnellen Entscheidungen auf einen Schlag vollkommen ändern konnte. *Erzähl es ihm.* Dass sie Dinge tun und sagen könnte, die nie wieder zurückzunehmen waren. Sie fühlte dieselbe Panik in sich aufsteigen wie damals, als die Frau in der Grundschule sie immer wieder gedrängt hatte …

»Sam, du weißt, dass es mir schwerfällt, über bestimmte Dinge zu reden.«

»Das ist die Untertreibung des Jahres.« Sonst war er nie

so schroff zu ihr. Sie zuckte zusammen und schnaufte geräuschvoll, tastete nach einem Taschentuch. Normalerweise hätte er ihr jetzt geholfen, wäre lieb zu ihr gewesen. Doch er sah absichtlich weg. Von der Seite konnte sie seine geschwollenen Augen erkennen. An dem Abend im Restaurant war es auch so gewesen. Er war für eine Ewigkeit auf die Toilette verschwunden, und danach hatten seine Augen genauso ausgesehen wie jetzt.
»Sieh mal, Sam. Ich weiß, dass es manchmal schwierig ist mit mir. Aber es ist nicht das, was du denkst.«
»Und was ist es dann, Melissa?«
Mit dem Taschentuch in einer Hand putzte sie sich ungeschickt die Nase. Er sah sie immer noch nicht an.
»Weißt du, was ich immer gedacht habe, Melissa? Ich dachte, du hättest Angst, dich zu verlieben. Angst, glücklich zu sein. Ich habe immer geglaubt, ich müsste nur Geduld haben. Dass es an dem lag, was du als Kind erlebt hast. Ich müsste nur für dich da sein, dann würde alles gut. Aber nun denke ich, wir sind in einer Sackgasse gelandet.«
Sie wusste nicht, was sie darauf erwidern sollte.
»Willst du dich von mir trennen, Melissa? Wenn du jetzt nicht einmal mehr im selben Raum wie ich sein kannst.«
»Das ist nicht wahr.«
»Okay. Dann werde ich dir mal etwas Wahres erzählen. Wahr ist, dass ich dich heute vom Balkon aus beobachtet habe, als du ganz früh schwimmen gegangen bist, noch bevor wir losfuhren. Wir hatten nicht einmal guten Morgen zueinander gesagt. Und ich hatte nur einen Gedanken: Wie mache ich diese Frau glücklich? Denn du siehst überhaupt nicht glücklich aus. Du bist zu nachtschlafen-

der Zeit fünfzehn Bahnen geschwommen, als wärst du voller Wut. Dann hast du dich an den Rand des Swimmingpools gesetzt, die Sonne schien dir aufs Gesicht, und du sahst aus, als wärst du auf einem anderen Planeten. Hier warst du jedenfalls nicht. Und so fühlt es sich die ganze Zeit an. Als ob du nicht bei mir wärst, Melissa.«

»Meine Mutter hat mir ein Buch hinterlassen, Sam. Eine Art Tagebuch.« Der Rand der Klippe. Spring. *Sag es, Melissa*. Tränen stiegen ihr in die Augen. »Ich habe es von diesem Anwalt bekommen, bei dem ich neulich im Büro war.« Ihre Fingerknöchel wurden weiß, als sie das Lenkrad umklammerte.

»Wie bitte?«

»Als ich bei diesem Anwalt war. Ich habe dir gesagt, es handele sich um ein Versehen, eine Erbenermittlung. Das war gelogen. Es war kein Versehen. Der Anwalt hatte ein Buch, das meine Mutter für mich hinterlassen hat. Ich hätte dir gleich davon erzählen sollen.«

Sam war wie erstarrt, sein Mund stand weit offen.

»Es ist ein Tagebuch mit Rezepten und Briefen und Fotos, das sie zusammengestellt hat, als sie schon …« Sie atmete tief durch. »Das sie für mich zusammengestellt hat, als sie schon sehr krank war. Für später, wenn ich erwachsen bin.«

»Du lieber Himmel.« Endlich sah er sie an.

»Ich sehe ein, dass ich dir das hätte gleich sagen sollen. Aber der Schock hat mich umgehauen. Es tut mir leid, Sam.«

»Und wann war das? Vor dem Abend im Restaurant?«

»Nein, es war genau an dem Morgen danach. Ich sage ja nicht, dass das der Grund ist, warum ich nicht weiß, ob ich heiraten will. Das kann ich immer noch nicht erklären. Und es soll auch keine Ausrede sein. Es ist nicht so, dass ich keine Zeit mit dir verbringen will. Ich wollte nur ein bisschen in Ruhe darin lesen. Mir über ein paar Dinge klarwerden, bevor ich dir davon erzähle und mir überlege, wie ich es meinem Vater beibringe.«

»Willst du mir weismachen, dass du noch nicht alles gelesen hast?«

»Nein, noch nicht. Ich finde es wirklich sehr …« Welches Wort könnte ihre Gefühle ausdrücken? Sie suchte mit zusammengekniffenen Augen nach einem passenden, doch ihr fiel keines ein.

»Und dein Vater weiß nichts davon?«

»Nein.«

»Gütiger Himmel. Fahr an die Seite, Melissa.«

»Es tut mir leid.«

»Du kannst nicht weiterfahren.« Endlich sah er sie an.

»Das ist unglaublich, Melissa. Dort drüben, bei diesem Café. Halt dort an …«

Mit der Hand wischte sie die stillen Tränen aus dem Gesicht. Erleichterung, Angst und Schuld erfassten sie, als sie in den Rückspiegel blickte.

Das ist unglaublich …

Sie setzte den Blinker, um vor dem Café auf den Parkplatz zu fahren. Sie war so froh, dass er sie wieder ansah, dass er das zu ihr gesagt hatte.

Etwas zu fest bremste sie und zog gleich darauf die Handbremse an. Auf einmal sah sie ein weißes Kenwood-Handrührgerät mit blauer Zierleiste vor ihrem inneren Auge, dessen Oberfläche mit einem feuchten Küchenhandtuch zum Glänzen gebracht worden war.

Sie senkte den Blick und schaute auf eine einzelne Tränenspur auf ihrer hellen Leinenhose. Es stimmte.
Es war wirklich unglaublich.

Bœuf Bourguignon

3 Pfund Schmorfleisch (das scheint viel zu sein – doch nicht für eine hungrige Meute)
1 große Zwiebel oder eine Handvoll Schalotten
1 Packung gewürfelter Speck
2 dicke Knoblauchzehen
1 Packung frische Pilze, in Scheiben
1 Flasche guter Rotwein (nicht knauserig sein!)
Gewürze + 3 Teelöffel Mehl + etwas Zucker
eine kleine Menge Fleischbrühe, falls nötig

Das Schmorfleisch in große Stücke schneiden (sie schrumpfen beim Kochen beträchtlich zusammen) und in einer guten Kasserolle in heißem Olivenöl rundherum braun anbraten – dann das Fleisch auf einen Teller legen. Die geschnittene Zwiebel (bzw. die Schalotten) zusammen mit dem Speck in weiterem Öl braten und den zerkleinerten Knoblauch hinzufügen. Dann das Fleisch wieder in den Topf füllen, alles mit Mehl bestreuen und mit einem Holzlöffel wenden. Beim Anblick der klebrigen Masse nicht nervös werden. Langsam den Rotwein hinzugeben und vorsichtig umrühren, während die Soße bei schwacher Hitze eindickt. Die ganze Flasche Wein und, falls nötig, etwas gute Fleischbrühe hinzufügen, bis das Fleisch vollständig bedeckt ist. Gut würzen, den zerkleinerten Thymian, die Pilze und einen halben Teelöffel Zucker

hinzufügen, um die Säure des Weins auszugleichen. Zum Köcheln bringen, dann bei 160 Grad für DREI STUNDEN in den Ofen stellen. Zur Erinnerung – diese Variante dauert länger, als in anderen Rezepten beschrieben, aber ich finde, so gelingt das Bœuf am besten.
Die Kasserolle muss einen dicht schließenden Deckel haben. Wenn nicht, kannst du etwas Butterbrotpapier auf das Fleisch im Topf legen, denn sonst verdunstet die herrliche Soße – und das möchtest du bestimmt nicht.

Das Wichtigste zuerst, Melissa: Vergiss all die Rezepte, die behaupten, dass zwei Pfund Fleisch sechs Personen satt machen. Wer soll das sein? Spatzen? Das hier ist die Leibspeise deines Vaters, sein absolutes Lieblingsessen, und ich koche es ihm jedes Mal zum Geburtstag. Vertrau mir: Wenn einem Mann ein Gericht schmeckt, dann will er von dieser Köstlichkeit einen riesigen, dampfenden Teller voll, nicht so ein Appetithäppchen wie im Restaurant. Und wenn etwas übrig bleibt? Wird es nicht, du kannst mir glauben. Nimm mindestens drei Pfund Fleisch, am besten so viel, wie in die Kasserolle passt. (Ich empfehle immer eine von Le Creuset für dieses Gericht. Die Investition lohnt sich. Vielleicht hat Dad dir ein paar von meinen Töpfen gegeben?) Nein, ich werde jetzt beim Schreiben nicht darüber nachdenken.
Denn weißt du was, Melissa?

Allein schon, wenn ich das Rezept aufschreibe, strahle ich bis über beide Ohren. Ich denke an Geburtstage. Den von deinem Vater, meinen und ganz besonders an deinen. Denn ich liebe Geburtstage über alles, mein Liebling.

Dein Vater lacht mich immer aus und meint, ich würde es übertreiben. Aber ich kann nicht anders. Ich habe drei sehr besondere Tage im Jahr, abgesehen von Ostern und Weihnachten natürlich.
Die Leidenschaft deines Vaters für Bœuf Bourguignon entdeckte ich auf einer Reise nach Frankreich. Mit meinen Eltern hatte ich als Kind fast immer die ganzen Sommerferien dort verbracht, und ich liebte die französische Küche. Dein Vater schätzt es, wenn wir die Ferien lange im Voraus buchen (und am liebsten nach Cornwall reisen), doch dieses eine Mal konnte ich ihn überreden, sich mutig auf ein Abenteuer einzulassen. Wir hatten nur die Fahrkarten für die Fähre und einen Michelinführer im Gepäck.
Wir hatten so viel Spaß, Melissa. Wir reisten von Ort zu Ort, wie es uns gerade in den Sinn kam und je nachdem, wie sehr uns die Umgebung gefiel. In diesen Ferien genossen wir das beste Essen, an das ich mich erinnern kann. In einem unspektakulären Café aßen wir diese wunderbare Fischsuppe direkt an der Straße. Es war unglaublich!
Doch ich schweife ab.
Der Höhepunkt dieser Reise war dieses zauberhafte, vollkommen unprätentiöse Hotel mit einem winzigen Restaurant, in dem von früh bis spät ein Topf mit Bœuf Bourguignon auf dem Herd stand. Der herrliche Geruch zog schon beim Frühstück durchs Haus.
Ich wünschte, ich hätte ein Foto von deinem Vater, als er den ersten Bissen nahm! Diesen Gesichtsausdruck habe ich nie vergessen.
Er sagt, dass mein Bœuf genauso gut ist wie das in dem

Restaurant, und obwohl das sicherlich gelogen ist, denke ich, dass mein Rezept dem Gericht in Frankreich sehr nahe kommt. Ich habe in all den Jahren sämtliche klassischen Rezepte ausprobiert und mein eigenes stets verbessert. Das hier ist die idiotensichere Variante, die dein Vater liebt. (Vielleicht musst du am Ende die Soße noch etwas andicken, denn es wird jedes Mal anders. Entweder lässt du das Bœuf offen auf der Herdplatte einkochen oder gibst etwas mit Butter verknetetes Mehl oder in Wasser glatt gerührte Speisestärke hinzu – und rührst das unter, so schnell du kannst.)

Geburtstage!

Mein allerwichtigster Tipp lautet: Man kann gar nicht genug Aufhebens darum machen. Dein Vater sagt, ich sei wie ein Kind – aber für mich, Melissa, versinnbildlichen Geburtstage alles, worum es in der Liebe und in sämtlichen menschlichen Beziehungen geht.

Ich habe dir ein paar Ratschläge versprochen, meine Tochter. Was die Menschen anbelangt, die du wirklich liebst, ist es sehr einfach. Du bekommst zurück, was du gegeben hast.

Und wenn du dich für den Geburtstag eines geliebten Menschen besonders anstrengst, dann gibt es kein schöneres Gefühl, als sein Gesicht zu sehen, wenn die Überraschung gelingt. Und die Erinnerungen an diese besonderen Augenblicke – diese Anker, wenn du so willst – sind es, was dir durch schwierige Zeiten hilft. Das Auf und Ab, das jede Beziehung unweigerlich durchmacht.

Kannst du dich noch an deinen sechsten Geburtstag erinnern? Dieser Tag ist eine meiner liebsten Erinnerungen – obwohl mich die Gezeitentabellen in dem Jahr in heillose

Aufregung versetzten. Damals warst du eine richtige kleine Wassernixe – nur noch im Neoprenanzug unterwegs, sobald wir in Cornwall waren. Ob es regnete oder die Sonne schien.

Ich bin erstaunt, dass du nicht geschrumpft bist.

Da dein Geburtstag im Herbst ist, hatten wir schon unsere übliche Woche auf der Lizard-Halbinsel verbracht und fuhren nun noch ein zusätzliches Wochenende in ein Hotel mit Blick auf einen wunderschönen Sandstrand.

Nur Geduld. Darum geht es nämlich.

Du hattest einen Film gesehen, in dem jemand eine Nachricht in den Sand schrieb – ich glaube, es war ein Heiratsantrag. Etwas in der Art, ich weiß es nicht mehr genau. Jedenfalls warst du seitdem von dieser Idee wie besessen. Im Hotel gab man uns ein Familienzimmer, wo du auf dem Schlafsofa im Nebenraum schliefst. Ich hatte große Angst, dass du vor Aufregung viel zu früh aufwachen würdest – und genau das war der Fall. Ich spielte die strenge Mutter und erklärte, es sei noch viel zu früh zum Aufstehen, sogar für ein Geburtstagskind, und dass ich vor dem Frühstück und der Geschenkübergabe noch in den Fitnessraum gehen wolle.

Ich habe sogar meine Sportsachen angezogen! Erinnerst du dich jetzt? Dann verließ ich das Zimmer, um die Überraschung für dich vorzubereiten, während Dad weiterhin den Bösen spielte und darauf bestand, dass du bis zu einer annehmbaren Zeit schlafen müsstest.

Gegen acht Uhr kam ich zurück, tief beunruhigt über die schnell steigende Flut.

Rasch zogen wir die Vorhänge beiseite und gingen mit dir

auf den Balkon. Vom dritten Stock aus sah es noch eindrucksvoller aus, als ich gehofft hatte. »Alles Gute zum Geburtstag, Melissa« stand vor uns in den feuchten Sand geschrieben.
Die anderen Gäste, die an diesem Morgen schon auf waren, schauten uns lächelnd von ihren Balkonen zu, als du vor Begeisterung herumzuhüpfen begannst.
Dann winkten sie dir zu, und schließlich sangen wir alle zusammen »Happy Birthday« für dich.
Erinnerst du dich daran? Bitte sag mir, dass du das tust.

Eleanor lehnte sich im Stuhl zurück und genoss das Lächeln auf ihrem Gesicht. Sie griff in die oberste Schublade ihrer Kommode und zog ein kleines Album mit ihren Lieblingsfotos heraus.
Ein Foto zeigte den Geburtstagsgruß für Melissa im Sand, gerade als die Flut kam, um die Worte wegzuwaschen. Ein anderes die Mauer und den Wassergraben, die sie alle drei am Strand gebaut hatten, um den Wasserlauf eine Zeitlang umzulenken. Es gab auch Fotos von Melissa auf der Party daheim zu ihrem sechsten Geburtstag.
Eleanor schüttelte den Kopf und lächelte, als sie das Foto von Max mit der Trillerpfeife im Mund betrachtete.
»Man wird uns verklagen, Eleanor!«
Sie dachte an sein panisches Gesicht, als sie ihn schallend auslachte, weil er hektisch mit den Armen winkte und in die Trillerpfeife blies. »Immer nur sechs Kinder auf einmal! Das ist kein Scherz!«, rief er, als Melissas sämtliche Freunde gleichzeitig die Hüpfburg stürmten.
Sie hatten eine Halle angemietet, damit Melissa alle Kinder aus ihrer Klasse einladen konnte. Als sie die Hüpf-

burg bestellten, waren sie davon ausgegangen, dass der Anbieter alles vor Ort beaufsichtigen würde.

Das war nicht der Fall. *Es steht nicht im Vertrag.*

Stattdessen drückte der Mann ihnen ein Klemmbrett mit einer beängstigend langen Liste von Regeln in die Hand. Nicht mehr als sechs Kinder gleichzeitig auf der Hüpfburg. Unbedingt darauf achten, dass die Kinder sich nicht auf die Zunge beißen, sich den Kopf stoßen oder eine Gehirnerschütterung davontragen.

Dann legte der Mann dem entgeisterten Max eine große Trillerpfeife an einer Schnur um den Hals. »Die werden Sie brauchen.«

Armer Daddy.

»Kinder, nein! Ich meine es ernst! Nicht mehr als sechs auf einmal. Sechs ist die Höchstzahl!« Dabei blies er in die Pfeife und ruderte verzweifelt mit den Armen, als die Jungen und Mädchen ihn nicht im mindesten beachteten.

Natürlich wurde niemand verletzt. Sie hatten nur alle zu viel Kuchen gegessen und zu viel Cola getrunken und waren überzuckert. Doch kein Kind biss sich auf die Zunge oder bekam eine Gehirnerschütterung, und niemand verklagte Max und Eleanor.

Als es an diesem Abend ins Bett gebracht wurde, sah ein Geburtstagskind sehr glücklich aus.

»Du hast die Nachricht in Cornwall in den Sand geschrieben, nicht wahr, Mummy?«

»Nein, ich weiß wirklich nicht, wer das gemacht hat. Es geschah von Zauberhand.« Eleanor küsste ihre Tochter auf die Stirn und fuhr ihr mit der Hand übers Haar.

»Ich liebe dich, Mummy.«

»Ich weiß, mein Schatz.«

18

Melissa 2011

Melissa gab Sam das Tagebuch und ließ ihn die ersten Seiten lesen. Sie dachte, das würde genügen.

»Gütiger Himmel, Melissa.« Nervös rutschte er auf dem Stuhl an dem knallorangenen, dick lackierten Pinienholztisch herum, legte schließlich mit blasser Miene seine Hände auf ihre. »Du nimmst dir dafür so viel Zeit, wie du brauchst. Verstanden?«

Sie nickte schnell mit dem Kopf. »Danke, Sam.«

»Mein Gott. Ich komme mir jetzt wie ein totaler Idiot vor, dass ich Streit mit dir angefangen habe.«

»Red keinen Unsinn. Es war meine Schuld.«

Er stand auf, ging zum Balkon und blickte, die Hände auf die Hüften gestützt, zum Swimmingpool.

»Manche Stellen sind echt hart, Sam. Der Anfang zum Beispiel. Ich konnte einfach nicht damit umgehen. Deshalb habe ich nichts gesagt. Doch es gibt auch einige sehr schöne Erinnerungen. Und manches, was sie geschrieben hat, ruft mir Dinge ins Gedächtnis, die ich vollkommen vergessen hatte. So langsam gewöhne ich mich daran.«

Er drehte sich zu ihr um, doch die Sonne in seinem Rücken schien so hell, dass sie seinen Gesichtsausdruck nicht richtig erkennen konnte. Sie war froh darüber.

»Ich hatte diesen Traum, Sam. In der ersten Nacht auf dem Schlafsofa. Einen Traum von meiner Mutter, den ich als Kind sehr oft hatte.«

»Das hast du mir nie erzählt …«

»Ich weiß. Ich habe es nie jemandem erzählt. Ich mochte den Traum nicht. Das klingt komisch, ich weiß, doch ich war hinterher jedes Mal wirklich fertig. Als ich jetzt angefangen habe, das Buch zu lesen, hatte ich den Traum wieder. Und ich glaube, jetzt erinnere ich mich auch, was darin vorkam. Ich war mit meiner Mutter am Strand und hielt ihre Hand. Ich glaube, es ging um eine Überraschung zu meinem Geburtstag oder etwas in der Art.«

»Ach, Melissa.«

Sie lächelte Sam an, seinen dunklen Umriss, der sich, Hände auf die Hüften gestützt, vor dem strahlend blauen Himmel abzeichnete – nur die schwarze Linie des Balkongeländers durchbrach das Bild. Auf dem Tisch vibrierte ihr Handy.

»Mist. Ich wette, das ist mein Dad. Ich habe keine Ahnung, wie ich ihm das mit dem Buch beibringen soll. Das wird ein totaler Schock für ihn.«

Melissa nahm das Telefon in die Hand, um die SMS zu lesen, und blickte dabei auf das Tagebuch. *Schön, dass es dir gutgeht. Wäre toll, wenn du alle meine SMS beantworten würdest! Viel Spaß! Kuss PS: Findest du, ich bin sexistisch?*

Sie verzog den Mund und hielt Sam das Telefon hin.

»Sexistisch? Dein Vater? Was soll das?«

»Weiß der Himmel. Hoffentlich hat er keinen Stress in der Arbeit.« Melissa seufzte. »Mist. Er hatte schon mal

Probleme mit einer Kollegin. Ich muss ihn wohl anrufen und fragen, was los ist. Aber im Augenblick kann ich nicht mit ihm sprechen, das geht einfach nicht.«

»In Ordnung. Was willst du stattdessen tun, Melissa? Heute, meine ich. Schwimmen? Lesen? Essen gehen? Einen Spaziergang machen?«

»Würde es dir viel ausmachen, wenn ich mich mit dem Tagebuch ins Strandcafé setze und ein bisschen für mich allein weiterlese? Ich schreibe meinem Dad eine SMS und beruhige ihn und versuche, meine Gedanken zu sammeln.«

»Wie du willst.«

»Und dann essen wir zusammen, ja? Gegen halb eins? Was meinst du?«

»Einverstanden.«

Sie nahm ihre Badetasche, steckte das Tagebuch an die Seite und suchte dann ihre Sonnenbrille und den Strohhut zusammen. Die ganze Zeit über tat Sam so, als wäre alles ganz normal. Sein Blick glitt an ihr vorbei durch die offene Balkontür zu den Familien am Pool.

»Ich bin auch nervös, Sam.«

»Wie bitte?«

»Ich bin nervös, was wohl passieren wird. Mit uns. Und dem Tagebuch. Jedes Mal, wenn ich etwas Neues lese, werde ich richtig aufgeregt. Was wohl als Nächstes kommt.«

Er humpelte durch den Raum zu ihr und küsste sie auf die Stirn. Sie hielt seinen Arm fest.

»Es tut mir sehr leid, dass ich dir nicht früher davon erzählt habe.«

»Das ist schon okay. Ich verstehe das, Melissa. Solange du

zu mir kommst, wenn du Hilfe brauchst? Und mich nicht mehr von alldem ausschließt, ja?«

Sie nickte.

»Also, was wirst du mit deinem Dad machen?«

»Ich schreibe ihm was Nettes. Und wenn ich wieder zu Hause bin, rede ich in Ruhe mit ihm. Von Angesicht zu Angesicht, meine ich.«

»Wirst du ihm schon von dem Unfall erzählen?«

»Meine Güte, das hatte ich vollkommen vergessen.«

Er umarmte sie fest und sah ihr vom Balkon aus nach, wie sie im Erdgeschoss aus dem Treppenhaus auftauchte, ihm zuwinkte und am Swimmingpool vorbei den Weg zum Strand nahm.

Melissa war erstaunt, dass sie sich nun, nachdem Sam von dem Buch wusste, so viel besser fühlte. Leichter und – das hatte sie nicht erwartet – auch ruhiger. Es war dieses leicht distanzierte Gefühl, wieder zu sich zu kommen, wenn einen etwas zutiefst erschüttert hat.

Der Weg zum Strand schlängelte sich durch ein Wäldchen, wo Einheimische und Touristen campierten. Eine entspannte, hippiemäßige Szenerie mit Wäsche auf zwischen die Bäume gespannten Leinen und einigen, meist kleinen Zelten mit Tischen und Stühlen davor. Melissa lächelte unwillkürlich und wäre gern jemand gewesen, der bei dieser Hitze in einem Zelt schlafen konnte.

Im Café gab es unter der Woche zahlreiche freie Tische im Schatten. Von der Bar ertönte leise Bob Marley und andere Reggae-Musik. Melissa bestellte eine Coca-Cola, die es jedoch nicht gab. Ohne Bedauern nahm sie eine Pepsi. Sie hatte sich immer über Menschen gewundert, die da einen Unterschied schmeckten.

An einigen Tischen spielten junge, braungebrannte Zyprer in kleinen Gruppen Karten. Neben ihnen standen unglaublich hübsche Mädchen mit perfekten Körpern in schmalen Bikinis. Alle schienen sich gut zu amüsieren.
Melissa beneidete sie um ihr entspanntes Lächeln, die Gespräche, das Lachen. Sie stellte sich vor, dass die jungen Leute großartigen Sex in ihren kleinen Zelten hatten, und spürte, wie sie errötete, als der Kellner, der die Pepsi brachte, ihre Gedanken unterbrach.
Sie und Sam hatten in diesem Urlaub nur einmal miteinander geschlafen. Dann hatte sie eine Magen-Darm-Verstimmung gehabt, kurz darauf war der Unfall geschehen. Und dann war da auch noch das Tagebuch …
Melissa überprüfte, ob ihr Handy im Café Empfang hatte. In der Ferne sah sie das Meer. Von Kopf bis Fuß eingesandete Kinder spielten am Strand Fußball. Melissas Gedanken wanderten zurück zu dem Augenblick, als ihr der Anwalt das Buch ihrer Mutter überreicht hatte, und der Mahagonischreibtisch und der wattierte Umschlag kamen ihr in den Sinn. Dann dachte sie an die Schrecksekunde, als sie mit dem riesigen Koffer auf der Waage vor dem Check-in-Schalter stand; schließlich der Unfall, das quietschende Motorrad.
Sams Gesichtsausdruck während ihres Streits auf der Autofahrt zurück von Paphos nach Polis.
Warum war sie nicht unbekümmerter, so wie diese Menschen im Café? Warum war für sie eine Ferienreise so selten die erholsame Pause, die sie sich gewünscht hatte? Warum genoss sie nicht einfach den Geruch des Meeres? Den Geruch nach Sex?
Melissa errötete. Eine Weile lang versuchte sie, sich auf

einen Roman zu konzentrieren, doch sie blätterte die Seiten um, ohne wirklich zu wissen, was sie gelesen hatte. Schließlich packte sie das Buch fort.

Das Tagebuch ihrer Mutter lag in ihrer Tasche. Es war eine große Erleichterung, dass sie es nicht länger verstecken musste. Und doch war sie immer noch nervös, ehe sie darin weiterlas.

Melissa nahm das Buch aus der Tasche und legte es auf den Tisch. Einen Moment lang sah sie es einfach nur an.

Ihre Mutter hatte Sam ein paarmal gesehen, als sie beide noch Kinder waren. Eleanor hatte ihn sofort gemocht.

Dieser Sam scheint ein netter Junge zu sein.

Sanft strich Melissa über den Buchdeckel und fragte sich, was ihre Mutter von ihr denken würde, wenn sie von dem schrecklichen Chaos wüsste, das sie stets und überall anrichtete. Was sie sagen würde, wenn sie wüsste, dass sie Sams Antrag abgelehnt hatte und nicht einmal selbst verstand, warum.

Melissa entschied sich, zunächst noch einmal die Seiten im Buch zu lesen, die sie schon kannte, wie zum Beispiel die Passagen über die Cupcakes oder das Kegeln. Mit Hilfe der Rezeptüberschriften hatte sie die richtigen Stellen bald gefunden, sie funktionierten wie Kapitelüberschriften. Langsam las sie Seite für Seite durch und verinnerlichte die Handschrift in schwarzer Tinte. Sie stellte sich ihre Mutter an ihrem Schreibtisch vor, den Kopf nach vorn gebeugt, hoch konzentriert. Melissa runzelte erst die Stirn und begann dann doch zu lächeln. Natürlich! Sie erinnerte sich an das Kegeln. Wie sie beide Arme in die Luft warf, sobald sie alle neune umstieß; das besondere Geräusch, wenn die Holzkugel die Holzkegel traf. Im nächsten Moment beschwor sie ein neues Bild herauf: Wie Max eines Tages nach Hause gekommen war, durch die Haustür trat, während sie noch im Flur spielten, und ihre Mutter zu ihm sagte: *Tut mir leid, ich habe mir noch keine Gedanken ums Abendessen gemacht.*

Und was war mit Kricket am Strand? Melissa legte die Hand vor den Mund und starrte vor sich hin. Sie war oft mit ihren Eltern an diesem wundervollen Strand in Cornwall gewesen. Wie hieß der noch gleich? Sie meinte sich zu erinnern, dass Max ihr erzählt hatte, dort hätte Daphne du Maurier schwimmen gelernt. Auf wundersame Weise war der Strand niemals überfüllt, nicht einmal im Frühsommer, so dass sie immer genügend Platz zum Kricketspielen fanden. Melissa war überrascht, dass sie regelrecht strahlte, als diese Erinnerung zurückkam. Sie sah Haare im Wind wehen, das lange Haar ihrer Mutter und ihr eigenes. *Du hast die Haare deiner Mutter, Melissa.* Wie zwei Verschwörerinnen trugen sie das Haar zum Pferdeschwanz gebunden. Hinter dem Rücken ihres Vaters zogen Eleanor und sie Grimassen und zwinkerten sich zu. Sie waren beide nicht besonders erpicht auf Kricketspielen, doch sie wollten Max nicht enttäuschen.

»Wenn ihr euch doch nur einmal konzentrieren würdet.«

Sie lachten beide laut darüber, dass ihr Vater die ganze Zeit über so bierernst war und sorgfältig die Entfernung zwischen der Schlag- und der Wurfposition abschritt und Linien in den Sand zog.

Immer noch lächelnd hob Melissa den Blick und sah wieder zu den fußballspielenden Jungen. Auf ihrem Handy erschien eine Nachricht von Sam, der sich nach ihrem Befinden erkundigte.

Melissa schrieb zurück, dass es ihr gutginge und sie sich um halb eins treffen würden, und beendete die SMS mit einigen Küsschen. Dann schickte sie ihrem Vater eine Nachricht. *Mir geht es gut. Wir reden, wenn ich wieder zurück bin. Kuss*

Noch eine Stunde, bis sie mit Sam verabredet war. Sie rückte den Sonnenschirm an ihrem Tisch zurecht, so dass sie mehr Schatten abbekam, und setzte sich dann mit dem Tagebuch auf dem Schoß wieder hin. Sie trank erst die Pepsi und dann zwei Kaffee und beobachtete weiter die Kinder am Strand, das Meer in der Ferne und die Eidechsen, die in dem Gestrüpp direkt hinter der Bar hin und her flitzten und bei ihrer Flucht aus der Hitze kleine Staubwolken aufwirbelten.

19

Max 2011

Max war hin- und hergerissen. Zweifellos war die Universität der sicherste Ort für das nächste Treffen mit Anna, doch paradoxerweise würden sie auch etwas Privatsphäre brauchen.
Er hatte gehofft, dass Melissa ihn nach seiner SMS anrufen würde und er sie ganz unauffällig nach ihrer Meinung fragen könnte. Als Kolumnistin für Verbraucherschutz wusste Melissa ziemlich gut über die Gesetzeslage und auch über Arbeitsrecht Bescheid. Da sie sich stets für Außenseiter einsetzte, gab es immer irgendjemand Mächtigen, der drohte, sie zu verklagen. Doch jetzt rief sie nicht an, und er hatte sich geschworen, nicht den ersten Schritt zu machen. Die Schwierigkeiten mit Anna musste er allein bewältigen.
Nach etlichem Kopfzerbrechen fiel ihm das Bistro LiteBite ein, ein Restaurant, das zu Beginn des Semesters von Studienanfängern bevölkert war und schon wenige Wochen später wie ausgestorben wirkte, während die ehemaligen Gäste mit Instant-Nudelsuppen über den Campus liefen, um etwas Geld für Drinks am Abend übrig zu haben.
Wie erwartet war das Bistro fast leer, nur zwei seiner Kollegen saßen in einer hinteren Ecke. Max belegte einen Tisch am anderen Ende des Raums und sah auf sein Handy. Glücklicherweise hatte Anna nicht abgesagt.

Fünf Minuten nach der vereinbarten Zeit erschien sie in einem dunkelgrauen Regenmantel und trug eine undurchsichtige Miene zur Schau. Er legte die Speisekarte auf ihren Platz, während sie sich aus dem Mantel wand, aber er traute sich nicht, ihr seine Hilfe anzubieten.

»Danke, dass du dich noch einmal mit mir triffst, Anna. Ich hatte das Gefühl, dass es beim Essen … dass es ein wenig …« Er wollte gerade »entspannt« sagen, zweifelte aber plötzlich an jedem seiner Worte. »Hör zu, Anna. Ich lege meine Karten offen auf den Tisch.« Mist. Er wusste wirklich nicht, was der beste Weg war.

»Ich war ziemlich erschüttert, als du mit der Personalabteilung gedroht hast. Ich hatte noch nie Ärger an dieser Fakultät, wirklich nie, und das hat mich echt umgehauen. Ich dachte, wir sollten reden. Reinen Tisch machen, ja?«

Sie schwieg. Ein guter Trick.

»Anna, ich finde deine Ideen wirklich gut. Ernsthaft, ich halte sie für sehr vielversprechend, und ich würde gern sehen, dass sie verwirklicht werden, aber mit all den Veränderungen in der Fakultät habe ich jetzt nicht genügend Zeit dafür. Und ehrlich gesagt … Als ich mich das letzte Mal für einen neuen Kurs starkmachte, der eine Menge zusätzlicher Termine mit einer bestimmten Kollegin erforderte … na ja, du wirst wahrscheinlich davon gehört haben.«

»Deborah Hawkins?«

»Der Flurfunk.«

»Es ist immer der Flurfunk.«

»Am besten erzähle ich dir die Wahrheit. Alles lief korrekt, es gab keine Klüngelei. Keiner hat den anderen ausgenutzt, das schwöre ich. Wir waren beide single. Und erst nachdem wir schon lange zusammen an diesem Projekt gearbeitet hatten, haben wir uns auch privat getroffen. Doch offen gestanden fand ich es schwierig, die berufliche und die private Seite unserer Beziehung auszubalancieren. Ich hatte Angst, man würde mir vorwerfen, dass ich Deborah bevorzugte – auch wenn das nicht der Fall war. Wie auch immer, unsere Beziehung zerbrach, und zurück blieben viele neue Fragen und Schwierigkeiten, was das gemeinsame Projekt anging. Ich habe mein Möglichstes getan, um Deborah weiterhin fair zu behandeln. Aber ich habe mir geschworen, in Zukunft sehr vorsichtig vorzugehen, wenn es um Unterstützung …«

»Aber wir sehen uns nicht privat.«

»Nein, natürlich nicht. Ich wollte auch nicht wirklich eine Parallele ziehen. Ich bin nur ein wenig …«

»Paranoid?«

»Ich würde eher sagen, vorsichtig.«

»Willst du damit sagen, dass du nicht mit Frauen zusammenarbeiten kannst?«

»Nein, natürlich nicht.« Gütiger Himmel, warum hatte ihn Melissa bloß nicht angerufen? Wahrscheinlich hätte sie ihm von einem Gespräch unter vier Augen abgeraten, ihm klargemacht, dass das gar keine gute Idee war.

»Was denn dann?«

»Ich meine nur, was den verfluchten Flurfunk anbelangt, so möchte ich nicht, dass diese Geschichte – mit Deborah und mir – in irgendeiner Weise deine hervorragenden Ideen überschattet oder beeinträchtigt.«

»Wurde denn Deborahs Projekt nicht genehmigt?«

»Nein, wurde es nicht. Was ein Skandal war.« Er klang verärgert. »Meine Stimme hatte sie, und ich umwarb ein paar Kollegen, es war ein Spiel mit offenen Karten. Doch dem Antrag wurde widersprochen. Heutzutage geht es nur um Politik und Zahlenakrobatik, das weißt du ja.«

»Und du hast dir Sorgen gemacht, Deborah könnte denken …«

Er zuckte mit den Achseln.

Nun lächelte sie.

»Mein Gott, Max. Ein bedenkentragender Professor?«

Er war sich nicht sicher, ob sie ihn neckte, aber im nächsten Moment hatte sie sich schon in die Speisekarte vertieft. »Ich nehme wohl – Panini? Was ist mit dir?«

Ihre Stimme klang wieder so weich wie vor ihrer Auseinandersetzung.

»Ich hasse Panini, ich verbrenne mir immer die Zunge an dem geschmolzenen Käse.« Er schnitt eine Grimasse wie ein unartiges Kind, was sie zum Lachen brachte. »Ich nehme immer dasselbe. Ofenkartoffel, garniert mit Herzinfarkt.«

Sie zog eine Augenbraue hoch.

»Knuspriger Speck und Käse. Wie machst du das mit der Augenbraue? Das wollte ich immer schon können.«

Sie zuckte die Achseln und zog die andere Augenbraue hoch.

»Jetzt hasse ich dich. Ich bin sehr neidisch.«

»Ich nehme ein geröstetes vegetarisches Panini und einen kleinen Cappuccino.« Mit diesen Worten gab sie ihm die Karte zurück.

»Ich bilde mir ein, dass ich den Speck später beim Laufen wieder abtrainiere.«

»Du läufst also auch?«

»Ja«, er war aufgestanden, »aber komm nicht auf die Idee,

du könntest mich für diesen Wohltätigkeitsmarathon einspannen. Ich laufe keinen Marathon mehr.«
»Schade, es ist für eine gute Sache.«
Max holte die Getränke und eine Nummer für die Essensbestellung. Als er sich wieder an den Tisch setzte, sah sie ihn eindringlich an.
»Sieh mal, Max. Es tut mir aufrichtig leid, dass ich neulich so an die Decke gegangen bin. Und ich danke dir für deine erklärenden Worte. Es ist nur einfach so, ich meine es todernst mit diesen Ideen. Und ich brauche jemanden, der sich dafür einsetzt.«
»Das weiß ich. Und du hast recht. Wenn ich darüber nachdenke, habe ich wirklich nur aus einem Moment der Panik heraus Frederick Montague gewählt. Er ist wahrscheinlich wirklich nicht der beste Mentor. Ich würde das Thema gern noch einmal durchgehen und schauen, ob ich jemanden anderen finde, der besser zu dem Projekt passt und gerade genügend Zeit hat. Den Mitarbeiter des Monats sozusagen. Was hältst du davon?«
»Das hört sich schon viel besser an. Danke.«
Dann sprachen sie über das Laufen – Max interessierte sich für ihr Training und gab auch ein paar Tipps. Seine letzten Marathonläufe lagen schon einige Jahre zurück. Das Vorbereitungstraining für einen Marathon habe er immer sehr gemocht, erzählte er Anna, denn dabei spornte er sich selbst an. Letztlich aber lief er lieber allein gegen die Stoppuhr.
»Ich wollte schon aufhören«, sagte Anna und lehnte sich im Stuhl zurück, als das Essen kam. »Als mein Sohn nicht mehr mitmachen wollte, meine ich. Doch dann habe ich mich entschlossen, es durchzuziehen.«

»Du kannst deinen Sohn also nicht überzeugen, seine Meinung zu ändern?«
Sie verzog leicht den Mund. »Max, was mein dummes Geheule neulich angeht. Ich danke dir, dass du das nicht noch mal erwähnt hast. Als du das Essen hier vorgeschlagen hast, war ich irgendwie beunruhigt und dachte, du würdest mir eine Predigt halten, mich freundlich verwarnen.«
Max spürte, wie er rot wurde.
»Ich verspreche dir, es wird nicht wieder vorkommen. Mein Gott, ich kann wirklich nicht glauben, dass ich das getan habe. Dass ich so geheult habe.« Sie hatte den Kopf in die Hände gelegt.
Max fühlte die Hitze auf seinen Wangen und trank so hastig von seinem Wasser, dass er nicht sofort antworten konnte. »Entschuldige bitte!« Er hustete in seine Serviette. Einen Moment lang befürchtete er, dass sich das zu einem Anfall steigern würde.
Sie warteten beide ab, dann hob er seine Hand zum Zeichen, dass es ihm wieder besserging und sie weitersprechen sollte.
»Wir haben einige Probleme miteinander, mein Sohn und ich. Der typische Teenagerkram.«
»Ich kenne das.« Seine Stimme war unnatürlich hoch, er bekam kaum noch Luft. Was für eine Blamage.
»Bist du sicher, dass alles okay ist?«
»Ja, alles bestens. Danke.«
»Du hast auch einen Teenager zu Hause?«
»Ja, meine Tochter Melissa. Inzwischen ist sie allerdings um einiges älter und sehr ruhig und ausgeglichen. Sie ist fünfundzwanzig. Ich kann dir versprechen, es wird alles gut werden.«

»Ja, das sagen alle.« Sie biss vorsichtig eine Ecke von ihrem Panini ab, fuhr heftig zusammen und griff nach ihrem Wasserglas.
»Da siehst du es. An den Panini verbrennt man sich immer.« Max streute noch etwas Speck über seine Kartoffel und lächelte.
Anna wedelte mit der Hand vor ihrem Mund herum, bevor sie hastig noch einige Schlucke Wasser trank. »Ich habe das wohl einfach unterschätzt.«
»Den Marathon?«
»Nein, die Scheidung. Wie sich das auf Freddie auswirken würde.«
Max rutschte auf dem Stuhl herum.
»Ich bringe dich in Verlegenheit, ich erzähle zu viel von mir. Eine schlechte Angewohnheit, tut mir leid. Ich dachte, ich sollte dein Vertrauen erwidern und mein Verhalten erklären. Warum ich mich neulich so benommen habe.«
»Es ist alles gut, Anna. Das muss dir wirklich nicht unangenehm sein.« Max wusste nicht, ob er das Richtige sagte.
»Mein Ehemann und ich haben zwei Jahre lang getrennt gelebt, bevor wir uns scheiden ließen. Ich dachte, das wäre genug Zeit für Freddie, um sich an die neue Situation zu gewöhnen. Dass es so leichter für ihn wäre. Aber ich habe mich wohl getäuscht.«
Max hatte größte Mühe, ihr nicht zu zeigen, was in seinem Inneren vorging. Aber er blickte wieder auf ihren Ringfinger.
»Jetzt mache ich dich schon wieder verlegen, Max? Wenn ich so rede. Ich weiß wirklich nicht, was mit mir los ist.«
»Alles in Ordnung.«

»Nein, ist es nicht. Es tut mir wirklich leid. Ich hätte dir nicht mit der Personalabteilung drohen sollen. Das war vollkommen übertrieben.«

Er war erleichtert, dass sie ihn wieder wie früher behandelte.

»Ich habe dich falsch eingeschätzt, und das war unfair von mir.«

Sie nahm noch einen Schluck Wasser.

»Jedenfalls hatte ich diese naive Vorstellung, dass ein Neuanfang an einem anderen Ort uns beiden, Freddie und mir, guttun würde. Also habe ich die Stelle an der Uni angenommen und Freddie an der neuen Schule angemeldet. Er schien mit allem einverstanden zu sein. Bis letzte Woche.«

»Was war los?«

»Plötzlich findet er es ätzend, hier zu wohnen. Die neue Schule ist ätzend. Der Wohltätigkeitsmarathon ist ätzend. Bei seiner Mutter zu leben ist ätzend. Er möchte lieber die gesamten Ferien bei seinem Vater verbringen, der gerade in Deutschland als Englischlehrer arbeitet.«

»Oje!«

»Ich hoffe, das ist nur eine Phase, die schnell vorbeigeht. Er hat schließlich bald Abschlussprüfungen. Aber es hat mir den Wind aus den Segeln genommen.«

»Und dir gefällt es hier?«

»Ich finde es wunderbar. Wir haben ein kleines Haus am Fluss. Es war schon immer mein größter Traum, am Wasser zu wohnen. Es gibt sehr schöne Spazierwege – und Laufrouten. Das neue Haus ist kleiner als unser altes, aber ich hatte gehofft, Freddie würde etwas einsichtiger sein.«

»Teenager sehen nur sich selbst, das ist leider so. Da sind sie alle gleich. Gib ihm etwas Zeit. Es wird vorübergehen.«

»Meinst du?«

»Ganz sicher.«

»Hast du ein gutes Verhältnis zu deiner Tochter? Sie heißt Melissa, richtig?«

»Ja, zumindest glaube ich das. Sie arbeitet jetzt als Journalistin und schreibt über Verbraucherschutzfragen. Ihre Kolumne erscheint in mehreren Regionalzeitungen. Ziemlich mutige Themen, Kreditabzocke, Betrug an Rentnern und so. Ich bin sehr stolz auf sie. Eine überregionale Tageszeitung hat ihr gerade einen befristeten Vertrag angeboten.«

»Meine Güte. Das ist wirklich ein großer Erfolg in so jungen Jahren.«

»Ja, es klingt sehr vielversprechend.«

»Und wohnt sie in der Nähe?«

»Nicht sehr weit weg.«

»Das ist genau das, was ich hören wollte. Du hast einen guten Weg aus dem Dilemma gefunden. Aus dem Scheidungsdilemma, meine ich. Die meisten Leute erzählen mir, dass sie die Probleme mit den Kindern in den Griff bekommen haben. Ich sage mir ständig: Am Ende wird alles gut.«

Max konzentrierte sich auf die letzten Speckstreifen, gab etwas Soße aus dem Porzellanschälchen auf die Salatblätter und Tomatenscheiben und sah zu, wie die ölige Soße das Licht auf dem weißen Teller schluckte. Er hasste diesen Moment in einem Gespräch, ganz egal, wie viele Jahre vergangen waren. Den Moment, in dem er entscheiden

musste, ob er eine absolut nachvollziehbare Annahme richtigstellte.
Früher hatte ihn die Vermutung, Eleanor könnte ihn verlassen haben, ernsthaft verletzt. Heute begriff er, dass es eine reine Rechenaufgabe war. Die meisten Männer seines Alters, die wieder allein lebten, hatten eine Scheidung hinter sich. Er hatte Anna gegenüber erwähnt, dass er Single war, als er die Beziehung mit Deborah begonnen hatte, also nahm sie an, er wäre geschieden.
Manchmal konnte er sich um die Antwort drücken, indem er das Thema wechselte …
»Also, deine Ex-Frau, Max. Lebt sie noch hier? Ich möchte nicht neugierig sein, aber mein Ex-Mann redet davon, von Deutschland nach Australien zu ziehen. Ich glaube zwar nicht, dass er das auf die Reihe kriegt, dennoch versetzt es mich in höllische Angst. Deutschland ist schon schlimm genug, aber immerhin ist es nur einen kurzen Flug entfernt. Nun weiß ich überhaupt nicht, wie ich mich verhalten soll, falls auch Freddie nach Australien gehen will.«
»Sie ist gestorben.«
»Wie bitte?«
»Meine Frau.«
»O Max, das tut mir aufrichtig leid.« Einen qualvollen Augenblick später saßen sie beide wie erstarrt da, aßen nicht weiter, rührten sich nicht.
»Ist in Ordnung, es ist schon lange her.« Über die Jahre hatte er gelernt, seinem Gegenüber mit einem Lächeln aus der Verlegenheit zu helfen. Wenn er sagte, es sei schon lange her, hieß das auch, dass er darüber hinweg war. Immer versuchte er, die gesamte Peinlichkeit der Situation auf sich zu nehmen, als ob es irgendwie seine Schuld wäre.

Die Reaktion war gekonnt, obwohl es ihn immer überraschte, dass er jedes Mal wieder diesen kleinen Stich verspürte; dieses scheußliche Ziehen, von dem er geglaubt hatte, es würde mit der Zeit vorbeigehen. Aber es hörte nicht auf, und deshalb musste er immer aufs neue damit fertig werden, damit sein Gegenüber, das unbeabsichtigt einen Fauxpas begangen hatte, nicht allzu unangenehm berührt war.
Der Schmerz war an diesem Tag besonders heftig, und Max versuchte, dem auf den Grund zu gehen, während er seinen Salat aufaß und Anna die wohlvertrauten Verlegenheitsgesten machte, die er so verabscheute.
Max ertrug es nicht, wenn ihn jemand bemitleidete, am allerwenigsten Anna. Er wollte nicht der Mann sein, der die Frau verloren hatte, die er über alles geliebt hatte. Da das unmöglich war, wollte er diese Tatsache nicht immer wieder laut aussprechen müssen, damit er ein neuer Mann werden konnte.
Er wollte niemanden in Verlegenheit bringen, auf keinen Fall. Aber ja, seine Frau war tot.

Pavlova

4 Eiweiß – Zimmertemperatur! (mittelgroße Eier)
1/4 Pfund Streuzucker
1 Teelöffel Speisestärke
1 Schuss Weißweinessig (knapp einen Teelöffel voll)
3 Tropfen reine Vanilleessenz
Schlagsahne und frische Früchte

Ofen auf 140 Grad einstellen

Die Ermahnung zuerst: Denk nicht mal dran, es mit Eiern direkt aus dem Kühlschrank zu versuchen. Und die Schüssel muss absolut sauber sein. Keine Reste von Fett oder Eigelb.
Das Eiweiß mit dem elektrischen Mixer steif schlagen, bis man mit dem Messer hineinschneiden kann. Du solltest die Schüssel auf den Kopf stellen können, ohne dass der Inhalt herausfällt. Nach und nach den Zucker unterrühren, die Speisestärke, den Weißweinessig und die Vanilleessenz dazugeben. Die glänzende Baisermasse jetzt mit einem Metalllöffel auf ein mit Backpapier ausgelegtes Blech heben und kreisförmig verstreichen. Mit dem Löffel in der Mitte eine kleine Vertiefung formen.
1 Stunde und 15 Minuten im Ofen backen. Den Ofen abschalten, das Baiser aber bei leicht geöffneter Tür drinlassen, bis es vollkommen abgekühlt ist.
Dann das Baiser auf einen schönen Küchenteller heben und mit Schlagsahne und deinen Lieblingsfrüchten füllen – ich nehme am liebsten eine Mischung aus Erdbeeren und Himbeeren.

Tief durchatmen. Zu diesem Rezept muss ich als Erstes sagen: Hab keine Angst. Das muss gerade ich sagen, die ich mich jahrelang gescheut habe, Pavlova zu backen, aus purer Angst, es könnte misslingen. Meine Mutter machte eine herausragende Pavlova, außen knusprig und innen klebrig weich wie Toffeebonbons. Kurz nach meiner Hochzeit habe ich es selbst einmal probiert, das Disaster hättest du sehen sollen. Es war ekelhaft. Ich habe keine Ahnung, ob ich das Eiweiß zu lange oder zu kurz geschlagen habe oder warum sonst es misslang. Da ich eine

entsetzliche Perfektionistin bin, habe ich mein Glück nicht noch einmal versucht. Erst viele Jahre später, als du in eine neue Klasse in der Grundschule kamst und mich Mrs. Edwards (erinnerst du dich an sie? Sie war deine Lehrerin in der fünften Klasse – lange, dunkle Haare und eine rote Brille) fragte, ob ich für die Weihnachtsfeier eine Baisertorte mitbringen könnte, experimentierte ich einige Tage lang mit drei verschiedenen Rezepten aus drei Kochbüchern, bis ich dieses hier fand. Es gelingt wirklich immer. Natürlich hätte ich auch eine Torte kaufen können, das wäre vernünftig gewesen. Aber im Ernst, Melissa, dieses Rezept ist großartig. Wenn du die Anweisungen genau befolgst, kann nichts schiefgehen. Ein absoluter Knüller für jede Party. Wenn du magst, kannst du aus der Masse auch kleine Baisernester formen, dann musst du nur die Zeit im Ofen reduzieren. Sicherlich wirst du unzählige Kilometer laufen, um zu vermeiden, dass der Zucker direkt auf deinen Schenkeln landet, aber mit diesem Unsinn mag ich hier weder Zeit noch Energie verschwenden. Jede Frau muss die Gleichung Essen gegen Körperkurven selbst aufstellen und sich mit dem Ergebnis zufriedengeben. Vergeude bloß nicht zu viel Zeit darauf, dir Sorgen zu machen, was andere Menschen – und ganz besonders die Frösche – vielleicht richtig finden.
Nun zu einem weniger angenehmen Thema. Ich wünschte, ich müsste nicht darüber schreiben, aber alles hat eine unerwartete Wendung genommen. Ich hatte heute Morgen einen Termin bei meinem Onkologen. Was er gesagt hat, kam für mich vollkommen überraschend, und darum habe ich keine andere Wahl, als das Thema noch einmal anzuschneiden.

Mein Onkologe ist ein wunderbarer Mann, der meine Entscheidung akzeptiert, auf die grauenhaften Therapien zu verzichten, um die Zeit, die mir noch bleibt, mit euch verbringen zu können. Er hat eine Reihe von Ärzten und Pflegern organisiert, die mir in dieser Phase helfen. Er nennt sie meine guten Geister. Palliativmedizin ist der weniger schöne Ausdruck dafür, doch diese Menschen erfüllen ihre Aufgabe hervorragend. Mir geht es jetzt meistens besser als noch vor einigen Wochen und Monaten. Glücklicherweise habe ich nie alle Haare verloren, und die ausgefallen sind, wachsen nun nach, so dass ich keine Perücke mehr tragen muss. Außerdem habe ich mir die Haare ratzekurz schneiden lassen. Am Anfang warst du total entsetzt (weißt du noch? – Ich habe sie auch hellblond gefärbt!), aber jetzt hast du dich daran gewöhnt, und Daddy meint, die Frisur sei »total Pariser Chic«, was auch immer das heißen mag. Ich weiß, dir ist bereits aufgefallen, dass ich nicht immer ich selbst bin und du deshalb oft bei Grandma übernachtest (dem Himmel sei Dank für Max' wunderbare Mutter). Wir haben eine merkwürdige Art entwickelt, über Magenprobleme zu reden, und ich mache mir Gedanken, ob du das mit den Gesprächen der Mädchen über ihre Periode verwechselst. Aber ich glaube nicht, dass du dich übermäßig um mich sorgst. Du scheinst glücklich und unbekümmert zu sein. Und das ist mir wichtig.

Heute Morgen hat Dr. Palmer sehr unvermittelt die Möglichkeit eines Gentests angesprochen. Mir war bekannt, dass er schon auf diesem Gebiet geforscht hat. In deiner Zeit mag die BRCA1-Mutation schon zum Allgemeinwissen gehören, doch 1994, während ich darüber schrei-

be, ist das alles noch ziemlich neu, und nur diejenigen, die es unglücklicherweise betrifft, wissen mehr darüber. Ich hatte nie den Eindruck, dass das Thema für mich irgendeine Bedeutung haben könnte, denn soweit ich weiß, gibt es in unserer Familie keine weiteren Fälle von Brustkrebs. Meine geliebte Mutter starb ebenfalls viel zu jung an Krebs, doch sie hatte Eierstockkrebs. Ich habe mich immer gefragt, ob ihre zahlreichen Fehlgeburten mit der Krebserkrankung zusammenhingen, ob ich aus diesem Grund ein Einzelkind geblieben bin.
Dr. Palmer hat mir heute etwas erklärt, was mich ziemlich durcheinandergebracht hat. Während ich das schreibe, überlege ich noch, ob ich diese Neuigkeiten nicht einfach beiseiteschiebe und abwarte, bis ich mehr darüber weiß. Doch ich kann nicht abschätzen, wie weit ich mit diesem Buch kommen werde. Also werde ich die Geschehnisse der Reihe nach aufschreiben, so, wie sie passieren. Hoffentlich wirst du am Ende vollkommen beruhigt sein – denn das steht für mich an erster Stelle.
Tief durchatmen. Du wirst dich erinnern, dass ich dich in diesem Tagebuch schon darum gebeten habe, dich regelmäßig selbst zu untersuchen und sofort zum Arzt zu gehen, wenn dir etwas auffällt. Ich schrieb damals, was ich für die Wahrheit hielt – dass mein Fall statistisch gesehen eine Ausnahme von der Regel darstellt. Ich will bei dir keine Paranoia auslösen, und ich glaube immer noch felsenfest daran, dass meine elende Krankheit für dich kein Risiko bedeutet.
Doch Dr. Palmers kleine Ansprache heute Morgen hat meine Aufmerksamkeit in eine neue, unerwartete Richtung gelenkt …

Eleanor hörte, wie Max den Schlüssel in der Tür umdrehte, und war gleichzeitig verärgert und erleichtert. Sie scheute sich, diesen Eintrag fortzusetzen, und steckte das Buch nun, froh um die Unterbrechung, fort, obwohl das Thema sie unweigerlich weiter beschäftigen würde. Sie fühlte sich heute nicht so müde wie sonst und war fest entschlossen gewesen, sich alles, was sie darüber wusste, von der Seele zu schreiben. Kurz blickte sie auf ihre Armbanduhr und staunte, denn sie hatte Max erst in einigen Stunden zu Hause erwartet.

»Liebling?« Seine Schritte hallten auf der Treppe.

»Ich bin hier oben. Ich habe noch gar nicht mit dir gerechnet. Ist alles in Ordnung?« Sie tat so, als würde sie sich ein paar Notizen machen. Das Buch für Melissa hatte sie sicher in der zweiten Schublade verstaut.

Max seufzte tief. »Du siehst gut aus, deine Wangen sind rosig. Wie ist der Termin gelaufen?«

»Gut, das heißt überwiegend gut. Es gibt etwas, das ich mit dir besprechen muss. Aber was machst du jetzt schon hier? Ich dachte, du hättest heute Nachmittag Seminare?«

»Die habe ich Andrew aufgedrückt. Heute macht sowieso die halbe Gruppe Feldforschung bei der Bank of England, also war es kein Problem.«

»Max, ich habe dir das schon mal gesagt – du musst nicht früher nach Hause kommen. Mir geht es gut. Wenn nicht, rufe ich an, und die Gemeindekrankenschwester kann auch jederzeit vorbeischauen. Es ist viel besser, wenn du bei der Arbeit bist. Für mich jedenfalls.«

»Ja. Wie ich schon gesagt habe, heute waren nur eine Handvoll Studenten da, daher war es keine große Sache.«

»Ich will nicht, dass du Ärger bekommst, Max.«

»Ich bin meilenweit von Ärger entfernt. Ich bin der neue Star der Fakultät, schon vergessen?«
Sie lächelte. Es war ein Zitat aus einer Rezension seiner letzten Veröffentlichung, die, wie schon einige zuvor, das Interesse der Presse geweckt hatte. Sogar im Radio war darüber berichtet worden. Die Worte »neuer Star« in dem Artikel der Sonntagszeitung hatte Max gelb markiert und ihn an die Wand über seinen Schreibtisch gehängt. Melissa hatte den Ausschnitt mit goldenen Sternchen aus ihrer Bastelschublade verziert.
»Also was ist nicht hundertprozentig in Ordnung, Eleanor?«
Sie schwang ihre Beine auf die andere Seite des Stuhls, um ihn besser ansehen zu können, und hielt einen Moment lang inne.
»Dr. Palmer hat mir heute eine überraschende Neuigkeit mitgeteilt. Es geht um diesen neuen Gentest, über den wir schon einmal gesprochen haben.«
Max trat von einem Fuß auf den anderen. Sie hatten nur einmal kurz über Genforschung gesprochen, gleich nachdem Eleanors Diagnose gestellt worden war.
Damals schien es einfach ein großes Unglück zu sein, dass sie in jungen Jahren so schwer erkrankte, nichts in ihrer Familie deutete auf eine genetische Vorbelastung hin. Ihre Mutter hatte, nachdem sie ihre Diagnose erhalten und die Therapie begonnen hatte, noch fünf Jahre gelebt. Es gab keinen Hinweis auf einen Zusammenhang zwischen den beiden Erkrankungen.
Doch nun hatte Dr. Palmer erwähnt, dass er an Forschungen über einen für beide Krebsarten relevanten Genfehler beteiligt war. Gerade war ein zweites Gen, BRCA2, ent-

deckt worden, und er erkundigte sich, ob Eleanor einwilligen würde, bei dieser neuen Forschungsstudie mitzumachen.

»Warum? Was sagt er?«

»Ich glaube, er möchte, dass ich diesen Gentest im Rahmen seiner neuen Untersuchungen machen lasse. Um herauszufinden, ob ich nicht doch eine Genmutation geerbt habe, die die Krankheit ausgelöst hat.«

»Aber soweit wir wissen, gibt es keinen anderen Fall von Brustkrebs in der Familie. Ich dachte, bei diesen Tests geht es um Cluster, um Familien, in denen sich die Brustkrebsfälle häufen …«

»Ja, offiziell wird dieser Test wohl nur Familien mit einer erhöhten Brustkrebsrate angeboten, aber seit sie dieses Gen BRCA2 entdeckt haben, schlägt die Forschung eine neue Richtung ein. Der Eierstockkrebs …«

»Nein, Eleanor. Findest du nicht auch, wir haben schon genug am Hals? Ich will nicht, dass du irgendwelche Tests machen lässt, die du nicht brauchst. Wozu das alles? Nur damit Dr. Palmer in seinem Forschungsbericht etwas darüber schreiben kann?«

»Du hast recht. Ich habe ihm schon gesagt, dass dir diese Idee nicht besonders gefallen wird. Ich war nur so durcheinander …«

Keiner von beiden erwähnte Melissa.

Während des Abendessens bemühten sie sich beide, wieder ihre gute Laune zu finden, und waren fast übertrieben fröhlich. Max führte für Melissa seinen ulkigen Gang auf und bereitete gleichzeitig ein vorzügliches Risotto zu. Später, als Melissa schon im Bett lag, saßen Max und Eleanor im Wohnzimmer. Im Radio lief ein Hörspiel, doch keiner von beiden hörte wirklich zu. Als die Sendung zu Ende war, schaltete Eleanor den Apparat aus und fragte Max, ob er eine Tasse Tee möge.

»Also dieser Test, Eleanor, diese neue Genforschung. Hat Dr. Palmer gesagt, ob das Folgen für Melissa haben könnte? Ist es das, was er meint?«

Eleanor schaltete die Ecklampe an, und ein warmer Lichtschein fiel auf die hintere Wohnzimmerwand. Dann ging sie in die Küche, um Tee zu machen. Als sie zurückkam, war Max kreideweiß im Gesicht.

»Bitte sag mir, dass für Melissa keine Gefahr besteht.«

20

Melissa 2011

Das Wasser war absolut herrlich – klar und warm. Melissa sah auf ihre vom Wellenschaum umspülten Füße, die im Sand einsackten, sobald sich das Wasser zurückzog. Sie blieb still stehen, bis die nächste, sehr viel stärkere Welle sie überraschte.

»Wenn du reinfällst, lach ich dich aus.« Sam, der wegen der Beinverletzung immer noch vorsichtig sein musste, ging aus dem Wasser, die Sandalen in der Hand.

Melissa folgte ihm, und sie liefen ein Stück den Strand hinauf. Sie setzten sich in den trockenen Sand, und Sam streckte das verletzte Bein aus.

»Ich liebe diese Tageszeit. Bevor es zu heiß wird. Wir sollten öfter so früh aufstehen.« Melissa legte sich ausgestreckt hin, den Kopf auf die Arme gelegt, das Gesicht zur Sonne gewandt, die Augen geschlossen.

»Ich finde es auch wunderbar. In der Hitze juckt mein Bein immer so fürchterlich.«

»Hast du Lust, im Café zu frühstücken?«

»Gute Idee …«

Seit er von dem Tagebuch wusste, lief es wieder viel besser zwischen ihnen. Sie hatte ihm einige sorgfältig ausgewählte Stellen gezeigt. Den Eintrag über die Kekse und das Bœuf-Bourguignon-Rezept. Melissa war immer noch sehr zurückhaltend, doch Sam und sie hatten angefangen, über die Erinnerungen zu sprechen, die das Buch ihrer Mutter in ihr auslöste. Es überraschte sie, wie gut ihr das tat.

Seit ihr die Kiste mit den Küchenutensilien in der Garage wieder eingefallen war, hatte sie sich Notizen gemacht und all die Szenen aufgeschrieben, an die sie das Buch erinnert hatte – ein paar Kommentare, die ihre Mutter während des Kochens gemacht hatte, das blubbernde Geräusch der einkochenden Marmelade, das feuchte Geschirrhandtuch in der Hand ihrer Mutter, nachdem sie stolz das Handrührgerät poliert hatte. Die Autorin in Melissa hätte gern über den Schock geschrieben, den sie noch immer verspürte, und darüber, dass Essen und Kochen so viele Emotionen auslösen konnten, vor allem bei jemandem wie ihr, die sich bisher wenig fürs Kochen interessiert hatte. Zuerst hatte sie an ein Feature gedacht, dann aber war ihr eine andere Idee für eine Veröffentlichung gekommen.

»Hör mal, Melissa, mir ist da etwas eingefallen. Es geht um das Tagebuch. Was hältst du davon, wenn wir die Rezepte alle der Reihe nach ausprobieren, sobald wir wieder zu Hause sind?«

Melissa setzte sich wieder auf. Sie war nicht sehr erstaunt, dass auch Sam über das Buch ihrer Mutter nachdachte.

»Meinst du das ernst? Ich? Marmelade – und Pavlova? Ich weiß nicht …«

»Nun komm schon, Melissa!« Er hatte sich ihr zugewandt und versuchte, ihren Gesichtsausdruck zu lesen. »Du kochst nicht so schlecht, wie du behauptest. Willst du die Rezepte denn nicht ausprobieren? Hast du schon mal darüber nachgedacht?«

Melissa sah ihn eindringlich an. »Du hast recht«, erwiderte sie und wischte sich den Sand von den Beinen. »Ich will die Rezepte ausprobieren, auf jeden Fall. Ich habe vor allem über das nachgedacht, was sie in mir wachgerufen haben.«

Sie dachte an den Abend auf dem Balkon, als sie für einen kurzen Moment das starke Gefühl gehabt hatte, ihre Mutter wäre bei ihr.

»Aber ich möchte es richtig machen. Ich will es nicht überstürzen. Und es quält mich, dass ich nicht weiß, wie ich es meinem Dad sagen soll.«

»Das verstehe ich. Ich meinte auch nicht, dass wir es übers Knie brechen sollen. Wir fangen einfach an und kochen ein paar Rezepte nach. Dann sehen wir, wie es dir gefällt. Ich nehme an, dass deine Mutter darauf gehofft hat.«

Melissa war kurz davor, Sam von ihrer Idee, über das Lesen des Tagebuchs zu schreiben, zu erzählen. Natürlich wollte sie keine Familiengeheimnisse preisgeben – und sie würde auch nicht anfangen, bevor sie das Buch nicht zu Ende gelesen, mit ihrem Vater gesprochen und ihre Gedanken geordnet hatte. Doch es könnte reizvoll sein, eine Art Plattform zu schaffen, wo sie das, was ihre Mutter »Geschichten am Kamin« nannte, veröffentlichen konnte. Vielleicht ein Blog? Ein Forum, wo sie die Art und Weise, wie Essen und Kochen überraschen konnten, würdigte und davon erzählte, wie die Vergangenheit ans Licht gekommen war? Sie war sicher nicht allein mit den starken Gefühlen, die die Rezepte ihrer Mutter hervorgerufen hatten. Vielleicht konnte sie auch andere Menschen ermutigen, ihre eigenen Geschichten mitzuteilen?

Melissa überlegte gerade, wie sie Sam diese neue Idee am besten beibrachte, als sein Handy klingelte. Er verzog das Gesicht. Bisher war er im Urlaub nur selten gestört worden. Einmal hatte das Büro sich bei ihm gemeldet, weil es beim geplanten Umbau einer Kapelle Schwierigkeiten mit der Einwilligung für denkmalgeschützte Gebäude gab, die nur Sam lösen konnte.

Melissa sah, wie er beim Zuhören die Augen aufriss.

»Klar, ich liebe dich auch, Kumpel. Du klingst, als könntest du einen Kaffee gebrauchen. Wo bist du, Marcus?«

Melissa runzelte die Stirn. Marcus war Sams älterer Bruder.

Sam lauschte noch eine Weile und hakte ein, wann immer er konnte. »Hör zu, es ist wunderbar, von dir zu hören, aber ich bin am Strand. Du musst dir einen Kaffee besorgen und schlafen, ja?« Er hielt weiter das Handy ans Ohr gepresst, sah erst düster drein und dann erschrocken. »Okay. Ja, ich habe schon verstanden. Aber wir müssen jetzt Schluss machen, Marcus. Einverstanden? Du musst ins Bett, Junge. Ja, ja, ich liebe dich auch.«

Er beendete das Gespräch und wählte sofort eine Nummer.

»Entschuldige, Melissa. Ich muss kurz zu Hause anrufen. Er hat gesagt, er sei bei Dad. Sternhagelvoll.«

»Geht es ihnen gut? Deinen Eltern, meine ich?«

»Scheinbar.«

Dann stand Sam auf und sprach mehrere Minuten lang am Handy. Während er über den Sand humpelte, entglitten ihm die Gesichtszüge und er legte den rechten Arm auf den Kopf. Das tat er immer, wenn er sehr aufgeregt war.

Schließlich beendete er das Gespräch, stieß einen langen Seufzer aus und wandte sich zur Strandbar.
»Komm. Beim Frühstück erzähle ich dir alles.«
Sam wartete, bis der Kaffee serviert wurde. Er hatte die Lippen zusammengepresst und sah blass aus. Was er Melissa dann berichtete, war für sie beide ein Schock. Marcus war ganz plötzlich von seiner Frau Diana verlassen worden und, dem Zusammenbruch nahe, wieder bei seinen Eltern eingezogen.
»Willst du mich auf den Arm nehmen?« Melissa konnte es nicht fassen. Marcus und Diana waren das perfekte Paar. Sogar ihre Cabrios passten zueinander. Sie bewohnten ein stilvolles Loft in Flussnähe. Ihre Traumhochzeit in einem Art-déco-Hotel auf einer Insel vor Devon lag gerade mal zwei Jahre zurück. Sie hatten die Feier damals mit einem Hubschrauber verlassen.
»So viel also zu meiner Kampagne in Sachen Eheglück.« Sam rührte zwei Zuckertütchen in seinen Kaffee.
Melissa wurde rot.
Sam erzählte noch, sein Vater habe ihnen bis zu ihrer Rückkehr aus dem Urlaub nichts davon sagen wollen, denn er wollte ihnen nicht den Urlaub verderben. Was er nicht ahnte, war, dass Marcus nach einer mit einem Freund durchzechten Nacht noch vom Taxi aus Sam anrufen würde.
Dahinter steckte, dass Marcus' Firma den Bach runterging. Er hatte eine zweite Hypothek aufgenommen, ohne seiner Frau etwas davon zu sagen. Und Diana, die von den Geldproblemen nichts bemerkt hatte und stattdessen glaubte, Marcus hätte eine Affäre, hatte ihrerseits etwas mit einem Kollegen angefangen. Anscheinend war die

Ehe schon sechs Monate nach der Hochzeit in die Brüche gegangen. Marcus hatte geplant, eine Familie zu gründen, aber Diana wollte auf gar keinen Fall Kinder bekommen. Bevor sie vor den Altar traten, hatten sie wohl nicht über dieses Thema gesprochen.
»Anscheinend ist sie mit einem Typen aus ihrer Bank durchgebrannt.«
»Ach du meine Güte. Der arme Marcus.«
»Na ja, was Dad erzählt, hat auch er sich wie ein Idiot benommen. Angesichts seiner finanziellen Probleme hat er einfach den Kopf in den Sand gesteckt, Briefe mit Terminanfragen von der Bank ignoriert. Jetzt sitzt er in der Patsche.«
»Du lieber Himmel! Und ich war immer ein bisschen neidisch. Sie schienen ein perfektes Paar zu sein.«
»Alles Schall und Rauch, wie man jetzt sieht. Das Schlimmste ist, dass Diana noch nichts vom Platzen der Geldblase weiß. Sie spekuliert wohl auf eine lukrative Scheidungsregelung.«
»Da möchte ich nicht dabei sein, wenn sie nach Hause kommt.« Melissa hob eine Augenbraue, als der Kellner mit einem Korb mit warmem Brot und einem Teller mit Butter und einem Schälchen Marmelade erschien.
»Ich habe meinem Dad gesagt, dass ich sofort vorbeikomme, wenn ich zurück bin.«
»Natürlich.«
Melissa studierte Sams Gesichtsausdruck, als er Butter auf ein großes Stück Brot strich.
»Das tut mir wirklich sehr leid, Sam. Es ist also ausgeschlossen, dass sie sich wieder versöhnen?«
Er schüttelte den Kopf, trank einen Schluck Kaffee, strich

sich die Haare zurück und blickte aufs Meer hinaus. Sam vergötterte seinen Bruder. Als Melissa ihn damals kennengelernt hatte, war ihr Marcus manchmal etwas aufdringlich vorgekommen, doch er hatte ein gutes Herz. Selbst ein Einzelkind, hatte Melissa die enge Beziehung der Brüder eher bewundert und sie darum beneidet.

»Ich nehme an, du hast deinem Dad nichts von dem Unfall erzählt?«

Wieder schüttelte Sam den Kopf.

»Willst du über Marcus reden?«

»Wenn es dir nichts ausmacht, lieber nicht. Wir könnten uns stattdessen über dein Jobangebot unterhalten. Ich weiß, dass du noch keine Zeit hattest, darüber nachzudenken. Mit dem Tagebuch und allem. Doch du musst bald eine Entscheidung treffen. Oder den Termin mit dem Redakteur verschieben.« Er spielte mit den Zuckertütchen herum.

»Du bist noch unentschlossen?« Sam fing den Blick des Kellners auf und bestellte noch Brot und zwei Kaffee. Für sich legte er gleich ein Zuckertütchen beiseite.

»Ach, Sam, ich weiß nicht. Ich habe immer noch eine Heidenangst.« Schuldbewusst erkannte Melissa, dass sie sich besser über den Job Gedanken gemacht hätte, anstatt sich von Ideen für neue Schreibprojekte ablenken zu lassen. »Du kennst mich ja. Ich bin Weltmeisterin darin, immer das Schlimmste zu befürchten. Ich weiß nicht, was ich machen soll.« Sam hatte ins Schwarze getroffen. In dem Tumult der letzten Zeit hatte sie ihrer Arbeit nicht die notwendige Priorität eingeräumt. Aber das Treffen mit dem Londoner Redakteur sollte bereits kurz nach ihrer Rückkehr aus dem Urlaub stattfinden.

Sie befand sich in einem Dilemma, denn das Jobangebot kam von einem Boulevardblatt, und das machte es kompliziert. Früher einmal hatte Melissa sich etwas übereilig geschworen, dass sie niemals für die Boulevardpresse arbeiten würde.

Glücklicherweise hatte sie schon während ihres letzten Jahres an der Universität eine Nische gefunden – als Kolumnistin für Verbraucherschutzfragen. Melissa gefiel diese Form des Journalismus nicht nur gut, sie hatte auch schon mit ihren kritischen Artikeln über Miethaie, die Schrottimmobilien aufkauften und für die baufälligen und manchmal sogar gefährlichen Wohnungen Wucherpreise verlangten, bei einem nationalen Kolumnistenpreis erfahrenere Kollegen ausgestochen. Seit die Immobilienblase geplatzt war, spielte der Mietmarkt verrückt. Zahlreiche potenzielle Hausbesitzer wohnten zur Miete und warteten ab, bis die Immobilienpreise weiter fielen. Andere Leute suchten Mietwohnungen, da sie über keinerlei Ersparnisse verfügten, um etwas zu kaufen. Daher übertraf die Nachfrage das Angebot bei weitem, was den Vermietern zugutekam. Einige Skrupellose nutzten das schamlos aus.

Melissa hatte die skandalösesten Fälle in einer Artikelserie beschrieben. Zwar hatte ihr Redaktionsleiter angesichts der zahlreichen Prozessandrohungen graue Haare bekommen, doch Melissa wusste, dass die Drohungen allesamt heiße Luft waren. Wenn man sie mit Klagen einzuschüchtern versuchte, wurde sie nur noch entschlossener, den Kampf für die Rechte der Verbraucher fortzusetzen. Investigative Journalisten waren immer in Gefahr, verleumdet zu werden. Aber Melissa untersuchte jeden

Fall minutiös und ging nur an die Öffentlichkeit, wenn sie hundertprozentig sicher war, dass ihre Vorwürfe berechtigt waren. Die Justiziare der Zeitung hatten keine Einwände.

Bei der großen Kampagne gegen Mietspekulation schalteten sich bald schon Verbraucherschutzorganisationen ein, und auch die Polizei musste eingreifen. In einem Haus, das einem Vermieter gehörte, über den Melissa berichtet hatte, hatte sich ein Student schwere Brandverletzungen zugezogen, als ein defekter Warmwasserboiler explodierte. Der Mieter hatte sich wiederholt über den Boiler beschwert, und Melissa hatte in ihrer Kolumne darüber geschrieben, aber ihr Protest war auf taube Ohren gestoßen.

Die Story schaffte es sogar in die Fernsehnachrichten und wurde auch auf verschiedenen Sendern, im Radio und der überregionalen Presse aufgegriffen. Daraufhin bekam Melissa Anrufe und Angebote von Headhuntern – das vielversprechendste war das Angebot, für eine Boulevardzeitung eine regelmäßige Kolumne über Verbraucherschutzfragen zu schreiben. Der Vertrag sollte über ein Jahr laufen. Doch Melissa wollte sich ihren Ruf nicht für alle Zeiten verderben.

»Ich mache mir außerdem Sorgen, dass ich laufen lerne, bevor ich gehen kann. Was, wenn ich nur Mist baue und hinausgeworfen werde und am Ende mit nichts dastehe?«

»Sieh es doch mal von der positiven Seite.« Sam lächelte.

In Wahrheit hatte Melissa Angst vor der Freiberuflichkeit und der finanziellen Unsicherheit, die damit verbunden war. Sie wusste, dass sie gern eigene Ideen verfolgte, was für die Freiberuflichkeit gut war – sie musste nur daran denken, wie leicht sie sich hatte ablenken lassen, indem sie diese neue Idee für einen Blog ausheckte. Dennoch schätzte sie die Sicherheit eines festen monatlichen Einkommens. Es war ihr wichtig, finanziell ihren Teil zu dem gemeinsamen Leben mit Sam beizusteuern. Beim Bartley Observer waren einige Kollegen schon ganz grün vor Neid – und argumentierten, die Zeit der Lokalzeitungen sei ohnehin bald vorbei. Was also hatte sie zu verlieren?

»Du weißt, was ich denke. Du solltest es versuchen. Nimm das Angebot an.« Sam sah ihr ins Gesicht, während sie in ihrem Kaffee rührte. »Ich meine, schau dir Marcus an. So viel zum Thema finanzielle Sicherheit. Ich denke, heutzutage gibt es keine Sicherheiten mehr. Du kannst genauso gut auf Risiko spielen, Melissa. Es könnte auch alles gut ausgehen.«

Sie hielt seinem Blick einen Moment lang stand, atmete tief durch und sah dann aufs Meer hinaus. Der Kellner näherte sich mit dem zweiten Brotkorb. In dem Augenblick durchfuhr Melissa ein neuer Gedanke. Vielleicht würde dem Londoner Redakteur die Blog-Idee auch gefallen? Sie kniff die Augen zusammen und spürte, wie ihr Gesichtsausdruck sofort sorgenvoll wurde. Nein, das wäre zu persönlich, und sie verstand auch zu wenig davon. Sie wusste überhaupt nichts über Nahrungsmittel und Essen. Mach dich nicht lächerlich, Melissa. Eins nach dem anderen.

»Ach, ich weiß nicht. Wir werden sehen. Zurück zu Marcus, war er sehr betrunken, Sam?«

»Na ja, sagen wir mal, er hat mich eigens angerufen, um

mir mitzuteilen, wie sehr er mich liebt. Dass ich sein bester Freund auf der ganzen Welt bin.«

Dann stieß er mit seiner Kaffeetasse mit Melissa an. »Fröhliche Ferien, ja?«

Melissa wandte ihren Kopf. »Wird es Marcus bald wieder gutgehen?«

»Weiß der Kuckuck.«

21

Eleanor 1994

Du glaubst also nicht, dass dieser Gentest – für diese neue Studie von Dr. Palmer – eine Bedeutung für Melissa haben könnte?« Max überprüfte seine Krawatte im Spiegel. Sie hatten nicht mehr darüber gesprochen, seit Eleanors letzter Arzttermin sie beide, jeden für sich, so aufgewühlt hatte.

»Nein, davon schien er nicht auszugehen, aber ich frage noch einmal nach. Was liegt bei dir heute an?«

»Das Übliche. Und lass dich nicht überreden, noch mehr Tests machen zu lassen, nur für seine Kollegen in aller Welt.« Max hatte klargestellt, dass seine Meinung in diesem Punkt unumstößlich war. Solange die Testergebnisse keine Folgen für Melissa hatten, wollte er nicht, dass Eleanor teilnahm. *Ich mache alles, was du willst – wir sagen Melissa nichts von der Krankheit, wir bereiten sie nicht vor auf das, was kommen wird. Aber dieses eine Mal musst du bitte das tun, was ich möchte. Einverstanden, Eleanor?*

»Ich kann mitkommen, wenn du möchtest. Eigentlich würde ich das gern tun.« Er hatte sich auf die Bettkante gesetzt und knöpfte den obersten Hemdknopf unter der Krawatte auf. Eleanor fiel auf, dass sie seine Eigenarten mittlerweile mit anderen Augen betrachtete. Wie er sein

Hemd aufknöpfte, die Krawatte band und dann den obersten Knopf wieder öffnete. Dass er seine Teetasse nach dem ersten Schluck immer neben die Untertasse stellte und niemals dorthin zurück, wohin sie gehörte – aus einem Grund, den er nicht richtig erklären konnte. Es hatte etwas mit Tropfen zu tun. Dass er, wenn sie im Café waren, Papierservietten in lange Streifen riss. Die Zentralverriegelung des Autos betätigte er immer zweimal. Jeden Raum, den er betrat, suchte er zunächst nach Fliegen ab. Jeden Tag vergaß er irgendetwas.

All diese Marotten taten ihr unheimlich weh, denn zu Beginn ihrer Beziehung war sie davon genervt gewesen, und nun stellte sie sich jedes Mal, wenn sie ihm zusah, dieselbe Frage.

Wie lange noch?

»Mir wäre es ehrlich gesagt lieber, du würdest zur Arbeit gehen. Der heutige Termin dauert nur ein paar Minuten. Nicht nötig, dafür deinen Tag zu unterbrechen.«

»Aber du versprichst mir, dass du dich zu nichts überreden lässt?«

»Ich lasse mich zu nichts überreden.«

Er küsste sie auf den Mund, schloss die Augen und tat, was er sich in diesen Tagen angewöhnt hatte: Seine Lippen berührten die ihren ein, zwei, drei Sekunden länger als sonst.

»Geh jetzt, du kommst zu spät.«

»Du hast recht. Ich rufe dich an.«

»Nun geh schon.«

Sie hörte, wie er in Melissas Zimmer ging, um sie zu wecken, und lauschte den Worten ihrer Tochter – *Geh weg, Daddy* –, dann hallten seine Schritte auf der Treppe, der

Schlüssel klimperte und die Haustür schlug zu. Zwei Minuten später vernahm sie erneut den Schlüssel im Schloss, gefolgt von heftigem Fluchen.
»Ich habe ein Buch vergessen. Entschuldige.«
Sie bekam mit, wie er herumsuchte, noch mehr fluchte, schließlich die Haustür ein zweites Mal zuwarf.
»Bist du schon wach, Melissa? Dann komm in mein Bett.«
Melissa brauchte morgens Zeit, um sich für den Tag zu wappnen, genau wie ihr Vater. Sie hatte es gern, wenn ihre Mutter sie während des Frühstücks aufmunterte, ihr beim Zähneputzen und Anziehen half, bis sie diese Phase vollkommener Unfähigkeit hinter sich hatte. Den Moment gleich nach dem Aufwachen liebte sie besonders. Max weckte sie auf, Eleanor sorgte für eine Pause. Dann weckte Eleanor sie endgültig auf und bürstete schweigend im Bett Melissas Haare. Erst dann war Melissa wach genug, um den Tag zu beginnen.
Inzwischen fand Eleanor dieses Ritual nicht nur praktisch, es war einer ihrer liebsten Momente am Tag, wenn sie der verschlafenen Melissa, die – die Arme um die Knie geschlungen und das Kinn daraufgestützt – auf dem Bett saß, schweigend die Haare bürstete.
Eleanor fand, dass Melissas Haare leicht formbar waren. Wenn sie sie föhnte, wurden sie glatt und seidig – die Hitze machte sie geschmeidig. Wenn Melissa die Haare an der Luft trocknen ließ, wurden sie sanft gewellt: glänzendes dunkles Haar, das im rechten Licht herbstlich glitzerte.
»Du hast wunderschöne Haare.«
»Das sagst du immer, Mummy. Jeden Tag.«
»Machen wir einen Pferdeschwanz?«

Melissa zuckte gähnend die Achseln, daher schlang Eleanor ein schwarzes Samthaarband vom Nachttisch um ihr Handgelenk und fuhr mit der Bürste durch die Haare ihrer Tochter, ein ums andere Mal.

»Hast du dich schon an meine kurzen Haare gewöhnt?«

Melissa zuckte noch einmal die Achseln.

»Immerhin sind sie so sehr leicht zu pflegen, aber deine Haare sollten lang bleiben, finde ich. Sie sind viel zu schön, um abgeschnitten zu werden – zumindest, bis du sehr viel älter bist.«

Ihre Tochter gähnte erneut, als Eleanor das Haarband vom Handgelenk nahm und es ihr vorsichtig zweimal um den Pferdeschwanz band, damit er fest saß.

»Au.«

»Entschuldige, mein Liebling. Ich bin jetzt fertig.« Sie umarmte ihre Tochter fest. »Wir sollten Daddy beibringen, wie man deine Haare zusammenbindet.«

»Ich will nicht, dass Daddy das macht.«

»Na ja, vielleicht würde er es gern mal übernehmen. Ab und zu.«

»Dann müsste ich aber früher aufstehen.«

Eleanor lachte. »Nein, Liebling. Du müsstest nicht früher aufstehen.«

Sie machte Pfannkuchen, um Melissa ein wenig zu verwöhnen. Dreißig Minuten später sah sie ihrer Tochter nach, die noch ein letztes Mal winkte, bevor sie über den Schulhof davonlief.

Wie lange noch?

Eleanor hatte noch eine Stunde Zeit bis zu ihrem Arzttermin, deshalb fuhr sie den Computer hoch, um zu sehen, was sie herausfinden konnte. Max war das Computerass bei ihnen, sie gehörte eher zu den Dinosauriern. Erst vor kurzem hatte er versucht, ihr die neue Internetsuchfunktion zu erklären, doch sie hatte nur zynisch abgewehrt – in dem Fall war sie eine Spielverderberin, überzeugt davon, dass dadurch echten Bibliotheken und intellektueller Integrität der Todesstoß versetzt wurde.

Doch nun brauchte Eleanor das Internet und versuchte angestrengt, sich an Max' Anweisungen zu erinnern. Zunächst gab sie einige Schlüsselbegriffe ein, so, wie er es ihr erklärt hatte. Die Namen der Gene, BRCA1 und BRCA2. Langsam bauten sich die Seiten auf, und als Eleanor zu lesen begann, wurde ihr das Herz schwer.

Sie hatte nicht gewusst, dass die Forschung schon so weit vorangekommen war. Je mehr sie nun las, desto besser verstand sie, warum Dr. Palmer Interesse an ihrem Fall hatte.

Eine neue Erkenntnis legte nahe, dass ein Defekt auf dem kürzlich entdeckten Gen BRCA1 auch weitervererbt werden konnte, ohne Krebs auszulösen, und das sowohl von Frauen als auch von Männern. Aus diesem Grund war das Gen in einer von Männern dominierten Familie nicht leicht festzustellen. Eleanor war Einzelkind, und ihre Mutter hatte keine Schwestern gehabt, nur zwei Brüder. Was bedeutete das für ihr Risiko, für den Genstammbaum? Dass die beiden einzigen Frauen aus drei Generationen »Pech« gehabt hatten?

In dem Artikel wurde angedeutet, dass wahrscheinlich nur Familien mit mehreren Krebserkrankungen, die auf einen Zusammenhang oder auf einen Gendefekt hinwiesen, für eine Beratung und zukünftige Testreihen in Frage kamen. Die neuen Forschungsergebnisse waren bislang noch nicht allgemein bekannt.

Eleanor schaltete den Computer aus und holte das Tagebuch für Melissa hervor. Sie hatte einige alte Familienfotos eingeklebt und auch einen Stammbaum hinzugefügt, zusammen mit ein paar Anekdoten ihrer Mutter. Sie schlug das Tagebuch hinten auf, wo sie einen Extraabschnitt über Mutterschaft begonnen hatte.

Eleanor hatte sich überlegt, dass Melissa als sehr junge Frau vielleicht nur wenig Interesse am Muttersein haben würde, und das Thema deshalb ans Ende des Buchs gestellt. Sie erinnerte sich an die Zeit, als sie selbst fünfundzwanzig war. Elternschaft veränderte das ganze Leben, Vorher und Nachher wurden von einer scharfen Linie getrennt.

Wenn man Eltern wurde, teilten sich die Menschen in zwei Gruppen auf. Zur ersten Gruppe gehörten die, die auch Kinder hatten und einen verstanden, und zu der zweiten Gruppe diejenigen ohne Kinder, von denen man nur wenig Verständnis erwarten konnte. Das war kein Vorurteil, es hieß nicht, dass eine Gruppe besser war als die andere, es handelte sich einfach um eine Tatsache.

Man wusste nicht, was Elternsein bedeutete, bis man eine ganze Nacht lang mit einem von Koliken geplagten, schreienden Kind durchs Haus gelaufen war, oder bis man die Arzthelferin, die das Baby mit der Spritze in den Arm gepikst hatte, am liebsten geboxt hätte, weil das Kleine laut weinte. Vielleicht konnte man sich vorstellen, wie sich das anfühlen musste, aber man konnte es nicht vorher wissen.

Und so schrieb Eleanor etwas über Elternsein, weil sie es schrecklich fand, an Melissas Zukunft zu denken, an eine

junge Mutter, die ganz ohne mütterlichen Rat auskommen musste.
Aber sie genoss es auch ganz außerordentlich, über etwas so Schönes zu schreiben. Sie gab Melissa ein paar praktische Tipps gegen Koliken oder für das Zahnen, oder wie Melissa den ständigen Schlafmangel überleben konnte *(denk daran, dass Schlafentzug eine Foltermethode ist; es ist normal zu glauben, man würde verrückt).* Und sie berichtete Melissa ehrlich und offen darüber, wie die pure Müdigkeit in der ersten Zeit mit dem Baby plötzlich brenzlige Fragen mit sich brachte, dass man sich in seinen Tagträumen fragte, ob man wirklich das Richtige getan hatte. Würde man jemals wieder die Kontrolle über sein Leben zurückbekommen? Eleanor schrieb, wie sie über ihr früheres Leben halluziniert hatte, über ausgedehnte Schaumbäder und das Lesen von Büchern.
Doch am Ende von allem stand doch … die einzigartige, unbeschreibliche Freude, die der Geruch des Neugeborenen auslöste, eine Freude, die auch die Schmerzen in der Armbeuge, in der das Baby eingeschlafen war, vergessen ließ, die Freude, die das saugende Geräusch hervorrief, wenn es trank – oder auch der Blickkontakt.
Das hatte sie fast vergessen – den Blickkontakt.

Wie ihr Magen jedes Mal einen Freudensprung machte, wenn Melissa ihren Blick erwiderte, auf dem Spielplatz, am Rand der Schultheaterbühne oder von einem Klettergerüst im Park.
Jeden Tag, wenn ich dich ansehe, mein geliebtes Mädchen, macht mein Magen einen Freudenhüpfer. Und ich hoffe, du wirst eines Tages selbst erfahren, wovon ich schreibe.

Denn ich verspreche dir, es wird plötzlich das sein, wofür du lebst …

Mist. Eleanor schaute auf die Uhr und merkte, dass sie sich, wie so oft, beeilen musste. Sie war müde, gehetzt, immer zu spät dran.

Sie rief in der Praxis ihres Onkologen an, um Bescheid zu geben, dass sie unterwegs sei und sich um höchstens zehn Minuten verspäten würde. Dann griff sie nach ihrem Mantel und steckte das Tagebuch zwischen ihre Unterwäsche in die zweite Kommodenschublade. Für einen Moment hielt sie inne und fragte sich, ob der Titel falsche Assoziationen weckte. Sie machte sich Sorgen, weil sie das Buch vor Max geheim hielt, und fragte sich, was er darüber denken würde, wenn er in einigen Jahren davon erfuhr. Ihr wurde bewusst, dass die Idee zu diesem Buch für Melissa und sein Zweck sich innerhalb der letzten Wochen sehr gewandelt hatten.

22

Max 2011

Max war fünfzehn Minuten zu früh dran, als er auf seinen Parkplatz fuhr, daher hörte er im Auto noch die neuesten Nachrichten über die Eurokrise in Griechenland. Das zweite Rettungspaket war letztlich doch beschlossen worden. Den Griechen wurden fünfzig Prozent ihrer Schulden erlassen, und sie erhielten zig Milliarden Euro aus dem Rettungsfonds.

Mehrere europäische Staatsmänner äußerten sich begeistert über das neue Hilfspaket, doch Max schüttelte nur den Kopf. Die Politiker schienen alle zu vergessen, dass Griechenland immer noch pleite war, Rettungspaket hin oder her. Er schaltete das Radio aus, drehte sich zur Rückbank um und entdeckte, dass die grüne Mappe, die er mit hundertprozentiger Sicherheit zusammen mit seinen Schlüsseln dorthin gelegt hatte, nicht da war.

So ein Mist.

Er beugte sich vor und suchte den Boden ab. Die Mappe musste unter den Fahrersitz gerutscht sein. Er fand sie nicht.

So ein verdammter Mist. Er hatte die Aufgaben der Studenten zusammen mit seinen Kommentaren zu Hause vergessen. Und er hatte die aktuelle Version nicht auf den Server der Universität gespielt. Er fluchte weiter, blickte auf die Armbanduhr und überlegte, ob er nach seiner ersten Vorlesung noch Zeit hatte, nach Hause zu fahren. Er wollte gerade die Fahrertür öffnen, als ihm auf einmal der Schreck in die Glieder fuhr.

»Oh, entschuldige bitte vielmals.«

Sie errötete, als Max mit klopfendem Herzen den elektrischen Fensteröffner betätigte.

»Ich wollte dich nicht erschrecken, Max. Ich habe nur gerade dein Auto gesehen, und da wollte ich …«

Sie trug Trainingskleidung, ein schwarzes Oberteil mit lila Streifen und eine dunkelgraue Jogginghose.

Max hatte nicht die leiseste Ahnung, wohin er blicken sollte. Er hatte gedacht, sie laufe mittwochs um die Mittagszeit.

»Ich dachte, du läufst mittwochs um die Mittagszeit.«

»O ja.« Sie zog den Kopf zurück. Anscheinend war sie überrascht, dass er sich daran erinnerte. »Richtig, mittwochs um die Mittagszeit. Aber ich kriege bald einen Anfall wegen dieses Halbmarathons, denn ich bin nicht fit. Es ist leichter, vor der Arbeit hier noch mal eine Extrarunde zu laufen.«

»Das verstehe ich.«

»Sieh mal, Max. Wegen neulich …«

»Bitte, Anna, mach dir keine Gedanken. Wenn du mit deiner neuen Mentorin glücklich bist, ist alles in bester Ordnung.«

»Das meinte ich eigentlich gar nicht. Obwohl wir uns getroffen haben, Sarah und ich, und ich glaube, du hast recht. Wir passen gut zusammen. Sie ist sehr schlau und voller Elan dabei.«

»Schön, sehr gut.«

»Doch deshalb wollte ich mich nicht entschuldigen.«
»Aber Anna, es ist okay. Bitte, wir haben doch alles bei dem Mittagessen besprochen. Alles gut.«
Sie stand da, die Hände auf die Hüften gestützt, und schaute zu Boden. Als er das Seitenfenster hochfuhr und mit einem Blick auf die Uhr aus dem Auto stieg, als würde er jeden Moment zu spät kommen, trat sie einen Schritt zurück.
»Hast du den ganzen Morgen Vorlesung, Max?«
»Ja, genau genommen bis Mittag. Ich muss noch ein Auge auf dieses neue Rettungspaket haben.«
»Natürlich. Ich habe heute Vormittag auch viel zu tun. Aber vielleicht hast du später etwas Zeit, um kurz ein Sandwich zu essen oder so?«
»O ja, klar.«
»So, wie du abgerauscht bist, habe ich mich einfach nur furchtbar gefühlt. Ich bin voll ins Fettnäpfchen getreten.«
»Unsinn.«
»Ich möchte dich gern etwas fragen.«
»In Ordnung.«
Jetzt lächelte sie. Die Röte war aus ihrem Gesicht gewichen, und sie sah ihn direkt an. »Ich würde mich sehr viel besser fühlen, wenn du mir zehn Minuten schenken könntest. Heute Mittag?«
Er lächelte auch. »Nun ja«, er warf einen Blick auf seine Armbanduhr, ohne zu registrieren, was sie anzeigte, »es gibt wirklich nichts, was dir peinlich sein müsste. Aber wenn du mit mir etwas essen möchtest, gern.«
»Um halb eins? Wo wir das letzte Mal waren?«
»Gut.« Warum auch nicht. Zum Teufel mit der grünen Mappe.

Sie wandte sich um und winkte, während sie zum Sportkomplex lief – Max betrachtete ihre perfekte Figur, als sie lostrabte.

Er versuchte, den Blick abzuwenden, aber es gelang ihm nicht. War er sexistisch? Diese Faszination für Anna, war das jetzt schon Besessenheit?

Verdammt, er würde sie so gern um eine Verabredung bitten. Er wollte wirklich unbedingt mit ihr ausgehen.

Drei Stunden später war er auf dem Weg zu dem Bistro und wiederholte ein Mantra in seinem Kopf: *Frag sie nicht nach einem Date. Geh nicht mit ihr aus, Max.*

Denk an Deborah und die schrecklichen Folgen dieses Fiaskos. Diese wunderbare Frau, die, nachdem ihr ein Jahr zusammen wart, geglaubt hatte, dass eure Beziehung sich entwickeln würde. Damals hatte er gar nicht so weit gedacht; er hatte sich so sehr an Sophie und eine Beziehung ohne Verpflichtungen gewöhnt, dass er vollkommen vergessen hatte, was andere Menschen von ihm erwarteten.

Max plante, fünf Minuten später als verabredet in dem Bistro zu erscheinen – er stellte sich vor, wie er zu ihrem Tisch schlendern würde. *Entschuldige, habe ich dich lange warten lassen?*

Allein an einem öffentlichen Ort zu sein fiel ihm nicht leicht. Selbst mit einer Zeitung vor sich fühlte er sich beobachtet. Eleanor hatte gesagt, dass er summe, wenn er nervös sei, obwohl das Max selbst nie aufgefallen war. *»Geht es dir gut, Liebling? Du summst gerade.«*

Fang bloß nicht wieder damit an, ermahnte er sich selbst, als er um die Ecke bog und auf den Eingang des LiteBite zusteuerte. Er warf einen Blick auf seine Uhr – genau fünf Minuten zu spät.

Sie hatte sich bereits an dem Tisch niedergelassen, an dem sie auch das letzte Mal gesessen hatten, und hielt die Speisekarte in der Hand. Er beobachtete sie einen Moment lang, bevor sie den Kopf hob, und als er bemerkte, dass auch sie sich unwohl zu fühlen schien, bekam er ein schlechtes Gewissen. Es rührte ihn, wie sie die Speisekarte kurz in die Hand nahm und dann wieder in das Edelstahlgestell zurücksteckte. Sie blickte auf die Uhr an der Wand, dann auf ihre eigene.

»Hallo, Anna. Es tut mir leid, dass ich etwas zu spät bin. Ich hasse es, wenn ich irgendwo auf jemanden warten muss. Bist du schon lange hier?«

»Erst seit fünf Minuten.«

»Weißt du schon, was du nimmst? Ich werde wohl wieder meinen Herzinfarkt nehmen. Ich habe nicht so viel Zeit, daher würde ich gern gleich bestellen.«

»Nein. Das Essen war meine Idee, also gehe ich heute zur Theke und bestelle.« Sie stand auf.

»Nein, bitte nicht.«

Die Situation war lächerlich. Sie diskutierten auch darüber, wer bezahlen sollte. Max fürchtete, dass sie es sexistisch finden würde, wenn er darauf bestand, daher setzte er sich und sagte: »Ofenkartoffel mit Speck und eine Tasse Earl Grey.«

»Milch?«

»Ja bitte.«

Ein paar Minuten später kehrte sie mit den Getränken und einer Nummer für ihre Essensbestellung zurück, die sie unter den Speisekartenhalter schob. Sie lächelte.

»Hast du im Radio etwas Interessantes über das neue Rettungspaket gehört? Ich habe es verpasst.«

»Eigentlich nicht. Es ist immer dasselbe.« Max lächelte.

»Also, du meinst, dass du mit Sarah gut auskommen wirst? Das wäre schön. Ich hätte schon früher an sie denken sollen.«

»Sie ist sehr nett. Genau genommen ist sie der Grund, warum ich dir nochmals aufgelauert habe.«

Fragend hob er die Augenbrauen.

»Ich habe Sarah am Dienstag zum Abendessen eingeladen. Und ich wollte dich fragen, ob du auch kommst. Eine Art Übergabe, wenn du so willst. Und eine ordentliche Entschuldigung meinerseits für mein Verhalten neulich.«

»Das ist sehr nett, aber wirklich nicht nötig.«

»Ich möchte dich ganz sicher nicht in Verlegenheit bringen, aber ich würde mich dann besser fühlen – wegen neulich.«

»Verstehe.«

»Kommst du? Ich habe Sarah Paella versprochen.«

»In diesem Fall … bei Paella kann ich nicht nein sagen.« Max lächelte überrascht. Er traf sich sonst fast nie mit Kollegen.

»Ich schreibe dir eine E-Mail mit der Adresse, es sind nur zwanzig Minuten mit dem Auto.«

»Das ist sehr nett, Anna.«

Sie trank einen Schluck von ihrem Cappuccino und verzog dann den Mund. »Ich nehme mal an, dass eine Menge Leute so ins Fettnäpfchen treten wie ich neulich. Wenn es um deine Frau geht, meine ich. Es tut mir wirklich aufrichtig leid.«

»Das muss es nicht.«

»Und Melissa. Du hast gesagt, sie sei Verbraucherschutzkolumnistin. Wie ist sie dazu gekommen?«

»Reiner Zufall. Sie hat einige Features über diese kurzfristigen Darlehen geschrieben und eine Menge Zuspruch bekommen. So fing es an. Inzwischen arbeitet sie mit Verbraucherschutzorganisationen zusammen, und das Amt für Arbeitsschutz gibt ihr auch immer wieder Tipps. Die Themen sind oft heikel.«
»Für sie ist das sehr gut. Sie arbeitet für eine Regionalzeitung, nicht wahr?«
»Ja, sie schreibt für die ganze Zeitungsgruppe.«
»Ich werde nach ihrem Namen Ausschau halten.«
»Im Augenblick ist sie auf Zypern im Urlaub.«
»Wie schön.«
»Ja, ich war zwar noch nie dort, habe aber immer nur Gutes gehört. Obwohl ich glaube, dass die Zyprer die nächsten sein werden, die Probleme mit dem Euro bekommen.«
»Glaubst du? Wie lange ist Melissa weg?«
»Nur noch ein paar Tage. Sie muss eine Entscheidung wegen dieses Jobangebots treffen. Fest angestellt oder freiberuflich, das ist eine schwierige Wahl.«
Sie sprachen beide viel zu schnell.
»Steht ihr euch sehr nahe? Nachdem sie ihre Mutter verloren hatte, meine ich.«
»Das habe ich immer geglaubt, obwohl ich gerade verzweifelt versuche, von ihr eine Antwort auf meine SMS zu bekommen. Ich mische mich nicht in ihr Leben ein, aber natürlich hört man nicht auf, sich Sorgen zu machen.«
Ein Kellner rief ihre Nummer auf, und Max hob die Hand. Als er sah, dass sie unverzüglich in ihr gegrilltes Panini biss, war er einen Moment fassungslos.

»Ist deine Zunge aus Asbest, oder verspürst du Todessehnsucht?« Er nahm Messer und Gabel zur Hand, um die Kartoffel vor ihm weiter zu öffnen, und Dampf stieg auf.
»Wie ist es, wenn die Kinder auswärts studieren? Das macht mir Angst.« Sie nahm einen großen Schluck Wasser, um den ersten Paninibissen zu kühlen.
»Sauber und ordentlich.«
Sie lachte.
»Ja, wirklich. Es ist eine große Umstellung. Ich fand es ziemlich schwierig, aber letztlich gewöhnt man sich dran. Hat dein Sohn schon entschieden, an welcher Universität er sich bewerben wird?«
»Lassen wir das Thema lieber. Schrecklich, wenn man mittendrin steckt, oder?«
»Furchtbar. Melissa war in Nottingham, das war eine gute Wahl. Eine gute Uni, obwohl ich nicht dorthin gegangen wäre.«
»Und hast du ihre Entscheidung akzeptiert?«
»Großer Gott, nein, wir haben wochenlang kein Wort miteinander geredet.«
Sie lachte. »Dann geht es also nicht nur mir so. Wie hat euer Streit geendet?«
»Irgendwann glätten sich die Wogen. Das ist immer so, Anna. Zumindest meiner Erfahrung nach.«
Plötzlich herrschte betretenes Schweigen. Max und Anna blickten konzentriert auf ihre Teller.
»Paella also. Ist das deine Spezialität?«
»So etwas in der Art.«
»Ich sollte vielleicht erwähnen, dass ich gegen Meeresfrüchte allergisch bin.«

Sie machte ein langes Gesicht, die Hand mit dem Panini erstarrte, so dass Max ihre Enttäuschung deutlich spüren konnte.

»Entschuldige, ich habe nur Spaß gemacht.«

Das Kribbeln im Bauch.

»Ach so, natürlich.« Sie runzelte verwirrt die Stirn.

»Eigentlich mag ich Meeresfrüchte sehr.« Er wünschte sich inständig, er hätte das mit der Allergie nicht gesagt. Es war nicht einmal komisch.

Teufel auch, warum nur, Max. Warum hast du das gesagt?

23

Melissa 2011

Melissa sehnte sich danach, endlich nach Hause zu fahren. Sams Beinverletzung verheilte zwar gut, doch die Stelle juckte immer noch heftig, so dass er tagsüber im Schatten bleiben musste und nachts häufig aufwachte. Marcus rief unentwegt an. Darüber hinaus nahm das Tagebuch ihrer Mutter, in dem sie jeden Morgen im Strandcafé las, eine unerwartete Wendung.

In den vergangenen Tagen hatte Melissa es genossen, das Buch ihrer Mutter mit Sam zusammen zu lesen. Sie waren auf einen besonders witzigen und amüsanten Abschnitt gestoßen, der ihnen beiden gute Laune machte. Eleanor hatte das Kapitel »Kulinarische Katastrophen« betitelt, und sie erzählte darin Anekdoten von angebrannten Speisen und anderen urkomischen Fehlern. Sie hatte ein Foto von einem Geburtstagskuchen für Melissa eingeklebt, der eigentlich die Form einer Raupe haben sollte, den Max aber nur scherzhaft »Nacktschnecke« genannt hatte. *Ganz ehrlich, Melissa, der Kuchen sieht aus wie ein Misthaufen.*

Bei einer anderen Gelegenheit hatte Eleanor den Schweinelendenbraten in den Abfalleimer gepfeffert, »weil das Fleisch merkwürdig roch«. Sie hatte Röstkartoffeln gebraten, die einfach nicht knusprig wurden. Sie hatte versucht, Brot zu backen. »Ist das ein Fladenbrot oder ein Frisbee, Eleanor?« Melissa liebte diese Geschichten, denn sie nahmen ihr die Angst zu scheitern, wenn sie die Rezepte selbst ausprobieren würde, zusammen mit Sam. Eleanor empfahl ihr, nicht gleich perfekt sein zu wollen, ein Ratschlag, der Melissa ungemein beruhigte. *Was kann schon Schlimmes passieren? Das Essen landet im Abfalleimer. Na und? Wir backen, wir lernen, wir werden geschickter …*

Melissa hatte sich noch weitere Notizen zu der Idee eines Blogs gemacht. Vielleicht sollte sie dem Londoner Redakteur doch davon erzählen?

Schließlich stieß Melissa wieder auf den Eintrag mit dem Marmeladenrezept, der sie schon zuvor verunsichert hatte. Aber nicht wegen der Erinnerungen, die dadurch wachgerufen worden waren, es ging um den Onkologen, den ihre Mutter an dieser Stelle erneut erwähnte.

Als Melissa sechzehn war, hatte ihr Vater das Thema Gentest aufgebracht und nebenbei fallenlassen, dass er es gern sähe, wenn sie sich in ein paar Jahren intensiver mit dieser Frage auseinandersetzen würde. Sie solle sich deshalb keine Sorgen machen, hatte er gesagt, denn es war nie festgestellt worden, dass die Krankheit ihrer Mutter Folge eines Gendefekts war. Doch seit Eleanors Tod hatte die Forschung große Fortschritte gemacht, und Max war der Ansicht, dass sie darüber sprechen sollten, sobald sie alt genug wäre.

Melissa hatte das abgelehnt, und er hatte nicht insistiert. Jetzt aber quälte sie wieder dieses merkwürdige Gefühl in der Magengrube. Sie fühlte sich so schlecht, dass sie das Buch nicht weiterlesen mochte, sondern lieber noch einmal von vorn begann, bei den Einträgen über die Cupcakes, die Kekse, das Kegeln und das Kricket. Mit Sam hatte sie beim Abendessen über diese Rezepte und auch die damit verbundenen Erinnerungen gesprochen und gut gelaunt vorgeschlagen, ihren Geburtstag mit einem selbst gekochten Essen für ihren Vater zu Hause statt im Restaurant nachzufeiern. Vielleicht sollte sie sich an seinen Lieblingsspeisen versuchen – Käsestangen und Bœuf Bourguignon? Beim Essen würde es ihr leichter fallen, ihm von dem Buch zu erzählen.

An einem Abend in der Taverne machte Sam ihr vollkommen unerwartet ein Geständnis.

Was Marcus passiert war, sagte er, habe ihn zum Nachdenken gebracht, darüber, wie offen man in einer Beziehung sein sollte. Er wolle klarstellen, warum er ihr plötzlich einen Antrag gemacht hatte. Sam wünschte sich eine Familie. Er war sich absolut sicher, dass er eines Tages Vater werden wollte, und hatte fälschlicherweise angenommen, auch Melissa hätte gern eine Familie, zumindest in ein paar Jahren. Als sie nicht sofort ja gesagt hatte, war er fassungslos gewesen. Und es hatte ihn sehr aufgewühlt zu erfahren, dass Marcus und Diana vor der Hochzeit nicht über Kinder gesprochen hatten.

An dem Abend erzählte Sam ihr auch von dem Entwurfsordner, den er in der Arbeit angelegt hatte und der die Pläne für das Traumhaus für seine zukünftige Familie enthielt. Er plante, ein frei stehendes Cottage zu erwerben und dann die Wohnfläche zu verdoppeln, indem er die alten Steinmauern mit einem herrlichen Anbau aus Glas und Stahl verband. Er hatte bereits Fotos und Ideen gesammelt, um sie damit zu überraschen, wenn er ihr den Antrag machte.

»Melissa, ich denke, ich sollte vollkommen ehrlich zu dir sein. Du hast gesagt, dass du Zeit brauchst, um dir darüber klarzuwerden, ob du mich heiraten willst. Doch ich möchte offen sagen: Ich kann mir meine Zukunft nicht ohne Kinder vorstellen. Ich weiß, du bist noch jung. Ich spreche auch nicht von jetzt, nicht mal von den nächsten Jahren. Doch grundsätzlich wünsche ich mir irgendwann eine Familie.«

Melissa saß eine Weile lang schweigend da.

»Sag etwas.«

Sie waren in demselben Restaurant, wo sie auch an ihrem ersten Abend auf Zypern gegessen hatten. Während Melissa wieder die am Brunnen spielenden Kinder beobachtete, wurde ihr plötzlich bewusst, wovor sie sich insgeheim am meisten fürchtete.

Es war die Angst, früh zu sterben. Noch größer aber war die Angst, nicht da zu sein für die Menschen, die sie brauchten.

»Kinder zu kriegen ist wirklich eine große Sache, Sam. Eine riesige Verantwortung.«

»Das weiß ich. Aber wir würden es schaffen, da bin ich sicher.«

»Nicht alle Menschen können Kinder bekommen.«

Er gab keine Antwort. Das Thema blieb offen, die Frage unbeantwortet.

Nun traute Melissa sich nicht, Sam zu sagen, dass sie sich beim Lesen des Tagebuchs zunehmend fragte, warum ihre Mutter das Buch vor ihrem Vater geheim gehalten hatte. Ein Grund war, dass ihre Eltern sich nicht darüber einig gewesen waren, ob sie der achtjährigen Melissa von Eleanors Krankheit erzählen sollten. Ein weiterer, dass das Tagebuch ein Gespräch unter Frauen sein sollte. Vielleicht hatte Eleanor die Vorstellung nicht behagt, Max würde diese Dinge lesen. Doch da war noch etwas anderes.

Ein nagender Zweifel, den Melissa angesichts des sich ändernden Tons in den Worten ihrer Mutter nicht vertreiben konnte.

Sam war gerade Postkarten kaufen gegangen, als Melissa am vorletzten Tag ihrer Ferien durch das Buch blätterte und die zusammengeklebten Seiten im hinteren Drittel befühlte. Diese Seiten waren ihr schon vorher aufgefallen, doch bis jetzt hatte sie angenommen, dass ihre Mutter sich verschrieben und die Seiten lieber zusammengeklebt hatte, anstatt sie herauszureißen. Am Ende des Buchs befanden sich noch ungefähr zwölf Seiten zum Thema Mutterschaft mit verschiedenen Stichpunkten. Es handelte sich um Tipps und Anekdoten, die sie bereits überflogen, aber nicht gründlich gelesen hatte.

Die Kinder am Brunnen kamen ihr in den Sinn und auch, dass Sam unbedingt Vater werden wollte. Ein unbehaglicher Schauder durchfuhr sie, und sie blätterte eilig weiter.

In der Mitte des Buchs gab es ein Kapitel mit einem Familienstammbaum und einer alten Schwarzweißfotografie von Eleanors Großeltern und anderen Verwandten.

Melissa hatte beschlossen, mutig zu sein und das Buch von vorn bis hinten durchzulesen, anstatt zwischen den Kapiteln hin und her zu springen. Sie hatte nicht wirklich Angst vor dem, was sie jetzt lesen würde, aber sie war nervös. Dass es keinen anderen Fall von Brustkrebs in ihrer Verwandtschaft gab, wusste sie, denn das hatte sie überprüft und sich seitdem nicht weiter damit befasst. Aus diesem Grund hatte sie auch jedes weitere Gespräch mit ihrem Vater über dieses Thema abgeblockt. Doch es beunruhigte sie, dass ihre Mutter das Brustkrebsgen überhaupt zur Sprache brachte. Sie hatte nicht gewusst, dass die Forschung schon so weit gewesen war, als ihre Mutter starb.

Melissa stellte eine Espressokanne auf den Herd – es zischte und brodelte, als sie sich mit dem Buch an dem kleinen Tisch auf dem Balkon niederließ.

Sie atmete tief durch.

Als Nächstes kam ein Rezept für Pavlova, eine von Melissas Lieblingssünden. Sie las die Anweisungen genau durch und beschloss, das Rezept auf jeden Fall zu Hause auszuprobieren. Dann kam das Thema wieder.

Der Onkologe.

Ich möchte wirklich keine große Sache daraus machen. Ich denke, es ist ein sehr unglücklicher Zufall, dass ich diese Krankheit bekommen habe – eine absolute Ausnahme. Ich möchte auf keinen Fall, dass mein wunderschönes Mädchen sich deswegen verrückt macht.

Doch Dr. Palmer hat mir heute Morgen etwas erzählt, was den Blick auf meine Situation entscheidend verändert. Ich musste das Schreiben gerade unterbrechen, um mit deinem Vater zu sprechen, und nun habe ich entschieden, weder dir etwas davon mitzuteilen noch ihn weiter zu beunruhigen, solange ich keine konkreten Informationen habe.

Offen gestanden hatte ich gehofft, diese letzten Seiten

herausreißen und noch einmal neu schreiben zu können, ohne näher auf das Thema eingehen zu müssen. Doch nun sieht es anders aus.
Ach, Melissa, dieses Buch sollte dir eine Hilfe sein, dir Ratschläge für dein weiteres Leben geben. Ich wollte dir helfen und dich unterstützen, so, wie ich es gern persönlich getan hätte – von Frau zu Frau. Doch nun ist plötzlich alles außer Kontrolle geraten. Ich weiß wirklich nicht, was ich tun soll. Soll ich diese Seiten aus dem Buch herausreißen und dir die neuen Informationen in einem Brief mitteilen? Oder soll ich mit deinem Vater darüber sprechen und die Entscheidung ihm überlassen?
Denn mein Onkologe Dr. Hugo Palmer hat mich mit neuen Forschungsergebnissen und Statistiken über Genfehler überrascht. Er hat angedeutet, dass zwischen meinem Brustkrebs und dem Eierstockkrebs deiner Großmutter doch ein Zusammenhang bestehen könnte. Ich sehe das nicht so, denn Gran war nicht an Brustkrebs erkrankt. Und dein Vater ist nicht nur skeptisch, sondern regelrecht verärgert. Er hält es für einen Spleen der Forscher, die nach immer neuen Erfolgen gieren, daher will er absolut nichts davon hören.
Aber ich mache mir Sorgen, Melissa. Wahrscheinlich weißt du inzwischen schon sehr viel mehr darüber – doch bitte bedenke, dass, während ich schreibe, die Genforschung noch am Anfang steht.
Dr. Palmer hat mir angeboten, meine Familiensituation zu untersuchen. Er kann dafür sorgen, dass der Gentest im Rahmen seiner neuen Forschungsreihe durchgeführt wird. Wenn ich mich auf den Test einlasse, kann ich dieses Wissen nicht wieder rückgängig machen. Außerdem

braucht es einige Zeit, bis der Test ausgewertet ist, und ich weiß nicht, wie lange mir noch bleibt.
Dein Vater wird sich furchtbare Sorgen machen, wenn ich ihm zu alldem, womit er jetzt schon zurechtkommen muss, auch noch diese Entscheidung aufbürde. Deshalb werde ich den Test ohne sein Wissen machen lassen. Wenn das Ergebnis negativ ausfällt – und das hoffe ich natürlich sehr –, kann ich dir versichern, dass du dir über nichts Gedanken machen musst.
Zumindest nicht von meiner Seite aus.
Ach je. Es gibt noch eine andere große Neuigkeit, die ich dir mitteilen muss, mein liebes Mädchen …
Melissa schlug das Buch zu und saß still da. Jede Faser ihres Körpers schien ihr sagen zu wollen, sie solle nicht weiterlesen.
Zumindest nicht heute.
Sie steckte das Buch sorgfältig in die Reißverschlusstasche zurück und verstaute es wieder im Kleiderschrank.
Danach ging sie hinunter zum Swimmingpool. Sie schwamm dreißig Bahnen Brust, tauchte bei jedem Atemzug tief ins Wasser ein und hielt die Luft bei jeder Schwimmbewegung etwas länger an, bis sie in den Ohren und der Brust ein Pochen spürte, das sie wieder an die Oberfläche zwang.

24

Eleanor 1994

Eleanor saß mit vornübergebeugtem Kopf an ihrem Schminktisch. *Denk nach, Eleanor. Denk nach.*
Es blieben nur zwei Möglichkeiten. Entweder sie vertraute sich Max an, oder sie ging das Risiko ein und hoffte, dass das Testergebnis rechtzeitig vorlag.
Warum musste das Ganze jetzt aus dem Ruder laufen?
Dr. Palmer hatte sich Zeit genommen, um ihr zu erklären, warum er sie für eine geeignete Kandidatin für den Gentest und seine neue Forschungsreihe hielt. Er wollte sie auf keinen Fall beunruhigen, doch er ging davon aus, dass in Zukunft bei allen Krebspatienten zuallererst ein Gentest vorgenommen werden würde, um einen Gendefekt in der Familie auszuschließen. Wenn sie also für Melissa Gewissheit haben wollte, dann würde er es unterstützen, dass im Rahmen seiner Forschungsreihe der Test bei ihr durchgeführt wurde. Dr. Palmer hatte sich zum Ziel gesetzt, mit dieser Studie einen Weg zu weisen, wie sich Frauen und ihre behandelnden Ärzte besser über die Krebsrisiken informieren konnten.
Eleanor war unangenehm berührt, dass Dr. Palmers Stimme während seiner Ausführungen fast aufgeregt klang.
»Es tut mir leid, Mrs. Dance. Ich bin nur so enthusiastisch, weil ich glaube, dass wir bahnbrechende Erkennt-

nisse erzielen werden, die den Menschen wirklich helfen können.«

»Das weiß ich.«

»Ich bin mir natürlich vollkommen bewusst, wie außerordentlich schwierig es für Sie ist, diese Entscheidung für oder gegen den Test zu treffen. Auch wenn er in Ihrem Fall Forschungszwecken dient.«

»Das ist schon in Ordnung. Wirklich, Sie müssen sich nicht entschuldigen.«

Er erläuterte noch, dass er sein Bestes tun werde, damit ihre Blutprobe im Labor schnellstmöglich untersucht wurde, aber letztlich habe er darauf keinen Einfluss. Vermutlich werde es einige Wochen dauern, ein genaues Datum konnte er nicht nennen.

Eleanor betrachtete ihr Gesicht im Spiegel. Ihre Haare waren nachgewachsen, sie sahen nun wieder gut aus. Aber ihre Augen wirkten hohl, und ihr Körper war schmal geworden, was sie unter zu großen Oberteilen verbarg.

Jeden Tag schien sie weniger Energie zu haben. Dr. Palmer sagte, das sei zu erwarten gewesen. Er hatte ihr abscheuliche Energiedrinks verschrieben, dickflüssige, ekelhaft schmeckende Milchshakes, und sie dazu gedrängt, sich ein paar Tage im Krankenhaus zu erholen und gründlich untersuchen zu lassen. Aber sie war entschieden dagegen. Sie würde erst ins Krankenhaus gehen, wenn es unumgänglich war, für möglichst kurze Zeit. Darauf hatte sie sich mit Max geeinigt.

Zum ersten Mal seit langer Zeit fing Eleanor an zu weinen. *Lass es raus, Eleanor. Wein dich aus. Du wirst dich besser fühlen.* Sie lauschte dem Echo ihrer inneren Stimme, und während sie die Feuchtigkeit auf ihren Wangen spürte, erkannte sie, dass sie nicht wegen ihrer Krebserkrankung weinte. Nicht einmal wegen Melissa. Zum ersten Mal seit Jahren weinte sie um ihre Mutter, die immer davon gesprochen hatte, wie gut es tue, sich einmal richtig auszuweinen. Plötzlich vermisste Eleanor ihre Mutter so sehr, dass sie von diesem Gefühl vollkommen überwältigt war. Ihr Tod lag schon drei Jahre zurück, und Eleanor hatte geglaubt, darüber hinweg zu sein, sich daran gewöhnt zu haben. Sie hatte sich für stärker gehalten.

Nach zehn Minuten zog Eleanor ein Tuch aus der Tücherbox auf dem Schminktisch. Sie war sich nicht sicher, ob ihre Mutter recht gehabt hatte, was das Weinen anging, und begann, ihr Gesicht neu zu schminken. Max hatte angerufen und gesagt, er komme früher und werde auf dem Heimweg Melissa von der Schule abholen, um Eleanor den Weg zu ersparen. Er tat das jetzt immer öfter – verließ früher sein Büro, um ihr die zweite Fahrt zur Schule abzunehmen. Sie war ihm dankbar dafür.

Noch wollte sie sich nicht von allen Aufgaben zurückziehen, doch an manchen Tagen machte sie das Autofahren sehr müde und auch nervös.

Während sie mit der Bürste schnell durch die Haare strich, traf sie die Entscheidung, Max nicht mit dem Gentest zu belasten. Sie würde so lange aushalten, bis das Testergebnis vorlag, und sie würde das Gen nicht in sich tragen. Dann würde sie in das Buch für Melissa schreiben, dass sie sich keine Sorgen zu machen brauche. Und Max würde niemals etwas davon erfahren.

Eleanor ging hinunter ins Erdgeschoss und nahm Mehl, Butter und Salz aus dem Küchenschrank. Aus dem Kühlschrank holte sie die Erdbeerschalen, die sie gestern beim Hofladen gekauft hatte, und schaute nach, ob genügend *clotted cream* da war.

Zuerst backte sie die Scones und gab noch etwas Weinstein zum Teig, damit sie dick und rund aufgingen. Danach holte sie die schwere Pfanne aus dem Regal über dem Herd – sie war erschrocken, wie schwer ihr das fiel. Sie musste die Pfanne auf dem unteren Regal absetzen und erst wieder zu Atem kommen, bevor sie sie auf den Herd stellen konnte.

Die Marmelade kochte sie aus dem Gedächtnis, und sie musste nur zweimal auf einem Unterteller davon probieren, bevor die runzelige Haut auf der Masse ihr bestätigte, dass sie perfekt war.

Immer wieder musste Eleanor eine Pause machen, um die Panik in sich zu bekämpfen. Sie trommelte mit den Fingern auf die Arbeitsplatte, versuchte, sich zu besänftigen, indem sie sich vorstellte, wie eine ältere Melissa in einer anderen Küche genauso verfahren würde, wenn sie das Rezept aus ihrem Buch nachkochte.

So würde es sein.

Zwei Stunden später, als sie gerade den Tisch deckte, hörte sie den Schlüssel in der Tür. Wie sie sich auf den Ausdruck in ihren Gesichtern freute!

»Mummy, du hast *cream tea* gemacht!« Melissa war so aufgeregt, dass sie die Schultasche gegen die Wand schleuderte. »Wie in Cornwall.«

»Zuerst wäschst du dir die Hände, Liebling.«

»Das habe ich gerade getan.«

»Was hältst du davon, wenn du es noch einmal tust, nur für den Fall, dass du dich nicht recht erinnerst?«

Melissa schnitt eine Grimasse und rannte dann zur Toilette. Max wandte ihr das Gesicht zu.
»Du übertreibst es, Eleanor.«
»Keine Vorhaltungen, bitte. Nicht heute.«
Er küsste sie auf den Kopf. Als er fühlte, wie schmal ihre Schultern unter dem Pullover geworden waren, veränderte sich seine Miene. Sie klammerte sich an seinen Arm, hielt ihn einen Moment lang fest. Dann setzte sie sich, bevor Melissa mit tropfnassen Händen zurück ins Zimmer kam.
»Erzählst du mir jetzt, was du heute in der Schule erlebt hast, Melissa?«
Melissa zuckte die Achseln.
»Lass mich raten.« Eleanor schnitt zum Spaß eine Grimasse, genau wie Melissa kurz zuvor. »Gar nichts?«

25

Max 2011

Max sah beschämt aufs Bett.
Auf der Decke waren zwei Hemden ausgebreitet – eines kam nicht in Frage, weil es etwas zu eng war, was ihm definitiv nicht gut stand, das zweite schied aus einem Grund aus, den er sich selbst nicht erklären konnte.
Er benahm sich lächerlich, geradezu weibisch.
Max ließ seinen Blick über die Kleidung im Schrank wandern – da war das türkisfarbene Hemd am Ende der Stange, und er sah zu dem Foto neben seinem Bett.
Die Farbe steht dir, Max!
Eleanor hatte sich viel mit Farben beschäftigt. Einmal hatte sie sogar eine Farbanalyse machen lassen – was auch immer das genau war. Jedenfalls war sie mit einem Ordner voller Stoffmuster nach Hause gekommen, die angeblich die richtige Schattierung für ihre Hautfarbe hatten. Max hatte gelächelt und nicht gewagt, daran zu denken, was der Spaß gekostet hatte. Eleanor sah immer wunderschön aus.
Damals war sie ihren gesamten Schrank durchgegangen und hatte die Kleidung sortiert – in Stücke, die sie noch tragen konnte, und welche, die mit der Zeit ersetzt werden mussten.
Was meinst du dazu? Siehst du den Unterschied?

Max lächelte. Er sah überhaupt keinen Unterschied. Aber er sagte nichts, denn er fand, dass die Bekleidungsindustrie das ganz hervorragend eingefädelt hatte.

Er selbst bevorzugte eine Art Uniform aus Jeans oder Cordhosen – *es tut mir leid, Eleanor, aber ich mag Cordhosen* –, Karohemd und Pullover. Ein Jackett zog er nur an, wenn es unbedingt sein musste.

Eleanor hatte ihm das türkisfarbene Hemd aus einer Laune heraus gekauft, nachdem sie es ihm in einer schicken Boutique in Oxford angehalten und erklärt hatte, er sei ein Herbsttyp. Max wurde immer besonders traurig, wenn er sich jetzt an solche Momente erinnerte, denn damals hatte er ihre launigen Einfälle meist ignoriert. Nun hätte er alles darum gegeben, die Zeit zurückdrehen zu können, um wieder in diesem Geschäft zu stehen und aufmerksam auf das zu lauschen, was Eleanor sagte.

Er fragte sich, warum es eigentlich so wichtig war, wie er heute Abend bei Anna aussah. Schließlich war es kein Date, es war die freundliche Geste einer neuen Kollegin, die, verständlicherweise, das fremde Umfeld besser kennenlernen wollte. Sarah, die andere Dozentin, die an diesem Abend zu Gast sein würde, arbeitete schon seit drei Jahren mit Max zusammen. Sie war äußerst angenehm und freundlich, wenn auch etwas sehr ernsthaft. Was Anna anbelangte, traf sich das sehr gut.

Es würde ein netter Abend unter Kollegen werden. Und trotz seines kläglichen Versuchs, witzig zu sein, aß er Paella sehr gern.

Er musste nur endlich aufhören, an ihre Lippen zu denken. Sie sollten doch jetzt gleichberechtigt sein. Wie konnte es sein, dass er jahrelang zur Arbeit ging, ohne

dass irgendeine Kollegin solche Gefühle in ihm weckte, und dann war da plötzlich ein Gesicht, ein Körper …
Max setzte sich aufs Bett und überprüfte sein Handy. Immer noch keine neue Nachricht von Melissa. Er sollte darüber nicht verärgert sein, doch er war es trotzdem. Was in ihm vorging, war klar; er hätte gern entweder mit Melissa oder mit Eleanor über seine Gefühle gesprochen. Auch wenn der Gedanke unsinnig und lächerlich war, denn könnte er mit Eleanor sprechen, dann müsste er nicht fortwährend an Annas Lippen denken. Im Gegenteil, er würde Eleanor damit necken.
Da gibt es eine tolle neue Dozentin an meinem Institut. Sie läuft.
Muss ich mir Gedanken machen?
Er hörte ihre Stimme in seinem Kopf und antwortete unbeschwert: *Nein, du hättest dir niemals Gedanken machen müssen, Eleanor.*
Max war immer treu gewesen.
Und aus diesem Grund fand er seine Situation immer noch merkwürdig und, auch nach all den Jahren, verwirrend. Er wollte Eleanor zurückhaben, doch da sie nicht zurückkommen würde, wollte er sich wieder verlieben. Deshalb hatte er versucht, mit Deborah glücklich zu werden – und war gescheitert.
Er hatte seit Eleanor nur mit drei Frauen geschlafen – da waren die Daueraffäre mit Sophie und die katastrophale Zeit mit Deborah, die schlagartig geendet hatte, als er begriff, dass sie heiraten und auch noch ein Kind bekommen wollte. Letzteres war ihm nie in den Sinn gekommen. Warum sollte er sich ein weiteres Kind wünschen? Er war ein Mann mittleren Alters. Er hatte Melissa. Tat-

sächlich hatte er sich niemals darüber Gedanken gemacht, ob Deborah, die achtunddreißig und geschieden war und einen wunderbaren, anspruchsvollen Vollzeitjob hatte, noch ein Kind bekommen wollte. Diese erschütternde Erkenntnis war ihm viel zu spät gekommen und hatte zu einer hässlichen und schmerzhaften Auseinandersetzung geführt, denn Deborah hatte sich von Max hintergangen gefühlt. Die ganze Geschichte hatte ihn furchtbar mitgenommen.
Außerdem hatte Max noch eine kurze Affäre mit Charlotte gehabt. Sie war ihm bei einem Abendessen vorgestellt worden, als die Menschen in seiner Umgebung noch ständig versuchten, ihn zu verkuppeln. Charlotte war sehr nett gewesen, und er hatte sich sehr wohl in ihrer Gegenwart gefühlt, doch für eine neue Beziehung war es damals einfach noch viel zu früh gewesen.
Und jetzt?
Max zog ein rot-braun kariertes Hemd an und blickte auf das Foto neben dem Bett. Es zeigte Eleanor und ihn im Urlaub, und er trug das türkisfarbene Hemd.
Max sah auf seine Armbanduhr. Er wollte nicht der erste Gast sein, um nicht zu interessiert zu wirken und vor allem nicht den Eindruck zu erwecken, er würde in dieser Einladung noch etwas anderes sehen.
Das ist kein Date, Maximillan.

Annas großzügige Maisonettewohnung befand sich in einem kleinen umgebauten Wohnblock weiter südlich in Oxfordshire und daher nahe am Fluss. Im Erdgeschoss gab es nur einen weitläufigen, offenen Raum mit einer schicken Edelstahltreppe in den ersten Stock. Wie kann sie sich das leisten?, war Max' erster Gedanke, als er das Haus betrat, für den er sich sofort schämte. Dann hielt er nach Sarah Ausschau, konnte sie aber nirgends entdecken.

»Es ist nicht so groß, wie es scheint.« Anna lächelte, während er sich umblickte. »Oben hat es nur die halbe Fläche von hier unten. Bei der Wohnung auf der anderen Seite ist es genau umgekehrt. Aber wegen des Gartens habe ich diese hier genommen.« Sie zog die Vorhänge vor der Terrassentür auf und deutete auf eine kleine, aber sehr hübsche Terrasse mit Blick auf einen schönen, kleinen Garten und den Fluss im Hintergrund.

»Mein ganzes Leben lang schon wollte ich am Wasser wohnen.« Sie schaute hinaus und verschränkte die Arme. »Also dachte ich mir, wenn ich schon diese furchtbare Scheidung durchstehen muss, dann sollte wenigstens etwas Gutes dabei herauskommen.«

Auf der Treppe waren Schritte zu hören.

»Freddie, komm her und begrüße Max.«

Da siehst du es. Es ist kein Date.

Ein großer, schmaler junger Mann mit Kopfhörern erschien am Fuße der Treppe und kniff die Augen zusammen.

»Max ist der Leiter meines neuen Instituts, daher versuche ich, mich beliebt zu machen, und hoffe, ihn mit meinen Meeresfrüchten zu beeinflussen. Du wirst dich freuen, Freddie, es gibt dein Lieblingsessen, Paella.«

Freddie zuckte die Achseln, anscheinend hatte er wegen der Kopfhörer nichts mitbekommen. Dann klingelte das Telefon.

»Schön, dich kennenzulernen, Freddie. Ich habe gehört,

du bereitest dich gerade auf die Abschlussprüfungen vor. Was sind deine Fächer?«
Max streckte die Hand aus, aber die Geste blieb unerwidert. Freddie sah ihn an und nahm dann langsam die Kopfhörer ab.
»Du machst bald Prüfungen? Welche Fächer?« Max ließ die Hand sinken, während Anna das Telefon abhob und sich zum Fenster abwandte.
»Mathe und Physik.« Freddie blickte auf das Display seines Handys, wo gerade eine neue SMS eingetroffen war.
»Und du läufst auch, Freddie?«
»Hallo, Sarah, kannst du unser Haus nicht finden?« Annas Stimme klang aufgeregt. Max geriet durcheinander, während er versuchte, Mutter und Sohn gleichzeitig zuzuhören.
»Meine Freunde warten draußen auf mich. Tut mir leid, aber ich muss jetzt gehen.« Freddie starrte auf sein Handy.
»Du bleibst nicht hier, Freddie?« Max blickte nervös durch den Raum zu Anna, die noch am Telefon sprach und offensichtlich von Freddies unmittelbar bevorstehendem Aufbruch nichts mitbekommen hatte. »Du willst sicher deiner Mutter noch tschüss sagen?« Als er Freddies mürrischen Gesichtsausdruck bemerkte, hielt Max sich die Hand vor den Mund, denn ihm wurde klar, dass er gerade eine Grenze überschritten hatte.
»Nein, natürlich verstehe ich das, Sarah. Du Arme. Wirklich, es ist gar kein Problem. Du gehst ins Bett und ruhst dich aus. Wir trinken ein Glas für dich mit. Pass auf dich auf.« Anna drehte sich um und verzog das Gesicht. »Sa-

rah hat Magen-Darm-Probleme. Ganz plötzlich. Sie kann nicht kommen.«

»Mum, es tut mir leid. Aber draußen warten sie auf mich. Ich muss los.«

»Was soll das heißen – ich muss los, Freddie? Wovon redest du?«

»Ich gehe zu Jack. Sein Vater ist nicht da. Das habe ich dir doch gesagt.«

»Nein, hast du nicht.«

»Doch, habe ich.«

»Freddie, morgen ist Schule.«

»Du hast Gäste eingeladen, und ich komme dir nicht in die Quere.« Er blickte sie unverhohlen an. »Du erinnerst dich?«

Anna sah zu Max hinüber und gab sich größte Mühe, nicht darauf zu antworten.

»Mum, Jacks Vater wartet draußen. Er ist zwanzig Minuten gefahren, ich kann ihn schlecht bitten, einfach umzukehren.«

Anna schaute auf den Boden und dann wieder zu ihrem Sohn. »Und er bringt dich auch nach Hause?«

»Ja.«

»Zehn Uhr also, Freddie. Nicht später.«

Freddie verdrehte die Augen und wandte sich an Max. »Schönen Abend noch. War nett, Sie kennenzulernen.«

»Das eben tut mir leid.« Anna wandte sich der brutzelnden Paellapfanne zu. Sie gab Wein hinein und trat einen Schritt zurück, als es heftig zischte. Dann ging sie zum Kühlschrank und nahm eine Schüssel mit Garnelen, Muscheln und Tintenfisch heraus.

Als die Haustür ins Schloss fiel, schwenkte sie die Pfanne

hin und her, dann holte sie zwei Weingläser aus dem Schrank.

»Trinkst du ein Glas, Max?«

»Ja, gern. Aber nur eins. Rotwein, bitte.«

Langsam goss sie den Wein in die Gläser und blieb einen Moment lang mit dem Rücken zu ihm stehen.

»Es tut mir wirklich leid. So hatte ich das nicht geplant.«

»Mach dir keine Sorgen.«

»Ich dachte wirklich, Freddie würde mit uns essen«, fügte sie noch hinzu. Mit dem Glas in der Hand wandte sie sich Max zu und lehnte sich mit dem Rücken gegen den Küchenschrank.

»Er ist entweder oben in seiner Höhle oder irgendwo unterwegs.«

»Das ist ziemlich normal in seinem Alter.«

»Ja, das sagen alle.«

»Was dieses Einschmeicheln angeht, so freue ich mich sehr, dass es Meeresfrüchte gibt, denn die esse ich am liebsten. Schade, dass Sarah nicht dabei ist.«

»Ja, das stimmt.«

Sie nippten schweigend an ihrem Wein. Eine ganze Minute verging.

»So bleibt mehr für uns. Es duftet wunderbar.«

»Heute Nachmittag schien sie noch vollkommen gesund.«

»Wie bitte?«

»Sarah.«

»Ach ja, richtig. Also, so etwas kommt oft sehr plötzlich. Vielleicht hat sie etwas Komisches in der Kantine gegessen.«

»Hör zu, Max. Ehrlich gesagt fühle ich mich jetzt etwas

unbehaglich. Vor allem wegen Freddie. Er wollte sicher nicht unhöflich sein.«

»Das ist in Ordnung. Wie gesagt, ich kenne das.«

»Ich will zu viel auf einmal, nicht wahr?« Anna wandte sich der Pfanne zu und gab die Meeresfrüchte auf die Paella. »Ich mache die Pferde scheu, oder?«

»Unsinn. Du machst das ganz richtig.« Max griff das Stichwort auf und begann, über die Arbeit zu reden. Er sprach über Wirtschaft und Politik und bezog sich dabei auf ihre Pläne für eine neue Unterrichtseinheit zur europäischen Wirtschaft, die sie für Studenten im zweiten Jahr vorgeschlagen hatte. Dann erwähnte er die Möglichkeit einer neuen Veröffentlichung, vor allem, weil das Thema hochaktuell war. Ihm sei klargeworden, dass sie viel über die Materie wisse und weit vorausdenke. Ihr Vorhaben könnte die Presseabteilung begeistern, denn die Medien würden sich dafür interessieren; und bei ausländischen Studenten, deren Gebühren so wichtig für den Haushalt der Universität waren, wäre dieser neue Studienzweig sicher ein Erfolg. Doch Max hatte Mühe, sich zu konzentrieren.

Anna trug eine hellgraue Hose und ein passendes dunkelgraues Oberteil mit U-Boot-Ausschnitt sowie eine leuchtend türkisfarbene Halskette, die, das wusste er noch von Eleanor, aufgrund ihrer auffälligen und extravaganten Form »Statementkette« genannt wurde. Die Haare hatte sie zum Pferdeschwanz zusammengebunden, an den Füßen trug sie Flipflops. Max war froh, dass er sich gegen ein Jackett entschieden hatte.

Er gab ihr ein paar Anregungen zu ihren Projekten und erzählte ihr dann noch einiges über die Kollegen. Wer den größten Einfluss besaß, wen man besser meiden sollte und wer wirklich im Hintergrund die Fäden zog und die Entscheidungen traf – besonders wenn es um ausländische Studenten ging.

Er vertraute ihr auch an, dass er, trotz aller Politik, trotz der Lästereien und des finanziellen Drucks des neuen »Marktes«, immer noch gern an der Universität arbeitete.

»Auch mit den Studenten?«, neckte sie ihn.

»Ja, sogar mit den Studenten.«

Sie habe eine gute Karriereentscheidung getroffen, erklärte er, und unter Sarahs Führung habe sie ausgezeichnete Aussichten, ganz besonders, wenn sie ihre Arbeit gern veröffentlicht sehen wollte. Das sei auch sehr im Sinne der Universität.

»Du glaubst nicht, dass Sarah heute Abend nur eine Ausrede benutzt hat?«, fragte Anna unvermittelt. »Habe ich eine Grenze überschritten? Bin ich zu schnell vorgeprescht? Du musst mir das sagen, Max. Es wäre mir lieber, so etwas zu wissen. Ich kann mich manchmal nicht bremsen, das weiß ich.«

»Die Wahrheit, Anna? Ich kümmere mich nicht um den Flurfunk, und ich treffe mich nicht so häufig privat mit Kollegen wie andere, vielleicht nicht einmal so oft, wie ich sollte. Doch soweit ich weiß, ist Sarah sehr offen und lernt ihre Kollegen gern außerhalb der Tretmühle besser kennen. Sie ist wirklich nett. Ich bin sicher, sie war ehrlich am Telefon und hat nicht bloß nach einer Entschuldigung gesucht.«

Anna schien sich über das, was er gesagt hatte, zu freuen. Lächelnd servierte sie die Paella mit einem großen grünen Salat. Das Gericht war genau so, wie es sein sollte – die Meeresfrüchte waren nicht zu lange gekocht, und vom Reis klebte eine dünne Kruste am Pfannenboden. Sie sprachen über die Unterschiede von Paella und Risotto, genossen das gute Essen und die Gesellschaft.

Bevor Max es recht begriff, wurde Anna bei der zweiten Tasse Kaffee plötzlich sehr nervös und blickte angespannt auf ihre Armbanduhr. Es war kurz nach halb elf.

»Ich schicke ihm mal lieber eine SMS.«

Während die nächsten Minuten dahinplätscherten, merkte Max, dass sie dem Gespräch nicht mehr richtig folgte. Sie bekam keine Antwort auf ihre SMS. Es wurde kein Schlüssel in der Tür umgedreht.

»Anna, ich glaube, ich gehe jetzt besser. Es sei denn, ich kann dir helfen? Soll ich Freddie irgendwo abholen? Ich habe nur ein Glas getrunken, da ich ja noch nach Hause fahre.«

»Du hast ja gehört, was er gesagt hat. Er hat eine Mitfahrgelegenheit nach Hause, obwohl ich langsam glaube, ich selbst hätte besser kein zweites Glas Wein trinken sollen.« Sie war aufgestanden und wählte eine Nummer auf ihrem Handy. »Einen Augenblick, bitte.«

»Hallo, Andy? Entschuldige, wenn ich störe, aber ich wollte fragen, ob du Freddie wirklich nach Hause fahren kannst. Ich hatte spätestens zehn Uhr zu ihm gesagt. Vielleicht hat er vergessen, dir das zu sagen.«

Dann entstand eine Pause; Annas Gesichtsausdruck veränderte sich, und Max glaubte sofort zu wissen, warum.

»Nein, das ist nicht deine Schuld. Wie sind die denn so?

Ich werde einfach herumtelefonieren. Kannst du vielleicht Jack fragen, ob er irgendetwas weiß? Danke.«

»Er ist nicht dort?«

Anna schüttelte nur den Kopf. Auf ihrem Gesicht lag derselbe Ausdruck wie an dem Tag im Büro, als sie die Fassung verloren hatte.

»Ganz wichtig: nicht in Panik verfallen. Melissa hat das mehr als einmal mit mir gemacht. Du rufst noch ein paar seiner Freunde an, und ich setze so lange frischen Kaffee auf.«

»Bist du sicher? Du glaubst nicht, ich sollte gleich die Polizei rufen?«

»Es geht mich nichts an, aber nein, ich würde an deiner Stelle zunächst einmal seine Freunde abtelefonieren. Er wird schon wieder auftauchen.«

»Und du musst jetzt nicht gleich los?«

»Das ist schon okay.«

Sie drückte das Handy ans Ohr und ging zur Terrassentür, rief einen Freund nach dem anderen an, während Max Kaffee kochte. Anna lächelte zum Dank, als er ihr eine Tasse hinstellte, ließ den Kaffee aber kalt werden, weil sie weiter telefonierte und nervös hin und her lief.

»Das war's. Ich habe alle angerufen. Keiner weiß, wo er sein könnte. Was mache ich jetzt? Soll ich noch warten? Die Polizei anrufen? Ihn irgendwo suchen?«

Max wollte es eigentlich nicht sagen. Er hatte die Telefonate alle mitgehört, das war nicht zu vermeiden gewesen.

»Was ist mit seinem Vater? Könnte er …?«

»Er ist in Deutschland. Er unterrichtet an einer internationalen Schule.«

»Ach ja, richtig.«
»Ich möchte ihn deswegen nicht anrufen. Noch nicht.«
»Also, es geht mich ja eigentlich nichts an, aber ich würde noch etwas warten. Auf die SMS hat er nicht geantwortet?«
»Nein, und es ist nur die Mailbox dran. Ich habe drei Nachrichten hinterlassen.«
Sie lief wieder durch den Raum, rief noch einen Freund an. Eine weitere Tasse Kaffee wurde kalt. Als sie mit roten Augen aus der Toilette kam, stand Max auf.
»Du glaubst nicht, dass mein Kommen ihn vielleicht verärgert hat? Unabsichtlich? Dass er das Abendessen hier in den falschen Hals bekommen hat?«
»Nein, das glaube ich nicht. Er wusste, dass ich auch Sarah eingeladen hatte. Nein, zumindest hoffe ich das nicht. Immerhin habe ich ihm gestern alles erklärt …«
Plötzlich wurde ein Schlüssel in der Haustür umgedreht, und Anna nahm instinktiv eine andere Körperhaltung ein.
Freddie kam herein. Er hatte wieder die Kopfhörer aufgesetzt.
»Hattest du einen netten Abend?« Annas Gesichtsausdruck wandelte sich von Erleichterung in Wut. Es war zehn vor zwölf.
Freddie zeigte mit dem Finger auf die Kopfhörer und signalisierte, dass er sie nicht hören konnte. Anna bedeutete ihm, diese besser abzusetzen.
»Ich habe dich gefragt, ob du einen netten Abend hattest.«
»Ja.« Er zuckte die Achseln. »War ganz okay.«
»Ich gehe besser«, flüsterte Max und nahm seinen Schlüs-

selbund vom Tisch. »Ein wundervolles Essen, Anna. Und es war gut, dass wir deine Pläne gründlich durchgesprochen haben. Ich finde allein hinaus.«

Anna nickte, murmelte »Danke« und »Tut mir leid«, bevor sie sich wieder ihrem Sohn zuwandte. »Nein, Freddie. Du verschwindest nicht einfach nach oben. Setz dich, wir müssen reden.«

26

Melissa 2011

Melissa sah zu, wie Sam durch die Zollkontrolle humpelte, und rief sich zum wiederholten Male eine geschönte Version der Urlaubsereignisse für ihren Vater ins Gedächtnis. Sie hatte beschlossen, ihm bald in aller Ruhe bei einem gemütlichen Abendessen von dem Tagebuch zu erzählen. Aber nicht jetzt. Sie konnte gerade kein strenges Verhör gebrauchen.

»Was in aller Welt …« Max sah genauso entsetzt aus, wie sie befürchtet hatte.

Melissa blickte auf Sams dick verbundenes Bein unter den ausgefransten Shorts. »Es ist alles in Ordnung, Dad. Uns geht's gut. Wirklich.« Sie umarmte ihren Vater und bereute im selben Moment den abweisenden Tonfall in ihrer Stimme.

»Aber was ist denn passiert? Warum habt ihr nicht angerufen? Was in aller Welt ist bloß geschehen?«

»Es war ein Unfall. Oben in den Bergen. Ein Motorrad. Es geht ihm gut. Es waren nur ein paar Stiche.«

»Ihr habt ein Motorrad gemietet?«

»Nein, Dad. Nicht wir. Lass uns mal aus dem Getümmel hier rausgehen, dann erzähle ich dir alles im Auto. Ganz in Ruhe. Bitte.«

»Deshalb also hast du meine SMS nicht beantwortet. Bist

du auch verletzt, Melissa? Gibt es etwas, das du mir nicht …«

»Nein, Dad, es hat nur Sam erwischt.«

»Uns geht es gut, Max.« Sam versuchte zu lächeln. »Wir wollten Sie nicht beunruhigen. Aber jetzt sollten wir nach Hause fahren.«

»Ja, natürlich. Das machen wir.«

Max bestand darauf, sich allein mit dem Monsterkoffer abzumühen. Als er auf dem Weg zum Ausgang die neue rosafarbene Reisetasche in Melissas Hand bemerkte, runzelte er die Stirn.

»Ich kann nicht glauben, dass ihr noch eine zusätzliche Tasche gebraucht habt. Mit diesem Ding hier.«

»Das ist eine lange Geschichte. Stehst du in der Kurzparkzone, Dad?«

»Ja. Gleich über die Straße. Kommt mit mir.«

»Meine Güte, ist das kalt hier.«

Auf der Autofahrt versorgte Melissa ihren Vater mit den notwendigsten Informationen und gab dann vor, sehr müde zu sein. Als sie an ihrem Haus ankamen und Sam schon im Hausflur war, blieb Melissa im Türeingang stehen und versperrte Max den Weg.

»Dad, ich will wirklich nicht unhöflich sein oder undankbar. Aber es war doch etwas anstrengend. Ich erzähle dir alles bei einem Essen. Nächsten Mittwoch?«, fragte sie im Flüsterton und sah vorsichtig hinter sich.

»Ich komme besser mit rein und helfe euch mit den schweren Sachen.«

»Nein, es geht schon, Dad. Wir machen das selbst. Ich sehe dich dann am Mittwoch.«

»Und du wirst nicht absagen?«

»Nein, das verspreche ich. Ich habe außerdem so eine Idee. Du bekommst dazu noch eine SMS von mir.« Sie wandte sich wieder um und schaute in den langen Gang, wo Sam den Koffer hinter sich herzog. »Es war nur eine lange Reise. Wir sind erschöpft.«
Max spielte an seinem Schlüsselbund herum.
»Gut, also wenn ihr vollkommen sicher seid, dass es euch gutgeht?«
»Tut es.«
Als sie zu Sam ins Wohnzimmer kam, hatte er schon zu Hause angerufen. Melissa überraschte das nicht. Zwar hatte er sich in den letzten Tagen nichts anmerken lassen, doch er machte sich mehr Sorgen um seinen Bruder, als er zugab. Zweifellos würde er Marcus gern sofort sehen, und jemand würde ihn fahren müssen, denn mit seinem Bein konnte er das nicht selbst tun.
Melissa sah einen Stapel Briefe durch und seufzte. Ihre Mutter hatte recht. Es war so viel leichter, auf sein Bauchgefühl zu hören, sich einfach auszuklinken, anstatt das Richtige zu tun und auf sein Gegenüber zuzugehen.
Sie ging in die Küche, um Kaffee zu kochen, und blickte sich in dem Raum um. Sie fühlte diesen seltsamen, kurzen Schauer des Wiedereingewöhnens, den sie schon von anderen Urlauben kannte. Den Wechsel von der Küchenarbeitsfläche im Ferienappartment zu dieser hier, die ihr vertraut sein sollte und doch für ein paar Sekunden fremd war. Sie hatte vollkommen vergessen, wie dunkel der Marmor war.
Dann fiel ihr die Kiste ein, die noch ungeöffnet in der Garage stand. Melissa hielt inne und schob den Gedanken beiseite. Nein, nicht heute. Sam sollte sich ausruhen und

dann seinen Bruder besuchen, und sie würde den Inhalt der Kiste anschauen, wenn alles wieder seinen gewohnten Gang ging.

»Wenn ich den Kaffee getrunken habe, gehe ich schnell zum Supermarkt, ja? Ich kaufe uns ein paar Steaks und Salat und was wir sonst noch brauchen«, rief Melissa Sam zu, der gerade zu Ende telefoniert hatte, und griff nach ihren Autoschlüsseln. »Und wenn du willst, fahre ich dich nach dem Abendessen zu Marcus.«

Er kam zu ihr und blickte sie prüfend an. »Ich dachte, du wärst müde?«

»Nein, es macht mir nichts aus. Ich will nur schnell einkaufen und dann etwas essen.«

»Bist du sicher, dass es dir nichts ausmacht, mich zu fahren?« Er sah ihr direkt in die Augen. »Ich kann auch bis morgen warten.«

»Nein, ich mache es gern. Und er wird sich freuen, dich zu sehen.«

Sie tranken Kaffee, sahen die Post durch, und dann ging Melissa ins Schlafzimmer, um die graue Reißverschlusstasche mit dem Buch ihrer Mutter aus dem Koffer zu holen. Sie legte es in eine gestreifte Basttasche, gab Sam einen flüchtigen Kuss und machte sich auf den Weg.

Beim Supermarkt ging sie direkt in das angeschlossene Café, bestellte sich einen großen Cappuccino und legte das Buch mit klopfendem Herzen auf den Tisch.

Suppe mit gebratenem Kürbis, Spinat und Fetakäse

1 ganzer Butternusskürbis – enthäutet, entkernt und in Würfel geschnitten

1/2 Tüte gewaschener Babyspinat
2 rote Zwiebeln – in große Stücke geschnitten
1 kleine Packung schmackhafter Feta-Käse
2 große Zweige Rosmarin – klein geschnitten
gutes Olivenöl
mehrere zerdrückte Knoblauchzehen
1 bis 1,5 Liter gute Hühner- oder Gemüsebrühe

Den Butternusskürbis mit den Zwiebeln in ein paar Löffeln Olivenöl schwenken, Meersalz, den zerdrückten Knoblauch und den zerkleinerten Rosmarin darüberstreuen und 45 bis 60 Minuten lang rösten, bis er weich und saftig ist. Die Gemüsebrühe mit dem Babyspinat hinzufügen und einige Minuten köcheln lassen. Dann den Feta hinzugeben und warten, bis er geschmolzen ist. Nach Geschmack würzen und alles mit dem Pürierstab zerkleinern. Du kannst nach Belieben Brühe hinzufügen, je nachdem, wie du die Suppe magst. Auch die Spinatmenge kann variieren. Die Farbe der Suppe ist etwas dunkel, aber sie schmeckt einfach herrlich.

Dieses Rezept wird wohl das letzte Rezept, Melissa, das ich für dich aufschreibe. Es ist ein absolutes Lieblingsgericht. Leicht zu kochen und wirklich köstlich, auch wenn man das bei dem geringen Aufwand nicht vermutet. Wie auf so viele andere gute Rezepte bin ich durch Zufall darauf gestoßen. Eine Freundin gab mir ein Rezept für einen Salat aus gebratenem Kürbis mit Feta auf Babyspinat, und eines Tages machte ich zu viel davon. Also warf ich alles zusammen in eine Pfanne, gab etwas Brühe hinzu, und nach dem Essen schwärmten alle davon, wie wunderbar

es geschmeckt hatte. Seitdem mache ich die Suppe häufiger als den Salat.
Ich komme vom Hundertsten ins Tausendste.
Das passiert mir immer, wenn ich nervös bin.
Offen gestanden würde ich gern immer so weiterschwafeln, mein liebes Mädchen, aber uns läuft die Zeit davon, und es fällt mir schwer, alle Fäden in der Hand zu halten und mir zu überlegen, wie ich dieses Buch abschließe, wenn es noch so vieles gibt, was ich dir sagen möchte.
Es geht noch nicht zu Ende, Melissa, aber ich werde schwächer. Und das ist auch dir, mit deinen acht Jahren, aufgefallen. Ich bin mir ziemlich sicher, dass du schon seit einiger Zeit weißt, dass es mir nicht gutgeht. Du bist ein schlaues kleines Mädchen, und Kindern entgeht fast nichts. Ich habe dir gesagt, es wären nur Unterleibsbeschwerden, und du scheinst keine weiteren Fragen zu haben. Was ich hier schreibe, soll dich nicht beunruhigen, ich halte es nur fest, weil ich mich frage, an was du dich später erinnern wirst und was ich alles falsch verstanden haben könnte.
Gestern Morgen, während ich dir in meinem Bett die Haare bürstete, schlug ich vor, Daddy könnte lernen, wie man dir die Haare frisiert, und deine Reaktion hat mir gezeigt, dass du mehr von der Wahrheit ahnst, als ich mir wünsche.
Ich hoffe, ich täusche mich.
Doch heute – das ist die Wahrheit – geht es mir nicht besonders gut, daher habe ich den Anwalt angerufen und ihm erklärt, was mit dem Tagebuch geschehen soll. Er muss bald kommen und es abholen. Spätestens nächsten Mittwoch. Doch ich halte so lange durch, wie ich kann –

und hoffe weiterhin … dass die Testergebnisse bald da sind.
Nun komme ich zu etwas anderem, was ich dir noch sagen muss. Ich habe keine andere Wahl. Dir wird aufgefallen sein, dass ich einige Seiten zusammengeklebt habe. Ich vertraue darauf, dass du nicht voreilig warst und sie aufgetrennt hast, denn ich gehe davon aus, dass du annimmst, ich hätte mich verschrieben. In Wahrheit habe ich die ganze Zeit gehofft, ich könnte die zusammengeklebten Seiten wieder herausreißen. Und diese Seite hier auch. Doch wenn du das hier liest und die zusammengeklebten Seiten noch im Buch sind … dann ist es nicht so gelaufen, wie ich gehofft hatte.
Bevor du diese Seiten liest, möchte ich dir versichern, dass ich dich und deinen Vater über alles liebe. Aber auch gute Menschen können Geheimnisse haben, von denen sie wünschen, es gäbe sie nicht.
Mein liebes Mädchen, bitte trenne diese Seiten sehr, sehr vorsichtig auf. Ich habe sie zusammengeklebt, weil ich verhindern wollte, dass du, wenn du das Tagebuch zum ersten Mal in den Händen hältst und durch die Seiten blätterst, sofort auf den schwierigsten Teil stößt, ohne dass ich dich darauf vorbereiten konnte.
Ich hoffe nur, du wirst dich daran erinnern, freundlich und verständnisvoll sein und mir glauben, dass sich das alles ganz anders entwickelt hat, als ich dachte …

Melissa schlug das Buch zu und blickte sich um. Es fiel ihr schwer, in ihre eigene Welt zurückzukehren. Schon öfter hatte sie deutlich den Unterschied wahrgenommen zwischen der Angst, die ihre Mutter beim Schreiben um-

gab, und der Alltäglichkeit ihres eigenen Daseins, während sie das Buch las.
Seit sich der Ton des Buchs gewandelt, ja verdüstert hatte, versetzte ihr die Normalität ihrer Umgebung jedes Mal, wenn sie beim Lesen aufblickte, einen Schreck. Die Menschen um sie herum tranken lächelnd Latte macchiato, aßen Cupcakes, lösten Kreuzworträtsel oder lasen auf ihren Handys. Sie alle ahnten nichts von der Welt, in die sie die Worte ihrer Mutter entführten.
Eine Zeitlang beobachtete Melissa leicht benommen zwei ins Gespräch vertiefte Frauen. Sie waren Ende dreißig, gut angezogen und trugen die Haare wie Jennifer Aniston damals in »Friends«, so als trauerten sie immer noch um das Ende der Serie. Eine der Frauen lachte, holte eine kleine Dose hervor und zog sich die Lippen nach. Dann blickte sie auf ihre Armbanduhr und bedeutete der anderen, dass sie aufbrechen sollten.
Am nächsten Tisch saß eine junge Mutter mit einem Kleinkind im Hochstuhl, dessen Tischchen mit Kuchenkrümeln übersät war. Die Mutter nahm eine Packung Feuchttücher aus einem Rucksack und wischte das Tischchen und, zu lautem Protest, auch das Gesicht des Kindes ab.
Melissa kam sich wie eine Außenseiterin vor. Sie war wütend über diese Alltäglichkeit, so, wie ihre Mutter es hätte sein sollen, und sie fühlte sich furchtbar allein.
Als Kind hatte ihr Vater einmal mit ihr geschimpft, weil sie sich häufig zurückzog, manchmal still dasaß und zu viel grübelte.
Du musst nicht alles mit dir allein ausmachen. Du kannst mit mir darüber reden, Melissa.

Aber über manche Dinge konnte sie nicht reden, zumindest nicht mit Menschen, die Hochs und Tiefs in der Beziehung zu ihren Müttern normal fanden, die innige Momente und Streit gleichermaßen kannten. Menschen, die niemals jemanden verloren hatten und annahmen, dass die Trauer nach ein paar Jahren verschwand und nur Erinnerungen an glückliche Tage blieben.
Melissa hatte in ihrer Kindheit gelernt, dass Trauer nicht vorüberging. Darüber war sie tief erschrocken gewesen, denn diese Erfahrung trennte sie vom Rest der Welt. Die Leere verschwand nicht, sie versteckte sich nur und machte einen glauben, alles wäre in Ordnung. Bis man eines Tages um eine Ecke bog – und bums, da war sie wieder. Wie damals, als man ihr in der Schule das Leistungsabzeichen an den Pullover steckte und sie plötzlich von Trauer überwältigt wurde.
Dass sie an der Universität studiert, sich in Sam verliebt, das Jobangebot erhalten hatte – von alldem würde ihre Mutter niemals etwas erfahren.
Sogar als Sam an dem Abend im Restaurant den Ring hervorgeholt hatte, war ihr erster Gedanke gewesen, dass sie das Risiko nicht eingehen konnte. Im Grunde glaubte sie schon daran, dass zwei Menschen ein Leben lang miteinander glücklich sein konnten, aber in dem Augenblick war ihr nur durch den Kopf geschossen, dass sie keine Mutter hatte, die mit ihr ein Kleid aussuchte. Die mit einem großen Hut auf dem Kopf weinend in der ersten Reihe in der Kirche stand.
Über all das konnte sie mit niemandem sprechen, denn sie kam sich selbstsüchtig und völlig lächerlich vor.
Siebzehn Jahre waren seitdem vergangen …

Sie sollte diese Gefühle nicht haben.
Und nun, nachdem ihre Mutter in dem Tagebuch all diese glücklichen und kostbaren Erinnerungen wachgerufen hatte, sprach sie plötzlich diese schwierigen Themen an. Melissa war verwirrter als je zuvor, denn es ging nicht mehr um Kricket am Strand und Geburtstage, Cupcakes und Kekse.
Ein wachsendes Unbehagen befiel sie, als sie an die am Brunnen spielenden Kinder auf Zypern dachte. Sie konnte auf keinen Fall heiraten und Kinder bekommen, denn sie wusste, wie es sich anfühlte, allein zurückgelassen zu werden. Sam würde das nicht verstehen. Er würde sagen, dass man sich nicht sein ganzes Leben lang Sorgen machen könne, man könnte ja auch jederzeit von einem Bus überfahren werden.
Aber sie war nicht wie alle anderen. Und sie hatte nicht die leiseste Ahnung, was ihre Mutter ihr sonst noch geschrieben hatte.

27

Eleanor 1994

Eleanor las die letzten Zeilen noch einmal und sah dann auf ihre Armbanduhr.

Sie hatte es rechtzeitig geschafft.

Ihr Blick fiel auf das Bett, dort lagen Melissas Haarbürste und eine geschnitzte Holzschüssel mit ihren Haarbändern. Ein buntes Durcheinander verschiedener Farben und Stoffe – getupfte Seide, dunkelvioletter Samt, schwarzes Kunstfell. Warum hatte sie nicht daran gedacht, Max früher in dieses Ritual einzuweihen?

Mit dem Finger fuhr sie an den Rändern der zwei zusammengeklebten Seiten entlang, die sich unmittelbar vor dem Abschnitt über Mutterschaft befanden.

Eleanor hatte diese Seiten erst vor kurzem geschrieben und sie dann mit einem Klebestift zusammengeheftet. Sie ging damit ein Risiko ein, es war ein bisschen wie bei den Pfadfindern, aber sie vertraute darauf, dass Melissa annehmen würde, ihre Mutter habe einen Fehler gemacht, und darum die anderen Seiten des Tagebuchs zuerst lesen würde. Wenn es dazu kam …

Auf den zwei zusammengeklebten Seiten hatte Eleanor das beschrieben, was Max und sie im Nachhinein nur als »den Wahnsinn« bezeichneten. Es war der einzige verheerende Ausreißer zu Beginn ihrer Beziehung, eine Zeit, in der alle Hoffnung auf ein zukünftiges Eheglück, von dem Eleanor bereits zu träumen begonnen hatte, plötzlich verloren schien.

Max hatte angefangen, und dennoch konnte sie ihm nicht allein die Schuld geben. Wie so oft im Leben war die Wahrheit kompliziert.

Nachdem Eleanor Max damals an ihrer Schule zum ersten Mal begegnet war, hatte sie zwei glückliche Jahre lang niemals daran gezweifelt, dass sie beide heiraten würden. Die Frage war nur, wann, und nicht, ob überhaupt.

Zwischen ihnen schien alles geregelt zu sein. Max liebte seinen Job. Max liebte Eleanor. Und dann begann er plötzlich, vollkommen gegen seine Art, absurd viel Wert auf Geld zu legen.

»Mein Gott, Max, wir werden schon zurechtkommen. Uns geht es besser als den meisten.«

»Aber was ist mit später – wenn wir eine Familie sind, Eleanor? Wenn du Teilzeit arbeitest. Dann wird es nicht reichen. Nicht, wenn wir uns in einer halbwegs akzeptablen Gegend, wo man nicht ständig ausgeraubt wird und wo es eine anständige Schule gibt, ein Haus kaufen wollen.«

»Meine Güte, Max. Wir sind nur zu zweit, und du redest schon von Schulen?«

»Du weißt, was ich meine.« Er wurde rot. »Man muss sich darüber Gedanken machen, über die Zukunft. Man kann nicht einfach den Kopf in den Sand stecken.«

»Aber es läuft super für dich an der Universität, Max. Du hast großartige Aussichten.«

»Mieses Gehalt.«

»Nein, das stimmt nicht.«

»Verglichen mit einem Rechtsanwalt oder einem Arzt schon.«

»Ich will nicht mit einem Rechtsanwalt oder einem Arzt zusammen sein. Ich will bitte schön mit einem Universitätsprofessor zusammen sein. Einem klugen und geachteten Professor, der das, was er tut, liebt.«

»Und du willst am Hungertuch nagen?«

»Nun bist du wirklich dumm.«

»Wirklich? Wir sind doch jetzt nur flüssig, weil wir beide in Vollzeit arbeiten und keine Kinder ernähren müssen. Damit ist es bald vorbei, Eleanor.«

Wochenlang ging es hin und her zwischen ihnen, es herrschte gereizte Stimmung, ohne dass Eleanor Max überzeugen konnte. Sie versuchte, ihn auf andere Gedanken zu bringen, doch er wirkte auf einmal beinahe niedergeschlagen. Das war geradezu lächerlich, da er in der Universität stetig aufstieg. Eine seiner Veröffentlichungen war in der Regionalpresse erwähnt worden, und ganz überraschend hatte man ihn auch zu einem Fernsehinterview eingeladen. Anfangs behauptete er, furchtbar nervös zu sein, entpuppte sich dann aber als Naturtalent. Der Sender kündigte ihn als Finanzexperten und Spezialisten für die Savings-and-Loan-Krise in Amerika an. Das Thema war hochaktuell, da ständig neue Finanzprobleme ans Licht kamen. Ein Ausschnitt aus dem Interview wurde von den landesweiten Sendern aufgegriffen und schließlich sogar international ausgestrahlt.

Auf einmal war Max der Mann, der komplizierte wirtschaftliche Zusammenhänge leicht verständlich machen konnte. Er war so etwas wie ein Star und als solcher auch gefragt.

Die Universität war begeistert. In den folgenden Monaten baten ihn diverse überregionale Zeitungen um seine Meinung, und in einer Sonntagsbeilage erschien ein langes Interview mit Max' Ansichten zur Finanzkrise. Auch einige amerikanische Magazine zogen nach.

Eleanor freute sich wahnsinnig für ihn. An der Universität wurde er gefeiert, die Kollegen bezeichneten ihn scherzhaft als ihre »neue Währung«, und auch die Presseabteilung war überglücklich.

Es war ein schicksalhafter Donnerstag, als Max Eleanor mit aufgeregter Stimme anrief und erklärte, er habe für den Abend einen Tisch in einem Sterne-Restaurant reserviert.

Eleanor war begeistert. Sie glaubte, er hätte eine Gehaltserhöhung von der Universität bekommen und würde nun endlich aufhören, sich wegen Geld zu sorgen.

Sie trug sein Lieblingskleid, wählte ihre Unterwäsche sorgfältig aus und nahm ihr bestes Parfüm. Sie war ein wenig kokett, aufgeregt und nervös.

»Also, Eleanor? Ich muss dir etwas Wichtiges sagen. Und dich etwas fragen.«

Eleanor führte die letzte Gabel Erbsenpüree mit Minze zum Mund und bemühte sich, ruhig zu bleiben. Dann tupfte sie sich den Mund mit der Serviette ab und fragte sich, ob er wohl niederknien würde. Sie blickte sich um. Würden die anderen Gäste zusehen?

»Würdest du gern mit dem neuen Kommunikationsberater der Unit Two Bank of Minnitag nach New York ziehen?« Max strahlte bis über beide Ohren.

Eleanor wusste nicht, was sie sagen sollte, der Raum verschwamm vor ihren Augen. Ihr wurde heiß.

»Amerika? Ich verstehe nicht. Ich weiß nicht, wovon du redest.«

»Ich habe gestern einen Anruf bekommen, und heute Morgen haben sie alles bestätigt. Das Angebot liegt in der Post.«

»Wer denn? Ich weiß nicht, wen du meinst.« Plötzlich nahm sie ein Rauschen im Ohr wahr.

»Die Unit Two Bank of Minnitag. Dreimal so viel, wie ich jetzt verdiene, Eleanor. Sie stellen uns eine Wohnung, bis wir etwas Passendes gefunden haben. Manhattan!«

»Aber ist das nicht die Bank, über die alle Zeitungen geschrieben haben? Die wegen dieser Sparkassenkrise total viel Dreck am Stecken hat? Hast du das nicht die ganze Zeit analysiert?«

»Das ist genau der Grund, warum sie jemanden wie mich brauchen. Jemanden, der wirklich versteht, was schiefgelaufen ist und wie man es wieder in Ordnung bringt, besonders in Hinblick auf all die neuen Vorschriften, die als Konsequenz der Krise ganz bestimmt eingeführt werden. Ich kann die Bank perfekt beraten. Und ich kann das auch den Medien auseinandersetzen.«

»Das ist ein Scherz, oder?«

»Nein, es ist so, wie ich gesagt habe. Heute Morgen haben sie das Jobangebot nochmals bestätigt.«

»Aber das ist pures Gift, diese ganze Savings-and-Loan-Krise. Das hast du selbst gesagt.«

Max' Gesichtsausdruck veränderte sich.

»Sie wollen dich nur haben, weil du einen guten Leumund hast. Sie wollen deine Integrität, dein Wissen und deine jahrelange Forschung kaufen. Sie wollen dich benutzen.«

»Herzlichen Dank für dein Vertrauen.«
»Komm schon, Max. Das musst doch auch du sehen. Die sitzen auf einem sinkenden Schiff, und sie brauchen jemanden, der zur Pressekonferenz geht, wenn die Kacke am Dampfen ist. Dazu wollen sie den Professor einer exzellenten britischen Universität auf ihrer Seite wissen.«
»Ich hätte mir denken können, dass du so reagierst.«
»Was soll das heißen?«
»Ich bekomme diese unfassbar gute Angebot. New York, mehr Geld, als ich mir jemals erträumt habe, Sicherheit für uns beide, für unsere Zukunft. Und was machst du?«
»Aber Max, du siehst das nicht richtig. Das hier wäre das Ende deiner Karriere, nicht der große Sprung. Es würde deinen guten Ruf ruinieren.«
»Unsinn.«
»Die Unit Two Bank of Minnitag, Max?«
»Die ist auch nicht schlimmer als irgendeine andere Bank.«
»Aus genau diesem Grund solltest du dich von so etwas fernhalten. Auf jeden Fall, solange diese Sparkassenkrise dauert. Ich behaupte ja nicht, dass ich alles verstehe, was da vor sich geht. Aber du tust das. Und du bist integer, Max. Du hast eine großartige akademische Laufbahn vor dir. Du bist ein Spezialist auf deinem Gebiet, du wirst respektiert. All das wäre vorbei.«
»Verzeih mir, wenn ich gehofft hatte, du wärst begeistert und würdest dich für mich, für uns beide freuen.« Er wandte den Blick ab.
»Wie soll ich mich darüber freuen?«
»Heißt das, du kommst nicht mit?«
»Max, es kann dir doch nicht ernst damit sein?«

Für Eleanor begannen die drei schrecklichsten Wochen ihres Lebens. Max blieb eigensinnig und starrköpfig, wie sie es niemals für möglich gehalten hatte. Er brachte weiter seine Argumente vor, für Geld, Sicherheit und Wohlstand, und versuchte, ihr klarzumachen, dass sie falsch lag und ihre Haltung naiv war. Erwachsene Menschen mussten so handeln wie er, sie mussten ihre Ideale über den Haufen werfen und für die bestmögliche Zukunft ihrer Lieben sorgen.

Eleanor erwiderte, dass das nichts mit Erwachsensein zu tun habe, sondern mit Verrat an sich selbst, und dass es schlimm enden würde. Sie wolle auch nicht so leben. Lieber hätte sie weniger Geld zur Verfügung, bliebe aber in England. Wenn er diese Wahnsinnsstadt und dieses Wahnsinnsgehalt wollte, dann müsse er allein gehen, ohne sie.

Sie glaubte nicht eine Sekunde lang daran, dass er das tun würde.

Im nächsten Moment war er gegangen. Zu spät begriff sie, dass sie beide extrem stur gewesen waren und jeder vom anderen erwartet hatte, dass er klein beigab. Damals gab es noch keine Handys, daher hörte sie jeden Tag ihren Anrufbeantworter ab und wartete darauf, dass Max von seinem hohen Ross herunterstieg. Doch der Streit setzte sich auch quer über den Atlantik fort.

Tagelang zog Eleanor sich in ihr Bett zurück und meldete sich in der Schule krank. Jede Stunde hörte sie den Anrufbeantworter ab, ob er sie um Verzeihung bitten würde. Aber er rief nicht an.

Sie trank zu viel Wein und verbrachte Ewigkeiten damit, immer wieder mit ihren besten Freundinnen die Ereignisse der letzten Tage und Wochen durchzugehen. Wie sie

das Wichtigste in ihrem Leben verloren hatte. Hatte sie sich richtig verhalten? Hätte sie ihren Stolz hinunterschlucken sollen? Ihre Prinzipien vergessen? Dem Mann und dem Geld folgen sollen?
Die ganze Zeit über wusste sie, dass sie nicht in New York leben wollte. Sie hasste große Städte. Sie verspürte überhaupt keine Sehnsucht danach, in einem Land zu leben, in dem jeder eine Waffe besaß; sie hasste große, steinreiche Banken und Sparkassen, die anscheinend jeden Bürger übers Ohr hauten, ohne sich auch nur im Geringsten um die Konsequenzen zu scheren.

Eleanor fuhr noch einmal sanft über die zwei zusammengeklebten Seiten und zuckte zusammen, als sie sich in den Finger schnitt. Schnell zog sie den Finger mit dem Blutstropfen zurück, damit er die Seite nicht verschmutzte. Sie saugte heftig an der Schnittwunde, während sie die Nummer von Dr. Palmers Sekretärin wählte. Doch die Antwort war wieder dieselbe: *»Das Testergebnis liegt noch nicht vor. Es tut uns furchtbar leid, aber wir tun wirklich alles, was in unserer Macht steht, um den Vorgang zu beschleunigen.«*

28

Melissa 2011

An dem ersten Wochenende nach ihrer Rückkehr aus Zypern blieben sie über Nacht bei Sams Eltern, um möglichst viel Zeit mit Marcus zu verbringen. Als sie dann wieder zu Hause waren, erzählte Melissa Sam von der Kiste in der Garage und bat ihn darum, ihr zu helfen, sie in die Wohnung zu bringen.

Sie brauchte erst einen doppelten Espresso, bevor sie sich imstande fühlte, den Inhalt anzuschauen. Sam verzog sich diskret unter dem Vorwand, noch arbeiten zu müssen, ins Schlafzimmer, während sie die Kiste öffnete.

Melissa ging in Gedanken die Sachen in der Kiste durch, soweit sie sich nach der schnellen Durchsicht damals, als Max ihr die Kiste gebracht hatte, noch daran erinnern konnte. So hoffte sie auf das vorbereitet zu sein, was sie vorfinden würde.

Doch das war nicht der Fall.

Der Anblick des Handrührgeräts, als sie es aus dem Geschirrtuch wickelte, war ihr fast unerträglich, die ganze Zeit über hörte sie innerlich die Stimme ihrer Mutter. Sie hatte damit gerechnet, dass es hart sein würde. Und dass die Vertrautheit der Dinge bei ihr eine äußerst komplizierte Reaktion hervorrufen würde, genau wie damals, als Max ihr die Kiste gebracht hatte. Damals hatte sie den

Karton gleich wieder sorgfältig verschlossen, um sich selbst zu schützen.
Aber sie hatte nicht erwartet, dass der Anblick der Sachen ihrer Mutter sie dermaßen erschüttern würde. Sie schluchzte so laut und hemmungslos, dass Sam sofort in der Tür erschien.
»Melissa, du lieber Himmel. Soll ich die Kiste wieder wegräumen?«
Sie schüttelte den Kopf, starrte vom Küchenbarhocker aus auf das weiß-blaue Teil auf ihrer Marmoranrichte und sah plötzlich genau vor sich, wie das Gerät auf der Arbeitsfläche in der Küche ihrer Mutter gelegen hatte.
»Nein, es ist schon in Ordnung, Sam. Ich brauche nur ein paar Minuten. Entschuldige, ich komme mir total lächerlich vor.«
»Sei nicht dumm.« Er sah hilflos und etwas schuldbewusst aus und begann, nach Taschentüchern zu kramen. Schließlich reichte er ihr ein Geschirrhandtuch, das sie dankbar entgegennahm.
»Mir geht es gut, wirklich. Es ist gleich wieder vorbei. Nur ein wenig viel auf einmal.«
»Es tut mir leid, als ich vorgeschlagen habe, die Rezepte nachzukochen, war mir nicht klar …«
»Es ist alles okay, Sam. Ich muss das machen, es ist eine gute Idee. Ich muss mich nur ein wenig daran gewöhnen.« Sie hatte sich wieder unter Kontrolle, stieß ein paarmal den Atem aus und blickte einen Moment lang an die Decke. Dann stand sie auf, um für sie beide noch einen starken Kaffee zu kochen und Kraft für das weitere Auspacken der Kiste zu sammeln.

»Bist du sicher, dass du das schaffst, Melissa?«
»Ja, wirklich, alles gut.«
In der Kiste befanden sich einige Backbleche, die sie aussortieren würde, denn sie waren nach der langen Lagerzeit verrostet. Doch sie fand auch ein paar Tupperware-Dosen mit Plastikausstechförmchen und Spritzbeuteln, die noch zu gebrauchen waren.
Auf dem Boden des Kartons lag eine große Tupperware-Dose, die die Bedienungsanleitung für das Handrührgerät und das Zubehör enthielt.
»Meinst du, der Rührer geht noch?« Sam war neugierig geworden, als Melissa nun anfing, die Bedienungsanleitung durchzublättern. Sie hielt inne und fragte sich, wie sie reagieren würde, wenn das Handrührgerät defekt war und nicht mehr funktionierte. Sam konnte es nicht abwarten, schnell wischte er über die Oberfläche des Geräts und säuberte das Kabel, bevor er den Stecker in die Steckdose steckte. Dann wandte er sich mit einem fragenden Blick zu Melissa um. Sie zuckte leicht die Achseln und nickte schließlich.
Sam drückte auf den Schalter, und schon erklang das vertraute Summen des Motors, das auch das Echo von Eleanors darüber hinwegtönender Stimme mit sich brachte.
Könntest du mir bitte den Zucker reichen, Schatz?
»Das ist erstaunlich. Wie alt, meinst du, ist das Gerät?« Sam war begeistert von der langen Lebensdauer des Handrührgeräts, murmelte etwas über hochwertige Verarbeitung und wollte das Zubehör ausprobieren, aber Melissa hörte nicht mehr hin. Tief in ihr löste sich der Schock, und sie war unendlich erleichtert, dass sie

die Kiste nicht zu einer Wohltätigkeitsorganisation gebracht hatte. Sie war unglaublich froh, dass sie dieses Andenken hatte.

Das Kenwood-Handrührgerät ihrer Mutter, das zu ihrer Überraschung immer noch funktionierte.

29

Am nächsten Tag – es war der letzte von Sams Urlaub – backten sie zusammen erst die Cupcakes, dann die Osterkekse und schließlich bereiteten sie die Butternusskürbissuppe zu, die hervorragend schmeckte.

Das Handrührgerät lief ganz vorzüglich, aber Melissa war immer noch aufgewühlt und hütete das Tagebuch wie ihren Augapfel. Sie war nicht bereit, es Sam zu geben, damit er es selbst lesen konnte – vor allem fürchtete sie, dass er die zusammengeklebten Seiten bemerken und etwas dazu sagen würde. Deshalb klemmte sie es in den schützenden Plexiglas-Buchständer, was den Nachteil hatte, dass Sam, der die Rolle des Chefkochs übernommen hatte, die Seiten nicht umblättern konnte. Ein paarmal ertappte sie ihn dabei, wie er die Notizen ihrer Mutter zu den Rezepten las und traurig aussah. Nachdem er am Vortag miterlebt hatte, wie sehr das Handrührgerät sie aufgewühlt hatte, war er aber einfühlsam genug, nicht weiter in sie zu dringen. Bislang hatte sie ihm auch nichts von dem neuen, ernsten Tonfall am Ende des Buchs erzählt.

Sam hatte richtiggelegen, das Kochen und Backen erwies sich als ausgesprochen befreiend. Das galt ganz besonders für das Cupcakes-Rezept. Es war nichts Außergewöhnliches, die Backanleitung war leicht zu befolgen, doch als sie die Schale von der Orange abrieb, ergriff Melissa ein seltsames, überwältigendes Gefühl. Sam bemerkte sofort ihre verblüffte Miene.

»Was ist los?«

»Ich bin mir nicht sicher.«

»Ist die Orange schlecht?«

»Nein, sie ist noch gut. Es ist …«

Orangenschale (sehr wichtig! … Erinnerst du dich?)

Melissa hatte wieder ein Erinnerungsbild vor Augen, das sie in den Bann zog. Dieses Mal saß sie auf einem weißen Hocker neben dem Küchentisch. Vor ihr auf einem weißen Porzellanteller lag eine Orange, und sie hatte das Gefühl, dass ihre Stimme weinerlich klang. Sie blickte auf und kniff die Augen zusammen. Sie versuchte, sich zu erinnern, warum sie jammerte und wie genau ihre Mutter darauf reagierte …

»Mir ist nur etwas eingefallen. Eine Erinnerung aus meiner Kindheit. Ich kann sie nicht richtig zuordnen.«

Sam zwinkerte ihr aufmunternd zu. Melissa atmete tief durch und wandte sich wieder zur Schüssel, um Mehl und Butter zu einem Teig zu kneten. Sie bereitete die Käsestangen für das Essen mit ihrem Vater am nächsten Abend zu.

Max hatte es nicht glauben können, als Melissa ihm eine SMS mit der Einladung zu dem Essen bei ihr zu Hause geschickt hatte. Sam war mit seinen Vorgesetzten zum Essen verabredet und würde erst spät zurückkommen. Er war ziemlich nervös und hoffte, dass sie ihm an diesem Abend offiziell anbieten würden, Partner in dem Architekturbüro zu werden. Da Melissa mit Max allein sein würde, wollte sie die Gelegenheit nutzen und ihm von dem Tagebuch erzählen. Bei einem Essen zu Hause hätte sie dafür mehr Ruhe als im Restaurant.

Max hatte angerufen und protestiert: »Aber es ist doch dein Geburtstag, da sollst du nicht kochen, Melissa. Ich werde uns einen Tisch in einem netten Restaurant reservieren.«

»Nein, Dad, bitte tu das nicht. Komm gegen halb acht zu mir.«

Sie war etwas nervös wegen ihrer bescheidenen Kochkünste, doch Sam hatte den sehr vernünftigen Vorschlag gemacht, das Bœuf Bourguignon am Tag zuvor zuzubereiten. Einen Eintopf sollte man am besten vorher kochen, damit sich das Aroma voll entfaltete, wenn man ihn wieder aufwärmte. Und sollte das Gericht wirklich misslingen, konnte sie noch einmal von vorn anfangen.

Glücklicherweise verfügte Melissa über genügend freie Zeit – sie hatte noch eine ganze Woche Urlaub, in der sie über das Jobangebot entscheiden wollte. Doch das war gar nicht nötig, denn das Bœuf-Bourguignon-Rezept gelang bereits beim ersten Versuch.

Eleanor hatte für dieses Gericht einen schweren, hochwertigen Topf empfohlen, und Melissa freute sich sehr, als sie ganz unten in der Kiste eine große Kasserolle von Le Creuset fand. Kein Wunder, dass sie die Kiste kaum hatte anheben können!

Zuerst wollte Melissa gar nicht glauben, dass das Fleisch, wie ihre Mutter schrieb, mehrere Stunden lang köcheln sollte. Doch bald schon zog ein köstlicher Duft durch die Wohnung, und das fertige Gericht schmeckte himmlisch.

Als Sam das Bœuf Bourguignon probierte, erschien ein Ausdruck auf seinem Gesicht, den Melissa noch nie bei ihm gesehen hatte.

Das ist wirklich gut, Melissa. Ganz ohne Scherz.

Inzwischen war es Mittwoch geworden, und ihr Vater kam, wie verabredet, zu ihr nach Hause. Max blickte etwas unbehaglich drein und schien sich zu fragen, was dieser Abend wohl bringen würde.

»Käsestangen? Gütiger Himmel, Melissa, ich liebe Käsestangen!«

Sie setzten sich einander gegenüber. Melissa gab sich Mühe, entspannt zu wirken. Sie streifte die Schuhe ab, nahm die Füße hoch aufs Sofa und legte sich ein Kissen auf den Bauch.

»Die schmecken wirklich gut.« Max nahm einen Schluck Wein. »Echt scharf, genau wie ich sie mag.«

»Die habe ich selbst gemacht.«

»Du machst Witze, oder?«

»Nein, im Ernst.«

Max verzog das Gesicht.

»Du weißt, dass deine Mutter immer Käsestangen für mich gebacken hat. Einmal hat sie mich reingelegt. Sie hat praktisch eine ganze Dose Cayennepfeffer reingetan. Beinahe wäre ich erstickt.«

Melissa lächelte. Max schaute zur Seite.

»Du kannst gern über Nacht bleiben, Dad, wenn du das möchtest. Ich nehme mal an, du hast wahnsinnig viel Geld für den guten Wein ausgegeben. Es wäre also eine Schande, wenn du ihn nicht genießen würdest.«

»Das ist okay. Ich nehme ein Taxi, wenn's sein muss. Aber das sehen wir später.«

Max suchte stets guten Wein aus. Heute hatte er zwei eindrucksvolle Korbflaschen mitgebracht. Melissa würde den Wein nicht richtig zu schätzen wissen, doch sie freute sich, dass zumindest er jeden Schluck davon genoss.

»Also was ist hier los, Melissa? Ich dachte, du kochst nicht gern?«

»Im Urlaub haben wir so leckere Sachen gegessen, da fanden Sam und ich, dass es höchste Zeit wird, mehr selbst zu kochen. Wir haben geschworen, uns zu bessern. Vielleicht machen wir sogar einen Kochkurs.«

Max' Miene drückte gleichzeitig Überraschung und Zustimmung aus. »Das ist eine sehr gute Idee. Darauf stoße ich an. Aus der Küche duftet es jedenfalls schon ganz herrlich.« Er beugte sich vor und nahm noch eine Käsestange.

»Also, Dad, jetzt erzähl mal. Was war los, als wir weg waren? *Bin ich sexistisch?* Du hast doch nicht etwa Ärger in der Arbeit, oder?«

»Nein, es ist jetzt auch nicht mehr wichtig.«

»Doch, ist es schon. Sonst hättest du ja nicht diese SMS geschrieben.«

»Wenn es dich so sehr interessiert, hättest du ja anrufen können.«

»Das tut mir leid.« Sie wurde verlegen. »Du kennst mich doch, besonders wenn ich im Urlaub bin. Und der Unfall hat uns ziemlich abgelenkt.«

Max atmete tief durch und lehnte sich zurück. »Gut. Also, es geht darum. Ich habe eine schöne Frau geheiratet. Ich mag schöne Frauen. Und ich mache mir langsam Sorgen, was das über mich aussagt.«

»Dass du ein normaler Mann bist und Glück in deiner

Ehe hattest.« Melissa goss ihnen beiden Wasser aus einer großen Karaffe ein. »Im Ernst. Worum geht es, Dad?«

»Ein Eiertanz bei der Arbeit. Politisch korrektes Benehmen. Ich weiß auch nicht.«

»Hast du Ärger? Bist du ins Fettnäpfchen getreten?«

»Nein, so nicht. Aber denk mal nach. Ich habe dir deine ganze Kindheit hindurch gesagt, dass du schön bist.«

»Was lieb gemeint war, aber nicht der Wahrheit entspricht.«

»Natürlich ist das wahr.«

»Ist es nicht. An einem guten Tag, wenn der Wind von hinten weht, sehe ich ganz hübsch aus. Aber ich bin nicht schön.«

Er hob fragend die Augenbrauen.

»Weißt du, Dad, schöne Frauen zu mögen und seine Tochter schön zu finden ist eine Sache, aber soweit ich weiß, beurteilst du nicht alle Frauen nur nach ihrem Aussehen. Nicht, wenn es keine Rolle spielt. Im Job zum Beispiel, oder im Alltag.«

»Nein, natürlich nicht.«

»Siehst du. Du hast *natürlich nicht* gesagt. Aber manche Männer tun das, Dad. Manche Männer teilen Frauen die ganze Zeit über nach ihrem Aussehen ein. Bei der Arbeit und in der Freizeit. Und wenn ihnen eine Frau nicht gefällt, dann wandern ihre Augen durch den Raum auf der Suche nach einer anderen, besser aussehenden Frau.«

»Das ist lächerlich.«

»Ist es nicht. Das ist wahrer Sexismus. Zu meinen, dass Frauen, die nicht hübsch sind, nicht zählen und nicht mal für eine Unterhaltung taugen. Es ist etwas vollkommen anderes, als eine Frau attraktiv zu finden und mit ihr aus-

gehen zu wollen. Oder sie heiraten zu wollen. Oder – du weißt schon …« Es gelang ihr, es nicht auszusprechen.
Max verzog das Gesicht.
»Geht es dir wirklich gut, Dad?«
»Ich weiß nicht. Vielleicht habe ich eine Midlife-Crisis. Heutzutage ist es so schwierig, ein Mann zu sein. Ständig hat man Angst, etwas Falsches zu sagen. Alles ist so politisch korrekt. Bei der Arbeit ist es das reinste Minenfeld.«
»Aber wir brauchen das, politische Korrektheit. Damit die Grapscher ihre Finger bei sich behalten. Wir haben erst vor kurzem darüber abgestimmt, erinnerst du dich?«
Erneut verzog Max das Gesicht. »Ich hätte es lieber nicht erzählen sollen.«
»Ich will dir ja keine Predigt halten, aber wenn eine Expertin auf deinem Gebiet einen Vortrag halten würde und sie wäre nicht wunderschön, wäre das für dich kein Problem, oder?«
»Nein.« Er schnitt eine Grimasse, dann lächelte er und aß die letzte Käsestange. »Aber ich wäre entzückt, wenn sie es wäre. Ich würde es als Pluspunkt ansehen.«
Melissa verdrehte die Augen. »Schon gut, schon gut. Wir sind alle nur Menschen, und mit einem Pluspunkt würdest du ungestraft davonkommen«, sie malte mit den Fingern Anführungszeichen in die Luft, »aber sieh mal, niemand sagt, dass gutes Aussehen einem nicht im Leben weiterhilft. Mann oder Frau. Natürlich ist das so. Aber es ist wichtig, die Geschlechter nicht unterschiedlich zu behandeln. Niemand behauptet, dass ein Mann es nur aufgrund seines Aussehens weit bringen wird. Also sollte das auch niemand je über eine Frau denken.«
»Ich stimme dir zu.«

»Dann hast du den Test bestanden. Gerade noch.« Sie stieß mit dem Weinglas an und verschwand dann in der Küche. Kurz darauf rief sie ihn zu sich und servierte das Bœuf Bourguignon mit Kartoffelgratin und grünem Salat.

Das Essen machte ihn zuerst sprachlos, dann betonte er mehrmals, wie wundervoll es schmeckte und wie toll er es fand, dass Sam und sie ernsthaft Kochen lernen wollten.

Das ist unglaublich, Melissa, das ist das Beste, was ich seit …

Ein paarmal überraschte sie ihn dabei, wie er stirnrunzelnd auf den Teller mit dem Bœuf Bourguignon starrte, doch er sagte kein Wort.

Sie hatte kein Dessert vorbereitet und bot ihm Käse an, doch er brauchte erst eine Pause. Mit der zweiten Flasche Wein gingen sie zurück ins Wohnzimmer.

»Jetzt muss ich dich etwas fragen, Dad.« Sie machte eine Pause. »Ist zwischen Mum und dir jemals etwas vorgefallen, was du mir nicht erzählt hast? Gab es mal Schwierigkeiten? Habt ihr euch mal getrennt, ganz am Anfang?«

Melissa hatte die zusammengeklebten Seiten immer noch nicht gelesen. Seit ihrer Rückkehr aus Zypern war sie jeden Tag früh aufgestanden, um schwimmen zu gehen. Sie hatte die Gerichte ihrer Mutter nachgekocht und -gebacken, was ihr große Freude bereitet hatte. Inzwischen war sie deutlich zuversichtlicher, was ihre Kochkünste anging. Sie fühlte sich ihrer Mutter und der eigenen Vergangenheit näher. Doch sie hatte beschlossen, die zusammengeklebten Seiten nicht zu lesen, bevor sie nicht mit ihrem Vater gesprochen hatte. Sie hatte immer noch Angst davor.

»Warum fragst du das?« Max war plötzlich aschfahl im Gesicht geworden.

Melissa nahm noch einen großen Schluck Wein und griff nach einem Kissen, um es sich bequem zu machen.

»Ich weiß nicht, wie ich dir das sagen soll, Dad. Aber ich hatte kürzlich einen ziemlichen Schock.«

»Was für ein Schock? Was meinst du?«

Er klopfte mit dem Fuß nervös auf den Holzfußboden.

»An meinem Geburtstag habe ich einen Brief von einer Anwaltskanzlei erhalten. Es stellte sich heraus, dass Mum ein Buch für mich zusammengestellt hat, als Geschenk zu meinem fünfundzwanzigsten Geburtstag.«

Max sah sie entsetzt an und hörte auf, mit dem Fuß auf den Boden zu klopfen. Einen Moment lang war es vollkommen still, dann machte er eine Bewegung und hätte beinahe das Weinglas in seiner Hand ausgeschüttet.

»Es ist nur so ein Buch für Mädchen, Dad. Ein Haufen Rezepte und Fotos und ein paar Dinge, über die Frauen miteinander reden.«

»Sie hat mir nie etwas davon gesagt. Ich verstehe das nicht.«

»Wie ich schon sagte, das ist so eine Mutter-Tochter-Sache. Sie wollte, dass es unter uns bleibt. Wahrscheinlich hat sie gedacht, du würdest es dumm finden, oder sentimental.«

»Aber wie in aller Welt hast du das Buch bekommen? Melissa, ich verstehe das wirklich nicht. Warum hat sie mir nichts davon gesagt?« Er rutschte auf dem Sofa hin und her, als hätte er nicht genügend Platz darauf.

»Ein Anwalt hat mir das Buch gegeben. Es war eine Kanzlei, die schon öfter etwas für ihre Familie gemacht hatte.«

»Aber sie hat nie etwas gesagt. Nicht ein Wort.« Er wandte den Blick ab, als würde er ihre Antworten gar nicht hören. »Wann hat sie es geschrieben?«

»Als sie krank war, Dad.«

Max atmete tief durch, während Melissa weiter mit den Kissen herumspielte.

»Und warum hast du mir das nicht gleich gesagt? Kann ich das Buch sehen?« Er blickte sich im Zimmer um, als würde er danach Ausschau halten.

»Nein, denn ich habe es noch nicht ganz durchgelesen.«

»Du willst mich auf den Arm nehmen?« Er war aufgestanden, eine nervöse Unruhe hatte ihn erfasst, während seine Augen weiter umherirrten.

»Setz dich wieder, Dad. Bitte. Es war eine schwierige Situation. Ich hatte Sam gerade gesagt, dass ich nicht wusste, ob ich ihn heiraten will.«

»Sam hat dir einen Antrag gemacht?«

»Ja. Er hat mich gebeten, ihn zu heiraten. Also, nicht jetzt gleich. Er wollte sich erst mal verloben, aber ich habe Panik bekommen und ihn um Bedenkzeit gebeten. Nicht nur, weil ich noch zu jung zum Heiraten bin, sondern weil ich nicht weiß, ob ich überhaupt je heiraten möchte.«

Max holte noch einmal tief Luft und setzte sich.

»Du bist anscheinend enttäuscht. Und das hatte ich befürchtet.«

»Nicht enttäuscht, Melissa. Ich fühle mich nur … ich weiß auch nicht.« Er sah mitgenommen aus.

»Ich wusste nicht, wie ich dir das mit dem Buch sagen

sollte, Dad. Sie hat mir ein paar Rezepte aufgeschrieben, ein paar davon waren deine Lieblingsgerichte.«

Sein Gesichtsausdruck veränderte sich schlagartig, als er die Zusammenhänge erkannte. Er schaute zu Boden, dann auf den leeren Teller, wo die Käsestangen gelegen hatten, und dann wieder zu Melissa. Sie nickte.

»Du bist nicht sauer?«

»Nein, ich bin nicht sauer.« Er trank einen großen Schluck Wasser. »Ich bin nur fassungslos. Ich verstehe einfach nicht, warum deine Mutter mir nichts davon sagen wollte.«

»Ich glaube, sie wollte dich damit nicht belasten. Du musstest dich schon um alles andere kümmern.«

»Ja.« Er stand wieder auf und ging von ihr weg zum Fenster. »Meine Güte. Weißt du was? Ich bin tatsächlich sauer.« Er warf die Serviette, die er noch in der Hand gehalten hatte, auf den Beistelltisch. »Ich meine, warum zum Teufel hat sie mir das nicht erzählt? Immerhin hat sie für mich kein Buch geschrieben.«

Melissa sagte nichts, wartete nur ab.

»Es tut mir leid, Melissa.«

»Ist schon in Ordnung, Dad. Ich wusste, dass es ein Schock für dich sein wird. Aber sie lobt dich fortwährend in dem Buch. Es ist schon fast ein bisschen peinlich. Ich denke, sie machte sich Sorgen, weil ich ohne Mutter aufwachsen würde. Weil mir die Unterstützung einer Frau fehlen würde.«

»Also, was steht da drin in diesem Buch? Ich hätte es in einem Rutsch durchgelesen. Von der ersten bis zur letzten Seite. Ich verstehe nicht, wieso du damit noch nicht fertig bist.«

»Ich finde es schwierig, es zu lesen. Es ist sehr emotional. Und nachdem ich Sam gerade so verunsichert hatte, war es einfach nicht der richtige Zeitpunkt. Zuerst wollte ich auch ihm nichts davon erzählen. Ich hatte ihm gerade gesagt, dass ich nicht sicher bin, ob ich überhaupt je heiraten will, da fand ich mich ziemlich egoistisch. *Ich glaube nicht, dass ich dich heiraten will, aber könntest du mir bitte durch diese große emotionale Krise helfen?*«

»Gibt es einen anderen? Wollt ihr euch trennen? Ist er deshalb heute Abend nicht dabei?«

»Großer Gott, nein.«

»Also was dann? Geht es ihm gut? Ich meine, nachdem du die Entscheidung, ihn zu heiraten, auf die lange Bank geschoben hast.«

»Es geht ihm nicht besonders gut.«

»Ach, Melissa. Ich dachte, du liebst ihn?«

Melissa nippte an ihrem Wein und presste die Lippen aufeinander. Max ging schließlich zum Sofa zurück und setzte sich. »Ich liebe ihn, Dad. Ich habe mir nur nie vorgestellt zu heiraten. Ich bin nicht sicher, ob ich der Typ dafür bin.«

»Warum denn nicht?«

Nach einigen schrecklichen Minuten, in denen keiner ein Wort sagte, sah Melissa in den Augen ihres Vater eine Erkenntnis reifen, während sein Blick zu den leeren Tellern auf dem Tisch und den Käsestangenkrümeln glitt.

»Dad, zuerst war das Buch ein Schock, doch dann habe ich angefangen, es als Trost zu begreifen. Was da steht, überrascht mich auch oft. Mum erklärt, warum sie damals nicht wollte, dass ich von ihrer Krankheit erfuhr. Es ist unheimlich, aber auch sehr schön, dass sie mich als Erwachsene anspricht. Und es hat mir viel Freude gemacht, einige ihrer Rezepte auszuprobieren. Ich war wirklich erstaunt, wie viele Erinnerungen das Nachkochen zurückbringt. Momente, die ich entweder vergessen oder verdrängt hatte.«

»Also hat sie auch eine Menge geschrieben, es sind nicht nur Rezepte und Fotos?«

»Ja, schon einiges.«

»Und was genau schreibt sie über mich?«

»Nur Gutes.«

»Dann kann ich es also lesen, Melissa? Bitte?«

»Ich weiß nicht.«

»Was meinst du damit, du weißt nicht?« Er sah angespannt aus.

»Ich muss es erst in Ruhe zu Ende lesen. Deshalb habe ich auch nach dem Anfang eurer Beziehung gefragt. In dem Abschnitt, den ich gerade lese, schreibt Mum etwas über einen Streit, eine heftige Auseinandersetzung.«

Max' Gesichtsausdruck veränderte sich. Er begann wieder, mit dem Fuß auf den Boden zu klopfen.

»Darüber hat sie geschrieben?«

»Ich denke schon. Das werde ich als Nächstes lesen, daher wollte ich dich vorher persönlich fragen. Dieser Streit, Dad?«

»Melissa, ich rede wirklich nicht gern über diese Zeit. Ich habe mich total zum Trottel gemacht.« Er schenkte ihnen beiden Wein nach.

»Ich höre dir zu.«

»Als wir zusammenkamen, verdiente ich nicht besonders viel. Ich war ein ziemlicher Macho, der sich Sorgen darüber machte, wie er eine Familie ernähren sollte.«

»Wie altmodisch von dir.«
»Sexistisch?«
Sie lächelte, und der Ausdruck in seinen Augen entspannte sich etwas.
»Ich weiß, es war dumm. Aber ich liebte deine Mutter sehr, und ich wollte für sie sorgen. Auch wenn das vielleicht sexistisch klingt und so, als hätte ich sie bevormunden wollen, das lag nicht in meiner Absicht. Ich wollte sie beschützen, mich um sie und um die Familie, die wir werden wollten, kümmern.«
»Ich verstehe nicht, was das mit dem Streit zu tun hat.«
Max seufzte. »Ich bekam einen tollen Job in New York angeboten. Bei einer sehr umstrittenen Bank. Sie wollten mir viel Geld bezahlen. Deine Mutter war der Ansicht, ich würde mir selbst untreu werden, und die Bank wolle lediglich meine Integrität und meinen guten Ruf kaufen.«
»Und, wollten sie das?«
Max nahm einen großen Schluck Wein. »Ja. Es stellte sich heraus, dass sie genau das beabsichtigt hatten.«
»Also was geschah dann?«
»Ich blieb stur und ging nach New York. Deine Mutter kam nicht mit.«
»Ihr habt euch getrennt?« Melissa konnte kaum fassen, wie entsetzt sie das sagte, während sie das Kissen fest an ihren Bauch drückte.
»Ich weiß, es klingt unwahrscheinlich. Geradezu absurd. Es war nur für eine kurze Zeit. Aber ja, deine Mutter und ich haben uns damals getrennt.«
»Unfassbar.«
»Es war allein mein Fehler. Ich war dumm und dickköpfig. Lass dir das eine Warnung sein.«

Melissa fühlte, wie sie rot wurde. »Wie ging es weiter?«
»Ich dachte, sie würde nachkommen. Sie hatte geglaubt, ich würde nicht hingehen.«
»Und wer gab nach?«
»Was glaubst du?«
Melissa neigte den Kopf zur Seite.
»Natürlich hatte deine Mutter vollkommen recht. Es dauerte ungefähr zwei Wochen, bis ich die Wahrheit erkannte. Die Bank versuchte zwar, ihre Absichten zu beschönigen, aber es wurde schnell deutlich, was sie von mir wollten. Ich sollte ihnen helfen, ein paar moralisch fragwürdige Betrügereien aus der Welt zu schaffen.«
»Wie hast du reagiert?«
»Ich kündigte und kehrte reumütig zurück. Nun hatte ich gar keinen Job mehr, nichts mehr.«
»Und dann?«
»Deine wunderbare Mutter nahm mich wieder auf, ohne mit der Wimper zu zucken, und unterstützte mich, bis ich eine befristete Stelle als Dozent fand. Bis ich schließlich wieder auf eigenen Füßen stand und meine alte Uni so anständig war, mich wieder in Vollzeit einzustellen.«
»Hat dich diese Erfahrung stärker gemacht?«
»Nein, sie hat mich vollkommen verängstigt, Melissa. Die Erkenntnis, dass ich deine Mutter beinahe für immer verloren hätte, gleich am Anfang unserer Beziehung.«
Melissa betrachtete das Gesicht ihres Vaters.
»Es tut mir leid, ich wollte dich nicht aufregen.«
»Nein, ist schon gut. Das ist nur alles ein ziemlicher Schock, damit habe ich nicht gerechnet.«
»Ich weiß.«

»Obwohl es sich gut anfühlt, Melissa. Wenn wir so miteinander über deine Mutter reden, meine ich.«
Melissas Schultern entspannten sich allmählich; sie war erleichtert, dass sie nun endlich wusste, was auf den zusammengeklebten Seiten stand.
»Meinst du, dass ich mit Sam jetzt den gleichen Fehler mache wie du? Die Heiratsphobie. Ich hatte gedacht, du würdest mich verstehen. Eigentlich bin ich ja auch noch ziemlich jung.«
Er sah ihr in die Augen.
»Du bist noch jung, Melissa. Aber ich mag Sam, wahrscheinlich mehr, als ich mir anmerken lasse. Wenn du ihn liebst, dann sei vorsichtig.« Er zupfte einen eingebildeten Fussel von seiner Hose. »Und wenn deine Unsicherheit oder Panik oder was es auch ist etwas mit dem zu tun hat, was deiner Mutter und mir schließlich passiert ist, dann kann ich dir sagen: Wenn ich die Zeit zurückdrehen könnte, dann würde ich alles genau so noch einmal machen. Und ich würde auch wieder heiraten.«
Melissa sah ihn aufmerksam an.
»Darum bist du jetzt auch immer noch Single.«
»Das ist nicht fair!« Er atmete tief durch. »Ich hatte meine Portion Glück.«
»Und wer sagt, dass wir nur eine Portion bekommen, Dad?«

30

Eleanor 1994

Ich bin nur leider nicht ganz fertig geworden.« Eleanor hielt den Blick fest auf das Buch in ihrer Hand gerichtet.

»Das tut mir sehr leid.« James Hall, der Anwalt, der auf Eleanors Wunsch von der Kanzlei zu ihr nach Hause gekommen war, stand etwas unbeholfen neben dem Sofa. »Ich dachte, wir hätten zwölf Uhr vereinbart.«

»Nein, entschuldigen Sie bitte. So meinte ich das nicht. Aber bitte nehmen Sie doch Platz.«

Er setzte sich und bemühte sich zu lächeln.

»Verstehe ich das richtig? Sie wollen das Buch in der Obhut unserer Kanzlei belassen, und es soll Ihrer Tochter übergeben werden, wenn sie fünfundzwanzig ist?«

»Ja, ich nehme an, Sie können das arrangieren?«

»Aber natürlich. Doch wir benötigen eine klare Anweisung.« Er sah auf das Buch in ihrer Hand. »Wie genau soll das vor sich gehen? Wenn es so weit ist.«

»Sie müssen einige Fakten überprüfen, bevor Sie Melissa das Buch aushändigen. Wie es ihr und auch ihrem Vater gesundheitlich geht. Ich habe alles genau aufgeschrieben. Bezahlen werde ich jetzt gleich und zudem etwas Geld auf einem Konto hinterlegen, um alle zukünftigen Kosten abzudecken.« Eleanor reichte Mr. Hall ein Papier, das er sorgfältig durchlas.

»Aber wie ich schon sagte, der Zeitpunkt ist schwierig. Ich bin noch nicht ganz fertig, aber mein Arzt ...« Eleanor hielt inne und fuhr mit der Hand über die Sofalehne. »Ich muss wohl etwas eher ins Krankenhaus gehen, als ich gehofft hatte. Aus diesem Grund gebe ich Ihnen das heute schon mit.« Sie hielt das Buch immer noch fest in der Hand. »Diskretion ist in diesem Fall absolut entscheidend.«

»Selbstverständlich.«

»Mein Mann weiß nichts davon.«

»Ich verstehe.«

»Entschuldigen Sie, ich habe ganz vergessen zu fragen, ob Sie vielleicht eine Tasse Kaffee möchten?«

»Nein danke, für mich nicht. Aber wenn Sie selbst etwas trinken möchten?«

»Nein, nein.«

Eine ganze Weile sagte keiner von ihnen ein Wort. Eleanor schlug das Buch auf, um dem Anwalt die zusammengeklebten Seiten zu zeigen.

»Es geht um diesen Abschnitt hier.« Sie deutete auf die entsprechenden Seiten. »Ich hatte gehofft, diese Seiten streichen zu können. Genauer gesagt wollte ich sie herausreißen, bevor ich Ihnen das Buch aushändige. Aber ich warte noch auf eine Information – ein Testergebnis, von dem abhängt, ob ich diese Streichung vornehme oder nicht.«

Mr. Hall legte die Stirn in Falten.

»Ich weiß, es klingt kompliziert und ein bisschen geheimnisvoll. Und das ist es tatsächlich – kompliziert.«

»Was möchten Sie jetzt tun? Möchten Sie, dass ich später wiederkomme, oder vielleicht morgen?«

»Nein, Sie müssen das Buch heute mitnehmen. Aber ich würde gern telefonisch in Kontakt mit Ihnen bleiben, wenn ich im Krankenhaus bin, um zu entscheiden, ob dieser Abschnitt gestrichen wird, bevor Sie das Buch wegsperren.«

»Ich verstehe.«

Mr. Hall erklärte ihr, dass er die besonderen Anweisungen in einer offiziellen Form benötige. Dazu würde er Eleanor später noch einen Kurier mit einem Dokument zur Unterschrift schicken. Eleanor wirkte plötzlich sehr bekümmert.

»Nein, ich möchte nichts Schriftliches. Das muss meine Angelegenheit bleiben. Max wird zweifelsohne zu allem Zugang bekommen, und es ist mir wichtig, dass diese Sache vertraulich bleibt. Das klingt alles sehr kryptisch, nicht wahr? Wissen Sie, das Ergebnis, auf das ich warte, betrifft meinen Zustand. Wenn es nicht unbedingt nötig ist, möchte ich meinen Mann nicht damit belasten. Wäre es vielleicht möglich, dass Ihnen mein Arzt das Testergebnis direkt mitteilt?«

»Das muss ich erst überprüfen. In dem Fall müsste die Schweigepflicht aufgehoben werden. Es tut mir sehr leid, das klingt jetzt wenig ermutigend, aber wir müssen das Prozedere genau einhalten. Das verlangt das Gesetz.«

»Ja, das verstehe ich.«

Nachdenklich kniff Eleanor sich in die Unterlippe.

»Was halten Sie davon, Mrs. Dance, wenn wir jetzt gemeinsam Ihre Wünsche niederschreiben? Zumindest, was das Buch anbelangt, das ich dann gleich heute mitnehme.

Und was Ihren anderen Wunsch bezüglich des Testergebnisses betrifft, da werde ich noch ein paar Erkundigungen einholen und Sie dazu anrufen.«

»Ja, das ist eine gute Idee.« Erst jetzt bemerkte Eleanor, wie rauh ihre Handfläche vom ständigen Streichen über die Sofalehne geworden war. »So machen wir es. Das muss vorerst genügen.«

31

Max 2011

Seit dem Abendessen bei Melissa schlief Max schlecht. Er gab sich alle Mühe, nicht an das Tagebuch zu denken, sich nicht vorzustellen, wie es aussehen, und vor allem nicht, was darin stehen könnte. Er versuchte auch, nicht an Anna zu denken.

Dennoch war da nun fast jeden Tag das Kribbeln im Bauch. Manchmal überraschte es ihn auf dem Parkplatz, wenn er ihre Ankunft mitbekam, und manchmal im Institut, wenn er sie mit einem letzten Blick auf die Uhr quer über den Gang zu einem Seminar hasten sah. Doch am stärksten überfiel es ihn, wenn er ihr unerwartet begegnete – wenn er nichtsahnend um eine Ecke bog, wenn er sie in der Kantine erspähte oder wenn er das Institut am frühen Abend verließ im Glauben, alle anderen, auch Anna, wären schon längst nach Hause gegangen.

Max war davon überzeugt, dass ihn die reine Lust trieb und dass dieses Gefühl bald vorübergehen würde. Bis Anna eines Morgens schrecklich erkältet zur Arbeit erschien – sie hielt sich die Hand vors Gesicht, weil sie sich wegen zweier böse verkrustete Fieberbläschen auf ihrer Oberlippe furchtbar genierte. Ihre Nase war rot und verstopft, und sie hustete.

Wieder spürte er das Kribbeln im Bauch.
»An deiner Stelle würde ich mindestens drei Meter Abstand wahren.« Sie hob die Hand, um ihn abzuhalten. »Ich hätte zu Hause bleiben sollen, aber heute liegt viel an.«
»Wir hätten eine Vertretung organisieren können.«
»Ja, danke, das weiß ich. Aber ich bin eben manchmal etwas zu leidenschaftlich.«
»Möchtest du später mit mir einen Kaffee trinken?« Er hatte nicht geahnt, dass er diese Frage stellen würde. Seit dem Abendessen, das kein Date gewesen war, hatten sie nicht mehr ausführlicher miteinander gesprochen. »In drei Meter Abstand, selbstverständlich.«
Sie lachte. »Klar doch, gern. Obwohl ich wahrscheinlich eine heiße Zitrone nehme. Aber erst muss ich noch ein paar Studenten anstecken.«
»Um elf in meinem Büro?« Er griff in seine Tasche, ohne zu wissen, wonach er suchte.
Sie blickte auf ihre Armbanduhr. »Einverstanden.«
Als er später noch schnell zwei kleine Kekspackungen in der Cafeteria kaufte, überlegte er lange, welche sie wohl lieber mochte, Shortbread oder gefüllte Schokoladenkekse. Zurück in seinem Büro, stellte er nervös fest, dass sie bereits auf ihn wartete.
»Entschuldige bitte, bin ich zu spät?«
»Nein, ich war zu früh.« Sie füllte gerade den Wasserkessel in der Kochnische seines Büros. »Ich hoffe, es stört dich nicht, dass ich schon mal angefangen habe, aber ich brauche dringend etwas Heißes zu trinken.« Sie ging zum Schreibtisch und schüttete das Getränkepulver in einen Becher, während Max Kaffee machte.

»Wie läuft es denn mit Freddie? Ich wollte dich schon länger nach ihm fragen.«
Sie atmete tief ein und stieß die Luft mit vorgeschobener Unterlippe langsam wieder aus, dass sich ihre Ponyfrasen hoben. »Natürlich habe ich vollkommen überreagiert, geglaubt, er würde mit Crack oder Kokain handeln. Letztlich war es viel naheliegender.«
»Ja?«
»Ein Mädchen.«
»Aha.«
»Ihre Eltern waren nicht zu Hause, und diese Gelegenheit wollten sie sich ganz offensichtlich nicht entgehen lassen.«
Max lächelte und entschuldigte sich sofort dafür, aber auch Anna grinste. Sie warf die Getränkepulvertüte in den Papierkorb. »Erinnert es dich daran, wie es damals mit Melissa war?«
»Also kommt ihr beiden wieder klar?«
»Ja, zumindest sieht es so aus. Mal abgesehen von meiner Panik, dass sie von ihm schwanger werden könnte. Ich denke, sie ist das erste Mädchen, mit dem er schläft. Er ist geradezu besessen. Aber ich kann nicht wirklich sauer sein. Ich weiß noch zu gut, wie es bei mir war. Und zumindest erzählt er mir jetzt die Wahrheit.«
Max schüttete das kochende Wasser in die Tasse.
»Und sie ist sehr hübsch.« Anna fuhr sich mit der Hand über den Mund, um die Fieberbläschen zu verbergen, doch dann deutete sie mit dem Finger darauf. »Was mich daran erinnert: Ich sollte auf keinen Fall die wunderschöne neue Freundin meines Sohnes einladen, solange ich selbst aussehe wie Godzilla persönlich.«

»Darf ich die Einladung erwidern, Anna?« Zum zweiten Mal an diesem Tag hatte Max nicht geahnt, was er sagen würde. Anscheinend arbeiteten seine Stimmbänder nicht mehr mit seinem Gehirn zusammen.
»Wie bitte?«
»Zum Abendessen.«
»Sie wollen für mich kochen, Professor?«
»Ich dachte eher an ein Restaurant.«
Seine Frage, riskant und unbeabsichtigt, stand im Raum. Ihr Gesichtsausdruck zeigte, dass sie die Bedeutung sofort verstanden hatte. Der Vorschlag eines Restaurants machte aus der Einladung ein Date.
Sie nippte an ihrem Getränk. »Können wir warten, bis die Fieberbläschen verschwunden sind?«
Das Kribbeln im Bauch.
»Eine Woche sollte genügen.«
»Natürlich.« Er schenkte sich Kaffee nach, dann sah er sie an. Er hätte gern den Mut besessen, ihr zu sagen, sie solle doch die Hand vom Mund nehmen und endlich aufhören, sich Gedanken über ihr Aussehen zu machen, denn er verabscheute den verlegenen Ausdruck in ihren Augen.
»Sag mir, wann es dir passt.«
»Wie geht es Melissa? Nach dem Urlaub? Hat sie das Jobangebot angenommen? Sie würde für eine überregionale Zeitung schreiben, nicht wahr?«
»Ja, eine Verbraucherkolumne in einer Boulevardzeitung. Sie hat sich noch nicht entschieden, denn sie müsste für den auf ein Jahr befristeten Vertrag einen festen Job mit Rentenansprüchen aufgeben. Sie arbeitet noch nicht lange als Journalistin, daher ist es keine leichte Entscheidung. Und sie hatte eine Menge um die Ohren.«

»Ach ja?«
»Ich erzähle es dir beim Abendessen.«
Anna betrachtete genau sein Gesicht und wirkte plötzlich besorgt.
»Geht es dir gut, Max?«
Plötzlich spürte er das Bedürfnis, mit Anna über Eleanor zu sprechen. Wie war das möglich?
»Gut, du erzählst mir alles beim Essen, Max. Wenn ich weniger furchterregend aussehe.«
Kurz darauf waren beide schon wieder auf dem Weg zu ihren nächsten Seminaren. Max konnte sich nur mit Mühe davon abhalten, einen Blick über seine Schulter auf die davoneilende Anna zu werfen.

Eine halbe Stunde später war sein Einführungsvortrag über die quantitative Finanzwirtschaft für Studenten im zweiten Jahr gerade in Schwung gekommen, als ihn das durchdringende Heulen des Feueralarms unterbrach. Max wandte sich von der Tafel ab. Er konnte sich nicht erinnern, eine E-Mail mit der Ankündigung eines Probealarms erhalten zu haben.
Max hasste Feueralarmübungen.
Er wartete darauf, dass das lange schrille Klingeln in drei an- und abschwellende Töne überging als Zeichen dafür, dass dies eine Übung war. Doch der Heulton hielt an.
»Also, alle aufgepasst. Feueralarmübung.«
Oder war es vielleicht gar keine Übung?
»Unser Weg ist direkt aus dem Raum zu der gegenüberliegenden Brandschutztür. Nehmen Sie Ihre Sachen mit. Bleiben Sie ruhig und besonnen. Bitte entschuldigen Sie die Störung.«

»Ist das ein Probealarm?«, riefen einige Stimmen gleichzeitig.
»Das ist unwichtig. Wir müssen uns so verhalten, als wäre es ein echter Alarm.«
»Können wir den Alarm nicht einfach ignorieren?«
»Tut mir leid, aber nein. Es handelt sich um eine Anweisung der Universität, die ich befolgen muss. Bitte stehen Sie auf. Bleiben Sie ruhig und besonnen. Verlassen Sie den Raum nach rechts, die Brandschutztür befindet sich genau gegenüber. Sie haben Glück, dass es so nah ist. Und nun schnell raus hier. Bitte kommen Sie alle. Ich habe das Vergnügen, Ihnen zu beweisen, dass ein Wirtschaftsprofessor tatsächlich zählen kann.«
Durch das aufkommende Gemoser und Gemurmel hindurch drängte Max die Studenten zur Eile, ohne sich seine Angst anmerken zu lassen. Er zählte die Seminarteilnehmer. Dann ging er als Letzter hinter der Gruppe her, die sich aus dem Raum nach rechts und anschließend durch die Tür ins Freie schlängelte. Acht, neun, zehn. »Wir treffen uns auf dem Rasenplatz gegenüber der Bibliothek. Ich sehe Sie gleich dort.«
Als Max auf seinem Handy den Stundenplan des Instituts aufrief und überprüfte, wo sie war, spürte er sein Herz rasen. Seminarraum elf im dritten Stock.
Mist.
Er drehte sich um und ging wieder zurück zur Haupttreppe, wo ihm Alistair Hill, Hausmeister und Brandschutzwart des Instituts, mit ausgestreckten Armen den Weg versperrte.
»Dort entlang, bitte, Professor Dance.« Max sah Rauch am oberen Ende der Treppe.

»Das ist also keine Feueralarmübung?«

»Nein, keine Übung.« Ein knackendes Geräusch drang aus Alistairs am Gürtel befestigten Walkie-Talkie, und gleichzeitig klingelte sein Handy.

»Was ist los?«

Alistair hob die Hand, um Max zu signalisieren, dass er warten sollte, während er telefonierte. Dann sprach er in sein Walkie-Talkie. Max hörte aufgeregte Gesprächsfetzen, konnte daraus aber unmöglich entnehmen, worum es ging. Schließlich verstaute Alistair beide Geräte wieder am Gürtel und sah Max an.

»Die Küche in der großen Cafeteria. Kaputte Geräte. Die Feuerwehr ist schon unterwegs.«

»Was ist mit den Leuten darüber?« Max spähte die Treppe hinauf und überlegte fieberhaft, welchen Weg nach draußen man von dort nehmen konnte. Die oberen Räume lagen direkt über der Cafeteria. Er überlegte, wann er das letzte Mal dort unterrichtet hatte. Gab es eine Außentreppe? Eine Feuerleiter? Er wusste es nicht, denn er hatte die Instruktionen für einen Feueralarm niemals aufmerksam gelesen.

»Verzeihen Sie, Professor Dance, aber ich muss Sie bitten, umzukehren. Gehen Sie nach draußen. Wir haben alles unter Kontrolle.«

32

Melissa 2011

Melissa sehnte sich zurück in die Redaktion. Sie vermisste die Arbeit, den überquellenden Posteingang, die Briefe von Rentnern, die von schön daherredenden Schwindlern übers Ohr gehauen worden waren. Das Klackern der Tasten um sie herum fehlte ihr ebenso wie die angestrengten Gesichter, wenn die Deadline näher rückte, der Duft nach starkem Kaffee und die lauten Stimmen. Journalisten diskutierten viel, wenn die Zeit es zuließ, und Melissa liebte diese Wortgefechte.

Doch im Moment war sie nur von Stille umgeben. Sie hatte immer noch frei, um ihre Entscheidung über das Jobangebot zu fällen. Sam hingegen war wahnsinnig beschäftigt. Wie er gehofft hatte, war ihm eine Partnerschaft angeboten worden, und nun informierte er sich über ein Finanzierungspaket, um sich in die Firma einzukaufen. Er würde sich auf den Um- und Ausbau denkmalgeschützter Gebäude konzentrieren, einen Bereich, in dem er schon einige Erfahrung und auch etliche Erfolge vorzuweisen hatte. Sein letztes Projekt war gerade groß in der Sonntagszeitung besprochen worden. Für die Partnerschaft gab es noch eine Menge Dinge zu überdenken und zu regeln, Sam hatte mehrere Termine bei der Bank ausgemacht und auch Kontakt zur Fachpresse aufgenommen. Außerdem wollte er sich natürlich auch noch um Marcus kümmern und ihn in seiner schwierigen Lage unterstützen. Seit Marcus und seine Frau Diana Anwälte hinzugezogen hatten, tobte eine regelrechte Schlammschlacht. Sams Vater griff Marcus finanziell unter die Arme und hatte ihm eine Wohnung gemietet, wo er bleiben konnte, bis er wieder auf eigenen Füßen stand.

Sam wirkte mit jedem Tag gehetzter und hatte tiefe, dunkle Ringe unter den Augen, wohingegen Melissa über viel freie Zeit verfügte, die sie eigentlich zur Vorbereitung für das Treffen mit dem Redakteur der Boulevardzeitung nutzen wollte.

Sie hatte bereits ihre erfolgreichsten Verbraucherschutzartikel zusammengestellt und auch ein paar Ideen für neue Kampagnen notiert, doch sie war abgelenkt – es gelang ihr nicht, das Tagebuch, die Rezepte und auch die Vorüberlegungen zu einem Blog aus ihren Gedanken zu vertreiben. Die ganze Zeit dachte sie darüber nach, ob sie es wagen konnte, dem Redakteur bei dem Treffen von ihrer Idee zu erzählen. In dem Blog wollte sie über die Erinnerungen berichten, die das Kochen und Backen in ihr wachgerufen hatten, und die Leser dazu animieren, es ihr gleichzutun. Sie wusste, dass es im Netz unzählige Experten gab, die sich ausgezeichnet mit Essen und Trinken auskannten, aber ihr schwebte etwas anderes vor. Sie wollte darüber schreiben, welche Überraschungen Anfänger in der Küche erlebten, aber auch von der Routine und der Erfahrung berichten, die man mit der Zeit bekam. Sie wollte in Worte fassen, welch großen Wert die vertrauten Rezeptvarianten und persönlichen Erinnerungen hatten, die in einer Familie von Generation zu Generation weitergereicht wurden.

Tief in sich spürte Melissa zudem eine neue geheime Angst aufsteigen, und sie durchsuchte das Internet viele Stunden lang nach Informationen über die Krebsgene BRCA1 und -2.

Erst durch die eingehende Beschäftigung mit dem Thema begriff sie, dass sie einige Informationen über das Krebsgen falsch verstanden hatte.

Max hatte das Thema nur einmal sehr vorsichtig angesprochen, als sie sechzehn Jahre alt war. Damals hatte er angedeutet, dass sie die Frage nach einem Gentest vielleicht in ein paar Jahren mit ihrem Gynäkologen besprechen sollte.

»War das Krebsgen schon bekannt, als Mummy krank wurde?«

»Damals war es gerade erst entdeckt worden, Melissa, es war alles noch sehr neu.«

Als Teenager hatte Melissa überhaupt kein Bedürfnis verspürt, der Sache nachzugehen. Sie wusste, dass Frauen, die ein fehlerhaftes Gen in sich trugen, beide Brüste abgenommen wurden. Als sie sich einmal nackt vor den großen Spiegel stellte und ihre Brüste betrachtete, wurde ihr beinahe schwindelig.

Seit der Erkrankung ihrer Mutter hatte die Wissenschaft große Fortschritte gemacht. Melissa saß vor dem Computer und verschlang Seite um Seite.

Inzwischen wusste man, dass das defekte Gen tatsächlich sowohl Brust- als auch Eierstockkrebs beeinflusste – so, wie es die Forscher in den 90er Jahren vermutet hatten. Doch die erbliche Prädisposition für diese Krebsformen war nicht leicht auszumachen. Eine Zelle brauchte eine Reihe von »Fehlern« im Gencode, bevor Krebs entstand. Nicht jede Trägerin eines solchen Gens erkrankte automatisch an Krebs, aber sie hatte in jedem Fall ein erhöhtes Risiko.

Auf den offiziellen Webseiten namhafter Krebsstiftungen wurde erklärt, dass BRCA1 und -2 – die genau zu der Zeit entdeckt worden waren, als Eleanor erkrankte – die ersten Brustkrebsgene waren, die man überhaupt ausgemacht hatte. Jede Trägerin von BRCA1 oder -2 hatte ein schätzungsweise zwischen 45 und 90 Prozent erhöhtes Risiko, an Krebs zu erkranken. Dabei reichten die Behandlungsmöglichkeiten von der Entfernung beider Brüste bis hin zur genauen Beobachtung durch regelmäßige Mammographien.

Heutzutage konnte jede Frau, in deren Familie mehrere Fälle von Brustkrebserkrankungen oder auch Eierstockkrebs aufgetreten waren, einen Gentest machen lassen. Der National Health Service, der staatliche Gesundheitsdienst, übernahm die Kosten für den Test, wenn eine lebende, an Krebs erkrankte Verwandte zuerst untersucht werden konnte, um herauszufinden, ob ein defektes Gen oder doch etwas anderes die Krankheit ausgelöst hatte.

Melissa dachte, dass sie aus diesem Grund für den Test nicht in Frage kam. Doch als sie weiter im Netz suchte, fand sie heraus, dass der Test, je nach Familienstammbaum, auch dann durchgeführt wurde, wenn nicht sämtliche Voraussetzungen erfüllt waren. Auch zahlreiche private Kliniken boten den Gentest an, scheinbar mit großem Erfolg, was Melissa als versierte Journalistin gleich skeptisch machte. Sofort stellte sie sich verängstigte Frau-

en vor, die den Test ohne Notwendigkeit durchführen ließen – und ohne sich über alle Konsequenzen Gedanken gemacht zu haben.
Andererseits war dies ihre persönliche Chance, den Test vornehmen zu lassen, ohne dass sie das Thema mit ihrem Gynäkologen besprechen musste. Weder Sam noch ihr Vater würden etwas davon mitbekommen.
Was sie dann las, bestätigte ihre Vermutung, dass ihr Risikofaktor wahrscheinlich erhöht war, denn sowohl ihre Mutter als auch ihre Großmutter waren beide in jungen Jahren an Brust- beziehungsweise Eierstockkrebs gestorben. Das war alarmierend, besonders in einer Familie, in der die Männer in der Überzahl waren. Überrascht stellte Melissa fest, dass Männer stille Träger des fehlerhaften Gens sein konnten. Aber unabhängig davon, ob der Vater oder die Mutter Träger von BRCA1 oder -2 waren, in beiden Fällen bestand eine fünfzigprozentige Wahrscheinlichkeit, dass das Gen weitervererbt wurde.
Wenn möglich, untersuchten Ärzte und Experten das Blut einer an Krebs erkrankten Verwandten, da auf diesem Wege das beteiligte fehlerhafte Gen genau bestimmt werden konnte. Dank diesem Voraustest waren die Ergebnisse von Vorsorgeuntersuchungen bei Verwandten dann präzise und verlässlich. Dennoch war es möglich, den Test ohne die Blutuntersuchung bei einem erkrankten Verwandten vorzunehmen.
Interessenten und Patienten wurde eine ausführliche Beratung durch Ärzte und Experten empfohlen, doch ein paar Internetfirmen boten an, den Gentest per Post innerhalb von acht Wochen durchzuführen. Melissa hatte keine Ahnung, wie präzise das Ergebnis dann ausfiel.

Sie unterbrach ihre Internetrecherche, bereitete sich einen starken Kaffee und legte dann das Buch ihrer Mutter vor sich auf den Tisch. Mit einer Hand fuhr sie über den Buchdeckel, blickte hinauf zur Zimmerdecke und stellte sich vor, wie Eleanor mit dem Füller in der Hand an ihrem Schreibtisch saß.
Auf einmal empfand sie großes Mitleid für ihre Mutter, die das alles hatte allein durchstehen müssen. Melissa presste die Lippen fest aufeinander und war sich auf einmal vollkommen sicher.
Etwas trat aus seinem Schatten, wie ein gesuchtes Wort in einem Kreuzworträtsel, das einem plötzlich einfiel, wie eine Person im äußersten Augenwinkel, die man erst im letzten Augenblick wahrnahm.
Und auf einmal war alles vollkommen klar.
Schon in den ersten Tagen, als sie mit der Lektüre des Buchs begonnen hatte, war Melissa bewusst geworden, dass sie wütend auf ihre Mutter war, weil sie sich nicht von ihr verabschiedet hatte. Aber dieses Gefühl hatte sich gewandelt.
Ihre Unsicherheit, was die Zukunft mit Sam anging. Was er während des Streits auf Zypern zu ihr gesagt hatte, stimmte, das hatte sie inzwischen eingesehen. Sie war so vehement gegen das Heiraten, weil sie Angst hatte. Ein lebenslanges Glück konnte sie sich nicht vorstellen, weil sie von dem gezeichnet war, was ihr Vater und sie durchgemacht hatten. Inzwischen verstand sie sich selbst ein wenig besser.
Sie dachte an die am Brunnen spielenden Kinder, dachte über Elternschaft nach. Sams Geständnis, wie sehr er sich Kinder wünschte, beschäftigte sie. Melissa hatte immer

geahnt, dass Sam gern eine Familie wollte, doch nun konnte sie nicht mehr so tun, als wüsste sie nicht, wie wichtig das für ihn war.
Er freute sich, dass er nun, nachdem ihm die Partnerschaft angeboten worden war, bald mehr Geld verdienen würde. Auf seinem Computer zu Hause hatte er ihr alle Entwürfe gezeigt, die er für sein Traumfamilienhaus angefertigt hatte.
Fast hatte es den Anschein, als glaubte Sam, die Gemeinsamkeit, die durch das Tagebuch und das Kochen zwischen ihnen entstanden war, könnte alle ihre Probleme lösen.
Doch das Gegenteil war der Fall, die Nähe zu ihm machte alles nur schlimmer.
Melissa spürte das Blut in den Ohren rauschen, wenn sie nur daran dachte.
Es war ihr unmöglich, einfach ihre Meinung zu ändern und Sam zu heiraten, auch wenn sie das im Grunde wollte. Denn sie konnte sich nicht vorstellen, ein Kind zu bekommen. Wenn sie den Test machen ließ und er positiv ausfiel, dann würde auch ihr Kind aller Wahrscheinlichkeit nach ohne Mutter aufwachsen müssen, genau wie sie selbst.
Das konnte sie weder Sam noch ihrem Kind antun. Was sie quälte, war nicht die irrationale Angst, früh zu sterben. Das Krebsgen war wissenschaftlich erforscht, hier ging es um Tatsachen. Für ihre Mutter war es damals anders gewesen, denn sie hatte, als sie geheiratet und Melissa bekommen hatte, nichts davon gewusst. Das Wissen um das Risiko veränderte alles für Melissa, es übertrug ihr eine Verantwortung, auf die sie lieber verzichtet hätte.

Sie fuhr mit den Fingern über die zusammengeklebten Seiten hinten im Tagebuch und verstand auf einmal, warum sie sie nicht hatte lesen wollen. Sie war sicher, dass auf diesen Seiten nicht nur die Geschichte des großen Streits ihrer Eltern stand, sondern auch das Testergebnis ihrer Mutter. Eleanor hatte diese Information so lange hinausgezögert, um Melissa so gut wie möglich auf das Schlimmste vorzubereiten.

Sie schloss die Augen und versuchte, sich an den entscheidenden Moment zu erinnern. Ein Hase als Ausstechförmchen. Wie sie mit ihren acht Jahren ungeduldig vor der Badezimmertür in Cornwall stand.

Dann atmete Melissa tief durch und schlug das Buch auf.

33

Eleanor 1994

Eleanor hatte eine klare Vorstellung davon gehabt, wie ihre letzten Tage aussehen würden.

Doch kurz nachdem sie dem Anwalt das Buch übergeben hatte, wachte sie auf dem Fußboden auf. Sie hatte keine Ahnung, wie lange sie dort bewusstlos gelegen hatte. Da sie keine Armbanduhr trug, schleppte sie sich mühsam durch den Raum zu einer Stelle, von der aus sie die Wanduhr sehen konnte, und musste zutiefst erschrocken feststellen, dass mehr als zwanzig Minuten vergangen waren. Die nächste Erkenntnis war noch schockierender. Ihre Haut hatte einen gelben Ton angenommen.

Max war in der Universität, die fünfundvierzig Minuten mit dem Auto entfernt lag. Tag für Tag hatte sie ihn gedrängt, zur Arbeit zu gehen, denn sie konnte seine ständige Besorgtheit nicht ertragen und wollte um Melissas willen den Anschein eines normalen Familienlebens so lange wie möglich aufrechterhalten. Die Gemeindeschwester kam inzwischen zweimal täglich vorbei, und Eleanor hatte sich mit dieser Regelung bisher sicher gefühlt. Aber sie hatte sich getäuscht.

Die Schmerzen in ihrem Unterleib waren kaum zu ertragen. Sie schleppte sich ein paar Schritte zum Telefon und alarmierte erst einen Krankenwagen, dann rief sie in der

Praxis von Dr. Palmer an. Die Sekretärin stellte sie sofort durch.
»Es ist Zeit«, war alles, was sie sagte. Nach einer kurzen Pause versicherte Dr. Palmer ihr, er werde sich mit der Notrufstelle und dem Krankenhaus in Verbindung setzen und ein ruhiges Krankenzimmer für sie vorbereiten lassen. Ob Max bei ihr sei? Wann sie den Krankenwagen gerufen habe? Ob sie nicht doch lieber ins Hospiz gehen wolle?
Eleanor hatte den Gedanken, ins Hospiz zu gehen, verworfen, weil Melissa dann sehr schnell herausfinden würde, was wirklich mit ihr los war. Nachdem sie nun das Buch für Melissa geschrieben hatte, war sie nicht mehr sicher, ob sie in diesem Punkt richtig gehandelt hatte. Sie erzählte Dr. Palmer, dass sie das Hospiz nicht mehr grundsätzlich ablehne, und er sagte, er werde die zuständige Krankenschwester bitten, die Hospizeinrichtung zu kontaktieren.
»Ist jemand bei Ihnen, Eleanor? War die Gemeindeschwester heute Morgen da? Sie sind doch nicht allein?«
»Ich bin okay, alles unter Kontrolle.«
Als der Krankenwagen kam, hatte Eleanor es auf einen Stuhl im Flur geschafft, eine kleine Tasche mit dem Nötigsten neben sich am Boden. Sie stellte sich vor, wie Max die Tasche langsam auspackte: Schlafanzug, Waschbeutel, Bücher.
Sie hatte entschieden, dass die Krankenschwester Max verständigen sollte, sobald Eleanor sich in ihrem Zimmer auf der Station befand. Es war zwei Uhr nachmittags. Der plötzliche Schwächeanfall hatte sie überrascht. Sie hatte tatsächlich damit gerechnet, noch mehr Zeit zu haben,

um sich an die Situation zu gewöhnen und weitere Vorkehrungen zu treffen. Was sollte jetzt als Nächstes geschehen? Max musste Melissa von der Schule abholen und seine Mutter bitten, sich um sie zu kümmern. Eleanor wollte vorbereitet sein, damit sie Max so ruhig und gelassen wie möglich begegnen konnte, sobald er erfuhr, was vorgefallen war.
Sie wollte auch noch mit Dr. Palmer und den Anwälten wegen des Testergebnisses sprechen, bevor Max im Krankenhaus ankam.

***

»Sie können da nicht wieder reingehen, Professor.«
»Natürlich kann ich. Jemand aus meinem Team ist dort oben. Ein ganzes Seminar, ein halbes Dutzend Studenten.«
»Das müssen wir jetzt der Feuerwehr überlassen.«
Max versuchte, sich an dem Hausmeister vorbeizudrücken, aber das ließ Alistair nicht zu.
»Ich kann Sie unmöglich durchlassen, Professor.«
Max holte aus, aber der Schlag ging daneben.
»Meine Güte, Professor Dance!« Der Hausmeister sah ihn entsetzt an. Er war ein kräftiger Mann, und in weniger als einer Minute hatte er Max fest im Polizeigriff.
»Ich sehe, Sie sind extrem nervös. Das Ganze tut mir sehr leid. Aber wir sollten uns jetzt beruhigen und die Arbeit den anderen überlassen. Einverstanden?«
Max versuchte vergeblich, sich zu befreien.
»Ich bin der Institutsleiter, ich bin hier verantwortlich.«
»Ja, das weiß ich. Aber in diesem Moment trage ich die

Verantwortung. Also, kann ich Sie jetzt loslassen? Beruhigen Sie sich jetzt und gehen mit mir zum Ausgang?«

***

»Sie liegt im Koma.«

»Was um Himmels willen soll das heißen – sie liegt im Koma? Ich muss mit ihr sprechen. Heute Morgen ging es ihr gut, es gab keine Probleme. Was meinen Sie damit, sie liegt im Koma?«

»Ihr Zustand hat sich sehr, sehr schnell verschlechtert, Max. Die Leber und vor allem die Lungen, dort hat sich ein Blutgerinnsel gebildet. Sie hat das Bewusstsein verloren. Wir mussten ihr etwas gegen die Schmerzen geben.«

»Wird sie wieder aufwachen?«

Dr. Palmer hatte Max auf dem Krankenhausflur abgefangen und lief jetzt neben ihm mit schnellen Schritten zu Eleanors Zimmer. Es war fünf Uhr. Seine Mutter kümmerte sich um Melissa.

Eleanors Haut war gelblich, doch Dr. Palmer erklärte Max, er mache sich mehr Sorgen um ihre Lungen. Er sprach davon, wie selten ihr Fall sei, wie schnell der Tumor streue und wie schwierig es sei, die weitere Entwicklung vorauszusagen.

Max wünschte sich nur, der Arzt würde endlich den Mund halten.

»Heute Morgen ging es ihr gut.«

»Im Augenblick ist es das Wichtigste, dass sie keine Schmerzen hat.«

»Ich habe nicht mitbekommen, dass sie so viel Gewicht verloren hat. Sie wollte nicht mehr, dass ich sie genau an-

sehe.« Max stand neben dem Bett, während Dr. Palmer die Anzeigen auf den Monitoren überprüfte.
»Es ist meine Schuld, nicht wahr? Ich hätte hartnäckig bleiben und sie früher herbringen sollen. Nicht einmal beim Baden wollte sie sich von mir helfen lassen. Ich habe es versucht, glauben Sie mir, ich …«
Dr. Palmer legte Max die Hand auf den Oberarm.
»Nichts von alldem ist Ihre Schuld, Max. Es war wichtig, dass alles so ablief, wie Eleanor es wollte.«
Max hielt sich die Hand vor den Mund. Plötzlich wurde ihm schwindelig, und Dr. Palmer half ihm auf einen Stuhl neben dem Bett.
»Sie habe gerade gesagt, sie hatte Schmerzen?«
»Wir geben ihr etwas dagegen, Max. Sie hatte die Schmerzen nicht lange.«
»War sie verzweifelt?«
Dr. Palmer warf einen Blick zu der Krankenschwester.
»Wir haben unser Bestes getan. Sie wollte wach bleiben, um mit Ihnen zu reden. Aber es war zu viel für sie.«
»War sie verzweifelt?«
»Sie wollte mit Ihnen über etwas Bestimmtes sprechen, das hat sie sehr beschäftigt. Aber jetzt ist sie ruhig, und sie hat sich nicht lange gesorgt, das versichere ich Ihnen.«
»Wird sie wieder aufwachen?«
Max beobachtete, wie sich Eleanors Brust hob und senkte, wobei bei jedem dritten Atemzug eine kurze schreckliche Pause entstand.
»Werde ich noch einmal mit ihr sprechen können? Wird sie wieder aufwachen?«

***

Die Feuerwehr benutzte eine Ausziehleiter, um zu den oberen Seminarräumen zu gelangen. Fünf schreckliche, panische Minuten lang konnte man die verängstigten Gesichter der Studenten und von Anna am Fenster sehen, umhüllt von dunklem Rauch. Kurz darauf herrschte paradoxerweise vollkommene Gelassenheit, und alle behaupteten, der Brand wäre nicht weiter schlimm gewesen. Die Studenten, die vom Rasen aus zugesehen und alles mit ihren Handys gefilmt hatten, klatschten Beifall. Das Auftreten der Studenten, die mit Hilfe der beweglichen Plattform der Leiter in Sicherheit gebracht wurden, änderte sich, sobald sie sicheren Boden betraten. Auf einmal war es ein großer Spaß gewesen, ein Triumph für Facebook.

Max beobachtete, dass Anna oben darauf bestand, die Letzte zu sein, die mit der Plattform nach unten gebracht wurde.

»Es war die Fritteuse«, hörte er jemanden neben ihm flüstern. »Sie ist lange nicht gesäubert worden. Ein gefundenes Fressen für das Gesundheitsamt.«

Anna sah Max an, während die Plattform langsam zur Erde glitt, und legte wieder schützend die Hand vor ihre Fieberbläschen, als er auf den Rasen sank.

34

Max hatte immer gewusst, wie die größte Prüfung seiner Liebe zu Eleanor aussehen würde. Sie zu verlieren war nicht das Schlimmste. Es fühlte sich genauso an, wie er befürchtet hatte – als würde man ihm das Fleisch von den Knochen reißen. Nur geschah es viel schneller als erwartet. Vier Stunden im Krankenhaus. Ein Blutgerinnsel in der Lunge.

Du musst aufwachen, Eleanor. Ich bin noch nicht bereit.

Doch selbst das war noch nicht das Schlimmste.

Eleanors Vater war auf dem Rückweg aus Frankreich, und Max' Mutter war bei ihnen zu Hause. Die allergrößte Prüfung stand ihm noch bevor.

Er musste nach Hause zu Melissa fahren.

Während der ganzen grauenvollen Fahrt brauchte Max jedes Quentchen seiner körperlichen Kraft, um den unerwarteten Zorn auf die Frau zu überwinden, die er so sehr liebte und die ihn mit dieser schrecklichen Aufgabe alleingelassen hatte.

Sie hatten »normale« Wochen miteinander verbracht, so, wie Eleanor es sich gewünscht hatte. Doch Max war sicher, Melissa ahnte insgeheim, dass etwas vor sich ging. Bis zum letzten Moment hatte er versucht, Eleanor davon zu überzeugen, dass sie ihre Meinung änderte und Melissa auf eine Zukunft ohne sie vorbereitete. Eleanor hätte mit Melissa zur Beratung gehen, ihr ein Buch zu dem Thema schenken und eine Erinnerungskiste zusammenstellen sollen. Er wollte, dass sie sich richtig von ihrer Tochter verabschiedete.

Aber Eleanor ließ sich nicht umstimmen. *»Ich kann das nicht. Bitte zwing mich nicht dazu, Max.«*

Als es Eleanor in den letzten Tagen sehr schlecht gegangen war, hatte Melissa vermutet, es wäre eine Blinddarmentzündung.

»Ist das der Blinddarm, Daddy? Tabathas Mummy wurde im letzten Sommer der Blinddarm herausgenommen, und es ist nur eine winzige Narbe geblieben. Sie hat sie uns gezeigt«, hatte sie noch am selben Morgen erzählt, als Max sie in die Schule brachte. »Wenn Mummy der Blinddarm herausgenommen wird, zeigt sie mir dann ihre Narbe?«

Max war vom Krankenhaus direkt nach Hause gefahren. Auch seine Mutter war gegen die Heimlichtuerei gewesen. Als er nun über die Schwelle trat, konnte er den Anblick ihrer Schürze und der Hausschuhe kaum ertragen. Er ließ sich auf den Stuhl fallen, der im Flur neben dem Telefon stand.

Sie bot ihm an, mit ihm nach oben zu Melissa zu gehen und ihm beizustehen.

Aber er schüttelte den Kopf. Er wollte mit Melissa allein sein.

In ihrem Zimmer flocht Melissa gerade ihrer alten Stoffpuppe Elizabeth Zöpfe. Sein Vater hatte ihr die Puppe geschenkt, als sie drei Jahre alt war.

»Ist Mummy auch mit dir nach Hause gekommen?«

Max setzte sich vorsichtig auf Melissas Bett.
»Nein. Liebling, hör mir zu. Ich muss dir etwas sehr, sehr Trauriges sagen.«
»War es der Blinddarm?«
»Nein.«
Ihr Körper straffte sich, und sie begann, einen Zopf der Puppe wieder zu lösen, um dann ganz ohne Grund wieder von vorn anzufangen. Während sie der Puppe einen neuen Zopf flocht, zog sie fest an den Nylonhaarsträhnen.
Sie schwieg.
»Manchmal geschehen Dinge, mein Liebling, die wir nur sehr schwer begreifen können. Und es fällt noch schwerer, sie zu erklären.«
»Bekommt Mummy noch ein Baby?«
»Nein, Mummy bekommt kein Baby.«
»Es macht mir nichts aus, ich bin auch nicht eifersüchtig, das verspreche ich.«
Max näherte sich seiner Tochter und legte ihr den Arm um die Schulter, während er eine aufkommende Panikwelle niederkämpfte. Das Adrenalin rauschte durch seinen Körper.
»Es ist folgendermaßen, Melissa. Gott hat entschieden, dass Mummy bei ihm im Himmel sein soll.«
Melissa saß vollkommen regungslos da, wie betäubt. Ihr Körper war stocksteif, und sie sagte kein Wort.
»Mummy ist jetzt im Himmel, Liebling.«
Melissa machte eine seltsame Kopfbewegung, eine Art Kinnzucken. Immer wieder zuckte ihr Kinn, als hätte sie einen Tic, den Max nie zuvor wahrgenommen hatte.
»Ich werde Elizabeth jetzt etwas anderes anziehen.«

»Das kannst du später machen, Liebling. Jetzt musst du mir bitte gut zuhören. Und versuchen zu verstehen, was ich dir sage. Es ist unendlich traurig, Melissa. Und schrecklich. Und es tut auch mir sehr weh. Es trifft mich mitten ins Herz. Aber wir beide müssen jetzt sehr tapfer sein. Es tut mir so leid, mein Kleines. Mummy hat dich mehr geliebt als alles andere auf der Welt. Aber Mummy ist heute im Krankenhaus gestorben und in den Himmel gekommen. Das bedeutet, dass wir sie nicht mehr sehen können.«

Nachdem Melissa noch einige Sekunden geschwiegen hatte, brach es aus ihr heraus.

Es glich einem Tsunami, einer riesigen Wand aus Fäusten und Haaren. Und da war auch dieses furchtbare Geräusch.

Später konnte er sich nicht mehr erinnern, ob Melissa zuerst aufgestanden war oder zuerst zu schreien begonnen hatte. Er erinnerte sich nur, wie sie mit Fäusten und Tritten, laut aufheulend, auf ihn einschlug.

Als ob sie niemals mehr damit aufhören wollte.

»Du bist ein elender Lügner!« Sie trat ihn mit Füßen und schrie, so laut sie konnte. Dann schleuderte sie die Puppe auf ihn, ihre Haarbürste, ihre Spielzeuge. »Verschwinde aus meinem Zimmer!« Es folgten Bücher und Taschen. Mit einem heftigen Fußtritt stieß sie das Puppenhaus in die Ecke. Sie zerschmetterte alles, was sie sah, und schubste ihn mit aller Kraft aus dem Zimmer. »Raus aus meinem Zimmer! Ich hasse dich!« Sie trat richtig fest zu. »Ich rufe Granny, und dann holen wir Mummy. Jetzt gleich. Raus hier!«

Max versuchte, seine Tochter an den Armen festzuhalten,

um zu verhindern, dass sie weiter um sich schlug, aber er hatte Angst, ihr weh zu tun.
»Ich weiß, Liebling. Und es tut mir unendlich leid.«
»Sie ist nicht im Himmel.«
»Melissa, sieh mich an, Kleine …«
»Sie ist nicht im Himmel.«
»Melissa, bitte.«
»Wir sind mitten in einer Geschichte. Sie muss weiterlesen. Schau her!« Sie nahm ein Buch, das neben dem Bett lag, und zeigte ihm die Seite, wo das Lesezeichen steckte. Ihre weit aufgerissenen Augen baten flehentlich darum, dass diese Tatsache, diese unvollendete Aufgabe etwas änderte.
Lange Zeit blickte sie ihn unverwandt an, während ihr die Tränen über die Wangen liefen. Plötzlich wurden ihre Arme schlaff, und das Buch fiel zu Boden. Auf die äußerst heftige Gewalttätigkeit, den körperlichen Ausbruch folgte nun ein erschreckender völliger Zusammenbruch. Melissa sackte zu Boden, als würden sämtliche Muskeln gleichzeitig den Dienst verweigern.
Max rief voller Angst nach seiner Mutter, während er Melissas Atmung überprüfte. Er legte ihr ein Ohr an den Mund. Ihre Brust hob und senkte sich.
So ist es gut, Melissa, atme. Mach weiter so.
Nun nahm Max sie in den Arm und hielt sie fest, während sie wieder zu sich kam. Sanft legte er ihren Kopf in seine Armbeuge, wie er es getan hatte, als sie noch ganz klein war. Seine Mutter erschien auf der Türschwelle.
»Mummy hat die Geschichte nicht zu Ende vorgelesen.« Melissa brach in krampfhaftes Schluchzen aus, ihr ganzer Körper bebte. Tiefste Verzweiflung hatte sie erfasst.

Einfaches Sodabrot

1 Pfund Weizenmehl
2 Teelöffel Natron
1 Teelöffel Salz
ungefähr 400 ml Buttermilch (ich habe stattdessen auch schon Naturjoghurt genommen, das funktioniert genauso gut)

Mehl, Natron und Salz in eine Schüssel sieben, in der Mitte eine Kuhle formen und die Buttermilch oder den Joghurt hineingeben. Alles zu einem weichen Teig vermengen. Sollte er zu trocken sein, einen Schuss Milch hinzugeben. Den Teig aus der Schüssel auf eine bemehlte Fläche geben und eine Minute lang durchkneten. Einen runden Laib formen und oben ein Kreuz einritzen.

Im vorgeheizten Ofen bei 200 Grad ungefähr 40 Minuten lang backen.

Nach Belieben Kräuter und Körner hinzufügen.

Jetzt habe ich doch noch ein schnelles Rezept nachgeschoben. Ich gebe zu, Sodabrot ähnelt mehr Scones als richtigem Brot, aber es ist leicht zu machen und gelingt wirklich immer. Es ist das beste Rezept, wenn du genervt oder traurig bist, denn Brot backen ist einfach und hat eine enorme therapeutische Wirkung. Versuch es mal, wenn du etwas Aufmunterung brauchst und dir sonst nichts einfällt.

Mein liebes Mädchen, es ist Zeit.
Der Anwalt wird gleich hier sein, um das Buch abzuholen, und ich kann nicht genau sagen, was ich mir von diesem Moment erwarte. Einen guten Abschluss? Gewiss hoffe ich auf etwas Frieden und dass mir noch ein aufmunternder Ratschlag einfällt, den du mit in das wunderbare Leben nehmen kannst, das ich dir so wünsche.
Stattdessen habe ich eher Verwirrung gestiftet. Wie du jetzt schon bemerkt haben wirst, sind mir die Dinge entglitten. Das Ergebnis meines Gentests liegt noch nicht vor, deshalb schreibe ich dir meine Gedanken dazu auf.
Sollte ich genügend Zeit haben, werde ich das Labor vom Krankenhaus aus kontaktieren und dafür sorgen, dass das Ergebnis für dich in das Buch eingefügt wird. In dem Fall können wir die zusammengeklebten Seiten herausreißen und kein weiteres Wort darüber verlieren.
Doch wie es aussieht, muss ich mich von dir verabschieden, ohne dass die Antworten auf diese Fragen vorliegen.
Also, meine Schöne. Wenn du die geheimen, zusammengeklebten Seiten gelesen hast, dann denk an all das, was ich dir zuvor geschrieben habe, und versuche, auch zu mir so gut und freundlich zu sein, wie du nur kannst.
Aber nun komm näher und hör mir gut zu.
Ich habe keine Angst, Melissa, nicht um mich. Ich bin nicht verbittert und ich bin auch nicht mehr wütend. Ich lasse dich in der Obhut des Mannes, den ich von ganzem Herzen liebe und der wirklich der beste Mensch ist, dem ich je begegnet bin. Ich weiß, dass er dich immer beschützen und mit jeder Faser seines Herzens lieben

wird. Nur dass ich dich nicht aufwachsen sehe, macht mich traurig, Melissa, und dass ich nicht mehr für dich da sein kann.

Wir durften nicht genügend Zeit miteinander verbringen. Das ist ungerecht. Aber ich versichere dir, dass jeder einzelne Tag mit dir für mich eine vollkommene Freude war und dass ich für dich mehr Liebe empfinde, als ich zu sagen vermag.

Bitte sei nicht traurig, zumindest nicht meinetwegen. Sei tapfer und stark – und stets so freundlich, wie du nur kannst.

Ich hoffe, ich habe nicht zu lange gewartet, um mich richtig von dir zu verabschieden, und ich hoffe auch, du verzeihst mir, dass ich es auf diesem Wege tue.

Denk immer daran, dass ich unendlich stolz auf dich bin. Die Fehler, die ich vielleicht begangen habe und die du nun selbst beurteilen kannst, hatten ihre Gründe in meinen Charakterschwächen, aber niemals in mangelnder Liebe zu dir.

Geh hinaus in die Welt und lebe ein wunderbares Leben. Mein wunder-, wunderschönes Mädchen.

Auf Wiedersehen,
deine dich ewig liebende Mutter

Melissas Schultern zuckten, aber sie war fest entschlossen, keinen Laut von sich zu geben. Diese tief verwurzelte, bewusste Angst, was geschehen würde, wenn sie die Tränen jemals fließen ließ …

Sie legte das Buch neben sich auf den Boden und sammelte ihre Kräfte. Wie lange es dauern würde, bis sie sich wieder unter Kontrolle hatte, war schwer abzuschätzen. Jetzt

war sie nicht mehr sicher, ob sie bereit war, zu lesen, was auf den zusammengeklebten Seiten stand.
Fast eine Woche war vergangen, seit sie für ihren Vater gekocht hatte, und bis jetzt hatte sie es nicht über sich gebracht, diese Seiten voneinander zu lösen und zu lesen – aus reiner Angst.
Sollte sie die ganze Sache einfach vergessen? Die Seiten herausreißen und verbrennen? Sollte sie fortgehen und alles hinter sich lassen, Sam, Ehe, Elternschaft?
Melissa griff nach einem Taschentuch und putzte sich gründlich die Nase. Zum wiederholten Mal blätterte sie das Buch durch, aber sie fand keine Seite, die später eingelegt worden war. Nichts war den Worten ihrer Mutter hinzugefügt worden.
Sie stand auf und ging ins Badezimmer nebenan, um sich Wasser ins Gesicht zu spritzen. Dann suchte sie eine Nagelschere, mit der sie sehr vorsichtig die Papierränder voneinander trennte, die ihre Mutter an drei Seiten zusammengeklebt hatte.
Eleanor hatte darauf geachtet, dass man die Absicht hinter den zusammengeklebten Seiten nicht gleich bemerkte. Sie hatte die Doppelseite wie einen Briefumschlag nur am Rand zusammengeklebt. Als Melissa nun die Seiten behutsam mit der kleinen Schere voneinander löste, fand sie auf den verborgenen Seiten die vertraute Handschrift in schwarzer Tinte vor.
Im ersten Teil rekapitulierte ihre Mutter aus ihrer Sicht ziemlich genau das, was ihr Vater Melissa beim Essen erzählt hatte, sie schrieb über den Streit wegen des Jobs in New York. Doch dann erschrak Melissa zutiefst.
Sie war fest davon überzeugt gewesen, dass sich auch das

Ergebnis des Gentests, die schlechte Nachricht, auf diesen Seiten befinden würde. Stattdessen schrieb Eleanor über etwas ganz anderes. Sie musste geweint haben, denn die Tinte war teils verlaufen.

Ich konnte nicht glauben, dass er fortgehen würde, Melissa. Dass er mich verlassen würde …

Und dann der Schock:
Furchtbare, hässliche Worte sprangen ihr ins Gesicht.
Sie legte das Buch aus der Hand, denn sie wollte es nicht länger berühren.
Nein.
Sie schob den Nachttisch mit dem Buch von sich fort.
Plötzlich und mit aller Macht überfiel sie das Bedürfnis, etwas zu zerschlagen. Sie stand auf und ging zum Schminktisch. Mit dem ausgestreckten Arm fuhr sie so schwungvoll über den Tisch, dass die Kosmetik- und Parfümfläschchen, ihr Schmuck und die geliebten Keramikschüsseln gegen die Wand flogen.
Sie fühlte sich nicht besser.
Eine Zeitlang stand sie sehr still und beobachtete, wie sich eine goldene Lache auf dem Holzfußboden ausbreitete.
Als sich ihr Gefühl nicht änderte, erkannte sie, dass sie wegmusste. Sofort.
Mit dem Auto.
Ja.
Sie musste fahren.

35

Sam 2011

»Was heißt das, sie ist weg?«

»Sie ist verschwunden, Max. Weiß der Himmel, wohin. Sie hat mir nur eine SMS geschrieben, sie brauche Zeit für sich selbst, und ich solle mir keine Sorgen machen. Jetzt geht sie nicht mehr an ihr Handy.«

»Herrgott noch mal, was ist denn passiert? Hattet ihr Streit?«

»Nein, Max, wir hatten keinen Streit. Heute Morgen bin ich ganz normal zur Arbeit gegangen, und Melissa wollte sich wegen des neuen Jobs mit dem Redakteur der Zeitung treffen. Ich dachte, wir würden das heute Abend feiern und hatte schon einen Tisch im Restaurant reserviert. Aber als ich nach Hause komme, ist alles kurz und klein geschlagen, und Melissa ist nicht da.«

»Was meinst du damit, alles kurz und klein geschlagen? Wurde sie überfallen? Großer Gott, hast du die Polizei gerufen?«

»Nein, Max, nein. Das dachte ich auch zuerst – ein Einbruch oder etwas in der Art. Aber sie hat das selbst getan, in der SMS hat sie sich dafür entschuldigt.«

»Ach so. Verdammt!« Max schwieg einen Moment. »Wir sollten jetzt Ruhe bewahren.«

»Hör auf, Max, ich kann nicht ruhig bleiben. Sie ist nicht

mal zu dem Treffen mit dem Redakteur gegangen. Was soll das heißen? Will sie mich verlassen?«

Max antwortete nicht.

»Will sie mich verlassen, Max? Geht es darum? Hat sie bei dem Essen mit dir darüber gesprochen? Hatte sie Angst, es mir zu sagen?«

»Nein, ich glaube nicht, dass sie sich von dir trennen will.«

»Ich dachte, zwischen uns wäre wieder alles in Ordnung. Zumindest lief es viel besser als vorher. Wir waren uns wieder nähergekommen. Aber jetzt hatte ich so viel zu tun. Mit dem Angebot dieser Partnerschaft und meinem chaotischen Bruder. Ach, Max, ich bin ganz krank vor Sorge.«

»Schick ihr noch eine SMS.«

»Ich habe ihr schon unzählige geschrieben, aber sie ruft nicht an. In ihrer SMS stand, dass ich mir bitte keine Sorgen machen soll. Aber wie soll das gehen?«

»Ich werde es auch bei ihr versuchen, Sam. Ich hinterlasse ihr eine Nachricht, und ich komme sofort zu dir.«

»In Ordnung. Sie hat also wirklich nichts über uns gesagt?«

»Nein, wirklich nicht.«

»Du glaubst also nicht, dass es darum geht? Dass unsere Beziehung am Ende ist?«

»Ich weiß auch nicht, was da gerade passiert, Sam. Rühr dich nicht von der Stelle. Ich gehe jetzt los.«

»Ach, was für ein Mist.«

Eine halbe Stunde später saß Sam immer noch auf dem Fußboden im Schlafzimmer, den Kopf in die Hände gestützt, und wartete auf Max. So hatte er schon in der Männertoilette des Restaurants auf dem Fußboden gekauert, nachdem Melissa so abweisend auf seinen Heiratsantrag reagiert hatte.

Sam liebte Melissa, und nun wusste er nicht mehr, was er noch tun konnte, um ihr seine Liebe zu zeigen. Er hatte sein Herz stets auf der Zunge getragen. Aber vielleicht, ging es ihm jetzt durch den Kopf, war genau dies das Problem.

Sam liebte Melissa seit dem Tag, an dem er sie nach dem Tod ihrer Mutter auf dem Schulhof beim Spielen mit einem Marienkäfer beobachtet hatte. Damals hatte er niemandem von dieser Liebe erzählt, da er ahnte, dass man ihm keinen Glauben schenken würde. Er war ja selbst noch ein Kind. Man würde seine Gefühle für Mitleid halten – oder für eine simple Schwärmerei. Doch Sam wusste es besser.

Melissa hatte ihn schon immer fasziniert, auch als sie beide noch Kinder waren. Ihre Augen, ihre Haut, wie ihr Gesicht beim Sprechen lebendig aufleuchtete. Obwohl Sam vier Jahre älter war, erinnerte er sich noch gut an den Moment, als er Melissa mit dem Geburtstagsanstecker in der Schule sah und begriff, dass sie beide am selben Tag Geburtstag hatten. Eine Welle vollkommenen Glücks hatte ihn damals erfasst. Es war wie das erste Zeichen, dass sie beide zusammengehörten.

Dann geschah diese »grauenvolle Sache«, und Sam wusste nicht, was er sagen oder wie er sich verhalten sollte. Eine Woche nach der Beerdigung kam Melissa wieder zur Schule und wehrte jeden, der sich ihr näherte, ab, indem sie so tat, als wäre nichts passiert. Sie weigerte sich, über das Geschehene zu sprechen, und zuckte nur die Achseln, wenn Sam sie fragte, ob er etwas für sie tun könne. »Mir geht's gut. Es ist wirklich alles in Ordnung.«

Ein paar Wochen später folgte er ihr eines Tages vom Schulhof, wo die Kinder spielten, in den Obstgarten und sah ihr hinter einem Baum hervor zu. Mit überkreuzten Beinen saß sie im Gras und suchte nach Insekten. Nach einer Weile fand sie einen Marienkäfer und begann, laut das Kinderlied zu singen: »Marienkäfer, fliege weg, fliege weg!«

Melissa hob ihre Hand, um den Marienkäfer wegfliegen zu lassen, dann wiederholte sie das Lied so, als sänge sie die Worte zum allerersten Mal. Da der Marienkäfer sich nicht rührte, begann sie noch einmal von vorn. Als der Käfer schließlich in die Luft hob, versagte ihr die Stimme.

Sam war sicher, dass sie weinte, aber er wusste nicht, wie er reagieren sollte. Er hasste es, wenn jemand weinte, ob das seine Mutter, seine Cousine oder jemand Fremdes war. Sollte er einem der Lehrer Bescheid geben? Sollte er hinter dem Baum hervortreten? Er hatte Angst, sie könnte es ihm übelnehmen, dass er ihr nachgegangen war.

Letztlich blieb er dort hinter dem Baum stehen und beobachtete sie heimlich – aber zunehmend hilflos und mit schlechtem Gewissen. Es dauerte eine Weile, bis Melissa sich wieder beruhigt hatte. Sie wischte sich das Gesicht mit dem Ärmel ab und reckte das Kinn.

Dann stand sie auf, und einen Moment lang zuckte ihr Kopf so merkwürdig, als hätte sie Mühe, ihre Bewegungen zu kontrollieren. Nachdem das Zucken aufgehört hatte, bürstete sie ihren Rock ab, zog das Haargummi ihres Pferdeschwanzes fest und ging zurück zum Klassenzimmer.

Mit jedem Jahr wurde Melissa hübscher und kratzbürstiger. Sie freundeten sich an, doch Melissa betrachtete die Welt immer missmutiger – als wäre sie auf alles und jeden zornig. Manchmal wartete er an der Straßenecke auf sie und bot ihr an, den Schulranzen zu tragen, aber sie fand diese Geste lächerlich. Als sie später auf die höhere Schule ging, fing er manchmal im Schulbus ein Gespräch mit ihr an, doch die Art und Weise, wie sie durch ihn hindurchsah, verriet ihm, dass sie nichts von seinen Gefühlen ahnte.

Einmal nahm er seinen ganzen Mut zusammen und fragte sie, ob sie mit ihm ins Kino gehen würde. Sie zog entsetzt den Kopf ein – wie eine Schildkröte. »Das soll aber kein Date sein, oder, Sam? Red keinen Unsinn.«

Viele Jahre später kam ihm das Schicksal zu Hilfe. Schon von klein auf hatte Sam gewusst, dass er Architektur studieren wollte. Seine ganze Kindheit und Jugend hindurch war er von seiner Familie gehänselt worden, weil er stets mit dem Kopf im Nacken durch die Straßen lief. Den Blick stur nach oben gerichtet, studierte er fasziniert die Gebäude. *Schau dir diesen Bogen an. Und erst die Balustraden von diesem Haus dort drüben!* Die Aussicht, sieben Jahre studieren zu müssen, war wenig verlockend, doch Sam vermutete zu Recht, dass das Fach für ihn genau das Richtige war. Während seiner ersten Jahre an der Universität gab er sich Mühe, Melissa zu vergessen. Für kurze Zeit glaubte er, in ein Mädchen namens Sandra verliebt zu sein, dann in eine Madeleine. Und dann, am 25. Oktober – einem Donnerstag – trat

Melissa wieder in sein Leben, und er musste der Wahrheit ins Gesicht sehen.
Zu dieser Zeit bereitete Sam sich schon auf die ersten großen Prüfungen vor. Er hatte keine Ahnung gehabt, dass Melissa sich für die gleiche Universität entschieden hatte, an der auch er studierte.
Der 25. Oktober war der glücklichste Tag seines Lebens.
Sam starrte auf den Scherbenhaufen und die Parfümflaschen, die überall auf dem Holzboden verstreut lagen.
In Wahrheit hatte er nie wirklich daran geglaubt, dass sie ihn auch liebte. Er hatte niemals damit gerechnet, dass sie bei ihm bleiben würde.
Irgendetwas tief in ihrem Innern sperrte sich gegen seine Liebe. In seiner Naivität hatte er geglaubt, dass sich das mit der Zeit ändern würde, weil sie einfach nur Angst vor der Liebe hatte.
Aber vielleicht wollte er sich der Wahrheit nicht stellen: dass er einfach der falsche Mann für sie war.

36

Melissa 2011

Melissa war schon einmal nach Cornwall geflüchtet. Zwei Tage nachdem sie vom Tod ihrer Mutter erfahren hatte, war sie aufgebrochen, um die Wahrheit herauszufinden. Mit acht Jahren hatte sie nicht lange darüber nachgedacht, warum sie so sicher war, ihre Mutter in Cornwall zu finden. Doch es gab so viele schöne Erinnerungen aus glücklichen Tagen, die mit dem Cottage in Porthleven verbunden waren, dass Melissa glaubte, wenn sie nur wieder in dem Cottage stünde, käme ihre Welt in Ordnung. Und sie könnte die letzten zwei Tage einfach ungeschehen machen.

Sie hatte eine Tasche mit einem Schlafanzug, frischen Unterhosen und T-Shirts gepackt und war aus dem Haus geschlichen, bevor ihr Vater und Granny aufstanden. Sie wusste, dass der Fußweg zur Bahnstation lang war, und hatte daher feste Schuhe angezogen.

Es regnete heftig, und sie wünschte, sie hätte einen anderen Mantel an. Dann fiel ihr ein, dass sie in Cornwall mit ihrer Mutter einen neuen kaufen konnte. Sie würden zusammen nach Truro zum Einkaufen fahren. Der Ort lag am Meer, und bei einem früheren Besuch war sie mit ihrer Mutter durch die Geschäfte geschlendert, während ihr Vater sich in den Kunstgalerien und bei Antiquitä-

tenhändlern umgesehen hatte. Zum Abschluss hatte sie einen riesigen Eisbecher bekommen.
Sie würden in Cornwall einkaufen gehen, und alles würde wieder sein wie früher.
In Melissas Sparschwein waren vier Pfund und achtundsechzig Penny gewesen. Sie hatte keine Ahnung, wie viel ein Zugticket nach Cornwall kostete. Der Mann am Schalter sah sie merkwürdig an, als sie ihm das Geld reichte.
»Fahren deine Mutter oder dein Vater nicht mit, junges Fräulein?«
»Heute nicht. Meine Mummy holt mich ab. Sie zahlt nach, wenn mein Geld nicht reicht.«
»Ah, so ist das.«
Der freundliche Mann schlug ihr vor, sie solle auf einer Bank in der Nähe warten, während er die Abfahrzeiten des Zuges für sie heraussuchte. Melissa wartete lange Zeit geduldig, bis sie schließlich begriff, dass er sie hereingelegt hatte.
Genau in diesem Moment kam Max mit einem Polizisten an seiner Seite durch die Eingangstür gerauscht und rief lauthals: »Gott sei Dank!«
Max weinte, das erste Mal, dass Melissa einen Mann weinen sah. Er umarmte sie fest, und sie fühlte seine kühlen, nassen Wangen. Seine Tränen hatten ihr mehr Angst gemacht als alles andere, was davor geschehen war, daran konnte sie sich genau erinnern.

Dieses Mal nahm Melissa das Auto.
Sie entschied sich, über die A303 zu fahren, denn die Landstraße war ihr schon immer lieber gewesen. Zwar

musste sie häufig die Geschwindigkeit drosseln wegen all der Blitzkameras in den kleinen Ortschaften, aber das störte sie nicht. Sie liebte diese Dörfer, die Farben der Häuser, die Antiquitätengeschäfte und die schwarzen Kreidetafeln auf den Bürgersteigen, die Kaffee und Kuchen anpriesen. Sie mochte es, wenn Menschen am Straßenrand miteinander plauschten, und manchmal stellte sie sich vor, dass sie in einem anderen Leben in einem Ort wie diesem wohnen würde. In einem kleinen Dorf in Oxfordshire, mit einen Hund, einem Haus mit Kamin und Sam, der ständig an den geheimen Plänen für den Aus- und Umbau seines Traumhauses tüftelte. *»Ich denke, wir sollten auf Kontraste setzen. Edelstahl und Glas. Modernes Design trifft auf Reetdachatmosphäre. Was hältst du davon, Melissa?«*

Sie hatte die klassische Musik viel zu laut aufgedreht und war furchtbar unkonzentriert, vor allem fuhr sie viel zu schnell an den Stellen, wo die Geschwindigkeitskontrollen standen. Aber es war ihr gleichgültig.

Vollkommen egal.

Solange sie nicht von einer Polizeistreife angehalten wurde, interessierte sie das nicht. Einmal hielt sie an, um zu tanken, zur Toilette zu gehen und sich einen starken Kaffee zu besorgen.

Sie nahm das etwas merkwürdige Gefühl in ihrem Magen durchaus wahr, kein richtiger Hunger und auch keine richtige Übelkeit, dennoch ließ sie den Kaffee in der Getränkehalterung neben der Gangschaltung kalt werden.

Ab und zu dachte sie an die grässlichen Worte aus dem Buch ihrer Mutter, doch meist gelang es ihr, den Gedanken daran zu verdrängen.

Melissa hatte mit viereinhalb Stunden Fahrzeit gerechnet, aber wegen einiger Baustellen erreichte sie Truro erst weit nach Mitternacht. Sie wäre gern noch bis nach Lizard weitergefahren, war sich aber nicht sicher, ob sie dort so spät noch eine Übernachtungsmöglichkeit finden würde. Daher hielt sie beim ersten Hotel einer großen Kette an, das sie am Straßenrand fand.

Nachdem sie ein Zimmer hatte, holte sie die kleine Tasche aus dem Auto, in die sie in aller Eile ein paar Wechselklamotten und einen Waschbeutel geworfen hatte. Auf ihrem Handy entdeckte sie mehrere Nachrichten von Sam und auch drei von ihrem Vater.

Sie schrieb ihnen noch eine SMS, dass sie sich keine Sorgen machen sollten. Es gehe ihr gut, sie brauche nur etwas Zeit für sich allein.

Dann schaltete sie das Handy aus und legte sich aufs Bett. Sie erinnerte sich noch genau, was sie als kleines Mädchen auf dem Bahnhof gefühlt hatte: Wenn sie diesen Zug bestieg, würde sie in die richtige Version ihres Lebens zurückkehren. Die Version, in der das schlimme Ereignis ungeschehen gemacht werden konnte und alles wieder in Ordnung kam.

Als sie im Hotel auf dem Bett lag, weinte sie nicht, obwohl jetzt alles noch viel schlimmer war. Irgendwann schlief sie vor Erschöpfung ein und wachte gegen vier Uhr morgens, noch vollständig angezogen, wieder auf. Sie zog die Bettdecke über sich und fiel in einen unruhigen Halbschlaf. Um sechs Uhr duschte sie schnell und wechselte die Unterwäsche, bevor sie zum Frühstücksbuffet ging. Dort merkte sie, dass sie unerklärlicherweise immer noch keinen Hunger verspürte.

Die Kaffeemaschine sah nicht sehr vielversprechend aus, daher nahm sie sich ein Glas Orangensaft. Erst als sie sich an einen Tisch setzte, den Orangensaft trank und mit dem Toastbrot auf dem Teller herumspielte, kam ihr eine Idee. Melissa schaltete das Handy wieder an, ignorierte die neuen Nachrichten und gab stattdessen den Namen des Cottages bei Google ein. Sie war erstaunt, dass das Bild sofort erschien – bis auf die Farbe der Haustür hatte sich das Haus nicht verändert. Immer noch hielten zwei große Terrakottatöpfe mit Miniaturbäumen vor dem Eingang Wache. Das Cottage wurde wie damals über eine kleine Agentur als Ferienhaus angeboten. Nachdem die Website sich langsam aufgebaut hatte, entdeckte Melissa, dass das Cottage außerhalb der Hochsaison auch für kürzere Zeiträume vermietet wurde. Da gerade keine Schulferien waren, würde es sicherlich nicht allzu viele Anfragen geben. Melissa wählte die angegebene Nummer und war überrascht, als sie den Namen hörte. Mrs. Hubert – du lieber Himmel!

Sie sammelte sich und erklärte so ruhig wie möglich, sie sei gerade in der Gegend und wüsste gern, ob das Cottage für einige Nächte frei sei. Sie habe dort schon als Kind mit ihren Eltern Urlaub gemacht.

Mrs. Hubert antwortete, dass sie jetzt in der Schulzeit nicht viele Gäste habe und Melissa das Haus zu einem günstigen Preis mieten könne, wenn sie mindestens drei Nächte blieb. Dann fügte sie noch hinzu, dass sie inzwischen fünf Cottages verwalte, und fragte, wann Melissa kommen wolle.

»Genau genommen heute im Laufe des Tages.«

»Meine Güte!« Mrs. Hubert klang plötzlich aufgeregt.

Sie wisse gern rechtzeitig im Voraus Bescheid, um genug Zeit für die Vorbereitungen zu haben. Gewöhnlich stelle sie ihren Gästen auch ein Tablett mit einer kleinen Willkommensmahlzeit hin.
Sie war es also wirklich.
Melissa versicherte ihr, dass frische Bettwäsche und Handtücher vollkommen ausreichten und sie nichts weiter benötige.
Ein paar Lebensmittel würde sie auf der Fahrt zum Cottage besorgen.
Mrs. Hubert schlug vor, sie sollten sich um drei Uhr beim Cottage treffen. Sie werde ihren Mann bitten, einige Holzscheite für den Ofen bereitzustellen, denn hier an der Küste blase der Wind kalt vom Meer her, und abends werde es sehr kühl. Ob Melissa das schon bemerkt habe?
Sie hatte es schon bemerkt.
Während sie das letzte Stück Weg zum Cottage zurücklegte, erfasste Melissa eine leichte Panik. Das Cottage lag am Ortsrand nahe am Wald, und erst in dem Moment, als sie um die letzte scharfe Kurve auf eine unbefestigte Allee bog, die in Kurven bis zu dem alleinstehenden Haus führte, wusste sie, dass sie das Richtige getan hatte.
Sie erinnerte sich, wie sie einmal mit ihren Eltern im Auto durch den nahen Wald gefahren war, um in einem Pub zu Abend zu essen. Auf dem Weg hatte sie die wunderbarste Überraschung ihres ganzen jungen Lebens erfahren. Eine Eule war plötzlich aus ihrem Versteck in einem Baum hervorgekommen und hatte ihnen unter dem Blätterdach den Weg gewiesen. Die Spannweite ihrer Flügel hatte Melissa genauso tief beeindruckt wie das ruhige und mühelose Gleiten des Vogels.

Fast lautlos war die Eule vorangeflogen. Sanft schwebte sie von einer zur anderen Seite, wobei sie so tief flog, dass sich ihr Schatten im Scheinwerferlicht auf dem Boden vor ihnen abzeichnete.
Melissa hatte nur gestaunt, während ihre Mutter stumm den Arm ausstreckte und Max im Nacken streichelte.
Nun stellte Melissa das Auto auf dem kleinen Parkplatz vor dem Cottage ab. Die Freude und das Erschrecken darüber, dass hier alles noch so war wie damals, während alles andere in ihrem Leben in tausend Scherben zerbrochen war, ließ sie beinah schwindelig werden.
Mrs. Hubert sah etwas älter und rundlicher aus, hatte aber immer noch dieselben dauergewellten grauen Haare. Fröhlich winkend stand sie in der Haustür und hielt nach Melissa Ausschau.
Melissa hatte niemals zuvor eine so große Erleichterung beim Anblick von etwas Vertrautem verspürt: die glänzende, inzwischen dunkelblau gestrichene Haustür, die Pflanzen in den hohen Töpfen und Mrs. Hubert, die sich die Hände an der Schürze abwischte.
Melissa schloss die Augen und blieb einen Moment lang ganz still stehen. Schreckliche Entscheidungen kamen auf sie zu.
Aber zumindest war sie am rechten Ort.

37

Porthleven hatte sich überraschend wenig verändert, seit Melissa als Kind dort gewesen war. Boote schaukelten auf dem Wasser, Möwen pickten Krumen auf, Fischer standen plaudernd neben den Fangnetzen am Hafen, weil das Wetter zu schlecht war, um auszufahren.
Sie war noch einmal mit ihrem Vater hier gewesen, nicht lange nach Eleanors Tod. Max hatte sich alle erdenkliche Mühe gegeben, ihr schöne Tage zu bereiten. Er hatte gehofft, dass der vertraute Ort mit seinen Erinnerungen sie trösten würde. Aber es war nur umso deutlicher geworden, wie sehr Eleanor fehlte. Ein leerer Stuhl am Tisch. Es war zu früh gewesen. Danach waren sie beide in den Ferien stets an neue Orte gefahren, wo kein Echo der Vergangenheit sie erreichen konnte.
Jetzt war es anders. Melissa war froh, in Porthleven zu sein.
Ihr Vater …
Die Luft roch bereits nach Herbst. Eine Stille, die sie nicht kannte und die ihr gefiel, lag über dem Ort. In den Restaurants und Cafés gab es viele freie Plätze, und die Kunstgalerien und Geschenkeläden schlossen früher als im Sommer, aber es waren auch weniger Touristen unterwegs. Man konnte sich in den schmalen Gängen bewe-

gen, ohne Angst haben zu müssen, etwas von den Regalen zu stoßen, wenn man jemanden an sich vorbeiließ.
In der ersten Nacht schlief Melissa schlecht. Als sie nun spazieren ging, war sie noch immer erschöpft und müde, aber dennoch froh, draußen an der frischen Luft zu sein. Sie hatte vergessen, wie laut das Möwengeschrei und die Meeresbrandung waren und der tosende Wind, der die kleinen Fischerboote im Hafen hin und her schaukelte. All das fühlte sich gut an. Der Lärm übertönte die wütenden Worte in ihrem Kopf.
Mein Vater …
Sie ließ das Handy ausgeschaltet und betrachtete die Schaumkronen auf den fernen hohen Wellen. Glücklicherweise hatte sie einen Regenmantel und einen Schal dabei. Sie war erleichtert, auch ein Paar Handschuhe in den Manteltaschen zu finden. Sie zog die Reißverschlüsse gut zu und schlug den Kragen hoch, so dass sie bis zur Nase eingemummelt war.
Vom Haus aus ging sie nach links und war zehn Minuten später nur eine Straße weit vom Hafen entfernt. Sie lief weiter zu der alten Kirche und der Hafenmauer. Es war immer noch Ebbe, und das rauhe Meer hatte sich weit zurückgezogen.
Mein Vater …
Der Wind trieb Melissa Tränen in die Augen, und das gefiel ihr. Sie folgte der Straße an der Hafenmauer entlang und stieg dann die Stufen zum Strand hinunter. Hin und wieder drückte der Wind sie zur Seite, bauschte ihren Mantel und wehte ihr die Kapuze vom Kopf. Melissa band sich die Schnur der Kapuze noch fester ums Gesicht.

Am Strand überholte sie einige Paare mit Hunden und eine Familie mit drei kleinen Kindern, von denen eines noch im Buggy saß, den die Eltern mühsam über den Sand schoben.
Ein Stück weiter stieg Melissa wieder eine Steintreppe hinauf zur Straße. Von hier aus konnte man den ganzen Strand überblicken. Der Wind blies heftig, und eine Zeitlang beobachtete sie, ans Geländer gelehnt, wie sich die heranrollenden Wellen brachen, während sich die Eltern weiter mit dem Buggy durch den Sand kämpften. Melissa verstand nicht, warum sie am Strand entlanggingen und nicht die Straße zurück in den Ort benutzten. Dann erkannte sie, dass die Mutter einige Plastikeimer und Schaufeln aus der großen Strandtasche nahm, die sie umgehängt hatte. Melissa konnte es kaum glauben.
Zu ihrer Überraschung streiften die kleinen Kinder Schuhe und Socken ab, vollkommen unbeeindruckt von dem kühlen Wetter, und begannen, wie wild zu graben. Sogleich holte die Mutter das Kleinkind aus dem Buggy und setzte es im Sand ab. Der Vater zog inzwischen eine große Thermosflasche aus seinem Rucksack und setzte sich daneben. Nachdem er zwei dampfende Tassen eingegossen hatte, rückten er und seine Frau ganz dicht aneinander, um die Kinder vor dem Wind zu schützen.
Melissa sah, wie der Mann den Arm um die Frau legte und ihr wärmend über die Schulter rieb. In diesem Augenblick zerbrach etwas in ihr.
Sie dachte an Sam, an das, was er ihr auf Zypern gestanden hatte. Natürlich wollte er Vater werden. Warum auch nicht. Die meisten Männer wollten heutzutage Kinder bekommen.

Melissa schloss die Augen.
Es tut mir so leid, Melissa. Es fällt mir nicht leicht, das zu schreiben, aber es besteht eine äußerst geringe Möglichkeit, dass Max nicht dein Vater ist ... Du musst das hier aufmerksam lesen, damit ich dir erklären kann, warum ich all die Jahre geschwiegen habe ...
Melissa sah ihn vor sich.
Max, der ihr genau an diesem Strand das Surfen auf dem Bodyboard beigebracht hatte. Max, der mit ihr beim Metzger dicke, würzige Würstchen für den Grillabend gekauft und morgens beim Bäcker an der Promenade Brötchen zum Frühstück und Pasteten für zwischendurch geholt hatte. Max, der sie damals in der Wartehalle des Bahnhofs so fest umarmt hatte, dass sie fürchtete, er könnte ihr die Knochen brechen.
Sie fühlte sich wie in tiefer Trauer, dumpf und taub und starr. Dieses körperlose Gefühl, wenn man darauf wartete, dass der Fehler berichtigt wurde, dass jemand vorbeikam und sagte: *Tut uns sehr leid, das stimmt alles nicht. Unser Fehler.*
Es war dasselbe Gefühl wie damals, als sie vor vielen Jahren in der Bahnhofswartehalle gesessen und nicht recht verstanden hatte, was vor sich ging. Mit acht Jahren hatte sie geglaubt, wenn sie wegfuhr, wenn sie an den richtigen Ort gelangte, könnte das den Fehler ungeschehen machen.
Melissa lehnte sich ans Geländer und drückte die Stirn gegen das kalte Metall. Am meisten überraschte sie, dass sie nicht mehr wütend war auf ihre Mutter. Aber sie war zornig auf denjenigen, der sich das alles ausgedacht hatte. Wer hatte eigentlich entschieden, dass sie mit diesem gan-

zen Mist fertigwerden sollte? Hatte sie denn nicht schon genug Schläge einstecken müssen?
Melissa fluchte nicht oft. Doch nun stieß sie insgeheim jedes schmutzige Wort aus, das sie je gehört hatte.
Ich verliere meine Mutter, und nun soll ich auch noch meinen Vater verlieren? Sie hätte diese Worte gern laut in den Wind geschrien, aber sie fürchtete, die Kinder am Strand könnten sie hören.
Melissa konnte den Anblick der Familie nicht länger ertragen und ging deshalb zurück in den Ort. Diesmal lief sie schneller, der Wind schob sie von hinten an und hob sie alle paar Schritte fast in die Luft. Als sie die Hauptstraße erreicht hatte, setzte sie sich in ein kleines Café, an einen Tisch nahe am Fenster, und bestellte mit klopfendem Herzen einen Cappuccino. Während sie wartete, tat sie so, als würde sie die Speisekarte lesen. Sie sah sich in dem Café um und war verwirrt, dass sie sich so losgelöst von allem fühlte, wie in einer Seifenblase.
Ihr war, als stünde sie einen Schritt neben sich und beobachte sich selbst von außen.
Die Bedienung, ein junges, groß gewachsenes Mädchen, das sein dunkles Haar mit einen Bleistift hochgesteckt hatte, kam vorsichtig mit dem Cappuccino durch den Raum. Sie hatte den Blick fest auf die Schaumkrone geheftet und schien sichtlich besorgt, dass sie etwas verschütten könnte.
Melissa nickte dankend mit dem Kopf. Als sie die Tasse an die Lippen führte, zuckte sie unwillkürlich zusammen. Der Kaffee roch bitter und war viel zu heiß.
Sie sah zu der glänzenden Kaffeemaschine hinter der Theke hinüber, die den Schriftzug eines bekannten Her-

stellers trug, mit cremefarbenen Zierleisten und einer Dampfdüse für den Milchschaum. Dann führte sie die Tasse noch einmal an die Lippen, aber der Kaffee war immer noch zu heiß.

Melissa wünschte, sie hätte das Buch ihrer Mutter mitgebracht, denn plötzlich verspürte sie das dringende Bedürfnis, noch einmal darin zu lesen. Panik überfiel sie bei dem Gedanken, ein Fremder könnte, wenn ihr etwas zustieß, das Buch auf dem kleinen Tisch in dem Cottage finden und darin lesen.

Ihr Herz raste, sie hätte früher daran denken sollen. Eilig stand sie auf und legte ein paar Münzen und ein kleines Trinkgeld auf den Tresen.

»War etwas mit dem Kaffee nicht in Ordnung?«

»Entschuldigen Sie bitte, ich muss jetzt gehen.«

Im Cottage fand sie Streichhölzer in einer Küchenschublade und machte den Holzofen an. Das Feuer, für das Mr. Hubert schon alles vorbereitet hatte, prasselte heftig und vielversprechend, aber sie wartete, bis es etwas niedergebrannt war, öffnete dann mit dem Ofenhandschuh den Riegel und legte noch drei große Scheite nach.

Während sie beobachtete, wie die Flammen hinter der Glastür in ein stetes Glimmen übergingen, las Melissa noch einmal die Worte ihrer Mutter.

Als dein Vater nach New York ging, war ich untröstlich, Melissa …

Ich hätte nie geglaubt, dass er wirklich gehen würde. Eigentlich ging ich fest davon aus, er würde nicht ohne mich abreisen, wenn ich stur blieb, und ich könnte ihm die Demütigung ersparen. Und ich war felsenfest überzeugt, das alles nur für ihn zu tun, aus Liebe.

Wenn ich heute zurückblicke, bin ich nicht sicher, ob ich nicht doch egoistisch war. Ich wollte nicht in einem Land leben, in dem jeder Einwohner eine Waffe besitzt, und ich wollte nicht mit einem Mann zusammen sein, der bei Pressekonferenzen im Namen einer fiesen Bank sprach. Und doch wollte ich mit Max zusammen sein.

Tagelang blieb ich im Bett, Melissa, ehrlich. Es muss eine Art Depression gewesen sein. Ich verschloss die Fenster zur Welt.

Meine besten Freunde damals waren Amanda, die du wahrscheinlich kennst, denn ich vermute, sie wird mit euch in Kontakt bleiben, und ein Kommilitone, den du bestimmt nicht kennen wirst.

Amanda kam als Erste zu mir und rettete mir so das Leben. Sie riet mir, zum Arzt zu gehen, aber da ich mich weigerte, kochte sie Suppe, die sie mir auf einem Tablett ans Bett brachte, und schlief nachts auf einer Campingliege neben mir. Dann musste sie geschäftlich verreisen und rief den anderen Freund an, dass er sich um mich kümmern solle.

Er war nett und freundlich, Melissa, doch weil dein Vater sich nicht bei mir meldete, wuchs meine Verzweiflung von Tag zu Tag.

Dann machte ich etwas sehr, sehr Dummes. Nachdem mehr als eine Woche vergangen war, ohne dass ich etwas von Max gehört hatte, betrank ich mich eines Abends mit diesem Freund. Ich will mich nicht in Ausreden flüchten, es war sehr dumm von mir. Ich war schwach und verzweifelt und sehnte mich nach Trost.

Wir bereuten es beide zutiefst, er genauso sehr wie ich. Und er hatte Angst, ich könnte glauben, er hätte die Situa-

tion ausgenutzt. Aber das hatte er nicht. Es spielte auch keine Rolle, es war einfach nur der reine Wahnsinn.
Ich schickte ihn weg. Zwei Tage später kam Amanda zurück, und ich stand endlich auf. Eine Woche danach stand dein Vater wieder in der Tür.
Wir haben dann sehr schnell geheiratet. Dich, meine liebe Tochter, habe ich vom ersten Moment an geliebt.
Mein Herz und mein Kopf sagen mir, dass Max dein Vater ist, aber die Wahrheit ist, vom Zeitpunkt her besteht eine ganz geringe Chance, dass er es nicht ist.
Hätte ich Max davon erzählen, die Vaterschaft feststellen lassen sollen?
Ich tat es nicht, weil mein Gefühl mir sagte, dass er dein Vater ist. In Wirklichkeit war ich selbstsüchtig, weil ich ihn so sehr liebte, dass ich nicht noch einmal Gefahr laufen wollte, ihn zu verlieren.
Nun erst wird mir klar, dass dieses Geheimnis eventuell ans Licht kommt, wenn du dich eines Tages für einen Gentest entscheidest. Ich bin keine Wissenschaftlerin, aber Blutgruppen, die DNA oder irgendetwas anderes werden darauf hinweisen.
Meine größte Angst ist, dass ich, falls Max nicht dein biologischer Vater ist, nicht da sein werde, um euch zu erklären, was es mit diesem anderen Mann auf sich hatte. Mein geliebter Mann und meine Tochter werden schreckliche Dinge von mir denken, die viel schlimmer sind als die Wahrheit.
Ich schwöre, dass ich Max weder vorher noch nachher jemals wieder betrogen habe. Ohne diesen Job in New York wäre das alles nie passiert. Aber ich will mich nicht herausreden. Es würde deinem Vater das Herz brechen,

wenn er von diesem Mann wüsste, und deshalb habe ich all die Jahre so getan, als wäre es nie geschehen. Ich tat es aus Liebe zu Max, aber vielleicht siehst du das anders. *Bitte hasse mich nicht …*

Es dauerte eine Weile, bis die Blätter Feuer fingen. Melissa schob die zwei »geheimen Seiten« nacheinander in den Ofen. Dann blätterte sie durch das Buch und trennte jede Seite heraus, die auf dieses Thema Bezug nahm, und verfeuerte sie ebenfalls.

Sie schloss die Glastür und sah zu, wie das Geheimnis ihrer Mutter verbrannte. Max sollte das niemals herausfinden. Was sie selbst darüber dachte, war gleichgültig. Wichtig war nur, dass ihr Vater nichts von diesem anderen Mann erfuhr.

Ihr Vater.

Einen Moment lang verspürte Melissa den Wunsch, das ganze verflixte Buch den Flammen zu übergeben, aber etwas hielt sie zurück.

Als Nächstes holte sie ihr Laptop hervor, gab das WLAN-Passwort aus der Broschüre des Cottages ein und suchte dann im Internet nach dem Anwalt, der ihr das Buch ausgehändigt hatte. James Hall. Als sie ihr Handy wieder einschaltete, zeigte es weitere SMS und Nachrichten von Max und Sam. Sie hatte ein schlechtes Gewissen, aber im Augenblick konnte sie nicht auf die Nachrichten reagieren.

Sie rief in der Kanzlei an und bat darum, mit Mr. Hall verbunden zu werden, der glücklicherweise gerade an seinem Platz war. *Natürlich erinnerte er sich an sie.*

Mit leiser Stimme vertraute er ihr an, dass er der Anwalt

war, der damals das Buch bei ihrer Mutter abgeholt hatte. Er hatte das bei ihrem Treffen nicht erwähnt, um sie nicht aus der Fassung zu bringen.

»Richtig. Ich wusste nicht, dass Sie sie damals getroffen haben.«

»Eine wunderbare, sehr tapfere Frau.«

»Danke sehr.«

»Was kann ich für Sie tun?«

»In dem Tagebuch steht, dass es noch einen Brief für mich gibt.«

Im Anschluss an ihr Geständnis hatte Eleanor noch erklärt, dass sie in der Kanzlei einen Brief mit dem Namen des anderen Mannes hinterlegt hatte für den Fall, dass Melissa ihn erfahren wollte oder aus irgendeinem Grund benötigte.

»Würden Sie den Brief bitte zerreißen?«

»Zerreißen?«

»Ja, ich schicke Ihnen eine E-Mail, in der steht, dass Sie auf meinen Wunsch hin handeln. Jedenfalls ist das meine Entscheidung.«

»Sind Sie sicher?«

»Ich bin absolut sicher.«

Einen Moment lang sagte keiner von ihnen ein Wort.

»Gibt es ein Problem, Mr. Hall?«

»Nein, es ist nur …«

»Was?«

»Es geht mich ja nichts an.«

»Nein, sprechen Sie bitte.«

»Was Sie da verlangen, ist genau das, was Ihre Mutter vorhergesagt hat.«

»Ich verstehe nicht ganz.«

»Als Ihre Mutter mir das Tagebuch und dazu den verschlossenen Briefumschlag gab ...«
»Ja?«
»... sagte sie, dass wir den Umschlag noch aufbewahren sollten, nachdem Sie das Tagebuch bekommen hätten, und dass es Ihre Entscheidung sei, ob Sie die zusätzlichen Informationen erhalten wollten oder nicht.« Es entstand eine lange Pause, und Melissa nahm ihren Puls im Ohr wahr, während sie das Handy gegen den Kopf drückte.
»Wie Sie sich denken können, war das eine ungewöhnliche Bitte. Doch ich erinnere mich gut daran, dass sie sagte, sie hoffe, Sie würden den Umschlag nicht haben wollen.«
»Wie bitte?«
»Ihre Mutter. Sie sagte, wenn sie alles richtig gemacht habe, würden Sie – also, würden Sie darum bitten, den Brief zu vernichten.«
»Das hat sie gesagt?«
»Ja. Damals fand ich das recht rätselhaft. Da machte sie sich die ganze Mühe, ein zusätzliches Dokument bei uns zu hinterlegen, und dann hoffte sie, Sie würden es nicht lesen wollen.«
Melissa hielt die Luft an und wandte den Kopf den Flammen im Ofen zu.
»Hat sie sonst noch etwas gesagt?«
»Allerdings. Sie sagte, sie würde sehr stolz auf Sie sein.«
Melissa legte das Handy auf ihre Brust und drückte es auf ihren Pullover. Noch einmal schaute sie zum Ofen, wo die Seiten jetzt zu schwarzem Konfetti geworden waren. Sie sah zu, wie das Feuer einige der verkohlten Teilchen in den Flammen herumwirbelte.

»Das hat sie gesagt?«
Ihr Vater …
»Ja, das hat sie gesagt.«
»Ich danke Ihnen sehr. Ich schreibe Ihnen dann diese E-Mail.« Melissa merkte, wie ihr Augenlid zu zucken begann. Sie räusperte sich, plötzlich hatte sie das dringende Bedürfnis, das Telefongespräch zu beenden. »Und Sie schicken mir eine Bestätigung, wenn der Brief vernichtet wurde?«
»Das werde ich tun.«
Nachdem sie das Gespräch beendet hatte, saß Melissa einfach nur da und blickte in die Flammen. Das Telefon noch in der Hand, wartete sie darauf, dass das Zucken des Augenlids wieder nachließ.
Eine Entscheidung hatte sie gerade getroffen.
Die nächste stand noch aus.
Sie legte noch ein paar Holzscheite in den Ofen und spürte wieder ein seltsames Losgelöstsein, als befände sie sich außerhalb ihres Körpers und sähe sich selbst zu.
Gesteigertes Bewusstsein – das war das Wort, nach dem sie die ganze Zeit gesucht hatte.
Sie beobachtete sich selbst, wie sie ins Feuer blickte, und dachte über Schicksal, Glück und Chancen im Leben nach.
Fünfzig zu fünfzig.
Aus ihrem Portemonnaie nahm sie eine Münze und legte sie auf den Tisch.
Kopf, dann trug sie das Gen in sich, bei Zahl nicht.
Beim ersten Mal landete die Münze mit dem Kopf nach oben, dann mit der Zahl. Beim dritten und vierten Mal jeweils mit dem Kopf. Sie fühlte gar nichts.

Ihr war klar, dass sie weder Erleichterung noch Angst spüren würde, wenn sie den Test nicht ernst nahm.
Melissa wusste genau, was Sam sagen würde. Für ihn würde es keinen Unterschied machen, er würde sagen, es wäre ihm gleich, wenn sie beide Brüste entfernen lassen müsste. Er würde sogar verstehen, wenn sie aus diesem Grund keine Kinder wollte.
Aber das wäre nicht die Wahrheit. Denn die hatte er ihr an dem Abend auf Zypern gestanden, als er gesagt hatte, dass er sich sein Leben nicht ohne Kinder vorstellen könne.
Wenn er über ihre jetzige Lage Bescheid wüsste, würde er das sicher bestreiten. Er würde die Wahrheit verdrehen und sagen, dass er nun vollkommen anders darüber dächte.
Aber die Wahrheit würde klammheimlich immer zwischen ihnen stehen. Und eines Tages würde sie ihn dabei überraschen, wie er eine Familie am Strand beobachtete …
Melissa dachte an ihre Mutter, die mit alldem hatte allein fertigwerden müssen. Sie blickte in die Ecke des Raums und sah sie wieder vor sich, wie sie an ihrem Tisch im Schlafzimmer saß, den wunderschönen Füller in der Hand, und ihr zulächelte. Plötzlich fiel ihr etwas anderes ein.
Als sie vorhin durch das Tagebuch geblättert hatte, um zu entscheiden, welche Seiten vernichtet werden sollten, hatte sie einen Blick auf den letzten Abschnitt über Mutterschaft geworfen. Sie hatte diese Seiten nur überflogen, denn was dort stand, ging ihr nahe. Ein Rezept für Banane-und-Avocado-Brei, ein paar Ratschläge für Drei-

monatskoliken. *Kauf bloß keinen Hochstuhl aus Holz – den bekommst du niemals sauber.* Es war ein Meer von Worten.

Worte, die sie aufwühlten.

Auf einer Seite stand immer wieder dasselbe Wort. Melissa kniff die Augen zusammen und sah es deutlich vor sich.

Sie sprang auf und holte das Buch, überflog in Windeseile die Seiten. *Wo hatte sie es bloß gelesen?*

Ihre Augen streiften über ein Rezept nach dem anderen, ein paar Zeilen zu Babybetten, eine Seite über Schlaf und Zubettgeh-Rituale.

Dann hatte sie es gefunden.

… dieses seltsam gesteigerte Bewusstsein. Ich weiß nicht, wie ich es sonst beschreiben könnte, Melissa. Aber ich wusste es einfach schon, bevor ich den Schwangerschaftstest machte. Als befände ich mich in einer Seifenblase – etwas war mir bewusst geworden. Dieses seltsame Gefühl des Losgelöstseins, als würde ich mit anderen Augen auf die Welt blicken, im Bewusstsein von etwas … Ich ahnte nur noch nicht, was es war.

Ein gesteigertes Bewusstsein – das ist das passende Wort.

<u>*Warum Gefrorenes zum Dahinschmelzen ist!*</u>

Das hier ist kein Rezept im eigentlichen Sinne, Melissa – mehr ein Tipp. Ich weiß, dass es ausgezeichnete Babynahrung zu kaufen gibt und viele Eltern denken, die Nahrung selbst zu kochen sei übertrieben, aber im Grunde ist es so einfach. Deshalb schreibe ich dir hier meine

Zubereitungsweise auf. Du kochst verschiedene Sorten Brei aus Obst und/oder Gemüse, lässt ihn abkühlen und füllst ihn dann in Eiswürfelschalen. In der Tiefkühltruhe gefrieren lassen, und dann die einzelnen Würfel aus den Schalen herauslösen, in Gefriertüten umfüllen und gut beschriftet in der Tiefkühltruhe aufbewahren. Pro Mahlzeit einige Würfel auftauen und langsam erwärmen – dann bekommt das Baby immer eine leckere und gesunde Mahlzeit.

Meine Vorschläge: pürierte, gekochte Karotten, gekochter Apfel, zerdrückte Banane. Avocado schmeckt auch ganz hervorragend, leider weiß ich nicht mehr, ob sich das gut einfrieren lässt. Du kannst auch kleine Essensportionen einfrieren, sobald das Baby abgestillt ist, aber bitte tu kein Salz an die Gerichte.

Viel Spaß beim Einfrieren!

Eleanor hatte gewollt, dass Max ihre Hand hielt, wenn es zu Ende ging. Doch so war es nicht. Ihre letzten Stunden verbrachte sie in dem Bett auf der Krankenstation und ging dabei im Kopf unentwegt das Buch durch, das sie dem Anwalt bereits ausgehändigt hatte. Sie ließ alle ihre Tipps, die Rezepte, die Briefe und die Geheimnisse Revue passieren. Es fiel ihr schwer, sich immer genau daran zu erinnern, was sie geschrieben hatte.

»Ist mein Mann schon auf dem Weg hierher?«

»Er wird bald da sein.« Die Krankenschwester war sehr freundlich, setzte sich neben das Bett und streichelte sanft ihre Hand. »Man hat ihm Bescheid gegeben. Seine Mutter holt Melissa ab, und er ist schon unterwegs.«

Es war ihr Fehler gewesen. Sie hatte zu lange gewartet. Nun war es zu spät.

»Ich muss unbedingt mit ihm sprechen.«

»Ich weiß, aber jetzt müssen Sie sich ausruhen.«

Die Krankenschwester beobachtete genau, wie Eleanor vor Schmerzen zusammenzuckte. »Wir müssen Ihnen etwas Stärkeres geben.«

»Nein, ich will wach bleiben. Ich muss mit meinem Mann reden.«

Eleanor schloss die Augen, sie war wütend auf sich selbst. Sie versuchte, sich daran zu erinnern, ob sie Melissa bei den Babytipps vor Salz in der Nahrung gewarnt hatte. Wusste Melissa solche Dinge? Gab es jemanden, der ihr das sagte? Hatte sie Max jemals klargemacht, dass man kein Salz an Babynahrung tat?

Waren die geheimen Seiten noch in dem Buch, oder hatte sie sie schon herausgenommen?

Und die Testergebnisse, würden sie in einem Aktenschrank verschwinden?

»Haben Sie Kinder, Schwester?«

»Zwei Jungen. Und Sie?«

»Eine Tochter, Melissa.« Sie hielt die Augen geschlossen, aber sie fühlte, wie das Bett sich bewegte, als triebe es davon.

»Schsch. Sie müssen sich wirklich ausruhen.«

»Ich habe Angst, dass mir Melissa diese eine Sache niemals verzeihen wird.«

Eleanor spürte, wie die Krankenschwester ihr sanft die Haare aus dem Gesicht strich.

»Natürlich wird sie das.«

»Glauben Sie?«

Sie fand es beruhigend, wie die Schwester ihr die Haare glatt strich, und Eleanor dachte auf einmal an Melissas goldbraune Haare. Sie saß auf dem Bett, das Kinn auf die angezogenen Knie gelegt. Eleanor streckte den Arm aus, und als sie den seidenweichen Pferdeschwanz mit der Hand berührte, lächelte sie.

»Sagen Sie ihr bitte, dass ich sie sehr liebe.«

»Natürlich tue ich das.«

38

Melissa 2011

Nur eins war schlimmer, als auf ein Testergebnis zu warten, das das ganze Leben verändern konnte – nämlich, einem geliebten Menschen dabei zuzuschauen, wie er auf ein Testergebnis wartete, das sein ganzes Leben verändern konnte.

Sam und Max waren gemeinsam auf dem Weg nach Cornwall, um Melissa dort abzuholen. Sie hatte beiden eine SMS geschrieben, wie leid es ihr tue, dass sie davongelaufen sei.

Und dass sie alle beide brauche.

Nun standen sie zu dritt in der Küche, in der ihre Mutter früher einmal Kekse gebacken und dabei ganz arglos Mehl von ihrem Pullover gebürstet hatte, und Melissa erklärte, dass sie sich einem Gentest unterziehen wolle, um ihr Krebsrisiko feststellen zu lassen. Sie war vor dieser Entscheidung geflohen, aber jetzt hatte sie erkannt, dass sie aufgrund der Vorgeschichte ihrer Mutter Gewissheit haben musste. Die Wahrheit erzählte sie Sam und Max nicht. Sie sagte nichts von dem Baby und von den drei Schwangerschaftstests aus der Drogerie im Ort, von denen jeder einen blauen Streifen gezeigt hatte.

Als Melissa nach Cornwall gefahren war, war sie der Meinung gewesen, es sei besser, Sam zu verlassen und

auf diese Weise dafür zu sorgen, dass er niemals so etwas durchmachen musste wie ihr Vater. In diesem Moment hatte sie verstanden, dass es in der Liebe um den geliebten Menschen geht und nicht um das eigene Glück. Sie selbst konnte auf Mutterschaft verzichten. Sie war jung und ehrgeizig und würde sich stattdessen auf ihre Karriere konzentrieren. Dann musste sie nicht einmal den Gentest machen lassen. Wenn sie keine Kinder bekam, konnte sie das Gen nicht vererben. Sie würde sich jedes Jahr gründlich untersuchen lassen. Sie könnte den Job in London annehmen oder ins Ausland gehen.
Zwei Tage später war ihre Welt eine andere geworden. Auf dem Weg nach Hause fuhr sie in ihrem Auto hinter dem Mann her, den sie immer ihren Vater nennen würde. Sam, der Vater ihres Kindes, saß neben ihr. Es musste auf Zypern passiert sein. Ein paar Tage lang hatte sie Magenbeschwerden gehabt, die wohl die Wirkung der Pille beeinträchtigt hatten. Die Schwangerschaft war in einem frühen Stadium und Melissa noch jung, sie hatte Angst und hätte sich bewusst niemals für diesen Weg entschieden – und dennoch spürte sie, dass es nicht länger nur um sie allein ging. Zum ersten Mal wusste sie genau, wie ihre Mutter sich in den letzten Wochen ihres Lebens gefühlt haben musste. Es brach ihr das Herz, und in ihr tobte nur ein einziger Gedanke, während sie mit dieser seltsamen Distanziertheit die veränderte Welt betrachtete: Ihr Kind durfte das Gen nicht in sich tragen.
Fünfzig zu fünfzig.
Kopf oder Zahl.
Melissa traf eine weitere schwierige Entscheidung. Sie

würde Sam nichts von der Schwangerschaft erzählen, bevor nicht das Ergebnis des Gentests vorlag. Das Kind würde sie behalten, wie auch immer der Test ausfiel. Doch Sam sollte zumindest eine gewisse Chance bekommen, eine uneingeschränkt frohe Botschaft zu erhalten. Mit dem geliebten Menschen ein Kind zu bekommen, auch wenn es ungeplant geschehen war, sollte ein wunderbares Ereignis sein. Und wenigstens einer von ihnen sollte sich dabei nicht so fühlen wie sie gerade.

Melissa hatte beschlossen, die Kosten des Gentests selbst zu übernehmen, um Zeit zu sparen. Sie informierte ihren Gynäkologen und wählte für den Test eine angesehene Klinik und ein gutes Labor aus. Vier Wochen sollte es dauern, bis die Ergebnisse kamen. In dieser Zeit ging sie zweimal zu einem Facharzt für Humangenetik, der sie, trotz ihres anfänglichen Widerstands, an eine Psychologin für Trauerarbeit überwies.

»Der Trauerprozess ist noch keineswegs abgeschlossen«, sagte die sympathische Frau nach der ersten Sitzung. »Möchten Sie den Tod Ihrer Mutter aufarbeiten?«

Der Facharzt für Humangenetik fragte nach dem Onkologen ihrer Mutter und wollte versuchen, das Originaldokument von Eleanors Gentest ausfindig zu machen. Das war wahrscheinlich sehr schwierig, doch die Ergebnisse des Tests ihrer Mutter würde die Genauigkeit von Melissas Gentest stark erhöhen. Der Anwalt James Hall argumentierte, Eleanors Buch sei der Beweis für ihr Einverständnis; Eleanor hatte gewollt, dass man Melissa das Testergebnis mitteilte. Melissa erklärte sich mit allem einverstanden, unter der Bedingung, dass Max nichts von

Eleanors heimlichem Gentest erfuhr. Ihre Mutter hatte eine Menge auf sich genommen, um ihm dieses Leid zu ersparen, und Melissa fand, sie hatte nicht das Recht, ihm jetzt davon zu erzählen.

Jeder von ihnen ging mit den vier langen Wochen Wartezeit anders um, aber alle bemühten sich verzweifelt um Normalität.

Melissa entschuldigte sich täglich bei Sam dafür, dass sie weggelaufen war und Max und ihm so viel Kummer bereitet hatte. Sie wisse, sie hätte mit ihm reden sollen, aber diese schreckliche Angst habe sie daran gehindert. Ihre Mutter hatte im Tagebuch angedeutet, dass die Möglichkeit eines Gendefekts größer war, als sie alle bisher angenommen hatten.

Sam hingegen zeigte einen fast unerträglichen Optimismus. »Es wird bestimmt alles in Ordnung sein. Negativ.« Das war zwar gut gemeint, aber Melissa setzte diese positive Sichtweise arg zu, denn sie ließ keinen Raum für ihre Angst, ihre eigenen Gefühle schienen auf einmal bedeutungslos. *Sie konnten nicht wissen, ob alles in Ordnung sein würde. Vielleicht musste man ihr doch die Brüste entfernen.*

Dann wiederum überkam sie ein furchtbar schlechtes Gewissen, weil er nichts von dem Baby wusste, nicht ahnte, wie viel auf dem Spiel stand.

»Tut mir leid, Sam. Ich habe einfach nur Angst.«

»Ich weiß.«

Max lief jetzt morgens und abends. Er führte Anna zum Essen aus, ihr erstes richtiges Date. Dabei gab er sich alle erdenkliche Mühe, nichts von Melissa und dem Gentest zu erwähnen – und schüttete ihr schließlich eine Stunde lang sein Herz aus.

»Anna, ich muss mich entschuldigen. Diesen ganzen Mist kannst du nicht gebrauchen. Es ist egoistisch und vollkommen unsensibel von mir und auch unfair …«

Sie beugte sich vor und küsste ihn.

»Oh, tut mir leid.« Sie war ebenso überrascht wie er.

»Muss es nicht.« Er küsste sie ebenfalls.

Errötend gestand sie ihm, dass sie sich geschmeichelt fühle, wenn er seine Sorgen mit ihr teilte. Sie habe ihn schon beim ersten Treffen anziehend gefunden, und da ihr bewusst sei, wie unangemessen diese Gefühle waren – schließlich war er ihr Chef –, habe sie sich so dumm verhalten. Dann vertraute sie ihm an, dass sie jedes Mal, wenn sie ihn sah, ein merkwürdiges Gefühl im Magen hatte. *Das ist lächerlich, ich weiß schon … aber da wir jetzt schon so ehrlich zueinander sind.*

Danach gingen sie öfter miteinander essen oder spazieren, und er erzählte ihr alles über seine Beziehung zu Sophie. Er holte Sophies Geschenk für ihn aus der Galerie ab. Das Gemälde zeigte ihn und Melissa im Regen am Strand – am Horizont sah man einen Regenbogen in Lila, Pink und Blau. *Ein klein wenig sentimental, nicht so wie ihre anderen Arbeiten*, hatte der Galerist bemerkt. *Doch da ist dieser Kontrast, die absichtlich falschen Farben des Regenbogens. Und ihre Reihenfolge stimmt nicht, das ist geschickt gemacht. Da haben Sie ein recht schönes Bild bekommen.*

Max hängte das Bild in seinem Büro auf. In der vierten Woche des Wartens begann Anna, mit ihm zusammen zu laufen. Während er schweigend, aber im selben Rhyth-

mus neben ihr herlief, erkannte Max, dass er jetzt sehr glücklich wäre, wenn Melissa nicht so furchtbare Sorgen hätte. Endlich konnte er sich wieder vorstellen, mit einem geliebten Menschen zusammen zu sein.
Max und Anna ahnten noch nicht, wie viele Marathons sie in den kommenden Jahren und Jahrzehnten zusammen laufen würden.
Noch konnten sie nicht wissen, was die Zukunft bringen würde. Anna blieb noch nicht über Nacht bei Max, da sie Angst hatte, ihren Sohn zu verstören. Stattdessen blieben Max und sie tagsüber im Bett liegen, nachdem sie miteinander geschlafen hatten – stundenlang, denn keiner von ihnen mochte aufstehen und in die Welt hinausgehen.

Marcus hingegen sorgte für eine positive Überraschung. Die Gefahr, die Melissa drohte, hatte wie ein Weckruf auf ihn gewirkt, und er arbeitete Tag und Nacht, um seine Firma wieder auf Kurs zu bringen. Jeden Freitagabend lud er Sam und Melissa zum Essen ein und berichtete ausführlich von seinen Fortschritten.
In ihrer eigenen Küche kochte Melissa nach und nach alle Rezepte ihrer Mutter nach, die *scones*, die Osterkekse und das Sodabrot. Sie versuchte sich sogar an der Marmelade, die beim ersten Mal etwas fest wurde, aber dennoch köstlich schmeckte.
Auch das Bœuf Bourguignon bereitete sie noch einmal zu und servierte es dieses Mal mit Reis. Insgeheim arbeitete sie einen Entwurf für ihren Blog aus und überlegte sich genau, wie sie ihre Kochversuche und die Gedanken dabei beschreiben wollte. Sie wollte etwas von dem trösten-

den Gefühl der Verbundenheit weitergeben, das sie spürte, wenn sie mit dem alten Rührgerät und den Ausstechförmchen ihrer Mutter jetzt in ihrer eigenen Küche hantierte.

Nicht jedes Rezept gelang ihr auf Anhieb, aber sie erinnerte sich an die Worte ihrer Mutter: *Wir backen, wir lernen, wir werden geschickter …*

Eines Tages beschloss sie, die Cupcakes noch einmal zu backen, und lief schnell in den nahe gelegenen Supermarkt, um Frischkäse und ein paar Erdbeeren für den Belag zu besorgen. Diesmal rührte Melissa Butter und Zucker mit einem Holzlöffel schaumig. Ihre Mutter hatte die Zutaten früher öfter mit der Hand verrührt, wenn sie nicht in Eile gewesen waren. Als Kind hatte sie das Knirschen des Streuzuckers sehr gemocht, wenn ihre Mutter ihn mit dem Löffel an der Schüsselwand zerdrückte und mit der Butter verrührte. Als sie an diesem Tag nach einer Orange griff, um die Schale abzureiben, geschah etwas Außergewöhnliches. Sam fand sie später auf dem Fußboden in der Küche, mit dem Rücken an die Schränke gelehnt. Ihre Augen waren stark gerötet. Im Ofen gingen goldbraun die Cupcakes auf.

»Meine Güte, Melissa. Geht es dir gut? Was ist passiert?«

»Alles in Ordnung, Sam. Etwas Schönes ist passiert. Ich habe mich an etwas wirklich Schönes erinnert.«

Dann ging Melissa an den Computer und schrieb dem Redakteur in London, dass sie krank gewesen sei und deshalb nicht zu dem verabredeten Treffen kommen konnte. Sie war erstaunt, dass sie sofort eine zweite Chance bekam. Das Vorstellungsgespräch lief noch besser, als sie gehofft hatte, und sie unterschrieb den Vertrag. Da sie

ihre Arbeit ohnehin bald für eine Weile aufgeben würde, spielte es keine Rolle mehr, dass der Job zeitlich befristet und freiberuflich war. Mit dem Baby musste sie ihre beruflichen Pläne überdenken. Es war eine große Herausforderung, in so jungen Jahren Mutter zu werden, aber das Schöne am Schreiben war, dass sie einen Teil der Arbeit zu Hause erledigen konnte. Die Freiberuflichkeit kam ihr jetzt sehr entgegen.
Während dieser ganzen Wartezeit versuchte sie stets, so optimistisch wie möglich zu bleiben. Sie beschäftigte sich, so gut es ging. Fast täglich kochte sie, und wenn sie nachts nicht schlafen konnte, las sie immer wieder im Tagebuch ihrer Mutter, um ihre Stimme zu hören.
Sam fiel zwar auf, dass Melissa keinen Kaffee und auch keinen Alkohol mehr trank, doch sie nahm das Buch als Ausrede und gab vor, sich, auch wegen der Gefahr einer Krebserkrankung, gesünder ernähren zu wollen.

Das Ergebnis des Gentests wurde ihr an einem Donnerstag mitgeteilt. Sam fuhr sie hin, und auch Max kam mit, aber Melissa bestand darauf, dass er draußen vor dem Sprechzimmer wartete.
Während der Fahrt sagte keiner von ihnen ein Wort.
Es war ein kalter Tag, und der Himmel war klar und strahlend blau. Melissa konnte die Schönheit dieses Anblicks kaum ertragen, denn er schien nicht zu ihrer angstvollen Stimmung zu passen.
»Bist du bereit?«, fragte Sam, als sie im ersten Stock des Gebäudes vor der Tür standen.
»Nein.«
Kopf oder Zahl.

Sie fragte sich, ob sie das Testergebnis nicht lieber am Telefon erfahren hätte.
»Soll ich mich erkundigen, ob wir etwas später kommen können? Wir gehen erst mal eine Runde spazieren, ja?«
Wäre ein Telefonat besser oder nicht doch schlimmer gewesen? Melissa wusste es nicht.
»Nein.«
Sie gingen hinein, setzten sich nebeneinander und warteten auf die Ärztin, die kurz darauf aus dem Nebenzimmer kam. Sie lächelte.
»Gute Neuigkeiten, Miss Dance.«
Sam gab einen lauten Ton von sich, ein seltsames Geräusch, das weder ein Wort noch ein Schrei war.
»Tut mir leid«, sagte er peinlich berührt.
»Sie müssen sich nicht entschuldigen. Es war bestimmt nicht leicht, so lange auf das Testergebnis zu warten.«
»Gute Neuigkeiten. Sind Sie sicher?« Melissa sah durch das Fenster in den strahlend blauen Himmel, dessen Schönheit sie doch nicht getäuscht hatte. Sie würde sich immer an das wunderschöne Blau des Himmels an diesem Tag erinnern.
Die Ärztin erläuterte Melissa die Einzelheiten des Testergebnisses, aber ihre Stimme klang wie von fern. Es gab keine hundertprozentige Garantie, dass sie niemals an Brustkrebs erkranken würde, aber zumindest war bei ihr keiner der bekannten Genfehler, die ein erhöhtes Risiko bedeuteten, gefunden worden.
Das Ergebnis des Gentests war negativ.
Melissa bat Sam, gleich zu Max hinauszugehen und ihm das Ergebnis mitzuteilen, da sie selbst noch ein paar Fragen an die Ärztin habe.

Nachdem Sam sie auf die Stirn geküsst und die Tür hinter sich geschlossen hatte, goss die Ärztin ihr ein Glas Wasser ein.

»Geht es um den Test Ihres Vaters?«

»Wie bitte?« Melissa hatte nur fragen wollen, ob das Testergebnis ihrer Mutter gefunden worden sei.

»Ihr Vater ist einverstanden, dass Ihnen sein Testergebnis mitgeteilt wird. Ich habe mit ihm schon am Telefon darüber gesprochen.«

»Was für ein Ergebnis? Ich verstehe nicht, wovon Sie reden.«

»Er hat ebenfalls einen Gentest machen lassen. Hat er Ihnen das nicht gesagt?«

»Aber warum? Ich verstehe nicht, warum. In seiner Familie ist nie jemand an Krebs erkrankt. Warum sollte er einen Gentest machen lassen?«

»Er hatte wohl Angst, das fehlerhafte Gen könnte aus seiner Familie stammen, und wollte das abklären für den Fall, dass Ihr Ergebnis positiv ausfiele. Sonst gäbe es keine hundertprozentige Gewissheit, dass Ihre Mutter den Genfehler übertragen hat.«

Melissa verstand immer noch nicht.

»Aber das ist doch absurd. Und irrational. Meine Mutter hatte Krebs, nicht er.«

»Wir handeln nicht immer rational, wenn wir Angst haben.«

»Und Sie haben dem Test zugestimmt? Warum haben Sie das getan?«

Melissas Herz raste. Worte wie DNA und Blutgruppe wirbelten durch ihren Kopf. Was, wenn der Gentest auch die Frage nach Vaterschaft beinhaltete …

Alles, nur das nicht.

»Sie haben uns gebeten, Ihrem Vater nichts von dem Gentest Ihrer Mutter zu sagen. Wir haben diese Bitte respektiert und deshalb dem Test Ihres Vaters zugestimmt. Wir hatten das Gefühl, er könnte dann besser mit der ganzen Sache umgehen.«

»Der Test meiner Mutter. Haben Sie Ergebnisse bekommen?«

»Ja, das haben wir.«

»Er war positiv, nicht wahr?«

»Ja, Melissa, er war positiv.«

Sie schloss die Augen.

Kopf oder Zahl.

Ein schrecklicher Gedanke stieg in ihr auf.

»Ich verstehe nicht viel von Gentests, DNA und so. Aber mein Vater … ich begreife nicht, warum er ihn hat machen lassen.«

»Wie ich schon sagte. Für den Fall, dass Ihr Test positiv wäre, wollte er nicht, dass Sie die Schuld allein bei Ihrer Mutter suchten. Nicht ohne hundertprozentig sicher zu sein.«

»In Ordnung. Ist bei seinem Test etwas herausgekommen? Ich meine, irgendetwas Ungewöhnliches?« Melissa hatte Angst, direkt nach dem Vaterschaftsnachweis zu fragen. Max wartete draußen im Flur. Sie versuchte, den Gesichtsausdruck der Ärztin zu lesen.

»Also, da ist die übliche DNA-Übereinstimmung innerhalb einer Familie. Ich meine, bei Ihnen und Ihrem Vater. Neunundneunzig Komma neun Prozent. Das hatten wir erwartet. Sonst hat der Test nichts Ungewöhnliches ergeben«, sie blickte auf den Computerbildschirm, »wie ich

Ihnen schon sagte. Ihr Vater hat heute Morgen telefonisch um sein Ergebnis gebeten und gesagt, Sie sollten alles erfahren, wenn Sie hier wären. Aber es gibt nichts, worüber Sie sich Sorgen machen müssten.«

»Bitte sagen Sie ihm nichts von dem Genfehler meiner Mutter.« Melissa fühlte, wie die Erleichterung sich in ihr ausbreitete. Die ganze Zeit über hatte sie nicht bemerkt, wie angespannt sie gewesen war.

»Das werde ich nicht. Geht es Ihnen gut?«

»Sehr gut, danke. Wirklich sehr gut.«

Sie dachte an ihre Mutter. Wie sehr hatte sie Melissa geliebt und sich gewünscht, sie hätte sie schon damals von all diese Sorgen befreien können. Wie glücklich und dankbar sie doch war, dass sie das Buch hatte. Dass ihre Mutter immer noch bei ihr war.

Vor dem Sprechzimmer umarmte Melissa Sam und ihren Vater lange schweigend. Dann bat sie Sam, im ersten Stock zu warten, während sie mit ihrem Vater Getränke holen ging. Als sie mit ihm allein neben dem Getränkeautomaten stand, räusperte sie sich.

»Mum schreibt in dem Tagebuch, dass du das ganz toll hinkriegen würdest.«

»Bitte?«

»Ganz am Anfang. Sie schreibt, dass du das ganz toll machen würdest, mich großziehen.«

Der Ausdruck in Max' Augen veränderte sich – einen Moment lang wandte er sich ab, dann blickte er sie fragend an.

»Das hätte ich dir schon früher sagen sollen. Denn sie hatte recht, Dad. Und ich danke dir nicht oft genug dafür.« Sie küsste ihn auf die Wange, trat einen Schritt zurück und bat ihn, einen Augenblick zu warten, weil sie Sam holen wollte.

»Kommst du zurecht, Dad?« Sie legte die Hand auf seine Wange.

»Ja, klar.«

Im ersten Stock war Sam gerade mit seinem Smartphone beschäftigt.

»Sam, ich muss dir etwas sagen.«

»Ich lade euch zum Essen ein. Keine Widerrede. Dich und Max. In ein absolut phantastisches, superteures Restaurant.«

»Sam, bitte hör mir zu.«

»Champagner.«

Sie würde keinen Champagner trinken, sie durfte jetzt keinen Champagner trinken.

»Ich muss dir etwas sagen. Und du musst mir versprechen, nicht böse zu sein, dass ich es dir nicht schon früher gesagt habe.«

Er hob den Kopf und sah sie an.

»Ich bin vielleicht noch etwas jung, vielleicht sind wir das beide. Und ich hätte es nicht so geplant, aber du musst mir glauben, dass ich noch niemals so glücklich war.«

»Du redest Unsinn, Melissa. Natürlich bist du glücklich. Der Test war negativ.«

»Nein.« Sie griff nach seiner Hand und legte sie auf ihren Bauch.

Sie blickte in seine Augen. Er reckte fragend den Kopf und kniff die Augen zusammen.

Für einen Moment dachte Melissa an ihre Mutter und konnte sich vorstellen, dass sie ihr jetzt zuhörte und zusah. Augen voller Wärme blickten auf sie herab. Warmer Sand, durch den sie über den Strand lief.

»Wir bekommen ein Baby, Sam. Es muss auf Zypern passiert sein, als ich diese Magenprobleme hatte. Es war ein Unfall, aber ich bin sehr froh darüber, auch wenn ich noch ziemlich jung bin. Und ich muss unbedingt wissen, was du darüber denkst. Ob du den Zeitpunkt schwierig findest, wegen deiner Partnerschaft. Und ob du böse auf mich bist, weil ich dir bisher nichts gesagt habe. Aber mit all diesen offenen Fragen ... ich hatte einfach Angst. Sag doch was, Sam. Bitte, sag etwas.«

»Ein Baby?« Er sah völlig fassungslos aus.

»Ja, ein Baby.«

»Oh, mein Gott.« Er schloss die Augen.

»Bist du sehr überrascht?«

»Natürlich bin ich überrascht.«

»Ist es eine böse Überraschung? Bist du sauer, weil ich dir nichts gesagt habe?«

»Nein, Melissa. Das ist eine sehr schöne Überraschung. Ein Baby? Wirklich?«

Er legte den Arm um sie und drückte sie sehr fest an sich, bis eine Sekretärin mit einem Stapel Akten auf dem Arm versuchte, an ihnen vorbeizukommen. Eng umschlungen wichen sie zurück.

Melissa löste sich von ihm. »Natürlich haben wir jetzt auch ein Problem.«

»Du meinst deinen Job? Der neue Vertrag? Darüber musst du dir keine Sorgen machen. Ich verdiene genug für uns beide, bis ...«

»Nein, ich rede nicht von Geld.«

»Was ist es dann?«

»Also, ich fühle mich jetzt ganz anders. Auf einmal komme ich mir furchtbar altmodisch vor.«
Melissa dachte an die letzten Kapitel im Buch ihrer Mutter. Dort standen nicht nur Tipps und Tricks zu Koliken und Kinderbetten, dort stand auch viel über Freude, über die Höhen und Tiefen des Elternseins.
Eines Tages wirst du verstehen, worüber ich schwadroniere. Denn es wird der Mittelpunkt deines Lebens sein …
Sam blickte immer noch verdutzt drein, als sie erneut einen Schritt zurücktreten mussten, um jemanden an sich vorbeizulassen.
Melissa warf einen Blick über das Geländer nach unten in die Halle, wo Max mit einem Tablett und drei Tassen zu sehen war.
Sie musste es sagen, bevor Max ungeduldig wurde.
»Sam, willst du mich heiraten?«
Zum ersten Mal in seinem Leben machte Sam die Schildkröten-Geste. Vollkommen überrascht zog er den Kopf ein, bevor er – als Zeichen größtmöglicher Ungläubigkeit – die Augen schloss, sie dann wieder aufschlug und Melissa erst auf die Stirn und dann auf jedes Augenlid küsste. Melissa war peinlich berührt, weil aus einem anderen Raum wieder jemand auf den Flur trat, sie und Sam interessiert ansah und sich dann an ihnen vorbeidrückte.
»Heißt das ja, Sam?«
Er nahm sie sehr fest in die Arme, während Max in der Halle das Getränketablett hochhob als Zeichen, dass sie sich beeilen sollten.
»Ja, Melissa, das heißt ja.«

Orangenschale

Die Tochter sitzt am Küchentisch und isst eine Orange. Sorgsam trennt sie ein Stück ab und nimmt es in den Mund – in Erwartung des bittersüßen Geschmacks zuckt sie zusammen und lächelt, als der Saft sich auf ihrer Zunge verteilt.
Die Mutter steht neben dem Herd und beobachtet lächelnd die Tochter. Sie legt einen Zestenreißer ins Spülbecken und beugt sich dann nach unten, um in den Doppelofen zu schauen. Links befindet sich auf der mittleren Schiene ein Blech mit Cupcakes. In dem kleineren Backrohr rechts daneben brutzelt eine Lammkeule mit Zwiebeln, Wein und Kräutern in Öl.
Der Blick der Mutter verändert sich, als sie sich wieder ihrer Tochter zuwendet.
»Wenn die Cupcakes abgekühlt sind, kannst du einen essen und Milch dazu trinken. Dann ist es Zeit, ins Bett zu gehen.«
»Ich bin aber gar nicht müde.«
Die Mutter wendet den Kopf ab, damit die Tochter nicht sehen kann, wie sie sich ein Lächeln verbeißt. Dann nimmt sie den Küchenwecker vom Tisch und steckt ihn in die Tasche. Die Augen des Kindes sehen so müde aus; es wird innerhalb von zehn Minuten eingeschlafen sein, sobald es einmal im Bett liegt.
»Hör mal, Mummy muss jetzt noch etwas fertig schreiben. Wenn du die Orange gegessen hast, wäschst du dir die klebrigen Finger, ja? Danach darfst du einen Cupcake haben, und dann geht's ab ins Bett.«

Die Mutter steht auf, wirft noch einen Blick auf den Küchenwecker und geht dann um den Tisch herum zu ihrer Tochter. Sie streicht ihr den Pony aus der Stirn und küsst sie auf die Stirn.
Dann geht sie über den Eichenholzfußboden der Diele und die Treppe hinauf. In der Ecke des Schlafzimmers befindet sich ein Erker mit einem großen Fenster. Sie setzt sich an einen großen Schminktisch, der ihr auch als Schreibtisch dient, und blickt einen Moment lang auf den Baum vor dem Fenster, dessen Äste sich im Wind zur Seite neigen.
Bald wird das Auto ihres Ehemanns in die Auffahrt biegen, und die Tochter wird in die Diele rennen, um den Vater zu begrüßen. Die klebrigen Finger noch ungewaschen.
Die Mutter öffnet ihr Laptop.

Orangenschale … und andere Geschichten

Von Melissa Dance, Food-Bloggerin

Melissa beugt sich vor, um das Datum zu tippen. *März 2015*. Sie sieht Sams Auto über den Kiesweg fahren und lächelt bei dem Gedanken an den Willkommensgruß unten.
Was soll sie heute schreiben?
Ach ja.
Heute wird sie noch einmal darüber schreiben, wie alles begann. Wie aus einer Kampagnenjournalistin eine Köchin wurde. Wie ein geliebtes Tagebuch Erinnerungen wachrief. Und wie dann ein Blog folgte, der aus einer

Frau, die dachte, beim Kochen ginge es nur um Nahrungsmittel, eine Zeitreisende machte.

Heute wird sie über ein Kind an einem Küchentisch in Cornwall schreiben, das seine Orange nicht schälen kann und daher stöhnend und jammernd um Hilfe bittet. Die Mutter, die gerade Butter und Zucker schaumig rührt, lächelt ihre Tochter an und sagt: *Ich mach dir einen Vorschlag, Melissa. Ich zeige dir, wie man die Schale der Orange abreibt, bevor ich sie schäle. Dann nehmen wir die Orangenschale für die Cupcakes statt Vanille. Was meinst du?*

Ja, sie wird noch einmal über diesen Wendepunkt schreiben, über die Magie eines einzelnen Dufts – und die Erinnerung daran.

Reibe die Orangenschale ab. Schließe deine Augen. Kehre dorthin zurück, reise durch die Zeit. Ein Kind am Tisch. Eine Orange auf einem Teller. Das Kind streckt seine klebrigen Finger aus … und umschließt die Hand seiner Mutter.

Ende

Danksagung

Ich danke allen Leserinnen und Lesern, die Melissas Geschichte ihre Zeit gewidmet haben. Sie ist natürlich frei erfunden, nur was das Krebsthema angeht, habe ich oft auf meine eigenen Erlebnisse und Gefühle zurückgegriffen.

Meine Mutter starb an Krebs, als ich siebzehn Jahre alt war, und ich habe mich lange Zeit gefragt, ob ich jemals über diese Erfahrung schreiben würde. Als Nachrichtenmoderatorin der BBC bekam ich dann den Auftrag, einen »Race for Life«, einen Wohltätigkeitsmarathon, zu organisieren, um Geld für die Krebsforschung zu sammeln. Bei dieser Veranstaltung lernte ich viele sympathische Frauen kennen, die nur ein Wort auf den Rücken gepinnt hatten: »Mum«. Ich erschrak darüber, aber irgendwie tröstete mich dieses Erlebnis auch, und ich erkannte, dass die Autorin in mir vielleicht doch etwas dazu schreiben konnte …

Es verging viel Zeit, bis ich eine fiktive Geschichte ersonnen hatte, mit der ich dieses schwierige Thema, das so viele Menschen tief berührt, aufgreifen konnte. Aber sobald ich die Charaktere Melissa und Eleanor erschaffen hatte, schrieb sich der Roman fast von selbst.

Es dauerte dann einige Zeit, bis das Buch veröffentlicht

wurde, und ich möchte allen danken, die mich in dieser Phase unterstützt haben – insbesondere meinem wundervollen Ehemann und meinen zwei Söhnen, die immer an mein Vorhaben geglaubt haben.
Ein ganz großer Dank geht an meine phantastische Agentin Madeleine Milburn, die diese Veröffentlichung möglich gemacht hat. Ich danke auch meinem Verlag für sein Vertrauen in mich und für die wunderbare Betreuung des Buches.

Mit der Arbeit an meinem nächsten Roman habe ich schon angefangen, nähere Informationen dazu gibt es auf meiner Website www.teresadriscoll.com, auf Twitter (@teresadriscoll) oder auf meiner Autorenseite bei Facebook (https://www.facebook.com/teresadriscollauthor).

Herzlich

Teresa Driscoll

Leseproben aus

Teresa Driscoll

Das Glück der hellen Tage

Roman

Aus dem Englischen
von Carola Fischer

KNAUR

Moskau, November 1960

Meine geliebte Martha,

auch heute schreibe ich dir, obwohl ich befürchte, dass diese Zeilen dich nie erreichen werden. Aber was sollte ich sonst tun? Drei Jahre lang habe ich nichts von dir gehört.
Meine Freunde sagen, ich soll aufhören, dir zu schreiben. Aber ich merke immer wieder, dass ich das nicht kann.
Daher werde ich dir weiter Briefe schicken, ich werde hoffen und beten, dass mein Traum in Erfüllung geht und du eines Tages einen dieser Briefe in Händen hältst. Dass du mir vielleicht gar nicht antworten willst, kann ich nicht glauben.
Ich hoffe inständig, dass dies nicht der Grund für dein Schweigen ist …
Wenn du das hier liest, dann bitte glaube mir, dass ich dir schon viele Briefe an die Adresse deines Vaters geschickt habe. Und vor allem – denk nicht, es wäre zu spät.
Wenn ich dich nicht finde, dann komm bitte her und suche mich, Martha.
Ich liebe dich immer noch, und ich werde dich immer lieben.
Das ist wahr, so wahr wie alles, was ich je zu dir gesagt habe, das schwöre ich. Denn tief in meinem Herzen tue ich auch heute noch alles in meinem Leben nur für dich.
Ich wäre damals nicht fortgegangen, wenn ich geahnt hätte, dass es so endet. Niemals hätte ich das getan.
Bitte, Martha, gib unsere Liebe nicht auf.

Dein Josef

1

Aylesborough-on-Sea 1976

Ihr Verhalten ist lächerlich. Kate weiß das, aber sie kann nichts dagegen tun.

Noch während sie schnell einsteigt, um den vordersten Platz im Bus zu ergattern, beobachtet sie ihr eigenes Verhalten mit echter Besorgnis. Sie erkennt sich nicht mehr wieder in dieser seltsamen Frau, die ängstlich ihre drei Stofftaschen auf den Nebensitz stellt, damit niemand es wagt, sich dorthin zu setzen. Eine Frau, bei der man die typischen Anzeichen einer Zwangsstörung feststellen kann: Sie nimmt immer an den gleichen Tagen den gleichen Bus und kommt, obwohl kein Andrang herrscht, stets viel zu früh, um sicherzugehen, dass sie denselben Platz bekommt.

Natürlich sollte sie damit aufhören, sie sollte dieses Verhaltensmuster durchbrechen, solange sie noch kann. Aber Kate fühlt sich nur sicher, zumindest eine Zeitlang, wenn sie hier oben in der vordersten Reihe sitzt, hoch über dem Rest der Welt, die Meeresluft einatmet und das Kreischen der Möwen über sich hört.

Sie blickt auf ihre Armbanduhr – noch acht Minuten und achtundzwanzig, neunundzwanzig, dreißig Sekunden, bis der Bus abfährt. Sie schlägt die Lokalzeitung auf und seufzt leise.

Sobald der Bus losfährt, sobald knackend eine Stimme aus dem Lautsprecher ertönt, wird sie sich besser fühlen. Dann kann sie

entspannen. Ungeduldig wartet sie auf die vertrauten Bemerkungen, die einstudierten Witze.
Heute fährt Kate zum zehnten Mal mit der Open Top Tour Company. Die Fahrkarte hat sie günstiger bekommen, weil sie vorgegeben hat, für ein Buch zu recherchieren.
In ihrer ersten Woche in Aylesborough ist sie zwei Mal mit diesem Bus gefahren, am Montag und am Mittwoch. Inzwischen plant sie alle drei Touren des Winterfahrplans in ihre wöchentlichen Aktivitäten ein. So kann sie zwei angenehme Stunden außer Haus verbringen und muss weder mit jemandem sprechen noch irgendwohin laufen. Zwei Stunden lang ist sie weit weg von den Umzugskartons, weit weg von Toby.
Sie hat ihm diese neue Sucht verheimlicht, hat ihm etwas von Recherche in der Stadtbibliothek für irgendeinen Kurs an der Fernuniversität erzählt. Er hat gelächelt in der Hoffnung, dass ihr ein neues Projekt guttun wird. *Das ist toll, Kate, wenn du wieder aus dem Haus gehst. Das ist wirklich toll.* Aber so ist es nicht. Beschämt schließt Kate die Augen.
Es ist überhaupt nicht toll, alles nur eine Lüge.
»Sie können wohl überhaupt nicht auf die Tour verzichten, oder?«
Kate ist erleichtert, als sie Mikes Stimme erkennt. Von allen Touristenführern ist er am wenigsten aufdringlich. Er ist lang und dünn, mit einer auffallend großen Nase und dunklen Haaren, und er überrascht Kate immer wieder. Alle Führer reden gern und haben die passenden Sprüche parat, alle erzählen weitgehend dasselbe, nur Mike fügt auf jeder Tour etwas Neues hinzu. Ein winziges Detail, auf das er gestoßen ist, oder eine zufällige Bemerkung, die er irgendwo aufgeschnappt hat.

Sie faltet die Zeitung zusammen und dreht sich lächelnd zu ihm um. Sie ist sicher, dass er nur schnell ihre Fahrkarte kontrollieren und keine weiteren Fragen stellen wird. Als der Dieselmotor tuckernd anspringt und der Bus losfährt, richtet sie den Blick wieder nach vorn auf die Straße. Ihre Atmung geht langsamer, ihr Herz schlägt ruhig und regelmäßig. Sie wartet auf die Gerüche: Erdnussbutter-Sandwiches wie auf den Busfahrten ihrer Kindheit, Fish and Chips von den Touristen aus dem unteren Deck. Dieselgestank und Abgase vorbeifahrender Autos, und schließlich die wunderbar salzige Meeresluft.

Kate schließt die Augen, um mit dem Schwimmen zu beginnen: ein Armzug, dann noch einer, langsam und zuversichtlich hält sie auf den Leuchtturm in der Ferne zu. Die Vorstellung, wie sie im sicheren Tageslicht Zug um Zug durch das klare, kalte Wasser auf den weiß-roten Turm zuschwimmt, beruhigt sie.

»Natürlich gibt es keinen Leuchtturmwärter mehr. Heutzutage werden die meisten Leuchttürme automatisch betrieben …«

Mikes Stimme wird leiser, als sie weiter hinausschwimmt, immer schneller im kühlen Nass auf das Licht zuhält. Die Bewegung ihrer Arme ist gleichmäßig und kraftvoll. Zum Brummen des Motors und zum Rhythmus von Mikes Vortrag pflügt sie durch die Wellen.

»Wenn Sie jetzt bitte nach links schauen möchten, dort sehen Sie die Flügeltüren der alten Seilerei …«

Sie schwimmt immer weiter, träumt vor sich hin und lässt sich treiben. Ab und zu dreht sie sich auf den Rücken und atmet tief durch; einmal erhascht sie einen kurzen Blick über die Hecke auf einen jungen Mann, der draußen im Park im Musikpavillon schläft, dann dreht sie sich wieder auf den Bauch und schwimmt weiter. Linker Arm, rechter Arm, immer im Wechsel. Nachdem der Bus in die Willow Street eingebogen ist, hält er plötzlich mit einem Ruck an.

Kate taucht aus ihren Tagträumen auf und öffnet die Augen, als Mike sich nach einer kurzen Pause bei den Fahrgästen für den Zwischenfall entschuldigt.

»Ein dämlicher BMW-Fahrer – bitte verzeihen Sie meine Ausdrucksweise.«

Der Fahrer versucht, sich in die letzte freie Parklücke am Kai zu quetschen. Kate beugt sich vor, um die Szene besser beobachten zu können. Der BMW steht noch halb auf der Straße, der Fahrer könnte jetzt den Rückwärtsgang einlegen und einparken, aber der Platz zum Rangieren wird von einem weißen Lieferwagen blockiert, der gerade aus einer Seitenstraße eingebogen ist und wegen der nachkommenden Fahrzeuge nicht mehr zurücksetzen kann.

Amüsiert beobachtet Kate, wie beide Fahrer, der des BMW und der des Lieferwagens, aussteigen und anfangen, sich lauthals zu beschimpfen. Auf der Straße bildet sich eine Menschentraube, und Mike lenkt die Aufmerksamkeit der Fahrgäste auf den kleinen Laden zu ihrer Rechten.

»Minstrel's Place ist das einzige Gebäude in der ganzen Straße, das nicht bei den Luftangriffen der Deutschen im Zweiten Weltkrieg zerstört wurde.«

Aber Kate hört nicht länger hin. Minstrel's Place interessiert sie genauso wenig wie der lautstarke Streit der Autofahrer, sie hat etwas anderes erspäht.

Aber ein Mann, der gerade eine Pastete isst, versperrt ihr die Sicht, sie muss sich zurücklehnen, um besser sehen zu können.

Sehr zu ihrem Ärger macht auch der Mann einen Schritt rückwärts, und jetzt ist sein dicker Bauch im Weg, deshalb beugt sie sich nach vorn. Endlich ist der Blick frei. Dort auf der Parkbank am Hafen sitzt eine seltsame Frau, allein.

Sie strickt.

Behutsam wendet Kate den Kopf, während sie dieses Bild in sich aufnimmt – langsam zoomt sie heran und versucht zu verstehen, warum der Anblick sie so irritiert. Nicht nur das Stricken ist unpassend an diesem stürmischen Novembertag, das ganze Bild wirkt so fehl am Platz, als befände es sich im falschen Rahmen.

Die Frau sieht sehr gut aus – hohe Wangenknochen und eine hübsche, perfekt geformte Nase – und zugleich merkwürdig zerzaust, die ungekämmten Haare sind zu einem lockeren Pferdeschwanz gebunden. Sie hat einen viel zu großen Mantel an, der in der Taille von einem breiten schwarzen Gürtel gehalten wird, eindeutig ein Herrengürtel, der weder zu der Frau noch zu dem Mantel passt. An den Füßen trägt sie grüne Gummistiefel, und neben ihr auf der Bank liegen drei Plastiktüten.

Diese falsche Stadtstreicherin ist zu jung für ein Leben auf der Straße, aber am merkwürdigsten findet Kate die Strickarbeit in ihren Händen: Es sieht nach einem Babyjäckchen aus. Die Wolle, in einem wunderschönen Zitronengelb, hat sie auf die Tasche neben sich gelegt, damit sie nicht auf das nasse Pflaster fällt. Dieser Widerspruch – der Kontrast zwischen dem hellen Babygelb und der dunklen Schäbigkeit der Frau – ist Kate sofort ins Auge gestochen.

Einen Moment lang hält Kate inne, unentwegt blickt sie auf die klappernden Nadeln und versucht, ihre Reaktion zu analysieren. In ihrem Kopf flüstert ihr professionelles Ich eine erste Warnung: *Nein, Kate, tu das nicht.* Dann hört sie Toby, seine Stimme ist laut und angestrengt – *Du musst dich ausruhen, Kate; du solltest dich mehr schonen* –, und schließlich erkennt sie noch den vertrauten, missbilligenden Tonfall ihres Arztes. Doch Kate ignoriert alle inneren Stimmen, sie beißt sich auf die Lippe und trifft augenblicklich eine Entscheidung. In Windeseile hat sie die Zeitung in die Tasche gesteckt, ihre Sachen eingesammelt und rennt die Wendeltreppe hinunter. Von seinem Platz neben dem Busfahrer aus kommentiert Mike gerade den Blick aus dem Fenster.

»Falls es Sie interessiert: Inzwischen muss man zweieinhalb Jahre auf einen Liegeplatz im Jachthafen warten.«

Kate strebt auf die Tür zu, und Mike hebt die Augenbrauen.

»Tut mir leid, ich muss gehen …« Dann steigt sie aus dem Bus, stolpert beinahe, gefolgt von den Blicken der sechs erstaunten Fahrgäste im unteren Deck.

Als sie auf der Straße steht und Mikes Stimme nur noch von fern zu hören ist, fühlt sie die vertraute Angst in sich aufsteigen, die ihr Leben in letzter Zeit so oft beherrscht. Sie atmet tief durch, um sich zu beruhigen, und nimmt alle Taschen in die linke Hand, um sich mit der rechten die wehenden Haare aus dem Gesicht hinters Ohr zu streichen.

In ihrem Beruf hat Kate jahrelang Erfahrung gesammelt, wie man auf fremde Menschen zugeht – auch (man könnte sogar sagen, insbesondere) sonderbare Menschen –, aber als sie sich der Gestalt nähert, die auf der Bank mit den Stricknadeln klappert, fühlt sie ihre Zuversicht schwinden. Befürchtungen stei-

gen in ihr auf, und sie spürt einen unerklärlichen inneren Zwang, der sie tief verunsichert.
Die strickende Frau sieht nicht auf, und Kate beschließt, Tee für sie beide zu besorgen, um die Störung zu entschuldigen. Dann hat sie etwas, woran sie sich festhalten kann.
Am Kai steht ein Imbisswagen, der bei den Fischern sehr beliebt ist, dort stellt Kate sich an. Die ganze Zeit über beobachtet sie die Frau, die nur von ihrer Arbeit aufschaut, als eine Möwe vor ihr entlanghüpft und neben der Parkbank nach Essenskrümeln pickt.
Der Mann im Imbisswagen reicht ihr zwei angeschlagene Steingutbecher, entschuldigt sich damit, dass die Fischer keine Styroporbecher mögen, und bittet sie, die leeren Tassen wieder zurückzubringen. Mit dem Tee in der Hand geht Kate vorsichtig zu der Parkbank. Sie gibt sich Mühe, nichts zu verschütten, aber die Becher sind großzügig bis zum Rand gefüllt und das heiße Getränk schwappt über.
Die Frau hört auf zu stricken, sobald Kate sich hingesetzt hat, und wirft einen neugierigen Blick auf die Becher. Dann sieht sie sich nach der Person um, für die der zweite Tee bestimmt ist.
Kate fährt sich mit der Zunge über die Vorderzähne. »Ich habe mir gedacht, Sie mögen vielleicht eine Tasse Tee, um sich ein wenig aufzuwärmen. Hoffentlich haben Sie nichts dagegen.«
Ein vielsagender Ausdruck huscht über das Gesicht der Frau, bevor sie ihre Augen auf Kate richtet. Ihr Blick ist hart. »Eigentlich mag ich lieber Kaffee«, sagt sie vollkommen sachlich und wartet die Reaktion ihres Gegenübers ab. Kate wird rot vor Verlegenheit, dann ärgert sie sich, aber nicht über die offen-

kundige Undankbarkeit der Frau, sondern über ihre eigene plumpe Art. Ihr ungeschicktes Vorgehen ist ihr peinlich.
Doch plötzlich, während Kate immer mehr errötet und ihr Gesicht heiß wird, entspannen sich die Gesichtszüge der Frau auf der Bank.
»Leider kann ich Tee nur mit einer Riesenmenge Zucker trinken.« Der Tonfall ist jetzt anders. Sie wendet leicht den Kopf. »Albert vom Imbiss weiß das. Er hätte Zucker in den Tee getan, wenn er gewusst hätte, dass der für mich ist. Zwei gehäufte Löffel voll. Fürchterlich ungesund.«
Ist das ein Friedensangebot? Offenbar. Auf jeden Fall hat sich der Ton ihrer Stimme verändert. Die Frau streckt die Hand nach dem Tee aus, aber Kate hält beide Becher fest, nickt knapp und geht zurück zu dem Imbisswagen. Die zwei Becher balanciert sie in der Hand, die überschwappende heiße Flüssigkeit brennt auf ihrer Haut. Immer wieder wirft sie einen besorgten Blick zurück zur Parkbank, wo ihre Taschen liegen, als erwartete sie, die Frau würde damit fortlaufen. Vielleicht ist die Nummer mit dem Zucker nur ein Trick, den sie regelmäßig versucht.
Kurz darauf sitzt Kate wieder neben der Frau, die nun lächelnd an ihrem Tee nippt. Kates Taschen hat sie nicht angerührt.
»Also, Sie gehören zu diesen Predigern, stimmt's?«
»Wie bitte?«
»Na ja, normalerweise geht es immer um den großen Mann dort oben, wenn man auf einen Tee eingeladen wird. Sind Sie eine von denen?«
Die tiefe, volle Stimme überrascht Kate, dieser Akzent wurde an einer teuren Privatschule erworben. Unwillkürlich muss sie

laut lachen. Ausgerechnet sie soll für Gott werben? Sie, Kate Mayhew, die an gar nichts mehr glaubt?

»Nein, tut mir leid. Mit dem Glauben kann ich nichts anfangen. Was ist mit Ihnen?«

Die Frau schüttelt den Kopf. Kate macht eine ungelenke Bewegung, stößt aus Versehen eine ihrer eigenen Taschen um, und ihr fällt auf, dass jetzt insgesamt sechs Taschen zwischen ihr und der Frau aufgereiht sind – drei Plastiktaschen und drei aus Stoff. Der Anblick ist so befremdlich, dass Kate wieder lachen muss, dann erzählt sie freimütig die Wahrheit. »Eigentlich bin ich Sozialarbeiterin. Aber nicht im Dienst. Um ehrlich zu sein, habe ich zurzeit nicht alle Tassen im Schrank, wenn man den Ärzten Glauben schenken will. *Für unbestimmte Zeit krankgeschrieben.*«

»Oh.« Die Frau stellt sich als Martha vor. Sie blickt Kate sehr ernst an, als hätte sie ihr gerade ein Verbrechen gestanden. Kate fragt sich, ob das an ihrem Job liegt oder ob Martha sie wegen ihres angeblichen Zusammenbruchs bemitleidet.

Tatsächlich geht es um etwas ganz anderes.

Denn Martha sieht etwas in Kates Gesicht, das sie nicht erwartet hat, sie spürt ein besonderes Band zwischen ihnen und überlegt, welche Frage Kate wohl als Nächstes stellen wird.

Wird Kate fragen, woran sie strickt?

Oder warum sie strickt?

3

Du hast doch die Einladung heute Abend nicht vergessen?« Tobys Stimme klingt verzerrt, gefolgt von Gurgeln und Spucken.
Mist. Die Party. Kate schließt die Haustür hinter sich und wirft ihren Schlüsselbund auf den Tisch im Flur. Zu heftig. Hilflos sieht sie zu, wie der Bund über die glänzende Tischoberfläche saust und auf dem Teppich landet. Eigentlich wollte sie noch ihr Kleid für diesen Abend von der Reinigung holen. Durch die offen stehende Küchentür wirft sie einen Blick auf die Uhr. Es ist bereits siebzehn Uhr dreißig, die Reinigung hat geschlossen. In Gedanken geht sie ihren Kleiderschrank durch, als Toby, der mit dem Zähneputzen fertig ist und sich nun mit einem Handtuch die Haare trockenrubbelt, vom oberen Ende der Treppe zu ihr herabschaut.
»Wie war es denn in der Bibliothek?«
»Was?« Kate fühlt, wie sie genervt die Augenbrauen zusammenzieht, als sie sich vorbeugt, um den Schlüsselbund aufzuheben. Im Geist durchkämmt sie immer noch ihren Kleiderschrank.
»Die Bibliothek? Wie war's denn? Was macht deine Recherche?«
Die friedliche Stille der Seeluft entgleitet ihr, und die vertraute

Angst nimmt ihren Platz ein. Sie atmet langsam ein und aus. »Ach, gut war's. Ich hab ziemlich viel geschafft heute.« Sie wird das rote Kleid anziehen. Das ist sauber und absolut passend für eine Party.

Toby trocknet sich weiter die Haare mit dem Handtuch.

»Ich dachte, du wolltest noch ein Kleid aus der Reinigung holen?«

Um seinem Blick auszuweichen, greift Kate nach dem Stapel Post, der neben ihrem Schlüsselbund auf dem Tisch liegt.

»Ich glaube, Schwarz ist zu förmlich. Ich ziehe das rote Kleid an.«

Die Briefe unter den Arm geklemmt, steuert sie jetzt auf die Küche zu und bahnt sich einen Weg an den drei Umzugskartons vorbei, die sich neben dem Treppenschrank stapeln.

»Ich habe versprochen, dass wir zeitig kommen. Ist das in Ordnung?« Tobys Stimme wird lauter, während er die Treppe herunterkommt und auf sie zugeht. »So um sieben. Soll ich dir ein Bad einlassen?«

»Ich werde duschen.«

Schwarz.

Weiß.

Ja.

Nein.

Toby sieht seine Frau an.

»Gut.«

Sie erwidert seinen Blick nicht. Stattdessen erinnert sie sich an eine längst vergangene Zeit, ein anderes Leben, als ein anderes Bett nach ihren Körpern roch, nach ihrem Schweiß und ihrer beider Sehnsucht. Sie denkt an diese andere Welt und wie er ihr,

eng an sie geschmiegt, immer wieder von dem ersten Mal erzählte, als er sie angesehen hat.
Es war auf einer Party in ihrer Wohnung, er stand in einer Ecke und sah ihr fasziniert beim Tanzen zu. Auch ihr war er aufgefallen, und an diesem ersten Abend hatte sie immer wieder zu ihm hinübergeblickt und geglaubt, er bemerke sie nicht. Aber so war es nicht.
Denn vom anderen Ende des Raumes aus hatte er wie hypnotisiert ihre Bewegungen verfolgt – sie tanzte vollkommen in sich versunken mit einem Drink in der Hand und halb geschlossenen Augen, und so fielen ihr seine Blicke nicht auf. Er wusste noch genau, was sie an jenem Abend getragen hatte: dunkle Jeans und ein cremefarbenes Leinenoberteil, das vorne eine Knopfreihe hatte. Als er später mit ihr im Bett lag, fuhr er ihr mit dem Finger vom Hals bis zur Taille und erzählte ihr, wie er auf der Party diese lange Reihe winziger Knöpfe fixiert und davon geträumt hatte, ihren Körper zu berühren. Zugleich hatte er sich gefragt, ob man das Oberteil über den Kopf ziehen konnte oder ob man jeden einzelnen dieser Knöpfe aufmachen musste.
Er hatte nicht daran geglaubt, dass er die Chance bekommen würde, das herauszufinden.
Auf der Party bemerkte ein Freund, wie Toby die tanzende Kate anstarrte, und sagte ohne Umschweife zu ihm: »Die kannst du nicht kriegen.« Er beschrieb Kate als wählerisch und schwierig. In Wahrheit hatte Kate diesem Freund eine Abfuhr erteilt. Später mussten Toby und sie noch oft darüber lachen.
Kate konnte sich nur noch daran erinnern, dass sie überrascht war, wie wenig Leute sie auf der Party kannte – die meisten

Gäste hatte ihre Mitbewohnerin eingeladen. Als sie hinausging, um frische Luft zu schnappen, fiel ihr der große, etwas schüchterne Mann mit den schönen Augen auf, der allein stand.
Später erzählte er ihr, sie erinnere ihn an ein Gemälde. Er schaute auf ihre Haare …
Sie fand ihr Haar kraus, er nannte es präraffaelitisch.
Kate, die Tobys Interesse an ihr nicht gleich bemerkt hatte, wollte eigentlich nur der Hitze in der Wohnung entkommen. Sie holte einen Drachen aus ihrem Zimmer und fragte ihn, ob er ihn mit ihr steigen lassen würde. Noch während sie das sagte, befürchtete sie, diese Frage könnte wie ein Vorwand klingen, dabei mochte sie Drachen wirklich und besaß vier oder fünf Stück. Es waren altmodische Modelle mit Holzrahmen und in leuchtenden Farben. Sie fügte hinzu, in der Nähe gebe es einen schönen Park und der Wind sei perfekt.
»Ich bin Kate.«
»Toby.«
Sie sahen einander an. Zum ersten Mal trafen sich ihre Blicke, und in jedem von ihnen begann Hoffnung zu keimen, dass sie beide gemeinsam …
Toby schaute auf die lange Knopfreihe ihres Oberteils.

Auch jetzt, auf dieser ganz anderen Party, kann sie seine Blicke spüren, auf sich in dem roten Kleid. Aber heute steht in seinen Augen kein Verlangen, sondern er schaut hilflos und besorgt. Inzwischen kennt sie diesen Blick gut, und sie verabscheut ihn. Sie trinkt zwei, drei Gläser Champagner und weiß, es ist zu viel, denn ihr Lachen ist immer ein klein wenig zu laut.
Als sie ein paar Brocken von dem besorgten Getuschel auf-

fängt, das Tobys Geschäftspartner Mark mit seiner Frau austauscht, holt sie sich ein Glas Wasser und flüchtet damit in den Flur. Erleichtert lehnt sie sich an die Wand und spürt sofort die frische Farbe an ihrer nackten Schulter. Sie streicht mit den Fingern über die Wand und fühlt die weiche, staubige Schicht. Ist das Kalkfarbe? Ja. Sie erkennt die Konsistenz wieder, sie hat selbst einmal in ihrem alten Zuhause mehrere Probeanstriche damit gemacht. Und das Zimmer niemals zu Ende gestrichen …

Sie glaubt sich allein und für einen Moment unbeobachtet. So wie oben im Bus mit den Möwen, dem Touristenführer und ihren vielen Stofftaschen.

Aber dann bemerkt sie Toby, der sie in einem Spiegel am anderen Ende des Flurs betrachtet, und sie hört seine Stimme, das Echo der letzten Nacht, als sie beide im Bett lagen, jeder gefangen in seiner eigenen Traurigkeit, im selben Bett, aber Hunderte Meilen voneinander entfernt.

»Kate, es bringt doch nichts, so zu tun, als wäre es nicht passiert.« Als sie seinen Gesichtsausdruck bemerkt, durchfährt sie ein unerträglicher Schmerz; es ist die Erkenntnis, dass er genau weiß, was sie tut. An diesem neuen Ort mit diesen neuen Menschen.

Er weiß, wie es ihr geht in dem schicken, neuen Haus mit den drei unausgepackten Kartons im Flur. Oder wenn sie sich auf den Busfahrten vorstellt, wie sie im Wasser schwimmt. Dass sie immer weiter sucht …

»Wir können nicht einfach so tun, als wäre es nicht passiert, Kate. So geht das nicht. Wir können die Vergangenheit nicht einfach wegschließen. Das funktioniert nicht.«

Pure Emotion –
tiefgehend, beglückend, zum Weinen schön!

TERESA DRISCOLL

Das Glück der hellen Tage

Roman

Als sich Kate und Martha begegnen, spüren sie eine enge Verbindung, aus der eine tiefe Freundschaft entsteht: Dabei trennt die Frauen vieles. Die eine drängt den Mann, der sie liebt, von sich weg; die andere gab die Liebe ihres Lebens frei, um seiner Karriere nicht im Wege zu stehen. Während Kate gerade in ein neues Zuhause gezogen ist, ist Martha heimatlos. Doch die beiden eint derselbe lebensverändernde Schicksalsschlag: Sie haben ein Kind verloren. Erst durch ihre Freundschaft kann für beide die Heilung beginnen und sich der Weg zurück zur Liebe öffnen.